北京大学巴基斯坦研究中心书系

亲历巴基斯坦

REMINISCENCE OF THE DAYS IN PAKISTAN

唐孟生　安启光　编

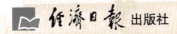

经济日报 出版社

序言

◆ 李肇星

　　我们怀着喜悦的心情，共同庆祝中华人共和国成立60周年。巴基斯坦人民将中国国庆看作自己的节日，充分体现了巴基斯坦人民对中国人民的深情厚谊。我谨代表中国政府和人民，对扎尔达里总统阁下、吉拉尼总理阁下的光临表示衷心感谢，向巴基斯坦兄弟姐妹致以亲切问候和崇高敬意！

　　我曾多次访问美丽的巴基斯坦，每次来到这里，感觉就像回家一样。今天，也是中国传统的中秋节，在伊斯兰堡，我们感受到了同在北京一样的喜庆与亲情。

　　女士们，先生们，

　　60年前，中国人民通过艰苦卓绝的斗争，实现了民族解放，建立了中华人民共和国。

　　31年前，中国人民走上了改革开放的道路，实现了中国历史上深远意义的转折，开创了快速发展的新时期。

　　今天，中国已发展成初步繁荣昌盛、充满生机的发展中国家，人民生活质量显著提高。中国在国际和地区事务中发挥着越来越重要的积极

作用，成为维护世界和平、稳定与发展的一支重要力量。中国人民正在新一代领导集体的领导下，继往开来，为建设一个富强、民主、文明、和谐的现代化国家而不懈奋斗。

朋友们，

我们取得的每一项成就，都离不开包括巴基斯坦在内的广大友好国家的长期支持和帮助。

中国人民不会忘记，巴基斯坦是最早承认新中国的国家之一。上个世纪五六十年代中国遭到外部封锁时，巴基斯坦为中国提供了通往世界的空中走廊。我本人 1956 年第一次出访欧洲订的就是巴航国际航班。我和我夫人 1970 年第一次到非洲肯尼亚常驻就是乘坐巴航到卡拉奇转机的。在中国驻肯尼亚使馆的 7 年里，以及在中国驻美国、中国常驻联合国代表团期间，我最好的朋友就包括巴驻当地大使和其他外交官。

中国人民不会忘记，以巴基斯坦为代表的广大发展中国家，主持正义，四处奔走，为恢复新中国在联合国的合法席位做出重要贡献。

中国人民不会忘记，在台湾、涉藏、涉疆等涉及中国核心利益的问题上，巴基斯坦长期以来给予中国坚定支持，在国际事务中与中方相互配合，密切合作。

中国人民不会忘记，四川发生特大地震灾害后，巴基斯坦在第一时间将所有储备用帐篷提供给灾区。巴基斯坦医疗队的医生们，以精湛的医术为灾区民众疗伤止痛。

在去年北京奥运会开幕式上，当巴基斯坦代表团入场时，全体中国观众自发起立，报以长时间雷鸣般掌声，表达中国人民对巴基斯坦人民由衷的敬意与感谢。中国为有巴基斯坦这样伟大而真诚的朋友深感自豪。

中国有句话，叫"滴水之恩，涌泉相报"。在巴基斯坦人民面临困难时，中国政府将一如既往地向巴方提供力所能及的支持与帮助，为巴基斯坦的发展做出积极贡献。

女士们，先生们，朋友们，

值此欢庆的时刻，我们不能忘记曾为中巴全天候友谊做出过贡献的两国历代领导人和各界有识之士。在他们的精心培育和呵护下，中巴战略合作伙伴关系枝繁叶茂，硕果累累。

今天，与我一起出席这一盛大庆祝仪式的代表团成员有前驻巴大使张春祥、前驻卡拉奇总领事安启光。他们将毕生精力都献给了中巴友好。在今晚的盛会上，我还看到很多年轻的面孔。他们是中巴友谊的未来和希望。让我们继续手牵手，心连心，让中巴友谊代代相传，永放光芒！

中国万岁！

巴基斯坦万岁！

Jin Bak dosti zendabad！（中巴友谊万岁！）

（本文件作者为中华人民共和国外交部前部长、第十一届全国人大常委会委员、第十一届全国人大外事委员会主任委员）

前言

◆ 马苏德·汗

首先，我要向北京大学巴基斯坦研究中心主任唐孟生教授由衷地表示祝贺和感谢。在他的努力下，这本汇集中国著名外交家、教育家、新闻记者和工商企业家亲历巴基斯坦见闻之作得以出版，并为加强巴中关系做出了直接的贡献。

《亲历巴基斯坦》一书定稿恰逢巴中建交60周年。巴中关系最突出的特点，无疑是两国之间享有的相互信任。尽管20世纪50年代初，在"冷战"的特殊背景下，建交伊始的巴中关系并不稳定，但是，互为邻国的巴基斯坦和中国很快便意识到，两国的命运在当代早已因两国地理位置、悠久历史、民间文化和地缘战略需要紧密地联系在一起。

巴中关系表现出了强大的生命力。在过去的几十年内，巴中关系经历了国际风云变幻和各自国内情况变化的考验，始终保持稳定发展，且随着时代发展达到了前所未有的深度和广度。巴中关系是全面的、多方位的，两国合作涉及战略、政治、经济、商业、文化等众多领域。

巴中友谊的稳固也使其成为了双边关系的典范而引人称道。再者，两国之间的友谊因为两国人民的热情呵护而带有了些许传奇色彩。有很

多极具诗意的表达被用来描绘我们之间的友情。政治家、学者和人民们都喜欢这样来称赞我们之间的友谊：巴中友谊比山高、比海深、比钢硬、比蜜甜！这样的友好情谊深深铭刻于两国人民的心中，尤其在两国的困难时刻得到了最好的验证。

自 2005 年 10 月起，巴基斯坦不幸遭受了多次自然灾害——破坏性地震、多起山体滑坡以及 2010 年和 2011 年严重的洪涝灾害。回首那些困难时刻，中国总是能够为我们分担悲苦，救助我们的人民。地震和洪灾后那些在临时安置所救助灾民的中国医生和护士，用他们深情的抚慰，拭干了灾民们脸上的泪珠。

与此同时，中国一贯支持巴基斯坦在坚持主权和独立、维护国家尊严方面所做出的努力。去年，在维护主权的问题上，中国即两度公开表达了支持巴基斯坦的态度。并且，难得的是，中国公开表示支持巴基斯坦争取联合国非常任理事国席位，并对巴基斯坦促进和维护世界和平安全予以充分的信任。

从在 20 世纪 60 年代起，直到现在为止，无论是在查谟和克什米尔问题，还是阿富汗问题上，中国一直坚定不移地站在巴基斯坦一边。同时，中国也为我国国防和国家基础设施的建设给予了无私的帮助。

同样，我们也一直作为亲密的朋友支持中国。中国领导人认可并赞扬巴基斯坦在 20 世纪 60 年代初为中国对抗经济封锁所作出的努力。我们还曾公开呼吁联合国恢复中华人民共和国合法权利和席位。在 1963 年，巴基斯坦成为第一个和中国签署边境协议的国家，从此为基于相互尊重和相互信任的巴中友谊奠定了坚实的基础。2008 年汶川地震后，巴基斯坦人民感同身受，他们力争用自己的微薄之力给予中国帮助。

巴中关系体现出的活力与温情已深深铭刻于巴中人民的心中。网络调查也显示出了两国真诚、稳固和可信赖的友好关系。巴基斯坦人民为中国尤其是过去的三十年来取得的空前成就感到非常自豪，并渴望从他们的亲密盟友那里汲取经验。中国网民亲切称呼巴基斯坦"巴铁",这些网民大部分属于年轻一代,他们表示,巴基斯坦是独一无二的好朋友,巴中关系就好比钢铁一样坚不可摧。

在21世纪,我们的关系已进入高度成熟阶段。我们在国防和战略领域的合作已然十分牢固,我们意识到,应更积极努力地加深我们在经济领域的友好合作。也正因如此,两国领导人均聚焦于为促进双方经贸往来建立健全、长久、适应性强的合作体制。巴中之间签署的《巴中经贸合作五年发展规划》已于去年成功完成了第一期计划,并将于今年启动第二期计划。在《巴中经贸合作五年发展规划》的框架下,我们已在涉及能源、基础设施、信息通讯、工农业,甚至健康、教育等众多领域的重要项目中实现了互利合作,并帮助巴基斯坦减轻贫困,提升了经济实绩。2011年,巴中又启动了"联合能源工作组",旨在解决巴基斯坦在水电、煤炭、地热、风能、太阳能及民用核能等能源上的需求。

尽管双边贸易正逐年增长,但我们力图尽可能提高增长速度。巴中两国2011年的贸易额达106亿美元,与2002年的18亿美元相比,这已是个相当可观的数字了。在过去的四年中,巴基斯坦出口额已从10亿美元增长至21.2亿美元,但是,我们希望在两年或三年后达到150亿美元的增长目标,并在其后超越这个目标。巴中两国在今后十年中的双边贸易额潜能很可能达到400至500亿美元。

在过去的一年中,为庆祝巴中建交60周年我们安排了80余项活动,这些活动主要聚焦于两国民众以及两国青年之间的交流。这两个领域的合作是我们尤其应花大量精力去妥善经营的。两国年轻学生、公司高管、学者、媒体人士和专业人员之间的交流日趋频繁,而两国政府则应该采取措施加速这种交流活动。

在未来几年中,巴基斯坦和中国将致力于稳固邻国关系,创造和平、安全的国际环境。我们将坚定不移地贯彻和谐共生、合作双赢的方针策略。

　　巴中之间万古长青的友谊之树历经几十年风雨，才绽放出今天的美丽花朵，熠熠生辉。我们的友谊植根于两国悠久的文明，甚至可以追溯到法显和玄奘的时代。但我们今天的伟大友谊则得益于两国一代又一代领导人的高瞻远瞩和两国外交官、企业家、学者以及媒体人士的辛勤劳作。每个个体都可以为国家的命运发挥自己的作用，而每个杰出的个体则可以为两个国家之间的友好关系做出杰出的贡献。

　　由唐孟生教授、安启光先生编撰的这本书凝聚了中国最杰出的外交家、教育家和媒体人士的深思灼见，他们大多将人生中最美好的时光，献给了增进巴中友谊的伟大事业。当我们尝试去了解两国关系的时候，视角的选取弥足重要，因为恰当的视角还可以帮助我们预测两国关系的未来走向，而由巴基斯坦研究中心出版的《亲历巴基斯坦》一书，则正为我们提供了了解巴中关系的良好视角，使我们如获至宝，喜出望外。

（本文作者为巴基斯坦驻华大使）

目录

在驻巴基斯坦使馆

王传斌

中国前驻巴基斯坦大使

因为原定到巴基斯坦任职的温业湛同志另有任用，外交部临时紧急调我前往巴基斯坦，出任驻巴大使。巴基斯坦同我国山水相连，是我国的友好邻邦，两国在政治、经济、外交等各个领域，都有着密切的关系。对巴外交，在我国外交事务中有着重要的地位。能到巴基斯坦任职，为促进中巴友谊工作，我深感高兴，同时也感到责任重大。出使一个新的国家，需要进行各个方面的准备，但部里要求我七月底以前必须到任，因而时间十分紧迫。在外交部亚洲司主管巴基斯坦的处长陈岩同志细致的安排下，我一边看材料，一边和有关部门约会、交谈，忙碌了近一个月，终于完成了必要的准备工作。临行之前，我还请示了当时主管的副部长宫达非同志。

1981年8月1日，王传斌在驻巴使馆与巴基斯坦总统齐亚·哈克交谈

离开北京之前，巴基斯坦驻华大使巴蒂博士（Dr.N.A.Bhatti）设宴为我饯行。他也是新来的，到任还不到一个月。

1982年7月25日，我和杨陵同志乘中国民航的飞机抵达卡拉奇。卡拉奇有我们的总领事馆，总领事王第三同志是一个很热心、很细致认真的老同志，曾经在中共山东分局组织部工作过，我们早就相识。老战友在国外相聚，格外高兴。他让出了自己的住房，让我们住了一夜。时值盛夏，卡拉奇濒临海滨，湿度很大，当时领馆尚未安装空调，房间里又闷又热，确实难以忍受。第二天，我们便乘巴基斯坦航空公司的飞机赶赴伊斯兰堡，使馆工作人员、各国使节都到机场迎接。

我到达使馆的当天下午，巴基斯坦外交部礼宾司司长便来接洽递交国书事宜。第二天上午，我先向巴外长雅谷布·汗和主管中国事务的辅秘（相当于部长助理）萨达尔递交了国书副本，然后等待安排正式递交国书。在此期间，我和政务参赞田丁同志，以及武官、经贸参赞、文化参赞等使馆主要官员接触，由他们介绍了情况。

7月28日，我向巴基斯坦总统齐亚·哈克正式递交了国书。哈克总统对我到任表示热烈欢迎，盛赞巴中友谊。我表示将按照中巴友好的既定方针，继续推动两国在各个领域内的友好合作。哈克总统表示，我可以相信，在我任职期间，将得到他应有的支持。

递交国书以后，我又很快拜会了外交使团长，当时的外交使团长是巴西大使。这样，到任的手续就算办完了。

紧接着是"八一"建军节招待会，由周武官主持。哈克总统亲自来到中国使馆出席招待会，表示祝贺。我陪同哈克总统在大会客厅与大家见面时，紧随哈克总统之后有很多人，有一些国家的使节、有巴政府官员，还有应邀而来的客人。我看到哈克总统同其他客人十分随和，一些当地客人还围着他诉说这样那样的事情。翻译同志告诉我，他们是在请求哈克总统帮他们解决困难呢。有的大使和我开玩笑地说，你真幸运，到任两三天就递交了国书，我当初等了两个月呢。也有的大使说，大使们平时见面不多，互相见面都要到中国使馆，因为哈克总统经常出席中国使馆的活动，总统一来，谁还能不来呢？

确实，此后每年的国庆节、八一建军节以及其它重要节日，哈克总统都亲自参加中国使馆的活动，每一次都同我们进行友好的交谈。

到任后的另一项重要工作是到任拜会——拜会巴基斯坦政府各相关部门和各

国驻巴使馆。按照惯例，我拜会了巴基斯坦外交部、若干经济部门和其他有关部门，还有三军领导机构。我还拜会了已经退休的两位副参谋长（巴军不设总参谋长，三军各设参谋长，负指挥之职）。在对政府部门的拜会中，巴方官员都盛赞中巴友谊，一再感谢中国对他们的援助。我也感谢巴基斯坦政府和人民对中国的支持。当时，双方还有一个共同关心的问题，就是支持阿富汗人民抗击苏联入侵。另外，巴方也非常关心同印度的关系，希望两国间局势保持平稳，能够和平共处，希望克什米尔问题能得到妥善解决。

在拜会各国驻巴使馆时，各国大使对各自国家同中国的友谊也大加赞扬，并说我们一起在这里工作，希望能加强联系，互相协助，共同推动同巴基斯坦的友好关系。我对此表示称赞，感谢他们友好的表示。

在例行拜会期间，我就想抓紧时间到首都以外的地方去看一看，拜会一下地方政府，实地了解一些情况，获取一些感性的认识。

离伊斯兰堡最近的是白沙瓦，这是西北边境省的首府，周恩来总理也曾到那里访问。于是，我先抽空访问了白沙瓦。

当地政府非常友好，给我提供了一切便利。拜访了省督和首席部长后，我还参观了历史博物馆。博物馆的展品中，我印象最深的是各种版本的《古兰经》，琳琅满目，都非常珍贵。博物馆负责人还说，历史上，蒙古人曾统治过这里，这在当地有史可查。博物馆里还珍藏着周恩来总理的题词，由于时间已较长，参观的人又多，争相翻阅，纸张已经发黄。

由于苏联出兵入侵阿富汗，有300多万阿富汗难民逃到巴基斯坦，给巴基斯坦带来了严重的问题。为临时安置这些失去家园的人，巴基斯坦政府建了许多难民营，不少难民营就设在西北边境省，有的就在白沙瓦附近。我参观了白沙瓦西边的一个难民营，在一片平坦的地方，立起了各种帐篷，有的一家住一个帐篷，有的几家合住一个帐篷。我见到一位年纪已有六七十岁的阿富汗老人，据介绍，他的儿子已经战死，一个孙子腿上受了伤。但老人精神抖擞，毫不气馁，他说，儿子被真主叫走了，孙子虽然受了伤，好了以后还要上前线。从他身上，我看到了阿富汗人民反对外来侵略的英勇精神，是值得尊敬的。

白沙瓦西边，就是连接巴基斯坦和阿富汗的最重要的通道——开伯尔山口，有公路从山口通过。巴方安排我们参观开伯尔山口和边防哨卡，我们沿着公路，

朝着巴阿边界方问前行。我看到，一些当地人在公路边上摆起了烙饼摊，人们用饼蘸点西红柿酱吃，就当一顿饭了。公路在一片丘陵地带蜿蜒前行，两边是层层梯田，田里的作物开着非常漂亮的花，据告这就是罂粟。虽然巴政府想全面禁止罂粟种植，并做了不少宣传工作，但无法根治，因为种植其他作物收入太低。

不多时，我们便到了巴阿边界的巴方一侧，受到守军的热烈欢迎。他们盛赞中国对阿富汗人民正义斗争的支持。他们说，这里的巴阿边界是平静的，听不到枪声。但再往前去，就可以听到远处有枪炮声。他们警惕性很高，随时准备迎击侵略者的入侵，保卫边界安全。

在靠近巴阿边界的一个路口，有一个集市，出售各种蔬菜、水果和牛羊肉。我看到有个儿很大的石榴和杏，就下车买了几公斤，味道很好。

由于只有半天时间，我们只能走"车"观花，到边界简单看一看，不能多逗留，沿途也不能作深入的了解。看来，巴阿边界的情况，表面上还是平静的。然后，我们便驱车返回白沙瓦。

从白沙瓦返回伊斯兰堡时，我们在塔克西拉作短暂停留，参观了由我国援建的重型机器厂。我注意到，为这家工厂提供设备的中国厂家，南起重庆，北到齐齐哈尔，产品在当时都是一流的。但工厂设备的使用率不很高，因为当时巴基斯坦的发展水平有限，还不能全部运用起来。那里还有其他由中国援建的工厂，中巴工人在一起劳动。因为时间不够，就没有去看。

在我到任拜会期间，使馆接到国内通知，喀喇昆仑公路（我们口头上一般都叫中巴友好公路）红其拉甫山口正式开放典礼将于8月27日在红其拉甫山口举行，国内派来以新疆维吾尔自治区人民政府主席司马义·艾买提同志率领的代表团。因为要同巴方签订两国政府间关于开放红其拉甫山口的议定书，还要了解一些巴基斯坦的情况，他们提前几天到了。巴方对此非常重视，安排他们到巴基斯坦各地参观访问。我想，既然代表团要去各地参观，我何不借此机会和代表团同行，顺便拜会各省省督和政府有关部门呢。我和司马义·艾买提同志商量后，决定就这样做。

第一站先到信德省省会卡拉奇。卡拉奇是巴基斯坦最大的工业城市和海港，也是巴建国后的第一个首都。巴基斯坦的开国元勋、印巴分治后出任巴基斯坦首任总督的穆罕默德·阿里·真纳，逝世后就安葬在卡拉奇，他是受人尊敬的领导人。我们到达卡拉奇后，首先便去瞻仰真纳的陵墓并敬献花圈。真纳陵用白色大理石建成，气势宏伟，庄严肃穆，陵墓大厅正中是象征性的大理石棺，石棺四周有银制雕花围栏，顶上是一架巨大的四层镏金枝形水晶吊灯，这架吊灯是中国伊斯兰教协会赠送的，表示了中国人民和中国穆斯林对巴基斯坦人民领袖的崇高敬意。

在陪同代表团的同时，我拜会了省督、省首席部长和政府的有关部门，也拜会了卡拉奇市市长，总领事王第三同志和我一起进行了拜会。我还接触了当地工商界的一些要人，他们都表示愿意同中国做生意，希望中国多供应原料，多买他们的产品。我们使馆的商务处设在卡拉奇，商务处的同志工作认真、积极、富有成效。中巴两国的贸易额不算大，但中国出口的产品，如纺织机械、五金、家电用品等等，都是巴基斯坦所必需的。卡拉奇濒临阿拉伯海，海产品颇丰。卡拉奇的港口不算很大，但地理位置好，是一个天然良港。卡拉奇是巴基斯坦的海上门户，也是亚、非、欧三大洲之间航运的中转站。卡拉奇也是一个重要的航空港，当时我国的航空业还很不发达，许多航班要在这里中转。因此，卡拉奇也是中国人去欧洲的第一站。

随后，代表团来到旁遮普省。"旁遮普"是"五河之地"的意思，因为这里奔流着印度河的五条支流。旁遮普省有着庞大的灌溉体系，所以我们一进入旁遮普省，就看到很多河流和灌渠，庄稼的长势都很好，尤如我国江南地区。旁遮普是巴基斯坦经济文化最发达的省份，也是一个人口大省。这里农业发达，有巴基斯坦"粮仓"之称，据说其粮食产量占全国的百分之七十。旁遮普省提供的兵员，也占到全国的百分之七八十。这里的教育程度也较高，是一个出人才的地方。军队的许多将领，也出自旁遮普省。这是旁遮普人很引为自豪的地方。

省会拉合尔是巴基斯坦的第二大城市，也是一座历史文化名城。这里有皇家园林和城堡，有巍峨宏大的皇家清真寺。在皇家清真寺大门外的一侧，有著名爱国诗人伊克巴尔的陵墓。我们到了以后，首先瞻仰伊克巴尔墓，并献花圈。陵墓是一座红砂岩建筑，陵墓外还有一座红砂岩岗亭，有士兵日夜站岗。

在拉合尔，我们会见了省督和省首席部长，他们同样盛赞中巴友谊，称赞中国的援助。我表示将尽力为中巴友好、为拉合尔的建设尽自己的努力。

在拉合尔访问期间，我注意到，人们对巴印关系特别关心。旁遮普省东面与印度接壤，北边毗邻印控克什米尔，拉合尔离印巴边界又很近。因此，尽管该省物产丰富、人民生活安定，但人们仍普遍担心边界局势能否长期保持安定。我在讲话中表示，希望巴印关系能够和平稳定地发展，克什米尔问题能协商解决，避免诉诸武

力。但是，在以后的几年里，克什米尔地区局势始终不平静，边界地区经常发生冲突甚至流血事件。克什米尔是一个敏感地区，所以我始终没有机会去那里看一看。

在旁遮普省的访问始终是热情、友好、积极的，代表团对活动十分满意，他们从实际参观中学到很多东西，对于即将举行的红其拉甫山口开放典礼来说，也是一种很好的准备。

1982年8月22日，中巴两国政府在伊斯兰堡签订了《中华人民共和国政府和巴基斯坦伊斯兰共和国政府关于开放红其拉甫山口的议定书》，议定书对开放红其拉甫山口和双方各自设立边境口岸等有关事宜，作了规定。这样，中巴两国国民，便可以乘汽车走喀喇昆仑公路旅行了。议定书的签订，将大大促进两国的边境贸易和人员往来。

提到红其拉甫山口的开放，必须先简要回顾一下喀喇昆仑公路的建设。

中巴两国山水相连，但两国的边境地区，都是崇山峻岭，三条大山脉——喀喇昆仑山脉、兴都库什山脉、喜马拉雅山脉，在这里相聚，还有帕米尔高原。这里虽然有古代丝绸之路的一条支线经过，但交通非常不便。中巴两国领导人很早就想到在两国间修一条现代公路，加强往来。经过双方的勘查和多次磋商，1966年3月，在周恩来总理的直接关心下，两国政府代表团在北京签订了《关于修筑喀喇昆仑公路的协定》。

喀喇昆仑公路，又称中巴友好公路，或简称中巴公路，从中国喀什至巴基斯坦的塔科特，全长1032公里。我国国内段自喀什至红其拉甫达坂，长416公里，1966年4月开工，1969年9月竣工。这段公路，后来又多次进行改建。公路的巴基斯坦境内段，从红其拉甫达坂至塔科特，全长616公里。这一段公路的建设，可分为三期。第一期工程自1968年7月至1971年2月，由中国派出筑路员工，修建红其拉甫达坂至哈利格希156.66公里路段；第二期工程自1973年8月至1978年6月，由中国筑路员工同巴基斯坦方面共同修建哈利格希至塔科特459.3公里路段。第二期工程完成后，1978年6月18日，在塔科特举行了公路交接仪式，中国代表团团长、副总理耿飚和齐亚·哈克总统出席了交接仪式并在交接证书上签字。由于红其拉甫至哈利格希段遭受洪水和特大泥石流，损毁严重，需要修复，经中巴两国协商，中方又进行了第三期工程。自1978年6月至1979年11月，中国方面完成了水毁工程的修复和改建，至此，巴基斯坦境内的喀喇昆仑公路全部竣工。

为修建这条友谊之路，中巴两国在人力、物力、财力方面都付出了巨大的代价。工程自 1966 年 6 月起，至 1979 年 11 月，历时 14 年。我国援建的三期工程，施工时间为 8 年零两个月，先后投入 22000 余人，投入筑路机械设备和汽车最多时达 2000 台件。筑路的费用，仅新疆直接支出部分，便达 2.4 亿元（另一说为 2.8 亿元），这还不包括中央支出的部分。巴基斯坦方面先后参加筑路人员亦在 2 万以上，在中国筑路员工进入前，巴方还修通了部分毛路。

喀喇昆仑公路越过号称"世界屋脊"的帕米尔高原，穿行于喀喇昆仑山脉和喜马拉雅山脉的崇山峻岭之中，不少地段为悬崖峭壁，工程异常艰巨。此外，筑路人员还要面临高山缺氧、气候恶劣、后勤供应困难、地质条件复杂、地震、雪崩、岩崩、塌方、滑坡、泥石流等种种困难和危险。无论酷暑还是严冬，施工人员都只能住帐篷。但是，中巴两国的筑路人员，在毫无基础的情况下，克服无数艰难险阻，百折不挠，硬是在高山深谷和冰峰达坂间建起了一条现代化的双车道沥青路面公路。在十几年的施工中，仅中方就发生安全事故 700 余起，死亡 168 人，伤残 201 人。因此，喀喇昆仑公路堪称是世界近现代史上代价最昂贵的建筑工程之一。

红其拉甫山口开放典礼定于 8 月 27 日举行。为了这一盛典的顺利进行，我们必须提前数天到达巴基斯坦北部地区。我和代表团一起乘坐专机，从伊斯兰堡往北飞行。这是一架小飞机，因为乘客是中国代表团，机长允许我们到驾驶舱参观。我看到驾驶员非常自信、非常熟练地驾驶着飞机。由于飞行高度不高，向机舱外望去，白雪皑皑的山峰、山间黝黑的松林、细线般的公路，萦绕如带的河流，历历在目。据说这些山峰终年积雪，只是近年来气候变暖，积雪融化较多。

飞机飞了约一个小时，便在吉尔吉特机场缓缓降落。吉尔吉特是巴基斯坦联邦直辖北部地区的首府，地处一个四面环山的盆地中，是万山丛中难得的一块平地。吉尔吉特当地政府为我们举行了热烈的欢迎仪式，下午又安排我们观看马球比赛。中午一两点钟，马球比赛正在紧张激烈的时候，西北方向的高山顶上出现了几片云彩，当地人紧急通知：气象情况有变，赶快收场。可是话还没有说完，狂风便已刮来，倾刻间，乌云遮天蔽日，紧接着暴雨骤然而至，比赛不得不停止。不过，时间不长，便云消雨收，阳光灿烂了。据介绍，在当地，中午时分经常发生这样突如其来的风雨。

在这里参观时，我看到吉尔吉特西北部山间的泉水很多，这些泉水来源于高山融雪和冰川，白白流掉，实在可惜。我问当地官员能否制成矿泉水，把这一宝贵资源利用起来。后来和哈克总统会见时，我也提到了这个问题。

在建设喀喇昆仑公路过程中牺牲的中方人员，初期是运回新疆安葬的。后来路越修越远，便在吉尔吉特附近的迪努尔建了一处烈士陵园。后来牺牲的中国烈士，便安葬于此。

在吉尔吉特访问期间，我们前往中国烈士陵园敬献花圈，祭奠烈士英灵。陵园庄严、肃穆、宁静，四周有围墙，正门是两扇大铁门，园中矗立着高大的松柏，还种了许多花草。陵园中间，矗立着高大的白色纪念碑，红色的碑文写着："中国援助巴基斯坦建设公路光荣牺牲同志之墓"，落款日期为"一九七八年六月"。纪念碑的四周，开满了黄色的花朵，在阳光的照耀下显得格外鲜艳。纪念碑的后面，是中国烈士的墓地。据陆树林、张春祥同志（这两位同志以后相继担任中国驻巴基斯坦大使）介绍，这里一共有88座墓，每座墓都有墓碑，上面镌刻着烈士的姓名。但有的墓中并无烈士遗体，只是衣冠冢。因为在特大塌方中牺牲的烈士，遗体根本无法挖出。我凭吊了每一座墓，向烈士致敬。巴方为烈士陵园专门安排了看守人和花匠。烈士陵园花木繁茂，非常整洁，这和他们的辛勤劳动是分不开的。我向他们表示慰问，我说，你们为看守中国烈士陵园，引水灌溉，修剪花木，清扫落叶，一年到头非常辛苦，向你们表示感谢。他们说，中国朋友为修建公路牺牲了，守护他们的陵墓是我们应当做的。中国使馆每年清明节前后都要派人来扫墓，祭奠烈士，并慰问看守人员。

当地政府对于中国代表团的到来非常重视，盛赞中巴友好公路给他们带来的经济利益和各种好处，晚上还举办了晚会。

27日早上，代表团分别乘直升飞机前往红其拉甫山口。为了争取时间，避免大风，我们早晨7点钟便出发了。我乘第二架飞机，是法国云雀式直升机。山谷中的风很大，从舷窗里望出去，飞机的旋翼好像就要与山崖相撞了，实际上飞行员技术熟练，驾驶时又小心翼翼，这种担心完全是多余的。飞行约一小时左右，飞机降落在红其拉甫山口下面一处叫做"底河"的河滩上，这是山间一片平坦的河谷地带。按照巴基斯坦的习惯，这里早已搭好了色彩缤纷的大篷，当地高级官员、知名人士也齐集于此。在交谈中，巴方盛赞中巴友好公路，称赞中国对修建公路所做的贡献。我也感谢巴基斯坦人民为中国员工、为修建公路所做的努力，这条公路是中巴友谊和合作的结晶。

据当地人士介绍，筑路期间，中国工人在劳动的同时，还在这里种植蔬菜，有白菜、南瓜、豆角、韭菜等，种子是他们从中国带来的。这里原先没有种菜的传统，在中国工人的影响下，当地人也开始学习种菜。周围山谷的民众至今仍在种植，但他们缺乏经验，加上时间长了，种子退化，蔬菜长得不好。他们希望中国再提供一些种子。在休息时间，我到大篷外走了走，看到河谷中有很多滚圆滚圆的石头，大的比篮球还大，小的有垒球大小。在千万年风雨和河水的冲刷下，石头居然磨得如此浑圆光滑，很觉稀奇。我捡了几块，放在车上，准备留作纪念。可惜后来我下山时换了车，捡的石头也丢失了，很是可惜。可能是这些滚圆的石头给我留下的印象太深了，多年以后，我还和一些朋友提起。一位朋友对此也很感兴趣，便去查阅资料。他告诉我，我国地理学家曾到那里考察，在帕苏冰川冰舌末端的大冰崖前，看到那里的砾石几乎全部滚圆，不仅大部分金云母花岗闪长岩砾石如此，连十分坚硬的脉石英砾石也被磨蚀成乒乓球似的卵石。我国地理学家说，冰川下有封闭的隧道，隧道内的水流为强制水流，磨蚀力特强，因此造成很多圆卵石。后来冰川退缩，冰洞内冰水堆积露了出来，这种地貌叫"蛇形丘"。我多年的疑惑终于得到解决，原来这种圆石是大陆冰川的产物，大自然真是神奇。

按预定计划，我们在上午11时坐车上山，到红其拉甫山口。山口海拔4733米，寒冷、缺氧，临行前我们都服了药，以防意外。中巴双方都在山口组织了庆祝活动，车队驶抵山口时，已经有许多新疆青年在那里载歌载舞、热烈庆祝了。山口立着中巴两国的界碑，界碑朝向中国的一面，两个红色的中文大字"中国"和国徽图案鲜艳夺目，界碑的另一面，是英文、乌尔都文的"巴基斯坦"和巴基斯坦的国徽图案。据说，红其拉甫是世界上最高的铺设了行车道路的山口。山口的风确实寒冷而疾劲，当地人告诉我，下车动作要慢，说话声音要低，避免晕倒。我转告给其它中国同志，特别是宋德亨同志，因为他担任翻译，说话最多。

红其拉甫山口开放仪式按时进行，中巴双方作了热情洋溢的讲话。双方人员当中，有些人有相同的宗教信仰，有些人同属一个民族，有些人还有亲戚关系，语言没有障碍，大家都喜气洋洋，犹如亲人相见一般。红其拉甫山口气候多变，所幸当天没有刮大风，也未降雪，仪式进行得非常顺利。中巴友好公路，有多少人付出了辛勤劳动，有多少人为之流血牺牲，又有多少人至今仍受着伤残的折磨，今天的仪式，是对他们的丰功伟绩的纪念，也彰显着这条公路对未来的重要意义。

红其拉甫山口开放仪式顺利结束后，双方依依惜别。按原定计划，我须坐直升飞机直接返回吉尔吉特。但我想，这一次能到红其拉甫山口，机会难得。面对中国工人修建的公路，又是古代丝绸之路的一部分，应该借此机会作一番实地观察，

于是下决心不乘飞机，改坐我们电视台记者的车。记者同志非常热情，我们一起坐车从红其拉甫山口出发，经底河、苏斯特、帕苏、古尔米特等地，当晚赶回吉尔吉特。这一程，我亲眼看到了自红其拉甫山口至吉尔吉特段的公路，其艰险程度，给我留下了深刻印象。

第二天，我们抽空访问了吉尔吉特附近的一个市镇，拜访了当地政府的负责人。他们介绍说，过去，每年都有许多中国穆斯林在夏秋时经过红其拉甫山口过来，再从这里去沙特阿拉伯的麦加朝觐。有些年份，朝觐回来时正值冬季，大雪封山，无法返回中国，便滞留在这里。当地人便按照伊斯兰的传统，款待他们，给他们各种帮助。也有一些中国穆斯林留了下来，在当地娶妻生子。还有一些人从这里转向西方，去土耳其、伊朗、沙特等地。我也见到了一些留在这里的中国人，通过交谈得知，他们有的是朝觐时留下的，也有的是解放后为逃避国内政治运动逃出来的，从三反五反、反右派直至文革，都有人逃出来，说起各自的经历，有的人很激动。有一个人原在浙江某县当过科长、区长，因不堪忍受"文革"批斗而逃到这里。我问他愿不愿意回去，他摇摇头说不回去了。这些中国人虽已出来多年，但仍然惦念祖国和家乡。我劝他们在这里好好劳动，搞好团结，遵守当地政府的法令，发扬中国人的优良传统。当地官员介绍说，这些人吃苦耐劳，和当地人相处得很融洽。有些人经营小商业，对当地很有贡献，当地人还离不开他们了。当地官员说，请大使放心，我们会善待他们的。临别时，我和这些远离家乡的游子们再三握手告别，祝他们各家安好，如果有机会有条件愿意回到中国，中国仍然是他们的家，仍然欢迎他们回到祖国。这是我记忆最深的一件事情。

访问了吉尔吉特之后，我和代表团一起回到伊斯兰堡，受到了哈克总统的接见。哈克总统对红其拉甫山口开放典礼非常满意，称赞代表团并且祝巴中两国、以及巴和新疆地区之间的友好往来不断发展。司马义·艾买提同志也做了答词，双方交谈非常融洽。

喀喇昆仑公路经过的地区，许多世纪以来，一直是一个极其闭塞和贫穷落后的地区，公路建成通车后，这里发生了历史性的巨大变化。1986年5月1日红其拉甫山口正式对第三国开放后，世界各地的旅游者又纷至沓来，极大地推动了这一地区的旅游业。

在我写下这些文字的时候，听到了中国将再次对喀喇昆仑公路进行改建和扩建的消息，工程正式启动的仪式已于2008年2月16日在伊斯兰堡举行。这一消息使我深感兴奋，正如巴基斯坦总统穆沙拉夫在出席启动仪式时所说，这一工程将成为中巴友谊新的里程碑，将极大促进巴基斯坦与中国及中亚国家的经贸往来。

1984年，我又一次获得经喀喇昆仑公路旅行的机会。这次是应罕萨王的邀请去的。

罕萨，我们一般称作洪扎，原先是一个土邦，同中国交界，喀喇昆仑公路有很长一段便从罕萨境内通过。罕萨原来由王公统治，后来，巴基斯坦取消了土邦制度，罕萨王也不再享有王公的权力，但人们仍称他为罕萨王。喀喇昆仑公路修通后，从伊斯兰堡到罕萨的交通畅通无阻，罕萨王便邀请外交使团去他那里作客。于是，我也同许多国家的外交官一起去了。我们从伊斯兰堡出发，走喀喇昆仑公路，经吉尔吉特，直至罕萨，作了一次非常愉快的旅行。

罕萨之行使我再次亲眼看到了喀喇昆仑公路的伟大工程。我在巴基斯坦境内的喀喇昆仑公路之旅，也由此变得完整无缺了。

过了塔科特大桥，喀喇昆仑公路便沿印度河上行。公路所经地区，河谷狭窄，山峦重叠，悬崖陡壁比比皆是。由于受冻土、流冰、雪崩、活动岩堆、冰川和泥石流等影响，公路沿线岩石风化严重，支离破碎，流沙滚石经常不断。上次从红其拉甫山口坐车返回吉尔吉特时，当地人告诉我那里气候变化无常，七八月间也时常风雪交加。而帕苏地区则常有六级以上大风，飞砂走石，一刮数日。该地河流水位依每年的积雪和气温而变化。遇到气温高的年份，山洪爆发，洪水肆虐，冲毁河道、路基和桥梁。当年我们的工人在这样的地方修筑公路，其难度可想而知。车队在喀喇昆仑公路上行进时，有的地方还可以看到当年中国工人营地的遗迹和种植蔬菜的小块田地。

旅行中给我留下深刻印象的还有路边的古代岩画，特别是在吉拉斯附近，许多大块的岩石上刻有各种岩画，有人和鸡、狗、马等各种动物的形象，还有古代人们狩猎的场景，有些岩石上刻有佛像和佛塔，最突出的是石刻的莲花，有些岩石上还刻有多种古代文字。据说在修路时不得不破坏一部分，但仍然保留下来不少。在坚硬的岩石上刻划出如此丰富多采的图画，绝非一时之功。那时的人们是如何在条件如此严酷的荒山中生活的？又是如何在坚硬的岩石上刻下如此之多的岩画的？真是令人难以想象。

我们到了罕萨，受到罕萨王的热情接待。他在他的豪华、气派的邸宅里款待我们。我和他交谈时，他的母亲也在座。他家里还挂着周恩来总理、陈毅外长当年访问巴基斯坦时和他的合影。他极力赞扬中巴友谊，特别是喀喇昆仑公路的建设，因为这给处在群山之中、交通极其不便的罕萨开辟了全新的未来。

据介绍,罕萨王室统治该地区已有 900 多年。由于有数个山口通往我国新疆,路也近一些,历史上同新疆地区往来更多。到了清代,罕萨和中国还有过特殊的关系,曾是中国的藩属。中国史籍称其为坎巨提、乾竺特、洪扎、洪查或棍杂,等等。罕萨王每年向清政府进贡 1 两 5 钱砂金,清政府则给他们价值更多的赏赐,包括绸缎、纹银、瓷器等物。有一位担任过部长级职务的巴基斯坦朋友,曾拿了一件东西给我看,说这是罕萨王请他做客时送给他的礼物。这位朋友不知道是什么东西,要我鉴定。我一看是中国的银元宝,底部錾有元宝的重量,是 48 两,这显然就是从前 48 两当50 两用的纹银了。我告诉他,这是中国过去使用的钱币,很值得保存。

罕萨同清政府间的特殊关系持续了很久,直到后来罕萨遭到英国的武装入侵和控制,这种关系才受到了影响。1962 年,中巴两国政府协商解决两国的边界问题时,同时友好地解决了罕萨的归属问题。1963 年 3 月,中巴签订边界协定,罕萨土邦归并巴基斯坦。

在巴政府取消土邦制以前,罕萨王享有至高无上的权利,臣民们要向他纳贡,中央政府的政令可以不听。现在,罕萨王不再享有这些特权,但仍受到民众的尊重和爱戴。他很关心本地区的发展,人们有事向他请教,有矛盾纠纷,也找他调解。

罕萨的首府叫克里姆阿巴德,位于罕萨河中游北岸,景色壮观而秀丽。在一座高高的山上,有罕萨王的旧王宫,已有数百年历史了,现在没有住人,只供参观。站在旧王宫的房顶上,四周景色一览无余,非常赏心悦目。往下看,整个克里姆阿巴德绿树成荫,果园相连,山坡上还有层层梯田,生机盎然。从这里向南看,是巍峨的拉卡波希雪峰,山峰的边缘犹如刀切一般。据当地人说,现在积雪融化加快,雪线正逐年往上退缩,露出了岩石。向北看,是连绵不断的高山,雄浑壮观。山上没有树木,光秃秃的,但山间的羊肠小道依稀可辨。

在罕萨访问时,我们还走过一段类似栈道的悬崖小路,下面是湍急的罕萨河。在路北临河处,有一块巨大的长有青苔的岩石,上有刻有一行汉字,字迹已显模糊,但还能辨认出"大魏"等几个字。这是谁留下的遗迹呢? 后来有同志告诉我,这个地方被称作"罕萨灵岩",是旧时罕萨王公狩猎时举行祭典的地方,这里有数以千计的岩刻,内容非常丰富,其时代上起公元前 1 世纪,下至公元 15 世纪,表明罕萨是古代交通线上的重要一站。我国学者马雍曾到此考察,辨认出那一行汉文是"大魏使谷巍龙今向迷密使去"。他指出，除"谷"字外，其余各字均可确认。谷巍龙是北魏使臣，约于公元444—453年间出使迷密（今乌兹别克斯坦撒马尔罕东南），途经罕萨河畔时留下了这一题记。此事史籍没有记载，故这一岩刻非常珍贵。听到这些介绍，回想我作为中国大使，曾在那里面对1500年前一位同样是中国使节的岩刻题记，真是浮想连翩，感慨万千。

从克里姆阿巴德往北，是连绵的高山，天色也已晚了，不能再往前去了，我们便乘车返回吉尔吉特。

1984年，我访问了俾路支省省会奎达，受到了省督、首席部长等当地政要的热情接待。

据当地官员介绍，俾路支省是巴基斯坦幅员最为辽阔的一个省份，有34万多平方公里，但人口最少，只有500万。该省地处俾路支斯坦高原，多沙漠与荒漠，但有很长的海岸线，并蕴藏着丰富的地下资源。全省经济以农牧业为主，水源丰富的地方盛产水果，但山区还有一些地方种植罂粟。

当地官员还说，这里有很多部落，各自为政，他们有自己的传统习惯，对于中央政府的命令，符合他们心意的就执行，不符合的就不执行。在这些部落的辖区内，任何矿藏、财产都不允许外人随意染指。这里的商业不发达，当地没有多少产品可供输出。从奎达往南，在海边有拆船业，他们低价买入外国的废旧船只进行拆卸，这是当地的主要行业。后来，我曾将此情况向国内报告，国内有关部门也派人来考察过。俾路支省因交通不便，特别注意修路，尽管山岭纵横，崎岖不平，修路费钱费力，但是必须修，不修就会影响政令的执行和经济的发展。

奎达是一处颇为宽广的山间盆地，地下水很丰富，有许多果园，还有古老的"坎儿井"灌溉系统。奎达已建起了一些工厂，我也参观了几家企业。在一家纺织厂里，我发现一些青年女工的脸型非常像蒙古人，黑色头发，两颊通红，见到中国人到来，她们也非常兴奋。工厂负责人不久前到过中国，会讲简单的中国话，他说这些女工确实是蒙古人，他自己也是蒙古人，他们的祖先是当年成吉思汗西征时留下的人员。这一带有不少蒙古人，在这里已生活了许多代了。巴基斯坦经济的发展和工厂的建设，也给当地蒙古人的生活带来了好处。他现在的工作，收入已足够维持生活。

经过几个月的时间，巴基斯坦的四个省份我都去过了。可以看到，巴基斯坦全国是统一的，对于中央政府是拥护的，但是每个省都有大小不等的部落，过去

的部落制度还有很大影响。他们虽然没有和中央政府发生直接对立，但中央政府施政时处处都须谨慎小心。我想我们在处理和巴基斯坦的关系上，也要考虑这些实际情况，加强同当地部落协商，耐心地解决一切可能发生的争端。

根据中央的方针，驻巴使馆最重要的任务，就是加强中巴友好，共同为维护亚洲和世界的和平稳定而努力。

中巴两国是山水相连的友好邻邦，双方的传统友谊可以追溯到两千多年前。自1951年两国建交以来，在两国政府和人民的共同努力下，中巴两国已成为全天候、全方位的战略合作伙伴。所谓"全天候"，是指无论国际风云如何变幻，形势如何错综复杂，中巴两国作为患难与共的朋友，始终坚持相互理解，相互同情，相互信任，相互支持。而"全方位"，则是无论在政府、政党、社会各界和民间团体之间，还是在政治、经贸、外交、军事、科技和文化等各个领域，两国都在进行密切和全面的合作。中巴两国的友谊，经受了历史和时间的考验。

我在巴基斯坦工作的几年里，巴基斯坦的局势，总的来说是比较平静的，没有发生什么大的动荡。我初到巴基斯坦时，那里还实施着军法管制。1984年，齐亚·哈克将军通过全国公民投票成为总统，1985年在非政党基础上选举了国民议会和各省议会，随后又发布总统法令修改宪法，加强了总统的权力。尽管面临着反对派的极力反对，齐亚·哈克总统仍牢牢地控制着局势，也牢牢地执掌着军政大权。可以说，在那几年里，巴政局基本稳定，经济得到恢复和发展，人民生活水平有所提高。在这种情况下，我的工作也就很顺利。

巴基斯坦政局相对稳定，对发展中巴友好合作是有利的。我们很重视同巴基斯坦政治领导人的联系和交流，巴方领导人，特别是哈克总统，也经常和我们交流看法。

巴基斯坦很关注印度的情况和印巴边界的局势，哈克总统经常为此和我交谈，根据情况做如实的探讨。在这些问题上，我们很容易取得一致的看法，就是维护边界和平，处处以大局为重。关于印巴克什米尔争端，也是采取这个方针。

哈克总统对中国国内的形势也很关心，曾经问到中国在处理重大问题时的做法。他特别提到陈毅同志处理上海问题时的一些做法，尤其是三反五反运动的情况。他说他听到一些传闻，有如神话。我如实相告，三反五反这场斗争是必要的，陈毅同志当时任上海市长，对大上海是采取威而不断、鸭子浮水的办法，就是表面上保持平静和稳定，但注重用实际行动在下面解决矛盾、处理问题，这样有利于缓解紧张局势和减少混乱。他听了后很表佩服，称赞陈毅先生做得很好。此外，他还很喜欢听我介绍中国国内的情况，甚至问起解放战争的一些过程，我都如实相告。有时，他也把他得到的情况向我介绍。他还特别关照秘书：如果中国大使有事来，要尽快答复，不要耽误。这给我在那里的工作提供了很大的便利。

除了和总统等高层往来，我们还重视和政府部门，尤其是军队有关部门，包括已经退休的副参谋长交换看法，征求他们的意见。这使我们发表的言论、采取的行动，都能做到有的放矢，不说空话，实事求是。

巴国内局势稳定，中巴之间的往来就比较多了。我到任不久，1982年10月，哈克总统便应邀对我国进行了国事访问。他原先还打算到新疆看看近邻，但国内说10月以后新疆气候转冷，不适合哈克总统访问，所以未去新疆。哈克总统带了一个很大的代表团访华，我方给予了很高的礼遇，邓小平主任和胡耀邦总书记分别会见。双方都发表了热情的讲话，进行了友好诚挚的会谈。代表团先访问了西安，参观了清真寺，并在那里同当地穆斯林一起礼拜，当地伊斯兰教协会负责人马良骥接待了巴基斯坦贵宾并陪同礼拜，哈克总统很满意。代表团在桂林访问期间，坐船游览了漓江，两岸山青水秀，仿佛在画中一般。巴辅秘萨达尔开玩笑地和我说，你这位大使，这么好的地方为什么不早请我们来？这里多好啊！代表团访问的最后一站是上海，时间很短，主要参观工业。哈克总统这次访问，我方陪同团团长是当时的外交部副部长、实际上已经内定提为部长的吴学谦同志。访问上海后，哈克总统一行直接飞往日本访问。

1984年3月，国家主席李先念应邀访问了巴基斯坦。这是他就任国家主席后首次出访，显示了我国对发展中巴友好合作关系的重视。李先念主席的访问日程很紧张，访问前，当时任新闻司司长的李肇星同志专门打前站做了仔细的安排。巴方在机场举行了隆重的欢迎仪式，举行了盛大的宴会。访问期间，哈克总统全程陪同。在李先念主席访问拉合尔时，巴方还特地提前举行了全国牛马大会——当地一个具有全国意义的盛大节日和传统文化的展览会，请李先念主席出席。访问期间，中巴双方领导人举行了会谈，气氛十分融洽。

1985年，巴总理穆罕默德·汗·居内久应邀访华，他是巴实行军法管制8年后的第一任文官政府首脑，他执政后出访的第一个国家就是中国。这次访问也很成功。

除了国家和政府领导人的互访外，部长、副部长级的访问也很多，包括军工、经济和其它方面的代表团，这些访问都促进了中巴关系的友好发展。军工部门的访问是根据国防的需要安排的，张爱萍副总参谋长、刘华清司令员先后率团访巴。刘华清司令员对海上加油很感兴趣。这些领导同志和巴军方进行了会谈，特别是在维护南亚和平、加强中巴友谊、支援阿富汗等问题上，双方相互信任，意见一致，巴方没有提出过高的要求，我们也是尽力而为。

中国到巴访问的，除了部长们以外，还有王昆率领的东方歌舞团、王伟率领的合作社代表团、时任团中央第一书记兼全国青联主席胡锦涛同志率领的青年代表团，以及乒乓球代表团、全国妇联代表团，等等。巴方每次都很重视，不因级别而有所怠慢。这些代表团都受到哈克总统的接见，给予高度的评价和鼓励。

在巴基斯坦任职的几年中，互相访问几乎每个月都有。经贸代表团、文化代表团、广播电视代表团、教育代表团、新闻代表团、科学代表团、穆斯林代表团，等等，交流非常频繁。送往迎来，应接不暇。在我任期之内，最后来访的是杨成武上将率领的政协代表团。他在巴基斯坦受到很高的礼遇，哈克总统是一位军人，对中国这位战功卓著的将领格外重视。最后，我在回国时和杨成武上将同机回到北京。他在路上向我讲述了文革中所谓杨余傅事件的真相。他被关押以后，自己始终不知道被关在什么地方，直到最后才知道是河南。打倒四人帮后，他为了党的事业，为了中国的革命事业，仍然精神抖擞、干劲十足，使我非常钦佩。

在中巴两国的交往中，我深深地感受到，巴基斯坦非常重视同中国的关系。凡有中国代表团到访，哈克总统必定抽时间接见，他还观看我们的文艺、体育表演。当时卡拉奇是通往西方国家的重要通道之一，我国领导人出访，往往经过卡拉奇，在那里休息，等候转机，时间大多是在夜间，哈克总统每一次都要去迎送。我记得他好几次迎送李先念主席和其他领导人，每一次都进行友好的谈话，亲密的友情溢于言表。中巴是好邻居、好朋友、好伙伴，构筑长期稳定的中巴战略合作伙伴关系符合我们两国的共同利益，有利于促进地区的和平与繁荣。这是我几年中最重要也是最根本的体会。哈克总统后来因座机爆炸殉难，当时我已离休在家，闻讯很是震惊。

我们在巴基斯坦的外交工作，还充满着浓郁的人情味。巴方特别是哈克总统很注意这一点，他每年都要挑选最好的芒果送给中国领导人，这不是几个芒果的问题，是表达他的一片心意。我们在使馆内开辟了小菜园，种了黄瓜、白菜，到了收获季节，使馆挑出最好的送给总统、部长和军队的副参谋长，他们都非常高兴，赞不绝口。这不是几根黄瓜的问题，而是真真切切地表达了人情。哈克总统有一个十几岁的女儿，有智力障碍，他非常疼爱。有一次交谈中他问我有几个孩子，我如实相告。他就吩咐手下人给我的几个孩子买了礼物。我回国后，也买了头巾等女孩子喜欢的东西，回赠给他的女儿，哈克总统非常高兴。我的体会是，外交有政治严肃性，也需要人情味，需要互相关心。巴方的部长、副参谋长们和我见了面往往称赞说，我们不仅互通情况，还送白菜、黄瓜。虽然这些都是小事，但可以增加相互的感情，因而这不仅是礼仪的问题。

我们在努力推动政府间关系的同时，也重视同方方面面的联系。像那些退役的副参谋长，退休的政府官员，以及社会知名人士等等，我们都保持着联系，不因他们手中无权便冷落他们。巴基斯坦有一个巴中友协，会长是一名退休官员，为人朴实，非常关心中巴友好关系。我去拜访他，在他家里吃饭，尽管饭菜很简单，但气氛非常融洽。

经济领域内的合作是中巴友好合作关系的另一个重要方面。中巴两国的经济合作始于1965年，到80年代初，我方为巴方援建的军工及民用项目，已达20多个。比较大的项目，除喀喇昆仑公路外，还有重型机器厂和铸锻件厂等。这是当时巴基斯坦最大的工业项目，深受巴方朋友的称赞。为了巩固中巴友谊，我们的援助还将继续进行下去，比如现代化的工业，如航空业、机械工业等。有一些我们帮助他们建设，有一些方面我们也学习他们的技术。当时，有的项目任务很紧，在对我援外工程技术人员奖金封不封顶的问题上，国内有不同意见，经参处也有自己的意见。我们讨论后一致认为，为了完成任务，不采取封顶措施，应当按完成任务的数量和质量进行奖励。此意见得到国内的批准，保证了工程进度，也使同志们能多劳多得，受到工人同志们的赞扬。

离我们使馆最近的是我国援建的体育综合设施，它座落在伊斯兰堡中心地带，靠近玫瑰与茉莉公园，像一颗明珠镶嵌在伊斯兰堡。该项目包括可容纳5万名观众的体育场和有1万个座位的体育馆，还有运动员宿舍和练习馆，建筑总面积72000平方米。经过中巴双方工程技术人员和工人艰苦努力，工程于1984年10月全部竣工。同年10月21日，哈克总统亲自出席了体育综合设施的竣工仪式，我向哈克总统递交了移交证书，同时举行了第五届亚洲乒乓球锦标赛的开幕式。巴政府官员和各界人士以及各国体育代表团，对这项工程都很满意，各国运动员更是交口称赞。这是中巴两国人民合作取得的又一个丰硕成果。

在我到驻巴使馆工作之前，阿富汗问题已成为世界热点之一。1979 年 12 月 25 日，苏联军队入侵阿富汗，扶植傀儡政权，并迅速占领了整个阿富汗。苏联入侵阿富汗，引起了整个国际社会的反对。12 月 31 日，我国政府发表声明，强烈谴责苏联武装入侵阿富汗的霸权主义行径，坚决要求苏联停止对阿富汗的侵略和干涉，撤出一切武装部队。美、英等西方国家、伊斯兰世界和不结盟运动，都作出了强烈反应，谴责苏联入侵，要求从阿富汗撤走所有苏军。阿富汗人民也掀起了如火如荼的抗苏斗争。我在巴基斯坦工作期间，阿富汗局势成为中巴双方最为关切的问题，也是我同巴基斯坦官员和各国外交官交换意见时的重要话题。

苏联入侵阿富汗后，巴基斯坦首当其冲，国家安全受到严重威胁，三百多万阿富汗难民为逃避战火而涌入巴基斯坦，给巴基斯坦带来了诸多严重问题，造成了极大的压力。在这方面，巴基斯坦政府和人民表现出了高度的人道主义精神，对难民进行安置，为此付出了很大牺牲。中国坚决支持巴政府要求苏联从阿富汗撤军，让在巴的阿富汗难民返回家园的政策，并提供了力所能及的人道主义救济援助。有一些援助是直接进行的，有一些则通过巴基斯坦，比如对难民的援助，中国有关单位对难民提供了包括实物和金钱在内的各种援助。有一次，阿富汗国内要求提供适合于山区的交通工具，我们便通过红其拉甫山口运送了一批驴子，供他们做交通工具。

当时苏联奉行了错误的政策，还认为自己是在帮助阿富汗的穷人进行阶级斗争，打击的是大地主和资产阶级。有一次在匈牙利大使举行的家庭晚宴上，苏联大使公开发表了这样的言论，说应当支持他们的斗争。他越说越离谱，其它大使都转过头去不愿听他的。我认为他说的不符合事实，便对苏联大使说，阿富汗人民所进行的斗争，是反对外来侵略、保卫民族利益的斗争，阿富汗人民的斗争是正义的。你们已经进入了人家的国土，那里不是苏联的国土，你们最好赶快撤回原来的地方，阿富汗的问题应该由阿富汗人民自己去解决。我说了这番话以后，他虽然不服气，但口气明显变软了。因为这是匈牙利大使举行的招待会，所以争论没有继续下去。事后有的大使私下和我说，在这么多人面前，你为什么敢于同苏联大使正面交锋呢？我回答说，真理和正义属于人民，一个国家不能无端侵入另一个国家，这是国际法规定了的。我们应当支持阿富汗人民的斗争。

在出使巴基斯坦期间，我还有幸见到了巴基斯坦人日常生活的方方面面，写出来也不无趣味。

伊斯兰教是巴基斯坦的国教,礼拜是人们每天必不可缺的功课。到了礼拜时间,别的事情先停下来,先做礼拜,这种情况我碰到过好几次。有一次坐巴方司机开的车,下午四点半时,他突然将车停在路边,自己下车,面向西方跪地礼拜起来。另一次是去总统府参加一个招待会,我们按时到达,却未见主人出迎。进去一看,哈克总统正领着文武官员们朝西礼拜呢。

巴基斯坦的伊斯兰节日也富有特色。有一次恰逢古尔邦节,我出去参观,看到大街小巷都在杀牛宰羊。按照他们的规矩,凡是自己没有力量宰牲的穷人,到这个时候都可以分到一份肉。这是很好的习惯。每到斋月,每个人都须持斋,即在整个白天不吃不喝,在地里劳动、在野外放牧的人也不例外,坐办公室的更是严格遵守规定。有一次,为了了解喀喇昆仑公路沿线的古代岩刻,我请了一位专家到使馆介绍情况。当时恰逢斋月,我请他喝茶,他一口不沾。还有一次,巴基斯坦外交部一位女士来使馆和我谈问题,我请她喝茶,她再三推辞,说斋月期间按照教规是不能喝水的,保密也不行,真主会知道的。她还坦率地告诉我,说单身女子可以在政府部门工作,一旦结婚生了孩子,继续工作就很困难了。对于斋月里持斋的规定,宗教人士说这样做可以清理肠胃,可以使富人体会穷人的艰难,不忘穷人。

我们同巴基斯坦宗教界也有交往。中国伊斯兰教协会给我们提供了一些《古兰经》,我有时到巴基斯坦的清真寺去,就给那里的阿訇送上一部,说这是遵照中国伊斯兰教协会的要求赠送的。他们一再表示感谢,把《古兰经》高举到头上,并说,我们要记住先知的话,"学问,虽远在中国,亦当求之"。我曾经安排巴方一个伊斯兰教学者代表团访华。他们在我们国内受到很好的接待,对中方的活动安排非常满意。他们回去后说,中国宗教信仰自由的政策是真实的,中国穆斯林有信仰伊斯兰教的自由,中国的大阿訇有很大的影响力,西方的说法是错误的。这些伊斯兰学者在巴宗教界和社会上都有很高的地位,很有影响力,他们说的话,人们是深信不疑的。

总理居内久是穆斯林联盟的主要负责人,是信德省人,一次邀请各国使节到他家里做客,我也应邀前往。汽车在信德省开了几个小时,问路时得知这都是他的土地,可见这些大地主拥有土地之多。后来我离任时,居内久总理为我举行了丰盛的家宴,两个女儿也出来作陪。就是这位总理,后来被哈克总统解除了职务。这是我离开巴基斯坦以后的事情了。

各国驻巴基斯坦使团之间的活动也很活跃,互相之间宴请、访问不断。我印象最深的是德国大使夫人。德国大使请客，我和大使夫人握手时感到她的手不像一般女性的手，手上有很硬的茧子。她说她到过中国，看到中国妇女很勤劳。她告诉我，她虽是大使夫人，但在使馆里什么工作都做，除照顾好丈夫的起居外，还要打扫卫生，修剪草坪，以及其它的劳动。令人惊奇的是，她还向中国妇女学会了纳鞋底。这位妇女坚强、能干，很受人尊敬。她说，人生不能光靠别人。

我还认识一位巴基斯坦妇女协会的会长，很活跃、很活泼。她经常组织一些妇女活动。巴基斯坦在印巴战争中牺牲了许多人，按照当地传统习惯，寡妇改嫁是很困难的，因而她们经济上比较困难。驻巴基斯坦的外交使团每年都组织义卖，使馆的女同志争先恐后参加，杨陵和使馆其他女同志从国内买一些小物品，如头巾、手绢等，使馆每年剩余一些挂历，她们便把其中好看的画剪下来，一起拿去卖。然后把卖得的钱捐给巴基斯坦的寡妇和孤儿。这些孩子们吃着中国的糖果，说是特别甜，拉着我们女同志的手紧紧不放。这些活动得到使馆的支持，每次活动，食堂的大师傅都为大家烧汤烧水，表示他们的心意。巴基斯坦的妇女协会有时组织唱歌跳舞之类的活动，也邀请使馆的女士们参加。巴基斯坦妇女的活动，受到伊斯兰教和传统习惯的束缚，但我们仍积极努力，开展同巴基斯坦妇女交流的工作。

在巴基斯坦时间长了，经常会碰到婚丧嫁娶的事情。巴基斯坦有个习惯，上层社会家庭的女儿出嫁，要连续几天邀请政府高级官员甚至哈克总统出席婚庆活动，也邀各国使节出席，向新娘新郎表示祝贺。这种仪式我也参加过多次。因为许多政府官员甚至哈克总统会到场，各国使节也都参加，所以我们也积极参加。除了表示祝贺外，这也是加强互相交流的机会。

我也看到巴基斯坦有近亲结婚的习惯，多发生在中上层，其原因据说是历史传统，还有人说是为了防止财产流失，肥水不流外人田。我也见到过近亲结婚生下的孩子，站立困难，智力低下，很是可怜。有人曾请求我安排他的孩子到中国治疗，根据过去的经验，我如实相告，这种病的原因你很清楚，在中国也治不了。对我的婉言谢绝，他也表示理解，但他们并不认为近亲结婚是不好的现象。有一次，在机场碰到一位和我关系很好的部长，他旁边有一位漂亮的女郎。据介绍，这是他的侄女，也是他的侄媳，我一听，不禁为之愕然，可是他很坦然，认为这是最正常不过的事情。

丧礼我也参加过。巴基斯坦首任驻华大使退役少将罗查不幸去世，我闻讯前往吊唁。赶到他的家，看到家里全是妇女，她们没有高声痛哭，只是低声说话。

她们告诉我，按照这里的丧葬规矩，女人是不能到墓地去的。墓地只允许男人去，要参加葬礼，只能去墓地。幸好那天我去得比较早，时间还来得及，就赶紧往墓地赶，正赶上葬礼。罗查先生曾两次出任驻华大使，对中国有很深的感情。他生前邀请过好几位中国大使到家里做客，我也是其中之一。就餐时我看到，仆人在给客人上盘子的时候，都用双手拿着盘子的两边，并用布裹着盘子，不能一个个摞起来，撤盘子时也是如此。经私下询问，才知道这样做是为了避免摩擦盘面，因为这些都是从中国带回来的精美瓷器。他对中国的古董有极大的兴趣，专有一个大房间保存他从中国买回来的物品，我看到有陶器、瓷器、青铜器、木器，等等，保护得都很好。有一些还是珍品，恐怕在中国的市面上也是罕见的。

在中国的外交规定中，并没有参加当地婚丧嫁娶活动的规定。但在巴基斯坦，却是外交人员一件重要的事情。我认为这有利于外交工作的开展，如果认为这是多余的事情，不去参加，肯定会使主人感到脸上无光。所以在驻巴使馆，参加这类活动，已成为外交工作的一部分。

最值得回味的是，有一位巴基斯坦人士托我向哈克总统说情，此人在巴驻华使馆工作过，后调回国内，他很想再到巴基斯坦驻华使馆工作，便再三求我向总统说情。我和这位朋友很熟，不好拒绝。经过考虑，在一次和哈克总统随意交谈时，我对他说，你们驻华使馆的工作人员为中巴友谊尽心工作，贡献很大，比如像某某先生就是如此，他是一位非常热心的人。我的话就说到这里，没有说别的。过了不久，这位朋友果然又被派到中国。有一次我回北京见到他，他说多亏你的帮忙。我祝贺他在这里为中巴友谊继续工作。据说后来他又受到提升，到巴基斯坦另一个使馆担任更高一级职务了。

在使馆工作，除外交外，还要随时处理馆内同志提出的在国内碰到的种种困难，根据情况给当地政府写信，请地方上协助解决。从1973年到驻意大利使馆工作以来，此类事情碰到过多次。其中最有意义的一件事，就是在驻巴使馆工作期间处理叶于康同志提出的关于为他父亲叶在增先生平反冤案的问题。

叶于康同志是江西九江人，当时在驻巴使馆当司机。有一段时间我发现他情绪有点不对劲，一位叫周轩进的记者也向我反映，我就询问其原因。原来，叶于康的父亲叶在增先生曾担任过国民党政府国防部军法处审判官，1948年8月20日参加对南京大屠杀主犯、侵华日军总司令冈村宁次的审判。解放后，最初认为他

是有功的，但是随着各种政治运动的开展，又认为他枉法纵容战犯，导致对冈村宁次的轻判，因而判定叶在增先生有罪，撤销了他应有的待遇，蒙冤入狱数年，致使他生活无着，靠做工、教书维持生活。我听了这个情况以后，认为很重要，参加国民党政府对侵华日军的审判，是代表中国伸张正义，应当给予支持，为什么还要判有罪呢？国民党政府宣判冈村宁次无罪，是蒋介石投降卖国，叶在增先生并没有责任。当时新华社有评论，说这只能证明蒋介石一贯的投降卖国政策。我叫叶于康同志写报告，附上我的信，一起转往国内，报告给当时任中共中央统战部部长的杨静仁同志。杨静仁同志曾任中央民委主任，我在团中央统战部工作期间曾不止一次向他汇报工作、请示解决问题。杨静仁同志见到转去的报告后立即批复，指示当地政府予以解决。此事很快得到江西省政府和九江市政府的重视，对此案予以平反，并请叶在增先生出任政协委员。随后叶于康同志又提出了在福州市的房产问题，经了解，这原来是林则徐的遗产，以后转给了叶于康的祖先。此事有据可查，我便写了一封信，连同叶于康同志的报告，寄给了福建省委书记项南同志。此事很快得到项南同志的批复，房产也退回给叶于康同志。这两件事情，其实是一件事情，就是要消除过去极左政策造成的恶果。这应当感谢当地政府、党委的支持和帮助，感谢党的政策。叶于康同志敢于提出问题，应当得到支持，这有利于正确执行党的政策。这是在巴基斯坦工作期间做的一件有意义的事情。

1986 年，我在驻巴使馆工作已逾四年，年龄也到了 64 岁，当年 11 月，我奉调离任回国。巴基斯坦总统齐亚·哈克及政府有关部门、军方和外交使团都举行宴会欢送。巴外交辅秘萨达尔对我说，你们国内半年前就来照会要调你回国，被我们拖了下来。你们国内一再催促，我们不能再拖，只好放行了。就这样，我带着巴基斯坦人民的友谊回到国内，也从此结束了十几年来（1973 年—1986 年）长期驻外工作的生涯。

在巴基斯坦的四年多时间里，我亲眼看到了中巴友好合作关系的稳定发展，这不仅对中巴两国，对地区和世界的和平与发展也具有重要的意义。这样的局面，来之不易，不是从天上掉下来的，而是中巴两国老一辈领导人用他们的远见卓识和睿智开创的。回想 1956 年我在团中央工作时，曾担任首届中巴友好协会的常务理事。有一次巴基斯坦驻华使馆（当时在崇文门内）举行友好招待会，场景却很是冷清，只到了我和卫生部的一位负责同志。当时，巴基斯坦参加了巴格达条约组织和东南亚条约组织，而美国正利用这些组织建立反对中国的包围圈，这当然给巴基斯坦和中国的关系投下了阴影。但是，毛主席和周总理以他们的远见卓识，认为这并不表明巴基斯坦是反对中国的。巴基斯坦是中国的近邻，同中国一样长期遭受帝国主义欺负，两国更容易相互了解，相互尊重，相互同情，相互支持。中国对巴基斯坦这位邻居表现出来的同情和对其处境的充分理解，对增进两国间的相互了解和友好合作关系起了很大的作用。巴基斯坦历届领导人，如阿尤布·汗总统和贝·布托的父亲佐·阿·布托等人，都对发展两国的友谊作出了贡献。就这样，两国兄弟般的友好关系一步一步发展起来。

在我写这些文字时，时时都会想起五十多年来中巴关系的变化和发展，也更加认识到中央对巴外交政策的正确性。一个稳定的、发展的巴基斯坦，对于维护南亚的和平与发展，维护亚洲乃至世界的和平与发展，都有着重要意义。过去有人瞧不起巴基斯坦，认为巴基斯坦是穷国，其实不然。巴基斯坦是富有民族正义感的国家，我在实际接触中，深深感受到这一点。在过去反对前苏联入侵阿富汗和当今反对国际恐怖主义的斗争中，巴基斯坦都有着举足轻重的地位，都起了重要作用。我深深感到巴基斯坦地位的重要性和中巴友好关系的重要性，故虽已届耄耋之年，依然关心着巴基斯坦，希望巴基斯坦繁荣昌盛，中巴友好合作关系不断发展。

（本文转载自《跨越世纪的回忆》第三十章。世界知识出版社 2010 年 7 月出版。）

作者简介

王传斌，1921年6月生，山东省莱芜县人。1933年5月参加"少共"组织，1937年转为中共正式党员。历任区委干事、乡党支部书记、区委书记、青年团山东省委常委、青年团华东工作委员会秘书长。1955年3月起先后任共青团中央统战部副部长、国际联络部副部长、团中央委员。20世纪60年代起先后担任中国人民保卫世界和平委员会、亚非团结委员会副秘书长、副主任。1973年2月起历任驻意大利使馆政务参赞兼驻圣马力诺总领馆总领事、驻尼日尔大使、驻巴基斯坦大使。1987年起历任全国老龄委员会副主任、老年学会副会长、全国关心下一代工作委员会副主任，1991年6月离休。2011年11月在北京逝世，享年90岁。

全天候友谊　全方位合作

——出使巴基斯坦四年的感受

周　刚

中国前驻巴基斯坦大使

　　1991 年 4 月上旬，我结束了在马来西亚的任期，同夫人邓俊秉教授告别美丽的吉隆坡，离任回国。此前，外交部已通知使馆，经中央批准，我将出任中国驻巴基斯坦大使。回到北京后，我们来不及休息，即马上做赴任的准备工作。因为 5 月 21 日是中巴建交 40 周年，两国分别举行热烈隆重 的庆祝活动，外交部要求我最迟在 5 月上旬抵达巴基斯坦首都伊斯兰堡履新，主持中国大使馆的大型招待会。5 月 18 日，巴基斯坦外交部礼宾司非常及时地安排了我向巴基斯坦总统伊沙克·汗递交国书。经过四年任期，1995 年 4 月初，我和邓俊秉依依惜别了伊斯兰堡，离任回国，等候出使印度尼西亚。

　　在此之后的漫长岁月里，经常有朋友问我在巴基斯坦四年工作的感受。我的答复是：我们一直生活在友谊的海洋里，亲身体验中国和巴基斯坦两大邻国之间的"全天候友谊和全方位合作"。在巴基斯坦度过的岁月恍如昨日，至今仍历历在目，亲身经历的无数感人情景一直萦绕在我的脑海中，难以忘却。

隆重的递交国书仪式

　　我和邓俊秉于 1991 年 5 月 10 日中午乘国航离京。由于气候原因，飞机不得不绕道而行，先飞到拉合尔，深夜才抵达伊斯兰堡。除到机场迎接的中国大使馆主要外交官外，全体馆员在使馆会客大厅里等候。我们到使馆后，一下汽车看到这种情景，心里感到一热，长途飞行的疲劳立即为之驱散。我们走上前去同大家

——握手道谢，请同志们回去休息。

我深知时间的紧迫，第二天早饭后即请临时代办陆树林参赞、主管行政的姜振忠参赞和办公室主任等有关同志介绍递交国书和举行中巴建交40周年招待会的准备情况。陆代办告，巴外交部对新大使递交国书很重视，将尽早安排。巴领导人和政府高官将出席建交招待会，请柬均已发出。使馆内部的准备工作正在按计划进行。因为第二天是星期日，我请办公室为我在5月13日（星期一）约见巴外交部礼宾司长，商谈递交国书事宜。

巴基斯坦外交部离中国大使馆很近，乘汽车约5分钟。我于星期一上午抵达巴外交部时，礼宾司官员已在办公大楼门前等候。他引领我到礼宾司长的办公室。礼宾司长首先对我出任驻巴大使表示热烈欢迎，接着介绍了巴外交部关于递交国书的程序。他说，由于中国大使将在5月20日举行中巴建交40周年招待会，巴方特意将我向巴总统递交国书的时间安排在5月18日。我对巴方友好而周到的考虑深表感谢。

左一 巴基斯坦前总理贝·布托；左二 贝·布托母亲；右一 中国前驻巴基斯坦大使周刚；右二 周刚大使夫人，前驻巴基斯坦使馆参赞邓俊秉

5月18日上午9时半，巴外交部礼宾司副司长来到中国大使馆。我请他到会客室稍坐，上茶款待。之后，副司长请我登上巴方的礼宾车。按惯例，他坐

在后排的主位，我坐在客位。因为新任大使在递交国书之前还只是"候任大使"（Ambassador designate），巴方的礼宾车只挂巴基斯坦国旗，不挂中国国旗。我的夫人邓俊秉和参加递交国书仪式的大使馆高级外交官夫妇，乘大使馆的汽车先行前往总统府前的广场等候。我乘坐的礼宾车抵达总统府前的广场时，只见数十名仪仗队员已列队完毕，仪仗队的后面是乐队。邓俊秉和大使馆的各位参赞和武官夫妇按顺序排好，站在仪仗队的对面。巴仪仗队员趋前打开车门，我和礼宾司副司长下车。巴仪仗队队长正步向我走来，在我面前立正敬礼，请我检阅仪仗队。两名仪仗队员走在我的前面，仪仗队长在我的右面陪同，我们后面是礼宾司副司长和总统军事副官。检阅仪仗队开始，乐队奏欢迎曲，我向仪仗队行注目礼。检阅完毕后，巴总统军事副官和礼宾司副司长陪同我走向总统府大楼。拾级而上，进入大门后，来到递交国书仪式的大厅。

巴基斯坦总统伊沙克·汗已在大厅中央等候，陪同的有巴外交部高级官员和总统秘书。我走上前去，将国书双手递交给总统。他接过国书后，同我握手。我向总统介绍了我的夫人和大使馆外交官夫妇，总统向我介绍了在场的巴方官员。之后，双方进入贵宾室落座。我首先向伊沙克·汗总统转达了国家主席杨尚昆的亲切问候和良好祝愿。我表示，中巴建交40年来两国友好合作关系不断巩固和发展。建立在和平共处五项原则基础上的中巴关系经受了时间的考验，已成为国与国之间关系的典范。进一步发展中巴睦邻友好合作关系是中国政府的既定政策。中国将一如既往，支持巴基斯坦维护国家独立和主权的正义斗争以及为发展经济所做的努力。我为出任中国驻巴基斯坦大使深感荣幸，将在任期内为发展两国友好关系不遗余力。我赞扬巴基斯坦在伊沙克·汗总统和巴基斯坦政府领导下在建设中所取得的成就。伊沙克·汗总统欢迎我出任中国驻巴基斯坦大使。他说，同中国友好是巴基斯坦外交政策的基石。他为巴中友谊而骄傲。他深信，在双方的共同努力下，两国关系将不断巩固和发展。他表示，他本人和巴基斯坦政府对我担任驻巴基斯坦大使期间为发展两国友好合作关系所做的努力，将给予充分的合作和帮助。

谈话结束后，我向总统告辞。总统秘书和礼宾司副司长陪同我走到总统府大楼门口。车队已在那里等候，专车挂上了中国国旗，因为我已经递交了国书，从"候任大使"成为正式上任的大使了。巴礼宾司副司长送我回中国大使馆。这时我坐在汽车后座的主位，副司长作为客人坐在客位。到达大使馆后，我请礼宾司副司长到会客室，上茶和点心款待。我再次感谢他本人以及巴基斯坦外交部的周到安排。

我在巴基斯坦的四年任期内，曾多次为两国关系中的重大问题前往总统府拜会伊沙克·汗总统，同他交换意见。我也在众多的外交场合同他见面。在接触中，我深感伊沙克·汗总统这位巴基斯坦著名的政治家在巴基斯坦深受尊敬。他是中国的老朋友，对中国人民怀有深厚的感情。很多访问巴基斯坦的中国领导人和高级代表团都受到过他的友好接待。1995年3月，我在结束在巴基斯坦的任期前不久，同我的夫人邓俊秉专门前往白沙瓦去看望已经退休在家的这位老总统。我们一起畅叙旧谊，对两国友好关系发展的前景充满信心。我和邓俊秉高度评价老总统多年来为发展两国关系所做的宝贵贡献，并衷心祝愿他健康长寿。

递交国书后，我正式开始了驻巴大使的外交活动。

中国大使馆庆祝建交 40 周年的招待会

中国和巴基斯坦于1951年5月21日建立外交关系。建交40年来，中巴关系经历了最初几年的相互认识和了解过程，从上个世纪60年代开始不断发展和深化，结成了全天候友谊，开展了全方位合作。两国政府决定热烈隆重庆祝建交40周年的大喜日子。两国国家元首和政府总理互致贺电。两国领导人互访。两国大使馆分别在伊斯兰堡和北京举行盛大招待会，文艺团体互访，以及举办其他庆祝活动。

中国驻巴基斯坦大使馆的庆祝建交40周年招待会定于5月20日举行。在我抵达伊斯兰堡之前，大使馆的同志们为了这次招待会已经做了大量工作：确定客人名单，印制和发送请柬；向巴基斯坦外交部礼宾司了解出席招待会的巴方领导人；布置招待会大厅；制定安全保卫和食品安全的细则；联系伊斯兰堡饭店，聘请招待人员；落实使馆各室处的分工。

5月20日，大使馆院内灯火辉煌，办公大楼张灯结彩。招待会于晚七时半开始。但是，很多客人已经提前抵达。按照惯例，我和夫人邓俊秉在招待大厅门口迎接客人。客人热情地向我们表示祝贺，并对我们履新表示热烈欢迎。时间不长，大厅里已经人头攒动，一片欢声笑语。中国大使馆的外交官和他们的夫人同巴基斯坦客人亲切交谈，互致问候，畅叙友谊。

不久，巴基斯坦外交部礼宾司官员前来告诉我，巴基斯坦总统的车队很快就要到达使馆。我和邓俊秉随即走向大楼门口等候。车队抵达后，总统的专车停在楼门口正中。使馆招待员向前打开车门，伊沙克·汗总统走下汽车，我和邓俊秉同总统握手，并陪同总统到贵宾室稍坐。宾主进行了十分亲切友好的交谈。我热烈欢迎并感谢总统出席使馆建交40周年招待会，并表示，总统亲自光临充分体现了总统本人和巴基斯坦政府对中巴关系的重视以及对中国人民的友好情谊。相信通过双方庆祝建交40周年的各项活动，必将进一步加深两国人民的友谊，推动两国关系的发展。伊沙克·汗总统表示，巴中建交40周年是一件大事，他很高兴出席中国大使馆的庆祝招待会。他说，中国是巴基斯坦久经考验的好朋友，巴基斯坦人都为巴中友好而自豪。他强调，他和巴基斯坦政府把对华友好作为巴基斯坦外交政策的基石，将同中方一起努力不断把两国关系推向前进。在宾主交谈正浓之际，礼宾司长请总统到招待会大厅同客人见面。当我和邓俊秉陪同总统进入大厅时，全场响起热烈的掌声。我们来到大厅中央早已准备好的蛋糕桌前，我请总统切蛋糕。桌子四周已挤满了记者，照相机的闪光灯闪个不停，记录了这个有意义的时刻。我和邓俊秉把一片蛋糕盛在盘子里送给总统，又盛了几盘请在桌子旁边的贵宾品尝。伊沙克·汗总统同巴基斯坦参议院主席瓦西姆·萨贾德和国民议会副议长等贵宾握手。之后，我和邓俊秉陪同总统绕场一周和参加招待会的宾主见面。客人们争先恐后地同总统握手致意。礼宾司长走过来提醒，到总统离开的时候了。我陪同总统走向大厅前门。总统的车队已在门口等候。总统同我和邓俊秉握手告别之后，登上专车。我们挥手并目送总统离去。

招待会的气氛十分热烈、友好。参加招待会的有巴政府各部高级官员、陆海空三军高级将领、各界知名人士和巴中友协的朋友四、五百人。宾主沉醉在友谊之中，忘记了时间的流逝。很多巴基斯坦朋友迟迟不愿离去。

第二天，巴基斯坦主要乌尔都文和英文报纸纷纷报道中国大使馆招待会的盛况，热情赞扬巴中友谊。巴基斯坦电视台播放了20日我在电视台就中巴建交40周年发表的讲话。

这是我抵达巴基斯坦数日后举行的第一次大型活动。我被中巴友好的热烈氛围所感染，亲身领略到两国"全天候友谊"的真正含义。在此后的四年里，我和邓俊秉一直生活在巴基斯坦兄弟姊妹的友谊海洋里。

国家主席杨尚昆对巴基斯坦的国事访问

在 1991 年庆祝中巴建交 40 周年活动中，最重要的是中国国家主席杨尚昆对巴基斯坦的国事访问。杨尚昆主席于 10 月 26 日中午抵达伊斯兰堡。他从机场直接去夏克帕利扬小山，在那里植树留念。这座风景秀丽的小山上，周恩来总理等中国领导人都曾经植过树。这些树在巴基斯坦朋友的精心管理下，都已茁壮成长。杨尚昆主席和吴学谦副总理等主要陪同人员下榻总统府。

高规格的接待

杨尚昆主席是中国老一辈无产阶级革命家，卓越的党和国家领导人。他也为巴基斯坦人民所尊敬。对他在中巴建交 40 周年之际来访，巴基斯坦领导人和政府非常重视，给予了热情友好高规格的接待。当晚，巴总统伊沙克·汗在总统府举行盛大国宴。27 日上午，杨尚昆主席同伊沙克·汗总统会谈。下午，巴总理谢里夫到总统府拜会杨主席。晚上，谢里夫总理宴请杨主席。28 日上午，巴参议院主席萨贾德、国民议会议长戈哈尔·阿尤布·汗先后拜会杨主席。下午，伊沙克·汗总统陪同杨主席乘专机离开伊斯兰堡去巴文化名城拉合尔访问，机场上举行了盛大的欢送仪式。抵达拉合尔时，旁遮普省领导人到机场迎接。晚上，省督举行隆重宴会。席间，巴军乐团吹奏中巴两国名曲，《在北京的金山上》《我爱北京天安门》和《洪湖水浪打浪》等中国名曲赢得了宾主特别热烈的欢迎。身穿苏格兰裙子的风笛手一边演奏一边来到宴会桌前，也受到客人的喜爱。29 日，巴方在夏莉玛公园为中国国家主席举行有数千人参加的市民招待会。当杨主席进入公园时，在喷水泉池两旁身穿传统民族服装的青少年不断向中国贵宾抛撒五颜六色的花瓣，"巴中友好万岁"的欢呼声此起彼伏。招待会上主人和吴学谦副总理的讲话激起阵阵掌声，把招待会推向高潮。

丰硕的访问成果

杨主席同巴领导人会谈和会见时，就如何进一步发展中巴友好合作关系和双方共同感兴趣的国际和地区问题，深入地交换了意见，达成了广泛的共识。两国

签订了经济和技术合作协定，向在巴基斯坦的阿富汗难民提供援助的协定。杨主席会见了巴中友协的朋友，赞扬和感谢他们多年来为增进两国人民的友谊所做的努力。杨主席还接受了巴基斯坦电视台的采访。在参观拉合尔古城堡时，杨主席向巴基斯坦奠基人伊克巴尔墓献了花圈。10月30日，杨尚昆主席圆满结束在巴基斯坦的访问，离开拉合尔，去伊朗访问。

质朴平易的领导人

作为友好国家德高望重的国家元首，杨尚昆主席受到巴方最高规格的接待。但是，杨主席尊重对方，客随主便，不改变巴方的日程安排，没有任何额外的要求。他同巴基斯坦领导人和各界人士会见和谈话，既是年事已高的长者，又是亲切平易的朋友。巴基斯坦领导人对他非常尊敬。

杨主席还到大使馆看望使馆工作人员和在巴的专家、留学生代表。他在讲话中肯定大家的辛勤工作和学习，问寒问暖，希望大家为国争光，为促进中巴友好合作关系和两国人民的友谊而努力。我代表大使馆的全体工作人员和在场的专家、留学生，感谢杨主席的勉励，表示一定不辜负他和祖国人民的期望。

中巴之间的高层访问

从杨尚昆主席这次访巴可以看出，领导人的访问对发展两国关系的重大作用。

我在巴任职的四年中，两国高层领导、政党领袖、军队领导人互访频繁。中国访巴的还有全国政协主席李瑞环，中共中央政治局常委宋平，国务院副总理钱其琛，中共中央政治局委员尉建行，全国人大常委会副委员长赛福鼎，全国政协副主席钱正英等党和国家领导人，以及中央军委委员、中国人民解放军总参谋长张万年，中央军委委员、中国人民解放军总后勤部部长傅全有等。巴方访华的有，莱加利总统，谢里夫总理，贝娜齐尔·布托总理，参议院主席萨贾德，国民议会议长戈哈尔·阿尤布·汗和赛义德·优素福·拉扎·吉拉尼，穆斯林联盟和人民党的领导人，以及巴参谋长联席会议主席、陆军参谋长、空军参谋长、海军参谋长等。

这里特别讲一下全国政协主席李瑞环1993年12月4日至9日对巴的正式友好访问。这是贝·布托10月就任总理和莱加利11月就任总统后，中国主要领导人首次访巴。巴方高度重视，给予了很高的礼遇。巴参议院主席萨贾德作为主人不仅到机场迎接、会见和宴请，而且乘专机陪同去外地访问，并送行。萨贾德主席还出席了我为李瑞环主席访问举行的招待会。莱加利总统会见并宴请，贝·布托总理会见，吉拉尼议长会见并宴请。李瑞环主席到拉合尔、卡拉奇访问时，旁遮普省和信德省省督、省首席部长和省议会议长均迎接、会见、宴请和送行。巴中友协举行欢迎茶会，拉合尔市举行大型市民招待。李主席接受记者采访，到中国大使馆和中国驻卡拉奇总领事馆看望使领馆同志并讲话勉励。李瑞环主席在同巴领导人会见和会谈时，热情坦诚，推心置腹，高度评价中巴关系，衷心感谢巴方对中国的支持和合作，就进一步发展两国关系提出建设性建议。他特别强调，中巴友谊经受了时间的考验，中巴两国患难与共，"贫贱之交不可移"。他的谈话受到巴领导人的积极回应，收到良好效果。

这些高层访问，以及中央政府各部和地方政府负责人的互访，有力地推动了中巴关系的发展，增进了相互了解、友谊和合作。

巴基斯坦对中国的宝贵支持

在第二次世界大战之后，不少国家签订了同盟条约，一些国家成立了区域性集团。当今的世界更是时兴建立战略合作伙伴关系。但是，国与国之间的关系能够遵循和平共处五项原则，真正互相尊重，平等相待，互利合作，且长达半个世纪保持友好的并不多。中国与巴基斯坦的关系就是其中之一。这种关系堪称国与国之间关系的典范。中巴睦邻友好合作关系的最大特点之一是，双方高度互信，相互理解和支持对方的核心利益。我在巴基斯坦工作期间对此深有体会。

在我同巴领导人和政党领袖、军政高官、社会名流、以至平民百姓接触中，一谈到中巴关系，他们就赞扬中国对巴基斯坦的帮助，称中国是巴最可信赖的朋友。我亲身的经历说明，巴基斯坦同样给予中国以宝贵的支持和帮助，用北京人的话说，巴基斯坦是中国的"铁哥儿们"。

在涉及台湾、西藏、新疆和人权问题等中国的核心利益和重大关切问题上，巴基斯坦对中国的支持是坚定的、一贯的。在中国领导人访巴同巴领导人会谈时，在中国重要代表团会见巴政要时，巴方都明确表示坚持一个中国政策。1992 年 10

月，巴总理谢里夫访华，在同李鹏总理会谈时重申在台湾、西藏和人权问题上对中国的支持。1993年12月，贝·布托总理访华时向李鹏总理表示，支持中国在台湾、西藏、香港和人权问题上的立场。1994年12月，巴总统莱加利访华时，在同江泽民国家主席会谈中，表达了同样的态度。

上个世纪90年代，美国总要在日内瓦人权会上向中国发难。每年春天，我都到巴外交部谈人权问题。1992年3月8日，我约见巴外交部辅秘贾维德·侯赛因，就巴基斯坦在第48届人权会上对中国的支持表示感谢。侯赛因表示，这是巴基斯坦应该做的，巴能为在涉及中国重大利益问题上为中国朋友做些什么，是巴的荣幸。他强调，巴将一如既往支持和配合中国。

1993年3月2日，我往见巴外交部辅秘莫尼尔·阿克拉姆，商谈在第49届日内瓦人权会上如何应对西方提案。阿克拉姆非常坦诚友好地表示，中国的关切就是巴的关切，中国朋友希望巴方怎样配合请直告，巴方将尽力帮助，以巴方的方式全力配合中方。听到这里，我深为感动。这不是一个国家的外交部高官在表态，这是一个兄弟的肺腑之言。实际上，巴方的帮助每次都发挥了很好的作用。因为，巴在人权委员会的伊斯兰国家成员国中有很多朋友，同一些西方成员国也能说上话。而且，巴方在多边外交舞台上有丰富经验，巴驻日内瓦代表团大使英文水平高，外交语言表达能力强。因此，巴代表团做工作的效果有独到之处。

1994年3月3日，我往见巴外秘夏利亚尔，希望巴在第50届日内瓦人权会上以程序性动议打掉西方的反华提案。外秘表示，贝·布托总理在去年12月访华时明确表达了在台湾、西藏、香港、人权问题上支持中国的立场，这次人权会上巴方也不例外。他说，巴支持中国反对西方的反华提案是基于中巴友好、单一标准和原则立场。巴政府已指示巴驻日内瓦代表团投票支持中国立场。我向外秘表示感谢。

1995年1月9日，我往见巴外交部辅秘莫尼尔·阿克拉姆，就西方国家拟在第51届人权会上搞反华提案事，请巴方支持和配合中国打掉上述提案。辅秘表示，中方希望巴方如何配合，巴方就怎么配合；中方完全可以期望得到巴方的全力支持。3月20日，我奉命向巴外秘谢赫就巴方在这届人权会上支持中国打掉西方提案事，转交钱其琛副总理兼外长致巴外长阿希夫·阿里的感谢信。

在我从巴基斯坦离任回国以来的17年中，巴基斯坦坚持奉行一个中国的政策，在涉台、涉藏、涉疆等中国的核心利益问题上，继续密切配合中国，给予了宝贵的支持。巴基斯坦是公开明确支持中国实现和平统一大业的少数国家之一，并在打击"东伊运"恐怖势力上坚定支持中国的立场。这是中国人民永远不会忘记的。

2009 年 7 月 25 日至 27 日，我作为杨洁篪外长的特别代表访问巴基斯坦。我先后拜会了巴外秘巴希尔、外长库莱希和总理吉拉尼。我向他们介绍了新疆乌鲁木齐 7.5 严重暴力违法犯罪事件的原因和重大后果，以及中国采取的稳定当地局势的措施和收效。我代表中国政府感谢巴基斯坦政府在此问题上对中国的充分理解和明确支持。吉拉尼总理说，中国是巴基斯坦的好朋友，在中国需要的时候，巴应该给予支持，正像中国在巴有困难时一贯支持巴基斯坦一样。库莱希外长和巴希尔外秘都表示，巴方完全理解中国的处境，支持中国所采取的举措。他们非常诚恳地说，中国的稳定就是巴基斯坦的稳定，中国的稳定和发展有利于巴基斯坦。在伊斯兰国家组织秘书长拟召开紧急会议讨论乌鲁木齐事件时，巴基斯坦不仅明确反对，而且还告诉秘书长，中国是伊斯兰国家的好朋友，在中国面临困难时，伊斯兰国家应该支持中国，而绝不能做伤害中国利益的事情。外长说，为了取消上述紧急会议，他不惜同那位土耳其籍的秘书长激烈争辩。

在伊斯兰堡的三天中，我还会见了穆斯林联盟（谢里夫派）秘书长达尔、伊斯兰促进会秘书长和伊斯兰神学会负责人，以及前议长、前外秘和前驻华大使，同巴多家媒体座谈，介绍有关情况和中国政府采取的举措。他们不仅向中国表示同情、理解和支持，还提出不少有关如何做伊斯兰国家工作的建议。

患难知真交。这就是中国面临困难时的巴基斯坦朋友。

全力营救被绑架的中国工程技术人员

进入 21 世纪，国人对中国驻外大使馆和总领事馆的领事保护业务越来越熟悉。随着数千万中国人走出国门和上万个中国企业实施"走出去"战略，保护在海外的中国公民和中国法人的利益和安全成为中国驻外使领馆的一项重要任务。中国公民在国外遭到天灾人祸，中国最高领导人会在第一时间作出指示，中国有关驻外使领馆会立即启动营救方案，中国的广大老百姓会跟踪关注自己同胞的生死存亡。这种外交为民的理念和实践已成为今日外交的常规。

在 20 年前，当我在巴基斯坦工作时，遇到中国公民遭遇绑架、车祸等突发事

件,领事保护业务还没有机制化。当时巴基斯坦的治安形势总体上是稳定的。但是,由于阿富汗战乱的影响,巴基斯坦边境部落地区同中央的利益摩擦,使中国在巴工作的工程技术人员的安全已存在隐患。

下面讲讲我领导组织营救中国企业在巴员工的几次经历。

1991 年 10 月 10 日晚上,我和邓俊秉去机场迎接巴基斯坦总统访问沙特阿拉伯归来,刚回到使馆就接到巴外秘打来的紧急电话:中国在卡拉奇的一位姓张的专家被匪徒绑架,有关情况尚待了解。我立即和卡拉奇总领馆联系,请他们尽快了解情况。令人感到欣慰的是,第二天凌晨,巴外秘即打电话告我,被抓中国专家已经获释。这使我和总领馆一颗悬着的心掉了下来。

1993 年 9 月,中地公司在巴工作的王庆平和郑洪保被绑架。9 月 22 日,我拜会看守政府外长阿卜杜勒·萨达尔,请巴方采取措施解救二人。由于巴进行大选,营救工作进展缓慢。其后,在 1993 年 11 月,1994 年 3 月、4 月和 5 月,我先后约见巴外秘,敦促巴方加大营救力度。经多方努力,王、郑二人不久获释。5 月下旬,我患急性传染性肝炎,回国治疗和休养,8 月出院。8 月 19 日,我在北京参加了中地公司为王、郑二同志安全回国举行的招待会,当面向他们祝贺和慰问。这次营救,时间很长,王、郑二同志倍受折磨,反应了绑架事件的复杂和营救工作的艰难。

1992 年 10 月发生的绑架事件却复杂曲折的多,而且带有很大的戏剧性。

灾难从天而降

1992 年 10 月 19 日午夜,我和邓俊秉在国内接待巴基斯坦总理谢里夫访问后,乘中国民航回到伊斯兰堡。使馆临时代办一见面就紧张地告诉我,在俾路支斯坦省山达克铜金矿工作的 6 名中国专家被不明身份的人绑架,详情正在查询。经连夜向负责同该矿合作的中国冶金公司负责人和中国驻卡拉奇总领馆了解,事件发生的情况是:山达克铜金矿项目副经理张丰学、工程技术人员王承觉、王喜玲(女)、张玉华(女)、史国泰和陈喆一行 6 人,于 19 日晨 7 时乘吉普车离开工地赴俾路支斯坦省会奎塔公干,巴武装警察乘车在后警卫。下午 2 时,行至帕达克时,在一前后无人的拐弯处,被尾随在后的一部卡车赶超。车上跳下武装人员持枪命令张丰学等 6 人下车,换乘他们的卡车后,绝尘而去。巴警车抵达拐弯处时已不见中国专家踪影。据巴矿业发展公司告,他们已将此事报告俾路支省长,巴当地驻军已开始全力追踪搜索。

这一夜，我和使馆的主管领导难以入睡。

紧急大营救

祖国亲人在国外遭到绑架牵动万人心。国内外的大营救工作开始了。在北京，外交部是指挥部。中国驻巴基斯坦大使馆是前线。另外，还有驻卡拉奇总领事馆和驻阿富汗大使馆从旁协助。

20 日上午，我紧急约见巴外秘夏利亚尔。外秘主动表示，巴基斯坦政府获悉这一不幸事件后深为关切。巴中央政府、俾路支斯坦省政府、巴军方正全力以赴。巴方注意不采取过激行动，以免绑架分子铤而走险，威胁人质的安全。据俾路支斯坦省首席部长告，绑架者及 6 名中国人已于 19 日下午经巴基斯坦和阿富汗边界口岸阿纳姆波斯坦进入阿富汗坎大哈省。我表示，从北京一抵达伊斯兰堡即得到此不幸消息。现在我奉命告诉阁下，中方对中国公司员工安全十分关注，希巴方采取一切可能措施，使中国 6 名员工早日获释。当前最重要的是安全、特别是两位女士的人身安全。我要求巴方对山达克项目工地中方人员往返工地和卡拉奇、奎塔、拉合尔采购生产和生活物资，提供旅途安全保障。外秘表示，巴方正在采取一切可能措施营救中国朋友，并增派警力保护工地的中国员工的安全。他还告，巴基斯坦政府还要求阿富汗政府和坎大哈省当局合作营救。

当天下午，大使馆经济商务参赞陈子斌约见巴内政秘书西帕拉，商谈营救事宜。

22 日，中国外交部亚洲司副司长张成礼紧急约见阿富汗驻华大使馆临时代办苏哈尼亚尔，表示中国政府十分关心，员工家属极为焦虑，请阿方采取一切可能措施营救，寻找人质下落，保证其安全并早日获释。代办表示，阿方将尽力协助寻找。

谢里夫总理亲自关心营救工作

事发第二天，巴政府派奎塔地区专员和山达克矿负责人率领 50 名武警，分乘 8 辆汽车，沿路搜寻线索，追踪绑架者，并于当日进入阿富汗境内。

22 日下午，我会见巴内政部长舒贾特·侯赛因。部长表示，两小时前，谢里夫总理同他讨论了此事。总理深感不安，指示内政部采取一切可能措施营救。内政部打破常规，越过省政府直接处理此事。

23日晚7时，侯赛因部长打电话告诉我，6名员工现在巴阿边境—阿富汗部落手中，巴方已派人同其进行谈判，绑架方提出了一些释放条件。巴方要求首先放人，对对方提出的条件将给予同情性考虑。为了确保中国人员不受伤害，巴方采取了特殊措施。

一个小时之后，夏利亚尔外秘给我打电话称，经过核实，6人现在阿富汗境内，系被卡来布扎伊部落绑架，这一事件同边境两边的部落矛盾有关。巴方已同阿富汗政府联系，拟派准军事部队到阿富汗境内营救。外秘强调，谢里夫总理非常关心此事，当务之急是保证人质安全。

25日，巴外长坎久和外秘、总理顾问罗伊达德·汗、科技部长苏姆罗先后告我，谢里夫总理召开内阁会议，专门讨论营救事。总理十分不安，指示派内政部秘书前往俾路支斯坦省会奎塔协调营救工作。

26日，谢里夫总理在为美国大使钱行的午宴上，同我专门交谈了10分钟。他对6名中国员工被绑架事深表不安和歉意。他说，巴政府正在采取一切措施进行营救。他已派内政部秘书去奎塔，事情已有进展。他强调，巴政府处理此事的首要考虑是中国人员的安全，不使他们受到任何伤害。他说，请大使放心，相信事件可于近日解决，一有好消息即告阁下。我对谢里夫总理的亲自关心和巴政府采取的营救措施表示感谢。

27日中午，内政部长打电话告我，根据谢里夫总理的指示，巴有关机构和边防部队已加强警戒，搜捕罪犯。部长强调，巴决不允许第三者阻碍中国朋友对巴援助的图谋得逞。他说，已成立一个由巴基斯坦和阿富汗中央和地方政府、部落会议代表组成的协调委员会。巴方已派人赴阿，28日将同绑架者所在的部落谈判。

阿富汗政府的积极协助

21日，即事件发生的第二天，巴内政部秘书即会见正在巴访问的阿富汗国务部长，通报了有关情况，请阿部长亲自过问，使人质早日获释。阿部长表示愿尽力帮助。

22日，中国驻阿富汗大使馆临时代办张敏约见阿外交部副部长卡尔扎伊，请阿方协助寻找6名中国员工。副外长告，巴已向阿方通报，此事为阿西南部的一个名叫叶海亚·努里的军阀所为，人质已被劫持到赫尔曼德省和法拉省一带。

26 日下午，巴情报局打电话给我称，阿富汗有关部门请巴方转交中国 6 名员工 24 日签名的一张便条。便条上的英文内容是："我们在这里。我们很好。他们给我们食物、水以及我们日常需要的其他东西。他们对我们照顾很好。我们希望巴基斯坦政府对于他们的要求，尽快给予很好的答复。"我收到巴方送来的便条后，立即用中国大使馆的信纸答复 6 位同胞，表示祖国人民和大使馆十分关心他们的安危，正同巴政府一道积极营救他们。请他们保重身体，相信不久他们一定能平安归来。接着，我请巴情报局将大使馆的复信尽快转交中国 6 名员工。

29 日，阿富汗副外长卡尔扎伊告张敏临时代办，他今晨同他的父亲（坎大哈省圣战委员会领导人阿卜杜·哈克·卡尔扎伊）通电话时了解到，6 名中国人现在坎大哈省的沙漠地带，全部安然无恙，请中方放心。巴基斯坦人绑架了中国人，并将其交给同部落的阿富汗人，巴、阿当局正在同有关部落谈判。卡说，中国是阿富汗的伟大朋友，阿方将尽全力救人。在 6 名员工获救后，巴外秘告我，在营救过程中，阿富汗游击队盖拉尼派起了积极作用。盖拉尼的儿子曾专门为营救事回阿富汗做有关方面的工作。

在营救的全过程中，阿富汗政府积极予以配合，阿驻巴大使馆派外交官三次去坎大哈省，同绑架方进行了 4 次谈判。

巴基斯坦各界人士的关心

几天来，巴基斯坦报纸就中国工程技术人员被绑架事用"令人震惊"、"不能容忍"的大标题做了大量报道，表达了对营救中国朋友的关心。巴报强调山达克铜金矿项目对巴经济发展的重要性，要求政府加强对中国专家的安全保护措施。

21 日，巴反对党领袖、前总理贝·布托发表声明，对中国员工被绑架表示严重关切，要求政府立即采取行动营救。25 日，贝·布托还派巴人民党中央执行委员会见中国驻卡拉奇总领事张真瑞，转达关心和问候。

在各种外交场合，巴各界朋友纷纷向我和邓俊秉以及大使馆外交官表示关切。巴朝野上下的努力在营救工作中发挥了重大而积极的作用。

平安归来

10 月 30 日晚 7：30，巴三军情报局长贾维德·纳西尔打电话向我报喜。他说，

6名中国工程技术人员已安全返回巴领土。

接着，巴电视台晚间新闻播发了中国工程技术人员获释的消息。

晚10时，夏利亚尔外秘给我打电话。他说，中国6名员工已回到巴基斯坦的古力斯坦镇，他们平安无事，身体健康，将在体检后去奎塔。我表示很高兴听到这一特大喜讯，衷心感谢谢里夫总理的亲自关心，巴政府、外交部和内政部、军方以及俾路支斯坦省的大力营救。

中国大使馆立即将这一喜讯报告国内，并请转告6位同志的家人，同时通报卡拉奇总领馆和山达克项目驻奎塔办事处。31日，俾路支斯坦省督和巴内政部秘书会见经过体检后身体状况良好的6名中国工程技术人员。当晚，省首席部长设家宴为6人压惊洗尘。

11月1日，大使馆经济商务参赞陈子斌飞抵奎塔，代表中国政府、中国大使和大使馆看望平安归来的6位同志，对他们表示亲切的慰问。在座谈会上，6位饱经惊吓的同志对党和政府以及中国大使馆和总领事馆的通力营救，表达了衷心感谢之情。他们纷纷表示，今后一定加倍努力工作，以不辜负祖国亲人的关心和期望。

专家归来话历险

6位遇险同胞在休息之后，向使馆、总领馆和中冶公司办事处领导介绍了历险的前前后后。

下面，请读者读一读他们讲述的真实故事。

10月19日下午，在俾路支斯坦省的帕达克荒郊野外无人之处，当我们被突然赶超的武装人员用枪逼迫改换车辆时，我们意识到被绑架了。在汽车上，大家镇压下来，思考应对之策。我们在枪口下虽然不能说话，但可以用眼神交流。我们决定把随身携带的纸张撕成片，每隔一段时间就向车后抛弃一些，以便巴方营救人员可以循迹追踪。这一招以后真起了作用。

进入阿富汗境内后，武装分子每天都改换宿营地。我们采取低姿态，不对抗，不暴露身份。对武装分子提出的要求，表现合作的态度，尽量避免不必要的伤害。过了一段时间，双方相处已熟，可以用英文简单交流。对方的头目会讲英文。他表示，他们知道中国，中国好，是阿富汗的朋友。他们是不得已而为之。此前，他们曾给巴政府写信，要求释放被关押的亲属。遭到拒绝后，他们又给山达克项目的业主写匿名信，扬言要绑架人质。他们事先进行了充分准备，选择了下手地点和行车路线，希望借此向巴政府施加压力，交换被关押的亲属。在被看管的 11 天中，武装分子对我们基本上以礼相待，未加虐待，也不蒙面，可以自由交谈。他们尊重妇女，就宿时男女分开。得知张玉华患感冒后，还想法弄了一些药。在沙漠地带的凹处，我们能自由活动，对方不放岗哨。过了两天，小头目同我们称兄道弟。他问我们男同志会不会打枪。尽管我们中有人当过兵，却假称不会，端起枪来不知如何瞄准。小头目一见哈哈大笑，主动教我们使用方法。平时吃饭虽然简单，但有"馕"（烤的厚面饼）、有菜。有时还杀鸡宰羊，买水果，改善生活。十来天中虽然受了些惊吓，风餐露宿，但未受大苦。从巴基斯坦和阿富汗政府大力相救，从绑架者对我们的态度来看，我们深深感到祖国的强大和巴阿人民对中国的友好。这是我们永生难忘的奇特历险经历。

向巴基斯坦和阿富汗政府致谢

10 月 31 日晚，我和邓俊秉宴请陪同谢里夫总理访华归来的巴外交国务部长坎久，请他转达对谢里夫总理、巴外交部、内政部以及有关地方当局和部门为营救中国公司员工所做的艰巨努力的衷心谢意。

11 月 3 日，我往见巴外秘夏利亚尔，按我外交部指示，代表中国政府对巴基斯坦政府在短期内使 6 名中国公司员工全部安全获释，表示衷心感谢，特别感谢谢里夫总理的亲自关心，感谢巴外交部等各有关部门和朋友富有成果的努力。外秘说，这是巴应该做的事情，不值得一谢，巴方从一开始就制定了确保中国员工不受任何伤害的对策。

与此同时，中国驻阿富汗大使馆临时代办张敏往见阿副外长卡尔扎伊，对阿富汗政府、盖拉尼外长和卡本人，以及其他相助的友人，表示衷心感谢。

一次对阿富汗的闪电访问

1989 年 2 月，苏联从阿富汗撤军，结束了近 10 年的侵阿战争。但是，阿富汗并没有从此享受和平。原来的抗苏武装各派开始争权夺利，塔利班开始崛起，阿重新陷入内乱。中国驻阿富汗大使馆不得不一度从喀布尔撤出。

在这种情况下，我和驻巴大使馆有时要处理一些有关阿富汗的事务。

1991年6月27日，我参加中国援助阿富汗难民的物资交接仪式。

1992年4月13日，阿富汗伊斯兰党政治委员会负责人库特布丁·希拉尔和该党驻伊斯兰堡代表哈桑见我，介绍有关阿富汗形势，并商谈派留学生到中国学习事。

1994年1月10日，我会见阿富汗总统拉巴尼的特使总统顾问穆罕默德·西迪克·恰卡利和文教新闻部代部长赛义德·伊沙克·德尔焦·侯赛尼。他们转达了拉巴尼总统对中国领导人的问候，感谢中国就阿发生武装冲突发表谈话。双方回顾了中阿两国的友好关系，特使希望中国在阿富汗今后重建中发挥作用并发展经贸合作。2月26日，阿富汗城市建设部长艾哈迈德·沙阿·艾哈迈德·扎伊和文教新闻部代部长侯赛尼来使馆见我，就阿富汗局势交换意见。4月14日，联合国秘书长阿富汗问题特使突尼斯大使穆罕默德·迈斯蒂利和驻巴基斯坦代表莫苏利斯向我介绍他们访问阿富汗会见阿各党派和各界人士的情况，以及联合国援阿计划。

1995年1月12日，我应约会见阿富汗总统的特使总统特别顾问、驻巴基斯坦使馆馆长穆希德·卡利利。他介绍了阿富汗局势的新发展，联合国秘书长第四次穿梭情况，以及美国和巴基斯坦等有关国家的态度。除此之外，我先后宴请过阿政府的一些部长和副部长，以及阿富汗伊斯兰民族阵线主席吉拉尼的侄子们。我还专门会见和宴请阿驻巴大使，感谢阿方为营救中国6名工程技术人员所做的努力。

这里，我要特别介绍一次到阿富汗的闪电访问。

1994年10日20日，应巴基斯坦内政部长巴巴尔的邀请，驻巴基斯坦的部分国家大使乘联合国专机去阿富汗考察。巴内政部长和美、英大使等乘一架飞机。我和意大利、西班牙、韩国大使，联合国开发计划署副代表等共10人乘另一架飞机。我们这架飞机于上午8：10离开伊斯兰堡，8：50飞越贾拉拉巴德，9：15飞越喀布尔上空。同机的大使们开玩笑说，喀布尔当局会不会把我们当作不速之客给打下来。有人乐观地说，我们的飞机有"UN"标记，军阀们不敢同联合国作对。10：35，飞机降落在阿富汗西部大城赫拉特附近的一个简易机场上，我们同早几分钟之前抵达的巴巴尔部长等人会合。机场上举行了欢迎仪式，乐队高奏迎宾曲。我们检阅了仪仗队，同欢迎的约一百多人的队伍见面。

仪式结束后，我们的车队前往赫拉特。沿途三步一岗，五步一哨，戒备森严。警卫人员是游击战士，穿着不同的服装，手持不同的武器，是名副其实的"民兵"。

入城之后，我们先后参观了清真寺、大学、前省督府、海关、市场，以及"万人坑"。12:15，我们一行在一座小山的山顶上进午餐。名叫伊斯梅尔的主人致欢迎词。他感谢各国帮助阿富汗反抗苏俄的武装侵略，希望国际社会为阿重建提供援助。巴内政部长巴巴尔致答词。他强调，前苏联当年侵略阿富汗时，是巴开始援阿"圣战"。他这次邀请一些友好国家驻巴使节来阿考察，是为了向全世界宣布，阿富汗已无战事，这里完全和平。阿重建工作应该开始，因为政府已经开始收缴在民间分散的各种武器弹药，并集中统一管理，已没有人能够威胁重建进程。他表示，巴政府决心援助阿重建工作，但是不能只由巴一家承担。他呼吁国际社会大力援助做出重大牺牲的阿富汗人民，援助可以从没有战事的地区先开始。

午餐之后，我们于14:35乘机离开赫拉特，前往南部名城坎大哈。15:20，抵达坎大哈，受到当地军政官员、群众代表和学生的欢迎。进城之后，我们拜会了坎大哈省省长。因夕阳已西下，我们一行于17:00去机场。17:30，我们的专机起飞，告别坎大哈。19:15，返抵伊斯兰堡，安全地结束了这次对阿富汗的特别访问。遗憾的是，由于笔者粗心大意，来前没有检查摄像机的电池状态，结果在拍摄几分钟后就自动关机，没能完整地拍下这段特殊的经历。

附：2010年5月21日在中巴建交59周年庆典活动上的讲话

中国和巴基斯坦建交59年来，在两国政府和人民的共同努力下，两国关系不断发展。以"全天候友谊"和"全方位合作"为特点的中巴睦邻友好合作关系，已成为国与国之间关系的典范。这种关系为维护地区和亚洲的和平与稳定做出了积极贡献，受到国际社会的重视。这种关系为两国带来了实实在在的利益，为两国人民所珍视。这种关系在21世纪具有广阔的发展前景，双方将为此共同努力。

一、中巴关系的主要特点

1.互相尊重，平等相待，高度信任

中巴两国历史和文化传统不同，社会制度和意识形态相异。但是，两国恪守和平共处五项原则和联合国宪章等公认的国际关系准则。两国互相尊重，从不强加于人。双方平等相待，从不考虑国家的大小和强弱之别。双方在政治上高度信任，

一贯从战略全局和两国友好大局出发，看待和处理两国关系。2005 年，中巴签署了《中华人民共和国和巴基斯坦伊斯兰共和国睦邻友好合作条约》，为中巴战略合作伙伴关系奠定了重要法律基础，使两国的战略合作伙伴关系进入了新的历史时期。中巴在战略上的高度互信是两国关系不断发展的重要前提和基础。

2. 在维护主权、领土完整、安全等核心利益问题上，相互理解和支持

维护国家主权、领土完整和安全，是一个国家的核心利益。中国一贯坚决支持巴基斯坦维护国家主权、领土完整和安全的正义斗争。长期以来，巴基斯坦在台湾、西藏、打击"东突"恐怖势力、人权等关系中国核心利益问题上，给予中国宝贵的支持，完全支持中国的和平统一大业。在上个世纪五十、六十、七十年代，巴基斯坦为中国提供了通往世界的空中走廊，为中美实现关系正常化搭起了桥梁。在我担任中国驻巴基斯坦大使期间，每年日内瓦人权委员会开会讨论美国和西方的反华提案时，我都前往巴基斯坦外交部请巴方支持中国的提案。巴方总是明确地告诉我："中国的事情就是巴基斯坦的事情。中国朋友需要我们怎样配合，我们就怎样配合，请中国朋友放心。"在这个事关中国的重大利益问题上，巴基斯坦的态度十分明确，支持十分坚定，配合十分密切。2009 年 7 月，我作为中国外交部长的特别代表访问巴基斯坦，就乌鲁木齐 "7.5" 事件对巴基斯坦对中国的支持，向巴基斯坦政府转达中国政府的谢意。巴基斯坦总理吉拉尼向我表示，"巴基斯坦政府坚决支持中方为维护稳定和发展所采取的一切举措。新疆的发展和进步有目共睹，巴从中国的发展中受益。"我会见外交部长库莱希和外秘巴希尔时，他们表示："乌鲁木齐事件是中国的内政。中国的安全就是巴基斯坦的安全，中国的发展就是巴基斯坦的发展。巴基斯坦坚决支持中国维护自己的安全和发展利益。不仅如此，巴基斯坦还向伊斯兰国家组织秘书处做工作，明确告诉他们，中国的稳定和安全有利于整个伊斯兰世界，伊斯兰国家应该站在中国一边。"大家可以想到，在中国遇到困难的时候，巴基斯坦的上述支持是多么可贵。

3. 高层互访和各领域各层次友好往来频繁

领导人经常互相访问和会晤是中巴关系的突出特点。2005 年和 2006 年温家宝总理和胡锦涛主席先后访巴。扎尔达里就任总统后已 4 次访华。吉拉尼总理 2 次访华。胡锦涛主席和温家宝总理同他们多次会晤。这些高端访问和会晤极大地增进了相互了解和友谊，明确了两国友好合作的方向。两国建立了多种对话和合作

机制，就各自关心的重大问题保持经常磋商和协调。两国议会、政党、地方政府、经济、科技、文化、教育、金融等领域的友好访问不绝于途，有力地发展了两国之间的合作。近年来两国人文领域的往来增加，双方重视青年之间的交往，增派留学生。两国媒体对中巴关系进行积极报道。所有这些对于发展中巴友好合作和培育中巴友好的深厚民意基础有重要作用。

4. 经济贸易合作互利共赢

中巴经贸合作发展一向良好。进入 21 世纪，双方致力于深化和拓展经济联系，采取了一系列战略性举措和制度性安排，以实现共同发展。例如，中巴签订了《中巴经贸合作五年发展规划》和《中巴自由贸易协定》。中巴经贸合作既有互补性，发展空间和潜力较大；又是互利的，有利于两国的经济发展。截至 2008 年底，中国在巴基斯坦的直接投资金额累计达 10.7 亿美元，主要投资项目有轻骑摩托车公司、海尔鲁巴电气公司、中巴联合投资公司、移动通讯公司、上广电鲁巴电器公司等`。近年来，巴基斯坦成为中国对外承包工程重点市场之一。很多中国的国营和民营企业进入巴基斯坦，积极参与巴的通讯、交通、电力、油气勘探、资源开发等领域的项目。中国企业在巴基斯坦已经完成的重要项目包括：巴罗塔水电站、程控交换机、铁路客车项目、PAPCO 成品油管线项目、220KV 输变电项目、钻井勘探项目等。

目前正在建设的重要项目有：尼勒姆杰勒姆水电站项目，真纳水电站，恰希玛核电站二期，喀喇昆仑公路升级改造项目，曼格拉大坝加高项目，康德科天然气压缩机站项目，移动通讯项目，旁遮普公路项目，星级酒店项目，铁路机车项目，水泥生产线项目等。

这里必须强调，中巴两国过去进行的经济合作，以及近年来开展的工程承包和劳务合作项目，都是互惠的。这些项目不仅有利于巴基斯坦的经济发展，而且对中国企业也是巨大的支持。这些项目对中国企业走向国际市场具有重要的意义。在承建这些项目时，中国企业得到巴基斯坦政府的大力支持。中国企业不仅获得经济效益，而且积累了开拓国际市场的经验，培养了员工队伍。

5. 中巴两军之间的往来与合作是两国高度互信的重要表现

多年来，两国防务部门和军队之间进行了多层次、多领域的深入合作。包括团组互访、人员培训、防务磋商、联合反恐演习、海军联合搜救演习以及军工生

产合作。2006 年 2 月签订的《中华人民共和国国防部和巴基斯坦伊斯兰共和国国防部合作框架协议》对促进两军合作发挥了重要作用。中巴两国防务部门和军队之间的合作，反映了两国友好的深度，以及双方之间的高度信任。这种合作不针对任何第三国，它有利于维护地区的和平和稳定。

6. 两国在国际事务和地区问题上进行密切磋商和合作

中巴两国在关系世界和平、安全和发展，应对传统和非传统安全的威胁等重大国际问题上，拥有广泛共识和共同利益。两国在国际和地区事务中，在联合国和安理会改革问题上，保持密切沟通与协调，进行有效配合与合作。两国一致认为，世界各国应严格遵守《联合国宪章》的宗旨和原则，以及和平共处五项原则等公认的国际关系准则；应充分保障各国根据本国国情选择发展道路的权利、平等参与国际事务的权利和平等发展的权利；应该通过对话和合作和平解决分歧与争端，而不应任意诉诸武力或以武力相威胁。两国共同致力于加强广大发展中国家的团结与合作，在全球化进程中维护自身的权益，共同促进国际关系民主化，维护地区和世界的和平、安全与繁荣。两国认为，恐怖主义、分裂主义和极端主义对地区和平、稳定与安全构成严重威胁。两国在双边和多边框架内开展实质性合作，共同打击"三股势力"。这里要强调指出，巴基斯坦为打击恐怖主义做出了重大贡献和牺牲。国际社会应该承认巴基斯坦的贡献，理解巴基斯坦所做的牺牲，支持巴基斯坦维护国内安全和稳定的努力。中国和巴基斯坦都是维护世界和地区和平的积极力量。

二、21 世纪中巴关系发展前景

进入 21 世纪，国际和地区形势发生了巨大而深刻的变化，国际关系处于大发展大调整大变革中。多极化和和全球化正以前所未有之势深入发展。和平、发展和合作仍然是时代的主流。但是，霸权主义、强权政治和冷战思维依然存在。全球化带来快速发展的同时，也带来多种问题和挑战。气候变化、粮食安全、能源安全、公共卫生安全等全球性问题进一步显现。世界金融危机的影响尚未过去，全球经济恢复仍需时间。恐怖主义、大规模杀伤性武器扩散、一些局部冲突和热点问题久拖不决，给世界和平和发展带来严峻挑战。

国际和地区的新形势、新变化，要求中巴紧密携手合作，坚定不移地推进在各领域的务实合作。这是时代的召唤，是中巴两国人民的共同心愿。不断把中巴战略合作伙伴关系推向更高水平具有坚实基础和良好条件。中国和巴基斯坦是经受过时间考验的好邻居、好朋友、好伙伴、好兄弟。中巴友谊是全天候的，有广泛的民意支持和深厚根基。中巴在各领域的合作有丰富的经验，是互利互惠的。中巴在国际事务中的广泛共识是进行和开展合作的可靠基础。中巴睦邻友好合作具有战略意义。

展望未来，中巴合作必将日益密切，中巴友谊必将与日剧增。

1. 倍加珍稀并不断发扬光大历久弥坚的全天候友谊，不断深化战略合作

始终从战略高度和长远角度看待中巴关系，继续保持两国领导人密切交往，两国政府要规划好、落实好双方在各领域的合作，就各自关心的重大问题保持经常磋商和协调。

2. 大力拓展经贸合作，实现互利共赢

两国共有 15 亿人口，合作潜力巨大。中国企业可在巴基斯坦资源能源开发、基础设施建设、发展信息和科技技术、兴建工业和高科技园区、加强家电和汽车制作业、深化农业领域的全面合作方面，发挥更大作用，以更有力地促进巴基斯坦的社会经济发展。

3. 高度重视扩大人文领域的交流与合作

加强文化、教育、青年、媒体领域的交往，开展友城合作，加大人力资源开发和职业培训，扩大互派留学生及访问学者的规模，大力开发旅游市场。举办文化月、电影周、旅游年、国家节活动，以增加社会各界特别是青年之间的交流、了解和友谊，进一步夯实两国友好合作的社会基础，使中巴友谊世代相传。

4. 进一步加强国际合作，维护双方共同利益

中国和巴基斯坦是国际舞台上不可或缺的合作伙伴。双方在国际和地区事务中的协调和合作，意义超越双边和地区范畴。双方应特别重视在促进国际关系民主化、推动普惠和共同发展的全球化、打击恐怖主义、维护各自主权和安全、发展地区和次地区合作（如南亚区域合作联盟、上海合作组织、东盟地区论坛、亚洲合作对话、亚欧会议、印度洋海域合作），以维护两国及发展中国家的整体利益。双方应共同努力，维护世界多样性和发展模式多样化，推动建设持久和平和共同繁荣的和谐世界，为世界和平和发展，以及人类进步，做出更大的贡献。

　　总之，中巴友好关系的基础已经打牢，中巴合作的方向已经明确，中巴战略合作伙伴关系有广阔的发展前景。这不仅造福于中巴两国人民，而且有利于南亚地区以至世界的和平、稳定和发展。

作者简介

　　周　刚，男，江苏人，1961年毕业于莫斯科国际关系学院。历任外交部亚洲司科员、副处长、处长、副司长，驻马来西亚、巴基斯坦、印度尼西亚、印度大使。曾获巴基斯坦HILAL-I-PAKISTAN勋章、印度国际团结基金会终身外交成就奖。现任中国外交部外交政策咨询委员会委员、中国－印度名人论坛秘书长、中国国际战略学会高级顾问、中国国际问题研究所特约研究员、中国亚非发展交流协会顾问、中国人民外交学会理事、改革开放论坛理事，中印友好协会理事。

最真挚的朋友

中国前驻巴基斯坦大使 周 刚

中国前驻巴基斯坦大使馆参赞 邓俊秉

左一 巴基斯坦前总理谢里夫；左二 中国前驻巴基斯坦大使馆参赞邓俊秉
右一 中国前驻巴基斯坦大使周刚；右二 谢里夫夫人

我们所接触的穆斯林联盟政府总理纳瓦兹·谢里夫

我们在巴基斯坦工作的 4 年间，先后经历了穆斯林联盟纳瓦兹·谢里夫政府和人民党贝娜齐尔·布托政府以及看守内阁共五个政府。中巴建交 40 年来，两国关系经历了时间的考验。在巴基斯坦，不论是军人执政还是民选政府，不论是哪个政党上台，中巴关系都不受影响。

穆斯林联盟是巴基斯坦最老最有影响的政党，左勒菲卡尔·阿里·布托创建的巴基斯坦人民党在巴基斯坦有广泛群众基础。两党的历史、宗旨、理念、成分和政策都有不同，两党领导人的出身、经历、性格、作风有很大差异。但是，两党和两党领导人都对中国友好。穆斯林联盟主席纳瓦兹·谢里夫总理原是知名的钢铁大企业家，家族在拉合尔，企业由其弟掌管。人民党领袖贝纳齐尔·布托出身名门，留学英伦。在我们工作的四年中，这两个政党不论是执政还是在野，都是中国的好朋友，对此我们深有体会。

拜会谢里夫总理的特殊安排

我们于1991年5月初抵达伊斯兰堡上任后，即于6月3日拜会谢里夫总理和夫人。这是巴方的特别安排，是对中国和中国新任驻巴大使夫妇友好的表示。因为，按照礼宾惯例，驻在国政府首脑只接受新任大使的礼节性拜会。这次谢里夫总理却和夫人一起会见中国大使和夫人。谢里夫总理代表政府对我们表示欢迎。他高度评价中巴关系，强调对华友好是巴基斯坦外交政策的基石，巴基斯坦政府将继续加强和发展中巴友好合作关系。周刚表示，中国人民十分珍视同巴基斯坦人民的友谊，中国政府高度重视同巴基斯坦的友好关系，中方愿同巴方一道把中巴友好关系不断推向前进。双方谈话气氛亲切友好。这是我们初次见面，谢里夫总理给我们留下的印象是友好随和，言语不多，朴实无华，而夫人非常平易近人，和蔼可亲，一直在旁同邓俊秉亲切交谈。

陪同谢里夫总理访华

我们同谢里夫总理的零距离接触是陪同他访华。应李鹏总理邀请，谢里夫总理于1992年10月6日至10日访华。这是他1990年就任总理后第一次访问中国。他的夫人卡尔苏姆、儿子哈桑、女儿玛利亚姆和阿斯玛随同访问。陪同访问的还有财政部长阿齐兹、外交国务部长坎久和社会福利部长哈希米等。来自这个友好邻邦的政府首脑受到中方热情和高规格的接待。6日下午，中国政府陪同团团长水利部副部长张春园和在两天前回到北京的我们前往机场迎接。李鹏总理在人民大会堂东门外广场举行欢迎仪式，随后礼节性会见谢里夫总理和代表团主要团员。当晚，李总理在人民大会堂西大厅举行盛大欢迎宴会。第二天，两国总理举行正式会谈。会谈后，两国总理出席签字仪式，双方达成的协议有：两国首都结成友好城市，中巴领事条约，中国向在巴基斯坦的阿富汗难民赠款300万元人民币的协议。签字仪式后，江泽民总书记会见谢里夫总理。晚上，国家主席杨尚昆会见并宴请谢里夫总理一行。在京期间，巴基斯坦客人参观了首都钢铁厂，向人民英雄纪念碑献花圈，游览颐和园，参观故宫。

这里，我们向读者介绍访问中的几件趣事。6日晚，在出席李鹏总理的欢迎宴会回到钓鱼台国宾馆后，中方警卫人员突然通知车队准备出发。这可是计划外临时安排的项目。原来谢里夫总理要带夫人和子女前往王府井品尝中国的清真食品，因为他们不太习惯宴会上的饭菜，没有吃饱。他们一家乘兴而去，大饱口福，尽兴而归。

7日上午，为谢里夫总理夫人安排游览长城，巴基斯坦外交国务部长和邓俊秉陪同前往。总理夫人虽然体态丰满，却游兴极浓，手挽长袍兴冲冲地在长城上攀登，对于这个身着民族服装的穆斯林夫人来说，此举是难能可贵的。她对邓俊秉说，她曾是一个热爱学生的教师，又喜欢活动；现在不仅要主持家务还要举行和出席很多外事和社交的活动，尽力配合丈夫做好工作。这次，有机会登上世界七大奇迹的长城，真是三生有幸。

8日下午，谢里夫总理一行乘坐我国专机，飞抵西安。按计划，陕西省政府拟举行欢迎晚宴。然而，巴方希望取消正式宴会，以便他们无拘无束地自进晚餐，自娱自乐彻底放松一下。陕西省人民政府充分理解代表团的意愿，不仅取消了早已准备就绪的晚宴，还为巴方的晚餐做了周到的安排。

9日早饭后，巴代表团成员在下榻的金花饭店大门前散步，周围贩卖当地手工艺品的小贩看到有外国客人，便一拥而上，争相推销各自的商品。

当天上午，代表团先去兵马俑参观。之后，赴西安大清真寺做祷告，谢里夫总理饶有兴趣地听取了阿訇的介绍，并不时提问。他赞扬清真寺历史悠久，管理有序，还当场捐了善款。

下午，巴基斯坦客人继续乘坐我国专机抵达深圳。当晚，深圳市长会见，向巴贵宾介绍了该市的发展情况，并宴请全团。10日早上，全团前往国贸大厦进早餐，坐在大厦顶层的旋转餐厅，一面品尝着美味的粤式早点，一面兴致勃勃地观赏出现在眼前的深圳风光。随后，总理一行前去参观华强三洋电子公司，而总理夫人由邓俊秉陪同参观了锦绣中华。当天下午，巴总理夫妇一行乘轿车离开深圳前往香港，

结束了中国之行。

专程面见谢里夫转达李鹏总理对他复职的祝贺

1993年春季，巴政局出现动荡。4月17日晚，谢里夫总理发表电视广播讲话，不点名地批评总统，并表示不会辞职。18日晚，在巴总统府举行的记者招待会上，伊沙克·汗总统宣布解散国民议会和政府，解除谢里夫总理职务，成立以马扎里为总理的看守政府。然而，一个多月之后，情况有了180度的变化。5月26日，巴基斯坦最高法院裁决，恢复国民议会、谢里夫的总理地位和他领导的政府。5月30日清晨，我们从伊斯兰堡驱车前往拉合尔。下午，谢里夫总理和夫人在府邸会见我们。周刚首先表示，奉命专程前来拉合尔，当面转达李鹏总理对谢里夫总理复职的祝贺和亲切问候。周刚强调，中国政府将一如既往致力于发展中巴两国的友好合作关系。谢里夫总理感谢李鹏总理的祝贺和问候，并衷心祝愿李鹏总理身体健康。他说，同中国友好合作是其政府坚定不移的政策。夫人对邓俊秉非常热情友好，一直亲切地拉着她的手，激动地回忆起去年秋季她随谢里夫访华的动人情景，她热切希望能再次访华。时值巴基斯坦全民的节日——宰牲节，我们给谢里夫总理夫妇赠送了精致的景泰蓝和华丽的中国丝绸。

宴请反对党领袖谢里夫及其同事

1993年10月，巴基斯坦人民党在大选中获胜，组成以贝·布托为总理的新政府，穆斯林联盟成为在野党。应我们的邀请，作为反对党领袖的谢里夫率领他"影子内阁"的主要成员前来中国大使馆做客。随他前来的有前国民议会议长戈哈尔·阿尤布、前财政部长阿齐兹、前外交部长坎久、前农业部长马立克、前劳工部长哈克、前石油部长阿里·汗、前部长拉希德、前副议长古戈尔等人。宾主相聚甚欢。这些前部长们此时已是"无官一身轻"，无拘无束地谈天说地，纵论国内外大事。为了让贵宾们品尝到地道的中国佳肴，大使馆的厨师使出了自己的绝技。谢里夫对江阴厨师程正宗师傅的拿手菜肴水晶虾仁情有独钟，接连添加了两次（幸亏我们事先有充分准备，做了备份菜以防万一）。饭后，我们请贵宾们观看电影《中国邮票》。临行前，客人们异口同声称赞中国大使馆的饭菜是巴基斯坦最好的中国菜，赞扬中国邮票制作精美，题材丰富，寓意深长。我们一直和在野的穆斯林联盟领导人谢里夫和他的团队保持着友好的关系。1995 年 1 月 22 日，我们又宴请了谢里夫前总理、前议长戈哈尔·阿尤布·汗及一些前部长，并放映了赏心悦目的中国电影《花》。

穆盟主席谢里夫和夫人为中国大使夫妇饯行

1995 年 3 月 13 日，穆斯林联盟主席谢里夫和夫人在避暑胜地莫里山上新落成的府邸为即将离任的中国大使夫妇举行了隆重而盛大的饯行晚宴。出席当晚宴会的不仅有其影子内阁的主要成员，而且还有巴方各界名流和孟加拉国高专和科威特大使等外国驻巴使节。宾主依依惜别，互道珍重。我们从心底里感受到谢里夫夫妇对我们的深情厚谊，以及对中国和中国人民的友好情谊。

同"东方女儿"贝娜齐尔·布托总理母女的交往

周刚递交国书后，我们即安排对巴基斯坦政府高官、政党和军方领导人以及各界知名人士的拜会。巴基斯坦人民党时任主席是贝娜齐尔·布托。贝·布托女士出身名门，她的父亲佐勒菲卡尔·阿里·布托是巴基斯坦人民党的创建人，曾先后任巴基斯坦总统和总理。阿里·布托总理领导的政府于 1977 年 7 月被推翻。11 年后，他的长女贝娜齐尔·布托于 1988 年 11 月在大选中获胜，出任巴基斯坦总理。贝·布托女士早在求学时就不同凡响，在牛津大学学习期间曾被推选为该校学生辩论会主席。她才华出众，头脑聪慧，口才犀利，善于雄辩。时年 35 岁的她，不仅是当时世界上最年轻的女政府首脑，也是当时所有伊斯兰国家中第一位女总理，享有"东方女儿"的盛誉。巴基斯坦人民党当时是反对党。但是，由于中巴两国有着"全天候"的亲密关系，在巴基斯坦，不论是执政党还是在野党，都和中国大使馆保持着友好关系。因此，人民党主席贝·布托和她的母亲是我们首批拜会的朋友。

礼节拜会反对党主席——初识"东方女儿"贝·布托

1991 年 6 月 18 日中午，我们来到贝·布托女士在伊斯兰堡的幽静府邸。她的母亲努斯拉特·布托夫人代表女儿先出面招待中国大使夫妇。夫人有伊朗血统，端庄典雅，气度不凡，时任人民党共同主席。几分钟后，身着便装的贝·布托女士出现在我们面前。近距离接触这位伊斯兰国家政坛中的女中豪杰，的确令人印象深刻：身材高挑，气质优雅，风度翩翩。宾主进行了亲切友好的交谈。周刚向她们母女转达了中国领导人的问候。在谈到中巴关系时，周刚特别表示，已故总理阿里·贝托是中国的老朋友，为发展中巴友谊做出了宝贵贡献。中国人民也高度赞扬贝·布托女士在执政时为中巴好合作关系做出的重大努力。贝·布托母女愉快地回忆起当年阿里·布托总理全家访华时同毛泽东主席会见的难忘时刻。她们特别提到周恩来总理同阿里·布托总理之间的友谊，以及周总理对他们全家的关心和照顾。贝·布托表示，人民党虽然是反对党，但将一如既往为发展巴中友好关系继续努力。交谈中，贝·布托侃侃而谈巴基斯坦局势和国际形势。她对事物的洞察力和见解给我们留下了难忘的印象。贝·布托母女以特殊的午餐招待我们：新鲜的素菜，外加时鲜的水果。布托女士说，她和母亲不是素食者，但在炎热的日子里，她们喜欢清淡的食物。看到她津津有味地吃着芒果色拉，我们的食欲也被勾了起来。告别时，双方互赠纪念品，我们赠送的是"中国外交40周年"画册，那里有阿里·布托总理访华时同毛泽东主席和周恩来总理的珍贵合影。

贝·布托总理对中国的正式访问

1993年4月至9月，巴基斯坦政局风云变幻。先是谢里夫总理被总统解职，由马扎里任看守内阁总理；接着，谢里夫恢复总理职位；不久，谢里夫被迫下台，组成以毛因·库莱希为首的看守内阁。10月6日，巴基斯坦举行大选，人民党成为第一大党。10月17日，巴基斯坦国民议会选举人民党议员尤素夫·拉扎·吉拉尼为议长。19日下午，巴基斯坦人民党议会党团领袖贝·布托就任总理。20日中午，周刚往见吉拉尼议长，转交乔石委员长给吉的贺电，宾主就发展中巴友好关系交换了意见。接着，周刚又拜会巴基斯坦外秘夏利亚尔，转交李鹏总理致贝·布托总理的贺电，外秘向周刚谈及贝·布托总理希望近期访华问题。11月6日上午，周刚拜会贝·布托总理，祝贺她就任总理。贝·布托总理表示，她和她的政府重视巴中关系，将巴中友好视为巴外交政策的基石，这一政策不会改变。她还谈到对巴美、巴印关系的看法。宾主还商谈了中巴合作的具体事宜。会见后，夏利亚尔外秘约见周刚，商讨贝·布托总理访华问题。当天下午和晚上，巴基斯坦广播电台和电视台就上述会见进行了报道。

12月27日至29日，贝·布托总理对中国进行正式友好访问。27日下午，贝·布托总理乘专机抵达北京机场时，中国政府陪同团团长化工部部长顾秀莲和外交部副部长唐家璇，以及先行回国已在北京的我们，到机场迎接。中方对贝·布托总理给予了热情友好和高规格的接待。下午4：45，李鹏总理在人民大会堂举行欢迎仪式；随后会见贝·布托总理并举行欢迎国宴。贝·布托总理这次访问前后不到两整天，日程安排非常紧凑。28日上午，两国总理先进行小范围会谈，随后是有巴方主要陪同官员和中方有关部委负责人参加的大组会谈。下午，国家主席江泽民会见贝·布托总理。晚上，全国政协主席李瑞环会见并宴请。28日，钱其琛外长和巴外长阿希夫·阿里举行会谈，双方就共同关心的国际问题和南亚地区形势，深入地交换了意见。29日，两国主管官员就两国经贸合作进行了会谈。贝·布托总理的访问取得了丰硕成果，双方签订了经济和技术合作协定、关于边境贸易协定延期的协议、汽车运输协定、科技合作协定，以及中国江苏省和巴基斯坦旁遮普省建立友好省关系的协定。贝·布托总理向人民英雄纪念碑敬献花圈，并瞻仰毛泽东主席遗容。她还会见了工商界人士，举行记者招待会。贝·布托总理对访问结果非常满意。周刚作为驻巴大使参加了所有重要活动。29日中午，巴总理一行乘专机离开北京前往朝鲜访问时，顾秀莲部长、唐家璇副部长和我们到机场送行，祝贺贝·布托总理访问取得圆满成功，并祝他们一路平安。

同贝·布托总理商谈中巴合作事宜

在贝·布托1993年10月上台执政到我们1995年4月离任的一年半时间里，我们多次同贝·布托总理见面，特别是周刚频繁地参加中国重要代表团拜会贝·布托总理的活动，贝·布托总理参加的有关中巴合作项目的开工或竣工仪式，以及巴方举行的重大活动。在这些接触中，我们深感她对发展对华友好关系的重视，以及对两国合作项目的关心。贝·布托总理曾先后就中巴联合制造飞机、重型电机厂合作等问题同周刚交谈意见。周刚也曾就两国海军合作事致函贝·布托总理，就巴方从中国进口农用拖拉机事同受她委派的农业和粮食部长和秘书进行商谈。

这里想告诉读者的是，巴基斯坦是一个伊斯兰国家，在交际场合，女士一般不同男士握手。因此，在中国重要代表团访巴时，我们总会提醒代表团领导，在拜会贝·布托总理时，可点头致意，不要主动去握手，以免双方都尴尬。

同贝·布托女士及其家人的近距离接触

1992 年 10 月 29 日，身为巴基斯坦人民党主席的贝·布托女士邀请我们共进午餐。席间，宾主相谈甚欢，话题广泛，既有中巴两国关系，也有巴基斯坦人民党和中国共产党之间的党际关系，既有南亚地区形势，也有国际大事。这次交谈增进了我们对贝·布托女士的了解。她对中国的友好态度，她的学识和见地，她用简短话语表达深刻内涵的英文水平，都使我们难以忘却。1993 年 11 月 17 日，中国沈阳杂技团在拉瓦尔品第举行首演。贝·布托总理的丈夫巴基斯坦国民议会议员阿希夫·阿里·扎尔达里作为主宾出席，在开幕式上简短致欢迎辞，并献花篮。这是我们同他第一次见面，双方进行了友好交谈。此后不久，周刚就中巴合作兴建火电站问题约见扎尔达里先生，请他积极推动，并帮助中方公司解决面临的困难。他仔细询问了有关情况，表示愿尽力协助。周刚对他的坦诚友好态度表示感谢。1994 年 2 月 28 日，我们在参观印度河的文明"摩亨焦达罗"的途中，专门绕道去拉尔卡纳，向巴基斯坦已故总理佐勒菲卡尔·阿里·布托墓敬献花圈，表达对这位发展中巴友好合作关系做出重大贡献的巴基斯坦领导人的敬意和怀念。

1995 年 2 月 6 日，我们专程前往卡拉奇向信德省领导人和各界友人辞行。8 日上午，我们到已故阿里·布托总理的故居拜会贝·布托总理的母亲努斯拉特·布托夫人。我们没有料到的是，努斯拉特·布托夫人热情迎接中国客人的时候，贝·布托总理也在家。宅第虽刻有岁月的痕迹，建筑却是精细雅致，颇有气派。进入客厅，放眼望去尽是具有当地特色的家具和摆设，墙上挂着既有浓郁宗教色彩的画像，又有知名的西方油画，阳光透过厚厚的帷幔，隐隐约约照射到客厅里，给人一种若隐若现的惬意感觉。布托母女将我们二人视为老朋友，无拘无束地介绍布托家族的历史，人民党的建立和斗争历程。她们为中国近年来改革开放所取得的成就感到由衷的高兴，并对中国人民表示良好的祝福。临行前，她们一再表示，不论今后人民党是执政还是在野，都坚持与中国保持友好关系。1995 年 3 月 19 日，在我们结束在巴基斯坦任期回国前的两周，贝·布托总理接见我们，并设午宴为我们饯行。她请周刚转达她对中国领导人的亲切问候和良好祝愿。我们衷心感谢她和巴基斯坦政府为发展中巴睦邻友好合作关系所做的宝贵努力，以及对我们的工作的支持和帮助。谁能想到，这竟是我们同贝·布托总理的最后一次相见。在此，谨衷心祝她在天国愉快幸福。

平易近人的参议院主席

我们不会忘记同巴基斯坦参议院主席瓦西姆·萨贾德夫妇的友谊。

交往最多的领导人

萨贾德主席是我们任上交往次数最多的巴领导人。我们同他和夫人的交往从1991年5月20日在大使馆举行中巴建交40周年招待会开始。那天，他和夫人陪同伊沙克·汗总统出席招待会。虽然交谈不多，但感到他为人谦和，行事低调。5月29日下午，周刚作为新任大使礼节性拜会他。他盛赞巴中友谊和中国的发展成就。双方谈话轻松友好。他平易、热情，谈吐自然，少有官腔。原来他是律师出身，且享有盛名。初次见面就为我们留下深刻的印象。

作为参议院主席—巴的第三号领导人，他经常会见到访的中国领导人和高级代表团，周刚总是陪同在座，有机会同他交谈。拜会他之后几天，6月2日，萨贾德主席即携夫人应我们邀请首次来大使馆赴宴。席间，彼此一见如故，新朋友成了好朋友，相谈甚欢，为今后近4年的亲密友谊奠定了坚实的基础。

此后，我们之间往来不断。我们也多次到他家做客，品尝夫人的厨艺。我们宴请萨贾德主席夫妇时，除请他们品尝中国风味的菜肴，还放映电影，介绍中国的历史文化。主席夫妇对电影《京剧》《花》等赞不绝口。周刚还应萨贾德主席邀请，到参议院巴中友好小组演讲，介绍中国的外交政策。邓俊秉每年举行的大型夫人活动"中国之晨"，萨贾德夫人每次必到，不是作为主宾，就是作为常客，为活动增色不少。夫人也邀请邓俊秉参加她主持的各种活动。因而，两位夫人成了莫逆之交。

平易近人，轻车简从

参议院主席在巴领导人中排位仅次于总统和总理，在总统生病或缺位时任代总统，可谓位高权重。但他平易近人，不打官腔，不摆架子，不显阔气，在外国驻伊斯兰堡使团中口碑甚好。1994年2月2日至12日，萨贾德主席应全国政协主席李瑞环的邀请访华。周刚去机场送行。萨贾德作为团长却不带私人秘书，亲自

拎着公文包；代表团短小精悍，成员只有几名参议员和参议院秘书长。12 日，周刚到机场欢迎访华归来的萨贾德主席。二人见面，亲切拥抱。周刚祝贺他访问取得圆满成功。他满口称赞中方接待热情，安排周到，全团都感到满意。他说，很高兴亲眼目睹中国的迅速发展，这是中国的骄傲，也是巴基斯坦的骄傲。

同病相怜，互相慰问

天有不测风云，人有旦夕祸福。1994 年 5 月，伊斯兰堡传染性肝炎流行。先是萨贾德主席病倒。周刚即致函萨贾德主席表示慰问，祝他早日康复。谁知没有几天，周刚也一病不起。大病初愈的萨贾德主席得知后，不仅打电话慰问，还派人送来对治疗急性肝炎有特别疗效的巴基斯坦草药。这种兄弟般的情谊和关怀，使周刚深为感动。

相别还有重逢日

1995 年 2 月，到了同巴基斯坦朋友告别的时候了。2 月 18 日，周刚向萨贾德主席拜会辞行。3 月 5 日，萨贾德主席出席巴前外长夏希为我们举行的饯行晚宴。7 日，萨贾德主席和夫人又设家宴为我们送别，美国、俄罗斯、韩国和土耳其大使夫妇应邀作陪。我们彼此相约来日相会于北京或伊斯兰堡。这一天竟然真的到来了。

2005 年 2 月，我们作为学者到拉合尔参加南亚地区安全形势研讨会之后，重访伊斯兰堡。我们特意请大使馆安排同瓦西姆·萨贾德和夫人见面。这时，萨贾德先生已不再担任参议院主席，早已重操旧业，继续他的律师生涯。他和夫人在郊区的雅致别墅里设宴欢迎久别的中国朋友。巴基斯坦国民议会前议长戈哈尔·阿尤布·汗的夫人和其他一些巴政界的老朋友也应邀在座。好朋友久别重逢，欢乐之情，难以言表，读者可以想象得到。我们相信，这不是最后一次相会。

与巴基斯坦三军参谋长的交往

中巴关系的一个突出特点是政治上、战略上的高度互信。中巴两军的密切交往和两国防务上的互利合作是两国高度互信的标志，对两国友好合作关系的全面发展起着重要的作用。我们在巴基斯坦 4 年的任期中，巴基斯坦参谋长联席会议主席，陆、海、空三军的参谋长等军方领导人不止一次访问中国。中国人民解放军总参谋长张万年、总装备部部长傅全有、空军司令员、国防大学代表团、解放军友好代表团等也先后到巴基斯坦访问。访巴的还有与军工生产合作有关的部委和企业的代表团。因此，周刚有很多机会同巴军方领导人见面。

这里，我们向读者介绍一些同巴军方领导人交往的趣闻轶事，以及对这些巴基斯坦将军的难忘的印象。

大使馆水池中的天鹅和野鸭

我们先后同巴三任陆军参谋长结识。到任一个月后，我们于 1991 年 6 月 11 日拜会了即将卸任的巴陆军参谋长米尔扎·贝格上将。这位学者型的将军对华友好，退役后也和我们保持来往。我们于 9 月 14 日在使馆宴请了贝格将军一家，为他们放映了中国歌舞片。次日，贝格将军派人送来他赠给广东省伊斯兰协会的雕刻请我们转交。他领导的研究机构"朋友"非常活跃，经常举行各种研讨会，有时请我们出席，有时还请周刚演讲。我们离任前，他特地举行了盛大宴会为中国大使夫妇饯行。

1991 年 10 月 17 日，我们在使馆宴请了新上任的巴陆军参谋长阿西夫·纳瓦兹上将和夫人，以及陪同他即将访华的下属。同月 23 日，我们去机场为巴陆军代表团访华送行。此后，纳瓦兹参谋长夫妇同我们保持着朋友般的经常往来。一次，他送给邓俊秉一只灰色天鹅。我们把它放在使馆主楼东面水榭下潺潺流水的池塘里。天鹅自由欢快地在池中戏水，成为使馆的一景，每到晚上都有使馆人员来池塘边观赏。令人痛惜的是，阿希夫将军于 1993 年 1 月英年早逝，我们致函巴基斯坦外长和陆军参谋局长，请他们向将军家属转达我们深切的悼念和慰问。

阿卜杜勒·瓦希德上将在接任陆军参谋长之后不久，即于 1993 年 3 月率团访华。3 月 10 日和 15 日，我们先后到机场为瓦希德参谋长夫妇送行和欢迎他们访华归来。4 月 11 日，我们举行晚宴为瓦希德将军和夫人以及代表团其他成员洗尘。将军夫妇盛赞中方的热情款待，对访问成果非常满意。夫人风趣地说，在华短短 4 天，她尽情品尝了中式美味佳肴，体重增加了不少。我们为贵宾们放映了"体坛新星"和"金嗓子"两个短片，使将军们在公务繁忙之余欣赏了中国文体新星的精彩身手和歌喉。

我们同瓦希德参谋长夫妇经常相互往来。一天，参谋长派人将他在打猎时捉到的十多只野鸭送给邓俊秉。我们将野鸭放在水榭旁的水池中。谁知过了一段时间，这些野鸭下了不少蛋。野鸭开始忙碌起来，每天在池边孵蛋。不久，竟有好几十只鸭宝宝破壳而出。鸭妈妈们带着鸭宝宝成群结队地在池中欢快戏水，有的慢悠悠地划水，有的专注地潜水觅食，有的静悄悄地打瞌睡，悠然自得，尽情享受天伦之乐。瓦希德将军的珍贵礼品成了使馆同志的宠儿。

外交官生涯的特点是，同驻在国官员认识并等到互相了解、成了朋友后，就又到了分别的时候。1995年3月6日，我们请瓦希德参谋长夫妇以及陆军参谋局长、军务局长等高级将领来使馆做客，同他们话别。大家都知道，"盛宴必散"，大使和将军们很少有再见的机会。3月21日，瓦希德参谋长夫妇又在家举行茶会，为中国大使夫妇饯行。将军说，"我们是好朋友，特意请你们来家里送别。对其他友好国家的大使，我只在陆军总部办公室话别。"最后，他和夫人还将子女们唤出来与我们相见送别。此情此景宛如昨日，经常浮现在我们面前。

他乡遇故知

我们于1995年8月22日抵达雅加达。在周刚向印度尼西亚总统递交国书前，我们于8月30日前往拜会巴基斯坦驻印尼大使塔亚布·西迪基夫妇。他们是我们在巴基斯坦就结识的老朋友，西迪基时任主管中国事务的司长。老友重逢，畅叙旧谊，倍感亲切。过了一些天，我们从当地报纸看到巴基斯坦陆军参谋长在雅加达访问的报道。周刚当即给西迪基大使打电话，请他转达我们对瓦希德将军的问候，祝他访问成功。过了一会，西迪基大使回话说，瓦希德参谋长感谢周刚大使夫妇的问候，他次日下午将结束在印尼的访问，在离开雅加达回国前，愿前往中国大使官邸看望大使夫妇。我们随即表示愿为参谋长设午宴饯行，参谋长欣然接受。第二天，9月22日中午，瓦希德将军由西迪基大使和巴基斯坦驻印尼使馆武官夫妇陪同，来到我们官邸。我们同他热烈拥抱，互致问候。老朋友半年之后又相聚，十分高兴。午宴上，双方畅叙离别之情，畅谈地区和国际形势。瓦希德将军津津有味地品尝李师傅做的可口菜肴，赞不绝口。他按照中国的习惯特意请李师傅相见，握手感谢，并赠给礼金。全程陪同瓦希德将军访问的印尼陆军司令部的中校参加了午宴。他十分感慨地对我们说："得知瓦希德将军要到中国大使官邸同你们会面时，我一开始感到惊讶。到另一个国家访问的军方首脑一般是不会见第三国驻该国的大使的。目睹你们相见的亲切，耳闻谈话的友好，才体会到中国同巴基斯坦两国的友好和信任，从中可以看出中国对伊斯兰国家的尊重和重视。"

平易近人的参谋长联席会议主席

巴基斯坦军队现役将军中只有4位上将，即参谋长联席会议主席，陆、海、空三个军种的参谋长。我们到任后，最先接触的是巴参谋长联席会议主席赛罗希海军上将。半年后，萨米姆·阿拉姆·汗上将接任三军参谋长联席会议主席。在萨米姆主席任职的三年中，周刚同他的往来最多。因为，萨米姆主席负责三军之间的协调并主管巴中防务合作，周刚不仅经常同他会见商谈两国上述合作事宜，而且陪同访巴的中国军方领导人和主管部委负责人拜会他。作为朋友，我们同萨米姆将军夫妇经常互相宴请。将军和夫人平易近人，热情友好。将军虽身材不高，但两眼炯炯有神，声音洪亮。作为职业军人，他在各种社交和公务场合都显示出威严的军人气概，站如松、坐如钟，挺胸收腹，特别是身着戎装、左肩下夹着指挥剑时，英气逼人。周刚同萨米姆将军的合作非常融洽。他对中巴两国两军的有关合作积极、认真、细致，作风雷厉风行，对会见和接待中国代表团热情友好，安排周到。1994年10月后，他不再担任参谋长联席会议主席，但我们同将军夫妇仍然经常往来。1995年3月15月，将军夫妇专门为我们举行茶会送行。他的平易、坦诚、真挚、友好的态度给我们留下深刻的印象。

空军参谋长从中国首都带来的"北京烤鸭"

空军参谋长法鲁克·费罗兹·汗是周刚到任拜会的第一位巴基斯坦军方领导人。这位飞行员出身的空军上将性情直爽，热情奔放，谈笑风生，第一次见面之后就令人难忘。由于中巴两国空军有密切的合作关系，以及两国共同研发战机，他经常到中国访问和会见中国同行，对中国非常了解，对中国同行有很深的感情。我们同上将夫妇常来常往。1992年5月18日，法鲁克上将访华归来。一抵达伊斯兰堡机场，他就给周刚打电话：我从北京给大使和夫人带来两只今天出炉的北京烤鸭，我马上就派人给你们送去。对于他的这份隆情厚谊，只能表示衷心的感谢。邓俊秉收到烤鸭后，立即请程正宗厨师准备烙饼、甜面酱和大葱，并把烤鸭片成肥瘦

都有的肉片。晚饭时，在济济一堂的餐厅里，当邓俊秉把烤鸭的由来告诉大家时，立即响起一遍掌声。同志们都深为法鲁克参谋长的兄弟般的情谊所感动。虽然每人只分得包有鸭肉的两张薄饼，也吃得津津有味。

法鲁克将军身为空军参谋长驾驶技术高超，有时还亲驾战机。1994 年 3 月 23 日是巴基斯坦国庆节。是日，巴在首都伊斯兰堡举行阅兵式。我们坐在离主席台右侧不远的观礼台上。在群众彩车过后，我们发现空军参谋长法鲁克悄悄离开了主席台。在陆军的各个方队经过主席台之后，远处传来巨大的轰鸣声，转瞬间，一架超音速的战机从主席台上空闪电般呼啸掠过。观礼人群中爆发出雷鸣般的掌声和喝彩声，巴基斯坦人为有这样先进的战机而自豪。这时，扩音器中传来播音员兴奋的声音，刚才驾驶 F -16 战机的是空军参谋长法鲁克·汗上将。不大一会儿，我们扭头左望，只见法鲁克将军已经换上军装正重新登上主席台。

我们在巴任职的 4 年里，法鲁克空军上将先后担任空军参谋长和三军参谋长联席会议主席。1995 年 3 月 20 日，参谋长联席会议主席法鲁克和夫人为我们举行送别晚宴，东盟各国驻巴使节应邀作陪。法鲁克将军赠送我们的纪念品是一只外镀银灰色的铁铸山羊。山羊傲首向天，睁目远望，立于高山之巅。我们相信，这只山羊可能是巴基斯坦空军志存高远、面向未来的象征吧。

风度翩翩的海军参谋长

在同巴三军参谋长的交往中，我们同两任海军参谋长赛义德·M·汗海军上将和曼苏鲁尔·哈克海军上将夫妇的来往较少，这是因为巴基斯坦海军司令部位于卡拉奇，而远离伊斯兰堡。两位海军参谋长中，交往时间较长的是赛义德。这位海军上将有其鲜明的特点。他身材颀长，相貌堂堂，风度翩翩，一眼望去就知道这是位受过良好西方教育的军界精英。夫人美丽俊秀，气质不凡，与巴基斯坦上层的传统的女士相比，似乎更为洋气。1994 年 1 月 26 日，我们宴请赛义德上将夫妇和三位分别负责装备、训练和人事、后勤的海军副参谋长，以及情报局长夫妇。席间，双方畅谈两国和两国海军之间的友好关系，以及南亚地区的形势。将军和夫人们津津有味地品尝中国的美味佳肴。席后，兴致勃勃地观看了纪录片"杂技女杰"。这次聚会给上将夫妇留下了美好的印象。两个多月后，上将邀请周刚作为贵宾出席了海军和 ISS 共同举办的研讨会"印度洋：冷战后的安全和稳定"，周刚在会上的讲话受到了广泛好评。4月30日，邓俊秉应上将夫人邀请，在海军军官夫人协会做了专题讲座，介绍中国妇女今昔。与会的夫人们争先恐后向邓俊秉提出了有关中国妇女的各种问题，邓俊秉尽力做了回答，这毕竟是一次难得的机会让巴海军高级军官夫人们对中国姐妹的历史和现状有所了解。

"友谊之路"系友情

在巴基斯坦，有一条公路无人不晓，这就是被巴基斯坦人称为 KKH（Karakorum Highway）的喀喇昆仑公路——中巴友谊公路。1992年4月25日清晨，我们乘使馆汽车出发去巴基斯坦北部地区访问。离开伊斯兰堡不久，我们就进入喀喇昆仑公路地段。道路弯弯曲曲，在险峻的群山中穿行。公路南低北高，坡度和落差很大。公路沿河谷盘旋北上，两岸是悬崖峭壁。越向北走，路面越差，有的已多年未进行大修。有时有碎石从山坡滚下，险象丛生。司机曾大牛同志驾驶技术高超，左盘右旋，避开凹凸不平的路面和对面开来的车辆，有时加大油门，有时又急刹车。我们坐在车内也不时左右摇晃，时间一长，感到头晕目眩。经过一整天的颠簸，于午夜时分抵达巴北部地区首府吉尔吉特。北部地区的助理行政长官拉希德·巴吉瓦尔和穆罕迈德·沙法已在宾馆等候多时，并为我们准备了热腾腾的晚餐。主人热情周到的接待驱赶了我们一天旅途的疲劳。

第二天清早起来，我们才看清了名扬中巴两国的吉尔吉特的风貌。这座海拔约1500米的边远山城，头顶蓝天白云，四周环绕着覆盖皑皑白雪的高山峻岭，激流湍湍的清澈河水自北流向南方。

早饭过后，我们驱车前往为修建中巴公路而牺牲的中国烈士陵园。中国88名筑路烈士常年安息在此地。中巴两国工程技术人员用鲜血和汗水筑成的喀喇昆仑公路在世界公路建筑史上堪称奇迹。从1966年开始，他们在自然和技术条件极为艰苦的情况下，克服了难以想象的艰险和困难，花了整整12年时间，分两期于1978年建成了这条将中巴两国连接在一起的友谊之路。这在当年是世界上海拔最高的公路。喀喇昆仑公路全长806公里。其中，中国援建的路段长613公里，始于距离伊斯兰堡100多公里的塔科特大桥（现名"友谊桥"）。蜿蜒曲折，穿越世界上地质条件极为复杂的山岭和河流峡谷，绕经众多城镇，终点是海拔4,600多

米位于中巴边界的红其拉甫山口。

为了缅怀为修筑公路而牺牲的中国兄弟，巴基斯坦专门修建了一座依山傍水的陵园以兹纪念。我们抵达烈士陵园后，负责管理陵园的两位巴基斯坦朋友热情地接待了我们。陵园长91米，宽100米，正中竖立着6米多高的纪念碑，上面镌刻着20个大字：中国援助巴基斯坦建设公路光荣牺牲同志之墓。我们带着无比崇敬和怀念的心情，向烈士纪念碑三鞠躬，并敬献了挽联和花圈。之后，管理员带我们参观陵园。整个陵园的管理井然有序。林荫小道扫得干干净净，处处是青松翠柏，鲜花似锦。他们悉心照看陵园，让中国烈士们能安心长眠于此地。他们激动地对我们说，巴基斯坦人民永远怀念这些返回不了故土的可爱的中国年轻人，并将他们视为自己的子弟。巴基斯坦政府还邀请烈士的家人来巴访问，祭扫他们在此地的亲人。告别时，我们向陵园管理员赠给纪念品，紧紧握着他们的手，向他们表示我们最衷心的谢意，感谢他们常年陪伴和照看中国兄弟，感谢他们对中国人民的真挚情谊。

当天晚上，北部地区行政长官伊纳亚图拉·汗在他具有欧式建筑风格的官邸举行盛大晚宴，隆重而热情地欢迎来自友好邻邦中国的使节夫妇。下午，他还邀请我们观看马球比赛，并请我们二人分别在上半场和下半场为两队马球队员开球。

我们下榻的国宾馆的经理是位退伍军官。除了晚上回家照顾他患气喘病的妻子外，整日都在宾馆为接待好中国使节夫妇忙个不停。他早上见到我们时，"唰"地行个漂亮的军礼，不减当年军人的风采；晚上回家前向我们恭敬地鞠躬道别。负责我们安全的多达十几个士兵。他们昼夜辛苦，白天随我们到处活动，晚上轮流为我们值勤。但他们个个精神饱满，从不懈怠。平时见到我们时，总是报以亲切憨厚的微笑。

下面，我们要和读者分享的是，在这次公务旅行的往返途中，我们亲身所经历的两个感人的故事。

在前往吉尔吉特途中，我们停车在路旁不远的山坡上开始野外午餐。只见山腰间有几个村童朝我们指指点点，然后渐渐来到我们身边，蹲下身子看我们就餐。这些孩子长得逗人喜爱，长长的睫毛，忽闪忽闪的大眼睛。邓俊秉忍不住和他们聊起天来。他们指着汽车上插挂的五星红旗，情不自禁的跳起来，欢呼雀跃，个个伸出大拇指，用生硬的英文高呼："毛主席！周恩来！"听到这里，我们心潮澎湃，很难控制自己的感情。这是一些边远山区的村童，他们可能从未走出过大山，更没钱接受良好的教育。但是，他们知道中国人民的伟大领袖毛泽东主席和周恩来总理。在他们幼小的心灵和纯朴的脑海中，早已深深埋下巴中友谊的种子。

在返回伊斯兰堡的归途中，由于山体滑坡，沿途有些路段有时出现塌方。负责清扫路面的巴基斯坦工兵工作非常辛苦，随时要用铲土机清除滚到路面上的山石和泥土，以此来疏导交通。当我们驱车来到一处塌方严重的地段，只好停了下来。看看天色已经不早，夕阳西下，心里不免有些着急，担心当晚赶不回使馆。这时，一位士官模样的巴基斯坦军官向我们走来。他身材魁梧，长相英俊，留着小胡子。他在我们面前"叭"地一声来了一个"立正"，并致敬礼。他说："大使阁下和夫人，这条公路是中国兄弟帮助援建的，它是巴中友谊之路，它永远对中国朋友开放。请你们放心，我的弟兄们将尽快清除塌方，打通道路，不耽误你们及时返回伊斯兰堡。"这是一位普通的巴基斯坦军人对中国的有好的态度。听到他热情的讲话，看着他的弟兄们的紧张工作，周刚向前紧紧地握住这位年轻的军人的手，用乌尔都文说，"巴伊－巴胡特－休克利亚"（兄弟，非常感谢）。

我们想利用这次机会，再向大家简单介绍一下中巴友谊公路的近况。中巴公路建成30多年来，为中巴两国的友好交往和经济贸易合作发挥了巨大作用，也为巴基斯坦特别是其北部地区的经济发展做出了宝贵贡献。为了使这条公路在日益发展的中巴经贸合作和巴基斯坦的经济社会发展中发挥更大的作用，2006年2月，中巴两国同意改造和扩建友谊公路。同年6月，中国路桥工程公司同巴方签订《公路改扩建项目谅解备忘录》。2008年2月16日，改扩建工程在伊斯兰堡启动。2009年3月9日，1700多名中国工程技术人员赴巴，对中巴喀喇昆仑公路进行改扩建。这项工程包括新建桥梁32座，改建27座，修建防护墙815公里。整个项目全长335公里，原计划在2012年竣工，由于2010年巴北部地区的特大水灾形成的堰塞湖，竣工日期可能推迟。但是，人们可以相信，改扩建后的友谊公路更加宽阔、平坦，沿线的服务设施更加配套齐全。这条改扩建后的友谊公路将更加青春焕发，为中巴两国人民的伟大友谊增添新的活力。

巴基斯坦原子能委员会主席和恰希马核电站

巴基斯坦能源短缺,不仅是经济社会发展的瓶颈,也给巴民众日常生活带来不便。巴政府重视能源建设,除了与中国合作建设燃煤电站外,还希望在和平利用核能方面得到中国的帮助。我们在巴任期的4年间,有幸结识了著名的科学家"巴基斯坦原子能委员会"(PAEC)主席伊什法克·艾哈迈德博士和夫人。

德高望重、文质彬彬的科学家

伊什法克博士是一位典型的学术带头人。一头漂亮的银发,角质边眼镜后闪烁着一双智慧而慈祥的眼睛,举止谈吐温文尔雅,待人接物诚挚友好。在众多巴基斯坦朋友之中,他文质彬彬、温良恭俭让的风度和气质至今令人难忘。

1991年5月,我们抵达伊斯兰堡后不久,即去拜会这位德高望重的科学家。8月21日,应伊什法克·艾哈迈德主席夫妇的热情邀请,我们带领中国大使馆的主要外交官和夫人访问了"巴基斯坦科技研究院"(PINSTECH)。那天早上,主席率领研究院的几位主要科学家,首先陪同我们一行参观了这所久负盛名的科研机构。这座尽显穆斯林建筑风格雄伟的白色建筑群,四周是整齐的草坪和绿树花丛,令人心旷神怡。在参观展览馆和实验室时,他亲自为我们作讲解。参观完毕后,我们被引到客厅,同早在等候中国客人的主席夫人和其他几位科学家的夫人见面。伊什法克夫人高高的个子,五官端正俊秀,身着象牙白的巴基斯坦民族服装,仪态端庄,是位见过世面的大家闺秀。稍事休息之后,主席夫妇设午餐款待。在向主人赠送礼品和题词后,我们结束了这次大开眼界的参观。

自此之后,我们不定期邀请伊什法克博士夫妇来使馆品尝中国佳肴和观赏中国电影,博士夫妇也经常请我们去做客。每逢中国春节,他们总要给中国大使馆送来原委会农场的各种产品,包括野味。我们和使馆的外交官夫妇曾有幸参观了原委会的富有田园风光的现代化农场,并在那儿度过了惬意而美好的周末假期。

参观恰希马核电站工地

1992年2月,中国原子能公司总经理蒋心雄访巴。22日,他同巴原委会主席伊什法克签订了中巴核电站合作协议，谢里夫总理、巴财政部长、外交部秘书长和周刚出席签字仪式。

1992 年 12 月 26 日至 27 日，应伊什法克博士夫妇邀请，我们前往位于巴基斯坦中部的恰希马核电站工地。同行的还有使馆政务参赞陆树林夫妇等。

我们一行早上 8 时乘汽车出发，经过 5 个小时，在下午 1 时到达目的地。伊什法克博士和夫人在当地宾馆门前迎候我们。宾主热情握手拥抱，博士请我们先到客房稍事休息。之后，在宾馆饭厅共进午餐。

下午 3：30，举行恰希马核电站奠基仪式。

冬季是此地的最佳时光，蓝天白云，空气新鲜。举目四望，无边的黄色土地，虽没有红花绿草，在冬日的照耀下，微风吹来，如同春天，令人陶醉。

为了举办核电站破土仪式，巴方在工地上搭起了彩色条纹布的巨大帐篷，并在帐篷前面铺设了一条临时通道，两边摆放着盆栽棕榈叶。整个工地打扫得干干净净。当伊什法克主席和周刚走在宾主队伍前面，站立在通道两旁的当地小学生，身着整齐的校服，双手挥舞着中巴两国国旗，热情高呼口号。我们频频微笑鼓掌，向孩子们招手致意。

盛大的仪式准时在帐篷里举行。巴方首先讲话的是原委会主席伊什法克博士，以及该委员会的资深成员沙菲克博士和总经理阿兹菲尔·贝格。他们一致赞扬中巴两国深厚的友谊，感谢中方有关部门的合作，强调巴和平利用核能对经济发展的重要性。周刚最后讲话，高度评价了两国的全天候友谊，并表示作为中国大使，今后将继续努力推动两国在能源建设方面的合作。会场气氛热烈友好，不时响起经久不息的掌声。

讲话后，伊什法克主席带领宾主一行来到了工地，他请周刚和他一起用铲子铲起沙土，为恰希马 30 万千瓦核电站破土奠基。主席端庄文雅的夫人，走过来邀请邓俊秉和她一起拿起铲子共同铲土。这一刻牢牢定格在我们的脑海之中。

当天晚上，我们在工地举行答谢晚宴。虽然冬季夜晚较为寒凉，巴原委会主席夫妇和其他朋友来到时，热情地同我们握手和拥抱，夜晚的寒气顿时被朋友相聚的热烈气氛驱散。席间，宾主无拘无束畅谈，不时开怀大笑，就像和睦的家庭成员亲热聚会一样。宴会结束时，我们向在座的巴方朋友一一赠送了中国礼物。

第二天早餐后，我们一行于 9 时出发，原道返回伊斯兰堡，抵达使馆时已是

下午 2 时半。

在周刚同伊什法克主席其后的公务交往中，双方不仅关注恰希马核电站工程的进展，而且就能否启动第二期工程交换意见。伊什法克博士不仅作为巴原委会主席强调巴和平利用核能的必要性，而且从专家的角度论证在同一工地兴建第二个核电反应堆的经济效益。

陪同莱加利总统参观核岛

1995 年 1 月 16 日早晨，我们再次乘车长途跋涉前往恰希马，因为巴总统将来核电站工地视察。陪同我们的有使馆经商参赞陈子斌夫妇、杨汝玉参赞和林德音科技参赞等同志。第二天上午，我们参观了大坝。中午，莱加利总统会见我们，并由我们陪同参观核岛。之后，总统同我们共进午餐。席间，宾主就恰希马核电站二期工程交换了意见。对于美国和有些国家经常拿中巴和平利用核能说事，宾主都觉得可笑。因为，中巴两个主权国家完全有权在核能和平利用方面开展合作，而且核电合作是接受国际原子能机构的安全保障。午饭后，我们踏上返馆的归途。

我们离开巴基斯坦迄今已经 17 年。我们高兴地得知，恰希马核电站第一期和第二期工程早已竣工发电，为巴基斯坦的经济建设服务。

辛勤为巴中友谊而奉献的巴基斯坦友人

搞外交，首先要维护国家根本利益，贯彻执行国家战略和方针政策。为此，在外交工作第一线的驻外使领馆要特别重视做好驻在国各界人士的工作。巴基斯坦是中国的好朋友，巴基斯坦人民对中国人民友好，巴基斯坦政府对我们和中国大使馆的工作给予很大帮助和合作。这是我们在巴基斯坦做好交友工作的良好条件。在巴基斯坦，从中央到地方，从首都到外地，有一大批长期从事巴中友好事业的朋友。我们永远不会忘记他们对发展中巴友谊的贡献。

向老朋友们问候

我们到巴上任之前，专门去看望韩念龙同志。韩老是新中国卓越的外交家，长期担任外交部副部长，主管亚洲事务。周刚加入外交部后，曾多年在他领导之下工作。韩老又是中国第一任驻巴基斯坦大使。我们向他请教，是再合适不过的了。韩老回忆他1951年出使巴基斯坦的情况，深感中巴关系之重要。他说，中巴友好来之不易。几十年来，不少巴基斯坦朋友为发展中巴友谊尽心尽力，坚持不懈，我们不要忘记他们的贡献。他要周刚到任后主动拜会巴前外长阿迦·夏希和雅库布·汗等老朋友，转达他的问候，祝他们健康长寿。他说，周刚有事要向他们请教。对韩老的教诲，我们牢记在心。抵达伊斯兰堡后不久，我们即先后去看望这两位巴基斯坦杰出的外交家、中国人民的老朋友。当我们转达韩老的问候和祝愿时，他们异常兴奋，回顾起当年同中国第一任驻巴大使交往的情景。此后，我们经常宴请他们，听取他们对地区形势的高见和对发展中巴关系的建议。

辛勤灌溉巴中友谊之花的友协园丁们

在巴基斯坦，巴中友协完全是民间组织，不论是全巴的，还是地方的，没有政府划拨的经费，没有全职的工作人员，没有常设的办公室。巴中友协没有统一垂直的领导机构。其会员有退休政府官员和国会议员，退役将军，教授，记者，律师，医生，商人，农场主，有社会名流，也有平民百姓，来自各行各业，三教九流。但是，他们有一个共同的目标—发展巴中友谊。

我们到任后，曾分别在伊斯兰堡、拉合尔、卡拉奇、白沙瓦、奎塔拜会巴中友协的负责人，他们是：巴中友协主席夏希先生和副主席夏菲退役准将；旁遮普省友协主席蒙塔兹·艾哈迈德·汗；信德省友协主席希拉利和秘书长阿尔维；俾路支斯坦省友协主席赛义德·伊克巴尔和西北边省友协主席；巴中经济、文化论坛主席拉纳·伊贾兹·艾哈迈德。巴中友协和各省友协同我们和中国大使馆文化处的交往很多，曾分别为我们到任举行欢迎会。他们在中国国庆时举办报告会，介绍中国的建设成就，平时还举办各种题材的中国图片展览。友协的朋友们还不时邀请我们和使馆外交官到他们家中做客。这些友协朋友们对巴中友好事业全力以赴，热情洋溢，不求索取，不辞辛苦。对中国大使馆求他们相助之事，尽力而为。他们年复一年地为中巴友好事业倾注心血，为中巴友谊之花浇水施肥，为中巴友好大厦添砖加瓦。在我们离任之际，他们又热情地为我们举行集会，发表感人肺腑的送别讲话。这里，我们不禁想起中国唐代大诗人李白的名句："桃花潭水深千尺，不及汪伦送我情"。

令人难忘的朋友

A·Q·汗博士是巴基斯坦著名的科学家，在首都伊斯兰堡有以他的名字命名的"A·Q·研究所"。汗博士身材高大魁梧、仪表堂堂，为人大方，待人热情，在外交使团之中很有名气。他曾访问中国，是使馆的老朋友。伊斯兰堡的冬季气候宜人，是当地人和外交使团开展社交活动的好季节。我们曾经应邀带领我馆外交官夫妇前往他的府邸做客。院子的草坪上搭起了帐篷，生起了火炉，烧烤羊肉的香味阵阵传来。微风吹来，虽然有些寒意，但主人和他的荷兰裔夫人的热情好客使我们竟未察觉这里是冬天的夜晚。博士熟悉中国的风俗习惯，每逢中国传统的春节，他总不忘记给中国大使馆送来各种鲜果干果和野味。一次春节，他邀请我们和使馆外交官前往伊斯兰堡著名的风景区莫里山过节，并派他的联络官拉赫曼先生全程陪同。我们住在山顶的宾馆中，时值冬季，游客稀少。放眼望去，满山皑皑的白雪，绿绿的松树，蓝天白云，在冬日的阳光下，景色好不迷人。拉赫曼先生曾在军队服役，官居上校，是个称职而风趣的礼宾官。他不仅为我们安排了丰富多彩的活动，还在草地上为我们表演他的"特技"——他四肢有力而柔软，可以做出各种令人惊叹的动作。汗博士夫妇以及博士的助手们也应邀到大使馆做客，朋友相聚，一边天南地北地畅谈，一边品尝地道的中国佳肴，气氛热烈友好。

特别令我们难忘的是，邓俊秉一次生病，汗博士专门请她到"A·Q·汗研究所"附属医院检查治疗。1994年5月，周刚突患急性肝炎。汗博士获悉后，不仅打电话慰问，还派医生来使馆探视。年底，周刚左眼视力明显下降，汗博士的医院为他做了仔细检查并提出治疗建议。

总统授勋——大使的勋章有邓俊秉教授的一半

1995年1月，新年过后不久，我国外交部来电通知，决定周刚离任回国，将出任驻印度尼西亚大使，要求尽快安排辞行活动。

在大使的离任拜会中，最重要的是向驻在国领导人辞行。能否安排，以及见到什么级别的领导人，取决于两国关系的水平，也同大使本人同该国领导人的私人交情有一定关系。

初识莱加利总统

1993 年 10 月，巴基斯坦人民党在大选中获胜。10 月 19 日人民党领袖贝·布托就任总理并组成政府。人民党的另一重要领导人法鲁克·莱加利出任外交部长。周刚于 11 月 4 日拜会莱加利外长，向他表示祝贺。新外长表示，人民党政府重视同中国的关系，视巴中友好是巴外交政策的基石。他强调两国经贸和科技合作的重要性。双方还就巴印关系和中印关系交换了意见。第一次见面给周刚留下了良好的印象：这位律师出身的新外长平易、务实、友好。原以为今后会长期同他打交道，没想到十天之后，莱加利于 11 月 14 日就任巴基斯坦总统，周刚出席了他宣誓就职的仪式。以后虽然在很多外交场合也同莱加利总统见过面，但真正同他近距离接触并无拘束地交流，是我们陪同他和夫人 1994 年 12 月 2 日至 8 日访华期间。

莱加利总统这次访问受到中方高规格的接待。2 日下午 4：00 总统专机抵达北京，中国政府陪同团团长农业部部长刘江和我们在机场迎接。晚 6：00，国家主席江泽民举行欢迎仪式，之后会见并举行欢迎国宴。第二天上午，两位国家元首举行只有少数助手参加的小范围会晤，就两国关系的重大问题深入地交换了意见。随后，双方举行大范围正式会谈。下午，国务院总理李鹏会见莱加利总统，全国政协主席李瑞环会见并宴请。总统在北京大学发表演讲，会见中国企业家，接受中国记者采访，出席巴驻华大使为中国学术界人士举行的午宴，并在离京前举行记者招待会畅谈访华感受。当然，对于首次访华的外国元首来说，参观故宫和游览长城是必不可少的。中国主人为总统夫人专门安排了一些活动日程。陪同这位虔诚的穆斯林女贵宾的任务自然落到了邓俊秉的肩上。邓俊秉悉心照顾平日不与陌生男人接触且第一次访华的总统夫人，很快两人就成为朋友。在回到伊斯兰堡后，莱加利总统夫人欣然接受邓俊秉的邀请，到中国大使馆做客，并在我们离任回国前专门为邓俊秉设午宴饯行。

5 日至 8 日，莱加利总统和夫人访问了上海和西安，不仅看到中国改革开放的窗口上海的新变化，而且还下到西安兵马俑博物馆的主坑内面对面地仔细观看了被称为世界第八大奇迹的秦朝将军和士兵。8 日中午，莱加利总统一行乘中方专机从西安回到北京。在结束对中国的访问，换乘巴方专机之前，我们陪同总统夫妇

在贵宾室稍作休息。这时的总统已一身轻松，同我们和巴方部长们谈笑风生。他高度评价中国改革开放取得的成就，感谢中国领导人的热情款待，赞扬中国人民对巴基斯坦人民的真诚友谊。

向周刚授勋——大使的勋章有邓教授的一半

1995年3月22日中午，莱加利总统会见即将离任回国的周刚。双方进行了半个小时的十分亲切友好的谈话。总统高度评价周刚在任职期间为发展巴中关系所做的贡献，高度赞扬巴中两国的友好合作关系。他还就两国在交通和军工生产方面的合作同周刚交换了意见。周刚回顾了近年来中巴关系的发展，赞扬巴总统和政府为巩固和发展中巴关系的宝贵努力，衷心感谢总统和巴政府对自己工作的合作和帮助。

13:15，在总统府大厅举行了隆重的授勋仪式。总统首席秘书宣读总统令。接着，莱加利总统向周刚授"巴基斯坦新月勋章"(Hilal-i-Pakistan)，"表彰周刚大使为发展巴中关系、促进巴基斯坦经济社会发展和地区和平的贡献"。周刚随后致答辞。周刚表示，总统阁下授予自己"巴基斯坦新月勋章"，是本人的莫大荣幸，更是巴基斯坦政府对中国和中国人民伟大友谊的表现。作为驻巴大使，为发展中巴关系尽力是自己的职责。在完成这一使命时，自己得到巴领导人、政府和各界朋友的大力支持和帮助，谨向他们表示衷心感谢。自己虽然即将离任，但在今后将继续为中巴友谊尽微薄之力。仪式之后，在场的巴官员和使团长沙特大使以及摩洛哥、法国、印度尼西亚、尼泊尔大使纷纷向周刚和邓俊秉表示祝贺。

随后，莱加利总统设午宴为中国大使和夫人钱行。总统特别对邓俊秉表示，"教授在巴基斯坦做了很多增进巴中友谊的工作，大使的勋章有你的一半"。真是无独有偶，就在不久之前，当巴前外长雅库布·汗为我们钱行时，这位著名的外交家也对她讲过类似的话：邓教授，你在伊斯兰堡外交界很活跃，很出色，你的名气比周大使还大。听到巴总统的评价，邓俊秉心头为之一热。为了中国的外交事业，她半路出家，放弃了自己喜爱并从事了十几年的教书育人的工作。她努力按照敬爱的周恩来总理的夫人邓颖超大姐对大使夫人的要求，甘当无名英雄，做扶持红花的绿叶。七年来，她的辛劳和牺牲居然得到了巴基斯坦国家元首的肯定，这真使她百感交集，得到极大的安慰。

不用说，宴会的气氛亲切友好，宾主畅叙友谊，表达依依不舍之情。出席宴会的总统特别顾问、首席秘书、原子能委员会主席伊什法克·阿卜杜勒·卡迪尔·汗博士，中国大使馆的政务参赞和武官夫妇，以及外国驻巴使节，都加入了友好的交谈。

惜别巴基斯坦

1995 年新年过后不久，周刚按我国外交部指示，安排辞行活动。这是外交官生涯的特点，在一个国家工作一段时间后，熟悉了驻在国情况，结识了各界朋友，就又到了告别的时候。这就像中国的一句俗话所说，"盛宴必散"。

2 月 1 日，周刚拜会巴外交部礼宾司长夏菲，通报奉调离任事，并商谈有关辞行的安排。中巴关系十分友好，需要辞行的巴基斯坦领导人、政府、议会、政党和军队的要员很多，希望为我们饯行的各界朋友也很多。因此，在此之后的两个月中，我们开始了一场又一场的辞行拜会，出席一家又一家的送别宴请。

风尘仆仆走四省

巴基斯坦共有 4 个省。我们首先马不停蹄地先去辞行。

2 月 6 日至 9 日，在卡拉奇，我们拜会了信德省督马哈茂德·哈龙、省议会议长 G·B·K 马哈尔、贝·布托的母亲努斯拉特·布托夫人、前科技部长、人民党信德省主席、穆盟信德省主席、信德省商会主席、巴中友协主席希拉利等老朋友，出席了驻卡拉奇总领馆、在卡拉奇的中国公司、当地华人华侨举行的送行招待会。

2 月 12 日至 15 日，我们在拉合尔拜会旁遮普省督阿夫塔尔·侯赛因，省首席部长瓦图、省议会议长拉梅分别会见和设宴饯行。我们还拜会了巴奥委会主席瓦吉德·阿里、旁遮普省巴中友协主席蒙塔兹·艾哈迈德·汗、巴中经济和文化论坛主席拉纳·伊贾兹·艾哈迈德和旁遮普省巴基斯坦工商会主席等。

20 日至 22 日，我们在俾路支斯坦省会奎塔拜会了省督伊姆兰·乌拉·汗，省议会副议长、省巴中友协主席伊克巴尔和副会长及秘书长等朋友，看望中国冶金公司驻奎塔办事处的同志。

22 日晚，我们又乘飞机赶到卡拉奇。23 日，出席中国港湾公司承包的卡拉奇

液品码头 -5 竣工仪式。贝·布托总理，巴国防部长，信德省省督，首席部长和省议会议长，巴交通部秘书，卡拉奇港务局主席等，出席这一盛大仪式，祝贺巴中合作的成果。

26 日，我们乘汽车风尘仆仆地到达西北边省省会白沙瓦，向中国人民的老朋友前总统伊沙克·汗辞行。接着，先后拜会了省督、省议长，出席白沙瓦商会的欢送集会，知名人士赛伊福拉夫妇以及巴中友协的宴会，看望中巴友谊餐厅的员工，并参加向阿巴辛艺术委员会赠送电视机的仪式。我们还参观了白沙瓦大学。

首都伊斯兰堡的高规格热情送别

巴基斯坦外交部对中国大使夫妇离任非常重视，安排领导人会见。3 月 7 日，参议院主席萨贾德夫妇为我们设宴饯行。3 月 19 日，贝·布托总理会见并设午宴款待。3 月 21 月，莱加利总统夫人请邓俊秉出席午宴送别。22 日，莱加利总统会见周刚并授勋，之后设午宴为中国大使夫妇送行。

从 3 月份起，为我们举行宴会、茶会或会见的政要有：巴基斯坦前总理谢里夫；前看守内阁总理贾托伊和马扎利；外交部长阿里；国防部长 A·S·米拉尼和夫人；工业生产部长 M·阿斯加尔；总理特别顾问泽迪；总理特别助理 S·哈桑；原子能委员会主席伊什法克夫妇。

巴军队领导人：参谋长联席会议主席法鲁克将军夫妇；陆军参谋长瓦希德上将夫妇；空军参谋长阿巴斯·卡塔克空军上将；以及三军情报局长，巴警察学院院长等分别宴请或会见。会见和宴请的还有前参谋长联席会议主席赛罗希（退役海军上将），前参谋长联席会议主席夏米姆（退役上将）和夫人，前陆军参谋长贝格（退役上将），前三军情报局长古尔（退役中将），巴军人基金会主席法鲁赫·汗等。

很多老朋友为我们饯行。他们之中有：著名外交家前外交部长雅库布·汗；不久前还在政府任职的前议长和教育部长赛义德·法卡尔·伊玛姆和夫人；前石油部长尼萨尔·阿里·汗和夫人；科技部秘书库莱西博士和夫人；巴中友协主席夏希；著名核物理学家阿·卡·汗和夫人；江泽民同志当年在巴基斯坦工作时的老朋友谢赫博士；穆盟秘书长伊克巴尔·艾哈迈德·汗；前科技部秘书巴特；文化、工商和金融界知名人士。印度尼西亚、印度、孟加拉国、尼泊尔、缅甸、日本、韩国、罗马尼亚等国驻巴大使和外交使团团长纷纷为我们饯行。

巴基斯坦外事秘书纳吉穆丁·谢赫为我们设宴饯行，出席作陪的有外交部主管亚太事务辅秘萨利姆，以及阿尔及利亚、罗马尼亚、印度尼西亚、孟加拉国、毛里求斯等国驻巴大使。外秘发表了热情洋溢的讲话。

读者从上述活动中不难看出，巴基斯坦政府和各界人士对中国大使和夫人离任的重视，以及其中体现的对中国和中国人民的友情。

作者简介

邓俊秉，女，四川广安人，1963年从北京外国语大学英文系毕业后留校任教至1977年，此后先后在中国驻孟加拉国使馆、中国社科院、中国驻马来西亚、巴基斯坦、印度尼西亚和印度使馆任参赞。期间于1985~1986年赴牛津大学任高级访问学者。现任中国前外交官联谊会信达雅翻译公司高级顾问，先后翻译周总理、黄华等领导人的传记、《阿尤布·汗——巴基斯坦首位军事统治者》、《我的祖父圣雄甘地》等书。

亲如一家

邓俊秉
中国前驻巴基斯坦大使馆参赞

1991 年 4 月上旬，我随丈夫周刚大使抵达巴基斯坦工作。我是半路出家的外交官，不像周刚那样曾经长期主管对巴基斯坦的外交事务，熟悉中巴关系的经纬和巴基斯坦的基本情况。赴任前，我虽然读过一些材料，对巴基斯坦有些了解，但我真正认识这个中国最友好的国家，是在该国工作和生活四年之后。同巴基斯坦人的工作交往和生活接触——从最高领导人、军政高官、议员、社会精英，到普通的教师、律师、医生、记者、商人、学生、家庭妇女、以至使馆的司机、花工等蓝领雇员，使我对这个近邻有了鲜活的印象。这是一个美丽的国度，一个友谊的海洋。在这里的所见所闻深深地刻在我的脑海中，不论离开多久，都不能忘怀。

首访历史文化名城拉合尔

1991 年 5 月 24 日至 27 日，我随周刚大使去拉合尔访问。这是我们到任后第一次离开首都去外地进行公务活动。5 月 21 日是中巴建交 40 周年。作为庆祝活动的一部分，山东省济南杂技团来巴访问演出。5 月 20 日和 21 日，杂技团在首都伊斯兰堡演出了两场，受到巴基斯坦观众的热烈欢迎。24 日，杂技团赴拉合尔演出。为了出席杂技团在拉合尔的首演，周刚和我乘车前往。那时伊斯兰堡和拉合尔之间还没有高速公路，我们的汽车花了近 5 个小时才抵达。当晚，我们出席旁遮普省文化部长为济南杂技团举行的欢迎宴会。25 日晚，杂技团举行首演，演出大厅里座无虚席。杂技演员的精彩表演倾倒了当地的观众。由于杂技通俗直观，没有语言障碍，中国杂技团每次访巴演出都引起轰动。这次济南杂技团表演的每一个节目，如高台定车、高车踢碗、口技、顶碗、飞车展翅等，都得到观众的热情喝彩。出席首演和第二天演出的，有旁遮普省和拉合尔市的高级官员、各界名流、工商巨子、文艺界人士以及普通市民。杂技团的访问演出烘托出两国建交40周年的热烈气氛，使中巴两国人民能面对面地接触、交流，大大增进了彼此的友好情谊。

在拉合尔期间，周刚和我拜会了旁遮普省督穆罕默德·阿兹哈尔、巴基斯坦军队第四军军长阿什拉夫、巴基斯坦水电发展局主席阿克巴尔，以及旁遮普省巴中友协主席蒙塔兹·艾哈迈德·汗。宾主进行了十分亲切友好的谈话。巴基斯坦朋友特别提到在巴最困难的时候中国对巴的坚定支持和帮助。周刚接受了乌尔都文报纸记者的采访。我还拜会了省督夫人。在拉合尔的短短两天时间，我们亲眼目睹、亲身体验了这个著名城市的人民对中国的真挚友情。

参加庆祝活动的间隙，我们参观游览了拉合尔的名胜古迹。这个城市约建于2000年前，既是巴最富饶的旁遮普省的省府，又是巴最著名的历史文化名城。16世纪以后的二百年间，该城成为莫卧尔王朝繁荣的文化中心，历代皇帝连续不断在此地修建宫殿、花园和清真寺。保留至今的有拉合尔城堡，大清真寺，皇家陵园，夏莉玛公园等古迹。拉合尔在巴基斯坦独立运动的历史上占有重要地位。1940年3月23日，全印穆斯林联盟在这里通过了《巴基斯坦宣言》。1947年8月，巴基斯坦独立后，每年的3月23日成为国庆日。在靠近大清真寺的伊克巴尔公园修建了高大的"巴基斯坦塔"，以纪念"巴基斯坦宣言"的诞生。巴基斯坦的伟大诗人和哲学家、独立运动的先行者阿拉姆·穆罕默德·伊克巴尔的陵墓位于大清真寺前。这是巴基斯坦和外国旅游者常到之地。周刚和我这次怀着崇敬的心情前往瞻仰。陵墓前有身穿礼服的卫兵守护，气氛庄严肃穆。

周刚和我还游览了风景如画的夏莉玛公园。这座具有典型的莫卧儿建筑风格的皇家花园建于1642年，周围是高高的围墙，四角耸立着瞭望塔楼，目前已成为巴基斯坦为外国贵宾举行盛大市民招待会的场所。当我漫步在波光闪闪颀长的清泉旁和徘徊在大理石砌成的古朴典雅的凉亭中时，仿佛已置身于天方夜谭神秘的环境之中。一群身着传统的浅色长袍和轻便服装的年轻男学生慢慢朝我走来。他们先是怯生生但又好奇地望着我。接着，一个卷发厚唇的男孩轻声问我是哪国人？当我回答是中国人后，这些青年人顿时活跃起来，争先恐后地问这问那，随后又不无自豪地对我说，他们在中学学习历史和地理时就了解到中国是个地大物博历

史悠久的友好邻邦，并在巴印1965年和1971年两次战争中，只有中国真诚支持巴基斯坦，巴中人民的确是好兄弟。周刚为这热烈的场面所吸引，也走了过来看个究竟。当这群年轻人得知了我俩的身份之后，异常兴奋，自动围拢来为中国大使夫妇吹起笛，载歌载舞。我们请他们一起合影留念，记录下这一难得的邂逅。临别时，他们举起双臂激动地高呼，"巴克—秦—多斯迪—金达巴！（乌尔都语：巴中友谊万岁！）"在金红色夕阳余辉的映照下，我们恋恋不舍地告别了这群热情可爱的年轻人。

巴基斯坦议长为中国大使夫妇开车

　　每当回忆在巴基斯坦度过的难忘岁月，巴基斯坦前国民议会议长、前外长戈哈尔·阿尤布·汗就浮现在我面前。周刚递交国书后，我们接触的第一位巴基斯坦领导人就是戈哈尔·阿尤布·汗。1991年5月19日清晨6点钟，周刚和我从伊斯兰堡驱车赶到拉瓦尔品第机场，为前往中国访问的巴基斯坦国民议会议长戈哈尔·阿尤布·汗夫妇送行。议长这次访华是中巴建交40周年庆祝活动的一部分。议长出身名门望族，其父是巴基斯坦前总统阿尤布·汗元帅。我们为有幸结识这位著名的政治家而高兴。议长和周刚同年，按中国的生肖，两人都是属牛的。虽是第一次见面，却无形中拉近了双方的亲近感。我们祝议长和夫人旅途愉快，访问成功。5月27日，周刚和我又去机场欢迎议长夫妇一行访华归来。戈哈尔·阿尤布议长对中国之行非常满意。但是，他感到非常遗憾的是，在北京期间陪同他去长城游览的中国前驻巴基斯坦大使田丁，在宾主同乘缆车登顶的时候，因疲劳和过度兴奋，导致心脏病突发，头倒在他的肩膀上竟与世长辞。6月4日晚，周刚和我为戈哈尔·阿尤布·汗议长夫妇访华洗尘。出席的客人还有议长的儿子塔利克夫妇，以及代表团成员旁遮普省议会议长曼佐尔·艾哈迈德·瓦图，巴国民议会秘书长汗·艾哈迈德·戈拉亚。戈哈尔·阿尤布议长愉快地向我们介绍他的观感，特别是同中国领导人会见的情况，盛赞中国的热情接待和周到安排。

　　1991年6月底，戈哈尔·阿尤布议长夫妇派人给我送来一张颇有意思的请帖——请邓俊秉教授于7月5日光临他们在白沙瓦府邸举行的午宴。仪表堂堂的议长现在是巴基斯坦第四号领导人。他美丽端庄的夫人是一位著名将军的千金，在上层社会享有盛名。这对新朋友对我的友好情谊令我深为感动，但请柬上只邀请我一人，这个不同寻常的做法确实令我尴尬。为此，我不得不给议长夫人打电话。不愧为大家闺秀的她，回答既友好又外交：议长和她哪会忘记邀请中国大使？周大使是贵宾是不言而喻的，然而他们想请周大使的教授夫人作为这次家宴的主宾，想必大使阁下不会介意吧。

7月4日，周刚和我乘车前往西北边省首府白沙瓦。我们先后拜会省督和首席部长，之后出席首席部长的家庭午宴。首席部长阿夫扎尔·汗同我们一见如故，交谈十分亲切友好。为了保障我们的安全，他派了两个班的警察分乘开导车和后卫车，随同我们在白沙瓦的活动。

第二天早上，我们刚用完早点，戈哈尔·阿尤布议长夫妇已来到饭店欢迎我们。议长虽兴致勃勃，却掩饰不住浓浓的倦意。夫人悄悄对我说，前一天晚上议长和她在伊斯兰堡参加完美国大使举行的国庆招待会后已是午夜。今天清晨议长亲自驾车3个小时，风尘仆仆赶回乡。在家休息了三、四个小时，就来旅馆看望我们。我们听后感到非常过意不去，请他们回家再休息半天，然后陪我们去参观游览。议长却坚持立即带我们离开饭店，请我们在他帅气十足的"皮加罗"越野车后座落座后，十分幽默地说："我为你们当司机，夫人给你们当向导，保管你们满意。"这位军人出身的议长，酷爱驾驶，不仅是开车好手，也会驾驶飞机。议长熟练地驱车带我们游览市容，之后将车停在白沙瓦古城堡前。他告诉我们，巴边防军司令部就设在这个城堡中；边防军司令欣然同意破例接待中国大使夫妇作为他们的贵宾，以尽地主之谊。司令为我们举行了庄严而隆重的欢迎仪式——头缠红色头巾，身着浅黑色短袍，脚蹬长统皮靴的仪仗队，在军乐声中雄赳赳气昂昂地向中国大使夫妇行军礼，这种国宾级的待遇让我感到受宠若惊。仪式结束后，司令带我们登上这座气势雄伟的古堡，尽情饱览了白沙瓦全城的风光。这座名叫巴拉·希萨尔的城堡位于白沙瓦的西北边缘，始建于1519年，重建于1791年至1849年之间。它是巴西北边陲几百年来所经历的风风雨雨最好的历史见证。登上这座威武森严的古堡，我们举目四望，具有独特伊斯兰建筑风格的白沙瓦大学，酷似我国东北"干打垒"的阿富汗难民营，以及融会东西方文化为一体的白沙瓦景色，尽收眼底。

中午时分，议长驱车带我们来到了他的府邸。等待我们的是一场热闹非凡的聚会。这儿聚集了巴西北边省的主要军政要员和社会名流。个个都渴望结识新到

任的中国大使夫妇，表示对中国的友好之情。顿时，我俩即被这些热情洋溢的新朋友团团围住。他们对中国发生的巨大变化感到欣喜，盛赞中国所取得的举世瞩目的成就。议长夫妇特地为我们举行的是带有浓郁白沙瓦风味的午宴。用餐完毕后，为感谢主人的盛情款待，我在朋友们热烈的鼓掌声中，向议长赠送了一册精美的画册《中国外交40年》。我告诉大家，画册中有好几幅是中巴两国友好交往的照片，其中一幅是议长的父亲——巴前总统阿尤布·汗在1965年3月访华期间同毛泽东主席会见时的合影。如今，他的长子戈哈尔·阿尤布继承父业，正在为进一步发展和巩固中巴两国友好关系继续做出贡献。

"踏上阿富汗领土"

在巴基斯坦工作的4年间，我虽然很想去看看与巴基斯坦山水相连的阿富汗，却一直没有机会。

1992年3月下旬，安全部副部长余放访巴期间，我的这一愿望才碰巧得以实现。真可谓"有意栽花花不开，无心插柳柳成荫"。

3月27日，余副部长访问伊斯兰堡的第4天，巴方特地安排直升飞机一架，送代表团前去参观巴阿边境的开伯尔山口。余副部长为人热情随和，作为大使夫人，我虽无缘参加他的官方会谈等正式双边活动，这次却有幸随周刚一道陪同他前往参观。这是一次难得的经历。早上9时，我们一行在巴军方机场准时登上一架装备齐全的直升飞机，只花了半个多小时就降落在目的地。走下飞机，迎面刮来了仍带寒意的山风。放眼望去，头顶上是茫茫苍穹，四周是绵延起伏光秃秃的山地。这一景象对长期生活在城市的人们来说，印象深刻。"天苍苍，野茫茫，风吹草低见牛羊"，虽则在这广袤的边境地区此时见不到青草和牛羊，然而这幅蓝天白云、黄色大地的天地合一，气势雄伟的自然景色，却牢牢地铭刻我的脑海之中。

巴方陪同人员热情友好，主动向中国客人介绍这一地区的地貌特点和巴阿两国交往的历史与现状。当我们一行缓缓地来到阿富汗边境哨卡时，人文景观出现了另一幅画面。两国边民在各自领土上忙忙碌碌做自己的事，熙熙攘攘的人们好奇地望着我们这些外国人。要不是设置的木栅栏和铁丝网是阿富汗边境哨卡的标志，我还以为两国边民是一家人呢！实际上，他们之中很多人是普什图族，同一民族，同一语言，信奉同一宗教，他们的长相和穿着没有什么两样。我兴冲冲走到阿富汗边防哨卡战士面前，用英语表明周刚和我的身份，请他做出友好姿态，破例让中国大使夫妇穿过木栅栏门踏上阿富汗的领土，领略一下该国的风光。巴方陪同向这位英俊威武的年轻士兵耳语几句后，他微笑着拉开了木栅门，我和周刚兴高采烈地踏上了阿富汗的土地，尽情享受着这一短暂而难得的时刻，并同周围边民热情打招呼和握手，还请这个士兵给我们二人拍了照。临别前，我紧紧地握着他的手说，"舒克利呀！"（乌尔都语——谢谢）

18年过去，弹指一挥间。当年的照片虽然已有些发黄，但这次难得的经历却记忆犹新。我衷心祝愿阿富汗早日获得真正的和平和稳定，让多灾多难的阿富汗人民过上和谐幸福的生活。

巴基斯坦总统访华拾零

1994年12月初，周刚和我返回北京参加接待巴总统莱加利夫妇访华的工作。我们在巴基斯坦工作近4年来，巴总统首次访华，也是巴人民党政府执政短短1年多时间内，继其总理，参议院主席和国民议会议长相继访华后，巴国家元首前来访问。中巴双方均很重视。

莱加利总统夫人出身名门望族，虽受过西方教育，却仍是个虔诚的穆斯林。因而她严格遵守不公开抛头露面，不见家族以外男士的规矩。陪同她前来访华的有总统的幼妹和侄女，一些部长和省督夫人以及其他达官显要的女眷。她们之中绝大多数从未到过中国。为此，中方特地为总统夫人一行制定了另一套丰富多彩的活动日程，还对总统和夫人活动时间的衔接和协调（包括每天抵离宾馆和抵离往访城市的时间）均作了周密的安排，以便统一总统和夫人在同一时间进行不同的活动。不言而喻，这次接待任务重，要求严。

我在陪同巴基斯坦总统夫人访华期间，亲历了以下几件趣闻轶事。

总统夫妇抵京的次日上午，在总统夫人一行参观完故宫后，车队按计划于中午驱车来到巴驻华大使官邸。巴大使夫人将为总统夫人一行和中方陪同举行午宴，然后再直接前往长城游览。令人不解的是，总统夫人端坐在车中一动不动。她拒绝下车的原因是坚持要先回国宾馆换装后再来出席午宴。这下可急坏了巴大使夫

人和中方陪同——如总统夫人再不下车，不仅要影响午宴规定的时间，还要影响游览长城的原定时间和沿途的安全保卫工作。我急中生智，随即就做巴大使夫人工作，请她不要介意提前午宴，以便挤出时间来在去长城的途中，顺道在国宾馆停车再请总统夫人进去更衣。只有这样，方可午宴游览两不误。这位午宴女主人如释重负，一边感谢我为她解了围，一边求我前去完成这项"艰巨的"任务。幸运的是，总统夫人很大度地采纳了我的建议，随即走下车。坐在总统夫人身旁的是中方主要陪同——农业部长刘江的夫人高淑祯女士，她微笑着下了车。事后才得知，巴外交部给总统夫人准备的访华日程小册子上确有午宴前更衣这一项说明。

巴总统夫妇一行飞抵杭州当晚，浙江省妇联主席为巴总统夫人一行举行了盛大的晚宴。宴会大圆桌上摆放着五彩缤纷的巨型花环和富有江南特色的美味佳肴，周围坐着身穿漂亮民族特色华服的贵宾和主人，光彩照人，交相辉映。坐在我身旁的是巴总统年轻美貌的侄女，她眨着明亮的双眼，悄声对我说道："大使夫人，在此良辰美餐时刻，如有贵国优雅动听的民乐助兴，岂不更令人飘飘欲仙？"事后我向当地有关接待部门反映了这一情况，并请他们转告下一站。无巧不成书，次日抵达西安后，在陕西省妇联主席为巴总统夫人一行举行的晚宴上，中方专门安排了身着典雅的中式裙袄，手弹琵琶和古筝的音乐学院女生特别为贵宾演奏中国民族和古典乐曲。总统夫人默默含笑朝我点头致谢，总统侄女干脆离开座位来到我身旁轻声耳语说："谢谢你，我的好朋友。你们安排的真周到。"这次安排完全满足了总统夫人一行的愿望，收到了意想不到的效果，增进了彼此的友谊。

在该代表团离开北京返回巴基斯坦的那天下午，总统夫人一行前几天抵京时的拘谨和客套早已无影无踪，消失殆尽，她们和陪同的中国姐妹们有说有笑，完全打成一片。总统夫人亲热地招呼我和高淑祯女士到她身边，兴奋地张开双臂簇拥着我们二人拍了一张象征着中巴两国姐妹友谊的合照。随后，她邀请全体中方陪同登上插着巴基斯坦国旗的专机，进入总统座舱做客。在向我们一一赠送了礼品之后，她风趣地说："我在自己小小的'国土'上，略尽一点地主之谊"。接着她衷心感谢我们为她们访华成功所做出的一切，并表示她们是乘兴而来，满意而归；短短一周的访问令她们大开眼界，获益匪浅。最后，她希望我们今后作为她的客人像走亲戚一样前去巴基斯坦访问，并祝愿中巴两国姐妹之间的友谊代代相传，万古长青。

"中国之晨"

我们在完成接待莱加利总统夫妇访华任务后返回伊斯兰堡不久，巴总统府专门派人给我送来一封总统夫人亲笔写的热情洋溢的感谢信。在致她的复信中，我不失时机地郑重邀请她作为主宾前来参加我拟于 1995 年 1 月 19 日举行的盛大夫人活动。几天后，总统军事秘书打电话告中国大使馆，总统夫人欣然应邀，届时将带女儿等人前来参加。这对中国大使馆，尤其是我领导的妇女小组来说确是一大喜讯。自 1991 年来到巴基斯坦工作以来，每年我都要举行一次名为"中国之晨"的大型夫人活动。由于活动内容丰富多彩，形式新颖别致，以往几次"中国之晨"均受到巴各界和驻巴使团的好评，在伊斯兰堡已经小有名气。前几次活动虽然我有幸邀请到巴参议院主席（巴第 3 号领导人）和巴军参谋长联席会议主席夫人出席，然而事实是，近年来巴总统夫人从未应邀出席过任何使馆举行的活动。

1 月 19 日早上，中国大使馆张灯结彩，喜气洋洋，迎来了巴总统夫人和她的千金、总统幼妹、几位部长夫人、众多社会女名流以及使节夫人。夫人活动自始至终充满欢声笑语，贵宾们都被"中国之晨"欢乐而友好的气氛所深深感动。绚丽多彩的中国工艺品展示，碧绿青翠的使馆菜园，显示华夏百花争艳的艺术短片，富有中华特色的风味小吃，节目一个接一个，令她们目不暇接。最让她们惊喜的节目是"中国职业妇女服装"展示和"清宫舞"表演。这两个节目是我带领使馆全体夫人们自编自导的演出内容和自制自筹演出服装的展示，花了足足两个多月排练出来的成果。当舞台上亮起了明亮的水银灯，随着悠扬悦耳的中国民乐乐曲声，我馆 10 位年龄各异的夫人身着最能显示中国女性气质的典雅端庄旗袍，款款朝台前走来时，所有贵宾的注意力霎时被吸引住了。台下一片肃静，屏气凝神；台上"模特儿"一次又一次地更换中国职业妇女在不同的场合所穿的服装。最后的压台戏是使馆 6 位年轻夫人表演的"清宫舞"，她们娜娜多姿的动作，含情脉脉的神情，令台下观众如醉如痴。演出历时半个来小时，一气呵成。演出结束，全场响起热烈的掌声，贵宾们久久不愿离去。总统夫人感慨万分地对大家说："只有像中国这样历史悠久、文化灿烂，近年来又取得举世瞩目成就国家的姐妹们，才有能力组织好水平如此高、寓意如此深的活动。上台表演的虽不是职业模特儿，但她们的

演出精彩极了，充分显示了中国妇女令人赞叹的自强不息的精神。"

这次活动轰动了伊斯兰堡，当时成为巴各界和使团的热门话题。英文《新闻报》发表了图文并茂的报道，中国的《人民日报》和《光明日报》也先后撰文报道了这次活动。

《阿尤布·汗——巴基斯坦首位军人统治者》中文版如何面世

在巴基斯坦的 4 年任期中，我虽然购买了一本阿尔塔夫·高哈尔撰写的《Ayub Khan——Pakistan's First Military Ruler》(《阿尤布·汗——巴基斯坦首位军人统治者》)，但由于工作繁忙，只草草地浏览了一遍，而无暇想到把它译成中文介绍给中国读者。1995 年 4 月，周刚和我从巴基斯坦离任回国。周刚被任命为中国驻印度尼西亚大使，需要等候印尼政府的同意。在此期间，他忙于做准备，熟悉有关印尼和中国印尼关系的情况，并同有关部门商谈工作。此外，他还要到北戴河参加中央召开的部分驻外使节会议，以及在吉隆坡举行的东南亚使节片会。在这段时间，我有空翻阅了这本反映巴基斯坦当代史上首位发动军事政变，并成功上台执政的阿尤布·汗元帅统治时代功过是非的名著。这本书的作者阿尔塔夫·高哈尔不仅是知名的报人，还是阿尤布的亲密伙伴、讲话撰稿人，并在其政府任新闻广播部秘书 (相当于中国的常务副部长)。根据阿尤布的日记和作者本人的摘记撰写的真实故事，再次触动了我的夙愿——凡到一个国家工作之后，我总想翻译一本有关该国的著作介绍给国人。于是我决心同该书作者联系并征得他首肯后，即动手翻译。1995 年 8 月下旬，随同周刚抵达雅加达履新不久，通过巴基斯坦驻印尼大使西迪克的帮助，同阿尔塔夫·高哈尔取得了联系。他同意由我翻译此书并在中国出版。从此，我从繁忙的工作和活动日程之中，挤出不多的空闲时刻，从到印度尼西亚上任伊始，到从印度离任前夕，先后花了 5 年多时间，总算译完了该书。

要完成这一夙愿绝非易事。在此，我向读者介绍我亲历的另外两个例子。1985 年至 1986 年，我应英国学术院邀请，作为高访学者在牛津大学圣安东尼学院搞研究期间，有幸在牛津一家旧书店掏到一本英国前首相爱德华·希思的有趣著作《Music——Joy Of My Life》(音乐——我终身的乐趣)。回国后，我将这本图文并茂的书介绍给中国翻译公司总经理翻阅，并表示，如该公司有兴趣出版，我可毛遂自荐将此书译成中文。在得到同意之后，我首先通过英国驻华使馆文化参赞的帮助，联系上了希思本人，并征得他同意由我将此书译成中文在中国出版。此后，我花了大半年功夫将此书译完。1988 年随周刚前往马来西亚上任前夕，我将此书的中文译稿交付中国翻译公司。然而，一直等到 1995 年我们从巴基斯坦离任回京休假时，该公司向我表示深切歉意，出于经济收入考虑，该公司不得不违约，放弃出版此书中文版，并将原稿退还给我。几经周折，《音乐——我终身的乐趣》中文版终于在 1999 年 1 月由国际文化出版公司出版，条件是不付译者稿酬，译者亦不必拉赞助。不料，此书竟得到了知音的青睐。中国芭蕾舞团知名指挥家卞祖善先生曾对我说，为此书他曾应邀在 CCTV 做了专门节目，他对主持人宣布，要是他有朝一日能去月球旅行，这本书将是唯一陪伴他前往的伙伴。

1997 年年底，在我们离别印度尼西亚前夕，时任印尼科技部长的哈比比 (Prof. Dr.Bacharuddin Jusuf Habibie) 赠送给我一本关于他的生平的书《哈比比的工作和生活》。该书的作者是哈比比部长的侄子。他希望我将此书译成中文介绍给中国读者。我们达成协议，同意将此书译成中文并在中国和印尼两国出版。印尼华社知名的企业家陈大江先生是哈比比部长多年的好友，他主动表示愿出资赞助。由于周刚将出任驻印度大使，我要前往新德里随任，我委托我的儿子周巨洪和我的老同事张永彪先生共同将该书译成中文，并于 1999 年由国际文化出版公司出版。当年 8 月，印尼中国经济社会文化合作协会和印尼总统办公室（哈比比部长已于 1998 年 5 月当选为印尼总统）为此书共同举办隆重的发行式。事先，两单位分别致函中国驻印度大使馆，正式邀请我出席这个仪式。由于当时我随周刚正在拉萨进行工作访问，无法前往雅加达，因而错过了这次与印尼朋友重聚和见证显示两国人民友谊的机会。

虽然世界知识出版社愿意出版《阿尤布·汗——巴基斯坦首位军人统治者》的中文版，但条件是该书译者应自己拉赞助。这事可真给我出了个大难题——我这辈子最忌讳的就是向别人乞求。然而，为了实现自己多年的夙愿，我不得不违心请人相助。中国东方电气集团公司在巴基斯坦有合作项目，公司副总经理潘纪盛在巴基斯坦工作期间，同我们相识。2000 年，他到印度访问期间前来使馆见周刚大使和我时，我向他提起了翻译出书的困难。潘总表示，向中国读者介绍巴基斯坦有影响的领导人很有必要，可以进一步增进两国人民的相互了解。他说，东

方电气集团在巴工作期间得到周大使、邓教授以及大使馆的关心和帮助。现在，邓教授翻译出书有困难，公司完全可以帮助解决。他诚恳地说，"滴水之恩当涌泉相报。"

2001年6月底我随周刚大使自印度离任回京。退休之后至2002年1月，世界知识出版社在接到我的手稿后，仅花了大半年的时间，就让《阿尤布·汗——巴基斯坦的首位军事统治者》中文版问世。巴基斯坦时任驻中国大使戈卡尔（Gokhar）对该书译著在中国出版发行表示十分高兴，并愿提供力所能及的帮助。虽然当时他即将离任回国，公务繁忙，但仍然挤出时间在当年6月3日为此书举行了发行式。为此，巴基斯坦大使馆文化处和办公室做了大量准备工作。当天下午，聚集在巴基斯坦使馆的不仅有该馆的外交官，还有中方的在任和退休外交官、南亚学者和媒体人士。戈卡尔大使亲自主持仪式并致词。他高度赞扬中巴两国多年来形成的"全天候"友谊，以及阿尤布总统所作的贡献，表示《阿尤布·汗》一书中文版的发行有助于中国读者对巴基斯坦的了解，邓俊秉教授做了一件十分有益的工作。我在答谢词中衷心感谢戈卡尔大使和东方电气公司的帮助，强调我之所以翻译此书就是想为中巴友谊略尽绵薄之力，为中巴友好大厦增添一片砖瓦。发行式上中巴朋友畅叙友谊。我却在旁边忙个不停，为向我索要此书的与会客人签字留念。

2005年3月初，周刚和我应南亚地区研究中心（RCSS）邀请，在巴基斯坦的拉合尔为该中心举办的专业人士论坛做完报告后，飞赴伊斯兰堡访问。3月5日早上，已从外秘岗位上退休的戈卡尔邀请我们打高尔夫球。老朋友重逢，格外高兴，我们还一起愉快地回忆了几年前在巴基斯坦驻华大使馆为此书举行发行式的热烈友好场面。此外，周刚和我应邀前往巴前议长、前外长戈哈尔·阿尤布住宅，拜访这两位我们的好友时，我有幸将一本《阿尤布·汗》译作亲自赠给了阿尤布·汗的长子戈哈尔·阿尤布本人。

中共中央政治局常委宋平访巴

1991年9月20日至27日，应巴基斯坦穆斯林联盟主席居内久的邀请，中共中央政治局常委宋平同志率中共代表团访巴。中联部部长朱良和广东省委书记谢非等随同访问。宋平同志是我党和国家中央领导集体的重要成员，是老一代革命家。巴方虽由执政党穆斯林联盟出面邀请，实际上是作为国宾由巴政府接待，访问的整个日程由巴外交部安排。

抵达当晚，穆盟主席居内久会见并举行盛大欢迎宴会。第二天，宋平同志拜会巴基斯坦总理谢里夫，并出席谢里夫的午宴。23 日上午，宋平同志拜会巴总统伊沙克·汗之后，乘巴总理专机前往历史文化名城拉合尔访问。旁遮普省督会见并宴请。24 日下午，拉合尔市长在夏莉玛尔公园举行"市民招待会"。"市民招待会"一般是为到访的外国国家元首和政府首脑举行的，旁遮普省和拉合尔市政府要员、各界名流、工商巨子和市民代表参加。为了欢迎宋平同志率领的中国代表团，数千名各界人士在烈日之下早已在公园内聚齐。宋平同志和代表团抵达公园后，身穿整齐的学服、排列在长长水池两边的男女学生，挥舞手中的花束，高呼欢迎口号，并在宋平同志走过面前时，向他撒鲜花花瓣。

该团是周刚和我在巴任期间接待的一个给人留下深刻印象和美好回忆的代表团。作为中国大使夫人，我有幸随同周刚全程陪同宋平同志一行访问了首都伊斯兰堡、历史名城拉合尔和最大的工商业城卡拉奇。下面，我想和读者分享我在那次陪同访问中亲身经历的几件小事，以表达我对宋平同志的敬意。

宋平同志是我国老一代的革命家，早年就读清华，为了抗日救国投笔从戎，奔向延安参加革命。他曾是周恩来总理的助手，一直为党和人民辛勤工作。这次访巴，宋平同志虽已耄耋之年，却是精神矍铄，庄重洒脱，给人的印象是个德高望重的老革命。他生活简朴，穿着朴素。他随身带的饮水杯是一支普通的玻璃瓶，外面有塑料细绳套子起隔热作用。他的秘书说，这是宋平同志的夫人亲手编织的，这种连普通百姓都不再用的玻璃瓶代用杯和宋平同志形影不离，不论是国内出差还是出国访问，他都带着。每次活动结束，周刚和我陪他回到宾馆后，我亲眼见到他脱下的是双鞋底有点磨损的旧皮鞋。他的衬衫也是旧的，领子边已磨出了些毛茸茸的小线头，他带的是无需每次打领结的简易领带，只需套上脖子拉紧就行。尽管服饰简朴，他老人家却是气质出众，大家风范，令东道主印象深刻，十分尊敬。抵达拉合尔后，当地政府原打算安排宋平同志一行在晚上前去该市的大超市参观。得知此事后，他对我们说，为了参观，巴方要安排很多车辆和大批警力保护。他没有购物的打算，不愿麻烦巴方为此兴师动众，并惊动超市。我们将他的谢意转达给巴方后，巴方陪同官员和当地警官都深为感动，并取消了这次活动。宋平同志

对自己的身边工作人员平易近人，和蔼可亲。他的秘书和警卫既是非常尊敬他的部下，又是十分爱戴他的晚辈。陪同他一周的时间，周刚和我亲眼目睹他老人家和身边工作同志的亲密关系。同时，我们也深有同感。按礼宾规定，作为大使夫妇，我们在活动前后，应到宋平同志下榻的套房迎送他。每次活动完毕我们送他到套房后，他经常挽着我俩的手走到长沙发边让我俩坐在他身旁，开始无拘无束的聊天。起先，我还有些拘谨，深怕我们的逗留会影响到他的休息。但后来我逐渐被他老人家的真情所打动，就尽情享受这难得美好的时光。他既是我们的革命老前辈，又像我们和蔼可亲的长辈。在聊天时，我会情不自禁的搂着他的胳膊，深深陶醉在这种温暖的气氛之中。至今，我还保存着当年在拉合尔和卡拉奇宾馆的宋平同志的套房里，周刚和我一左一右亲热搂着他老人家胳膊的照片—就像一张两个已过知天命之年的晚辈与他们耄耋之年的长辈的合照。在此，我衷心祝愿宋平同志健康长寿，幸福快乐。

中共中央政治局委员尉建行访巴

1993 年 2 月 15 日至 23 日，中共中央政治局委员、监察部部长尉建行率领监察部代表团访巴。该团的首席团员是中纪委常委刘丽英（原全国总工会主席刘宁一同志的女儿）。在巴期间，我们曾接待过不少中国代表团，像中共中央政治局常委宋平率领的代表团一样，该团给人留下了深刻的印象。

2 月 15 日，在周刚和我陪同赛福鼎副委员长率领的全国人大代表团（2 月 8 日至 16 日访巴）抵达卡拉奇的第二天，我们马不停蹄地迎来了尉建行同志率领的监察部代表团。这是一个精干的团组，既有该部的各级干部，又有地方厅局的领导，老中青三结合。该团先后访问了巴基斯坦 4 个城市——卡拉奇、伊斯兰堡、白沙瓦和拉合尔。尉建行团长不仅同巴监察长举行会谈，还拜会了巴总统，会见信德省、西北边省和旁遮普省的省督或首席部长等地方官员。作为中国大使夫人，我随周刚全程陪同该团，下面我想回忆几件难忘的事，从中可以体会到尉建行同志的高风亮节。

2 月 20 日，在参观白沙瓦附近的开伯尔山口时尉团长受了风寒，当天晚上就高烧腹泻。他让秘书将刘丽英大姐等人以及周刚和我请到他下榻的套间，叮嘱大家不要因他生病而延误了代表团的日程；倘若次日他病情无好转，就将他的秘书留下，代表团其余成员则由刘丽英同志带队，在周大使夫妇陪同下，按原定日程前往拉合尔。周刚表示，我们不能把团长留在白沙瓦，这里没有中国的总领事馆，我们放心不下，现在需要马上将团长的病情告诉巴方陪同人员，立即请医生来看病。但是，尉建行同志强调这是命令，必须服从，不能因为他一人生病而影响全团的活动，不要给巴方的接待工作造成麻烦。在我们将尉建行团长生病事告知巴方陪同官员后，巴基斯坦医生很快就赶到尉团长的客房。在仔细诊视后，医生表示，病是因为水土不服外加受凉而起。他当即给了药，请尉团长先服用。这位医生的医术高超，尉建行同志在服用后，当夜就止住腹泻，第二天早晨高烧也退了。见到他的病情有了好转，全团如释重负。但是，他的身体仍很虚弱，大家为他能否乘飞机而担心，何况一下飞机就要开始一系列的拜会和参观活动。尽管如此，尉建行同志仍坚持按原计划飞赴拉合尔访问。

抵达拉合尔后，代表团受到了热烈的欢迎。市长举行了盛大的市民招待会，宾主发表了热情洋溢的讲话。尉建行同志因为代表团年轻的翻译不太习惯巴方主人的英文，为了和对方更好地沟通，请我给他当翻译。我认真地为他精彩的讲话、回答问题以及同东道主的交流作即兴口译。宾主交谈时，他思维敏锐，讲话简练，逻辑性强，条理分明，并仔细倾听对方的讲话和我的中、英文翻译，给我留下了深刻的印象。

尉建行同志在9天的访问过程中，客随主便，完全尊重巴方的安排，从不向大使馆和总领事馆提什么生活上的要求。使领馆在接待国内代表团时，有时备些驻在国的小纪念品送给他们做纪念。2月16日，在离开卡拉奇时，尉团长断然拒绝总领馆赠送的纪念品。我看在眼里，十分感动。18日，代表团来到伊斯兰堡，大使馆未给他们准备任何纪念品。当时中共中央刚开完全会，周刚请尉团长给大使馆外交官做国内形势报告。尉团长欣然同意。他没有任何书面稿子，也没有讲话提纲。但是，他的报告不仅精炼、准确、严谨，而且生动活泼。如果记录下来，就是一篇不用修改的讲话稿。听报告的使馆同志对尉建行同志惊人的记忆力、严密的逻辑性和高超的政策水平赞不绝口。

在伊斯兰堡的公益活动

在巴基斯坦工作期间，周刚和我除了参与各种官方的外交活动外，还抽空开展公共外交和做些公益活动，同教育、慈善、文化、妇女界人士接触，增进巴基斯坦基层群众对中国的了解，培育在民间层次的友好情感。

参加当地的义卖活动是我和大使馆的夫人们的"特权"。1992 年 11 月 6 月和 13 日，我们先后参加了全巴妇女协会和巴基斯坦外交部夫人协会举办的义卖。首先，我要去参加预备会，举办方向各国驻巴大使的夫人们介绍义卖的时间、宗旨、内容和具体要求。接着，我在使馆领导的支持下，特别是使馆女同志们和办公室的大力协助下，进行一系列的准备工作。先要筹备参展"商品"，由于使馆条件有限，财政上也不像今天这样宽裕，只能因陋就简，从使馆礼品库和"小卖部"里物色当地妇女和使团的夫人们喜爱的中国工艺品，如丝绸，茶叶和茶具，剪纸，折扇，唐三彩等瓷器，漆雕和木雕，挂历，台式屏风等小工艺品。备好了货，再由使馆会计师评估定价并登记造册。夫人们开始忙碌起来，为每件"商品"整理包装，贴上价码。参卖之日，一大清早，办公室的青年人开车把参卖用品送到现场，在我的指导和夫人们的帮助下，分类码放整齐。使馆的厨师们也忙了起来，他们带来了锅碗瓢勺，以及事先已包好的春卷、虾片，卤好的鸡蛋和五香牛肉等小吃。义卖还未开始，广场上已来了不少当地妇女和他们的子女，以及使团的夫人们。当然，也有中国大使馆的男同志，包括我的老伴周刚大使。不过，今天他们当配角，是来为我们捧场的。我和使馆的姐妹们站在柜台后，当起了售货员。义卖活动开始，场内人流如鲫。中国大使馆的柜台是最受欢迎的。全巴妇协主席和巴外秘夫人以及很多国家大使的夫人们都来光顾。我热情地接待她们，向她们介绍中国馆的展品。我的女同事们服务热情周到，百挑不厌。顾客们不仅喜爱中国的丝绸、茶叶和工艺品，也特别青睐美味的春卷、香脆的虾片，孩子们对五香鸡蛋和牛肉情有独钟。工艺品和小吃都有些供不应求，办公室的同志和厨师只好动用"库存"。义卖从上午持续到下午，客人来了一批又一批。我不知握了多少次手，介绍过多少次同一类展品，早已口干舌燥。女同胞们忙得不亦乐乎，一个个感到腰酸腿胀。大家只能忙里偷闲，轮流休息一会，吃点快餐。一天的收获真是不少。回到使馆，大家又忙着清点货款，核对账目。活动到这里还没有完，剩下的是我带着助手到全巴妇协和巴外交部向主人们赠送善款，为巴基斯坦的儿童们尽一点中国母亲和大姐姐的爱心。不用说，我们受到主人们的热情接待和衷心感谢。

在其后的三年时间里，周刚和我还两次向巴基斯坦现代语言学院赠给中国出版的各种书籍上千册，受到巴教育部长的热烈欢迎。1992 年 "3.8" 国际妇女节时，我和使馆的女同志前往 "SOS 村"（紧急救助村）。在村长谢克的带领下，我们参观了该村的家庭。所谓一个家庭就是由女工作人员当孤儿的母亲和老师，由她们负责孩子们的生活和学习。该村的设施虽然简单，却管理的井井有条。一排单层的平房是孩子们的卧室，房间收拾得干净整齐。在平房后面是一片菜园，为了节省开支，该村的工作人员带领孩子们自己种菜。我们向该村赠送了乒乓球台、球拍和乒乓球，当球台支起来后，孩子们争先恐后地拿起球拍，兴致勃勃地打起球来。我暗下决心，我应该再为这些孤儿做点事。

过了不久，我带领使馆外交官和工作人员的夫人再次来到该村，伊斯兰堡一个妇女慈善组织的两位负责人早已在该村等候我们。该村的另一个女领导，特地在小礼堂举行了一个简单而热烈的欢迎仪式，答谢中国大使夫人代表使馆赠送给该村的电视机和录像机。她还挑选了几个俊秀的女孩，穿着漂亮的民族服装参加欢迎仪式。我们一行都很喜欢她们，仪式结束后，同这些可爱的女孩拍了一张集体照，我保留至今。

第二年，我又前往 SOS 村参加该村的中学奠基仪式。

1994 年 1 月 20 日，周刚和我参观早在 1953 年就建立的赛义德爵士私立学校。校长卡利达·珀文女士组织全校师生出席欢迎中国大使夫妇的仪式，并发表热情洋溢的讲话。周刚和我先后讲了话，然后向学校赠送了电视机和录像机，全场掌声雷动，气氛热烈。仪式结束后，校长带领我们参观学校。这是一个管理有方、训练有素的民办学校，董事长赛义德爵士专门成立了以他头衔命名的教育机构，致力于推动民间教育事业。

仅隔 4 天，我独自前往伊斯兰堡女子学院，向该校赠送电视机和录像机。学校领导组织学生参加赠送仪式，并请我讲话。女学生可能是第一次见到中国大使夫人，听完我简短的致辞后，饶有兴趣地问我有关中国教育的问题，我怕耽误事先安排好的听课时间，建议她们有空前去使馆做客，同我讨论她们感兴趣的问题。

我随校领导悄悄走进一个教室，静静听老师用熟练的英语讲课，一些女孩不时回过头来朝我微笑点头，老师干脆走到我面前请我向大家说几句话。我激动地告诉这些学生，我是教师出身，这是我十几年来头一次重返课堂，再次体验当年教书的幸福时光，衷心祝愿她们努力学习，成为未来建设巴基斯坦的有用人才。事后，这个学校的学生代表真的于同年11月22日来大使馆拜访我，我向她们介绍了有关我国教育和妇女的情况。

1月27日，周刚和我来到拉瓦尔品第国立女子学院。校长亚兹达尼女士组织了一个有一千名师生参加的盛大欢迎仪式。她首先致欢迎词，介绍了中巴两国的友谊和中方的无私援助，并感谢中国大使夫妇专程前来赠送幻灯机和录像机。接着，周刚致答词，回顾了当年走访的上述学校和SOS村，表示中国大使馆愿增强同这些学校和慈善机构的友好关系，并希望两国之间的全天候友谊发扬光大，世代相传。仪式结束后，我们在校长的带领下，参观了这个颇负盛名的女校的艺术系和学生的作品展。

1995年1月，在周刚和我离任前夕，我又到SOS村同孩子们见面，并赠送了礼品。1月29日，周刚和我来到巴基斯坦艺术委员会，向巴艺术委员会赠送了电视机和录像机。巴文化部秘书同我们进行了亲切友好的谈话。这是我在巴基斯坦的最后一次公共外交活动。离开巴基斯坦后，我一直想念那些可爱的孩子和辛勤培育孩子们的老师们。

别开生面的乒乓球友谊赛

在巴基斯坦工作的4年时间里，我们充分享受到来自巴方朝野上下、军政要员和平民百姓的各种形式的"全天候友谊"。然而，1994年1月26日中国大使馆与巴基斯坦外交部官员进行的一次乒乓球友谊赛却是一次难得的经历。

当天下午，周刚带领大使馆十几名外交官，身着便装，脚穿运动鞋，来到了巴基斯坦外交部，我是少数女士之一。巴基斯坦外交部礼宾官热情地将这支穿着特殊的中国外交官队伍迎进大客厅。中国外交官为什么不穿惯常的外交正装呢？因为这是一次特殊的外交活动，不是一般的工作会见。今天，中国大使将代表中国向巴基斯坦外交部赠送一个乒乓球台，然后率领大使馆同事同巴基斯坦外秘夏利亚尔·汗率领的巴外交部官员进行一场别开生面的乒乓球赛。这场比赛充满友谊，妙趣横生。中国外交官身穿不同颜色的运动服和球鞋。巴外秘身着灰色运动服和他的一位女部下组成搭档率先出场，开始与中国大使夫妇的混双比赛。双方虽然技术有些差别，却同样斗志昂扬。你来我往，互不相让，最后还是我们略占上风，赢了对方。其实外秘身手不凡，却碰到了这对"宝刀不老"的对手，要是他的搭档更强一些，我们说不准会败在他们手下。接下来的比赛更激烈。大使馆参加这次活动的同事是精心挑选，早有准备的。中国是世界闻名的乒乓大国，我们应邀比赛，不是为了让巴基斯坦外交部的朋友们领略中国选手的球技，而是想通过这场活动加深彼此间的感情。看来，对方也有同感。他们的选手技术娴熟，友好热情。双方年龄较大的参赛选手们，虽然进攻速度慢些，却胸有成竹，看准对手的弱点，乘机发挥自己的技术优势，或打空挡，或给小球，让对手应接不暇，以智取胜。不出所料，精彩的比赛最后在双方年轻人之间对决。我们的年轻同志，在白天繁忙的工作完毕后，晚上最经常的健身项目是打乒乓球，有时还得到在伊斯兰堡工作的中国教练的指导。比赛中，他们充分发挥自己的特长，弧圈球，高抛球，大力扣杀，守中反攻，全力拼搏。令人惊奇的是，有一、二个巴方的年轻选手"初生牛犊不怕虎"，不仅不畏惧强大的对手，而且沉着冷静，抓住对手的漏洞，巧妙反击，并以自己的绝招，步步紧逼，终于击败技术比自己高明的对手。整场比赛，洋溢着欢快的气氛，时而掌声雷动，高喊加油，时而凝神屏气，轻声叹息。不知不觉，一个多小时的比赛打完了，全场响起的热烈掌声结束了这次"友谊第一，比赛也第一"的别具一格的联谊活动。

外秘事先安排了具有地方特色的茶点招待我们。虽然比赛之后大家汗津津，热乎乎，但是宾主一点也不介意惯常的外交礼仪，亲热而自由地像家人一般拉起家常。要是我们二人不急于回使馆去梳洗换装准备出席当晚的活动，中巴外交官之间亲人般的谈心还会继续下去。

亲历巴基斯坦

陆树林

中国前驻巴基斯坦大使

作者在巴基斯坦一次活动中讲话

  2011 年是中国和巴基斯坦建交 60 周年，睦邻友好的典范两国政府和人民以各种方式，热烈隆重地进行了庆祝。回忆 2001 年中巴建交 50 周年时，我正在巴基斯坦任大使，巴政府和人民对庆祝两国的这一共同节日所给予的高度重视，所倾注的巨大热情，和所采取的丰富多彩的形式，使我深为感动，深深地体会了巴政府和人民对中国人民的深情厚谊和对中巴关系的高度重视。中巴两国领导人喜欢用"比山高、比海深、比蜜甜"这样美好的语言来赞颂中巴友谊，不是没有原因的。中巴关系确是和平共处五项原则指导下国家关系的典范，是睦邻友好的典范。

中巴关系为什么成为典范，典范又体现在哪些方面，作为一个长期从事中巴友好的外事工作者，我结合自己的亲见亲闻和亲历的故事，谈谈自己的看法和感受。

坦诚相待，高度互信

巴基斯坦 1947 年获得独立，两年后新中国成立。作为两个刚刚摆脱帝国主义、殖民主义侵略、剥削和压迫，又选择不同社会制度的新生国家，相互还缺乏了解，但怀有善意。巴基斯坦 1950 年 1 月 4 日宣布承认新中国，接着于次年 5 月 21 日与中国正式建交，是世界上最早与中国建交的非社会主义国家之一，更是伊斯兰世界第一个同中国建交的国家。

50 年代初，美国在全球范围内拼凑各种反对共产主义的军事组织，巴基斯坦在美国的大力拉拢下，1954 年 9 月，加入《东南亚集体防御条约》组织，次年 9 月又加入《巴格达条约》组织，还同美签订了"共同防御援助协定"和"双边防御合作协定"。但巴一开始就向中方说明，巴方这样做完全是因为自身特殊处境和安全需要，绝对没有敌视中国的意图。考虑到巴当时的处境，中方坦诚地做巴方的工作，对巴方的解释表示相信和理解。巴后来也退出了这两个条约组织。

1955 年万隆会议期间，周总理同巴总理穆·阿里进行了两次会晤。周总理开诚布公的谈话，以及他在会议期间表现的博大胸怀和求同存异、以理服人的态度，博得了巴总理的好感，双方一致认为应加强两国的交流与合作。两国总理的首次会晤增进了相互了解，促成了 1956 年两国总理互访。

两国总理互访时均受到对方热烈隆重的接待。巴总理苏拉瓦底访华时，毛主席会见并宴请，周总理同他进行了 4 次会谈。毛主席、周总理还以亲笔题名的肖像相赠。2000 年我在卡拉奇拜访苏拉瓦底的女儿，在她的客厅里就看到毛主席、周总理亲笔题名的大幅织锦肖像。苏拉瓦底的女儿还告诉我，他父亲是在排除许多压力和阻挠的情况下访华的，访问的成功使他十分高兴和兴奋，连声说"这次访问访对了"。

上世纪 50 年代前期，中国和巴基斯坦关系一般，但中国同印度关系十分友好，

"印地、秦尼巴依巴依"（印中人民是兄弟）的呼声响彻云霄，就在那时，中国在印巴争端克什米尔问题上，没有像前苏联那样，一屁股坐在印度一边，而是采取不介入和劝和的态度，希望他们通过和平协商友好地解决问题，周总理还婉拒了访问印控克什米尔的邀请。对此巴朋友十分赞赏，曾专门表示感谢。多年后一些巴朋友还向我提及此事，他们说，这表明中国是有原则、讲信义的国家。

上世纪 60 年代以后，随着国际和地区形势的变化，中巴关系迅速升温。1962 年，两国通过时间不长的谈判，就两国边界位置走向达成原则协议，并于 1963 年 3 月，签订了《关于中国新疆和由巴基斯坦控制其防务的各个地区相接壤的边界协定》。这是国际间本着互谅互让精神，通过友好协商解决历史遗留问题的一个范例。

中巴签订边界协定后，两国边民和边防人员和睦相处，友好往来，特别是两国共同克服千难万苦，建成被称为"中巴友谊之路"的喀喇昆仑公路之后，两国陆路交往不断增多，边境贸易不断扩大。中巴边界堪称世界上最和平、友好和安宁的边界之一。

1977 年，巴陆军参谋长哈克乘朝野激烈争夺之机发动军事政变，并且以"谋杀罪"为由判处被推翻的曾为中巴友谊做出重要贡献的布托总理死刑。对此我们是有看法的，并且像朋友之间可以互提建议一样，七次吁请哈克不要处死布托。但我们坚持不干涉内政的原则，把内政同中巴关系分开来处理，在布托被处死以后，继续坚持中巴友好的立场，在不久以后接受了哈克的来访。由于我们处理得当，在哈克执政的 11 年里，中巴关系仍然得到长足的发展。

1999 年 1 月我出任驻巴大使，9 个月后巴内部军政矛盾激化导致巴政局剧变，谢里夫总理被推翻，陆军参谋长穆沙拉夫出任首席执行官。不久穆主动约见我通报情况，我根据国内指示，说明我国不干涉别国内政，尊重各国人民自己的选择，希望中巴友好合作关系继续不断得到发展。穆沙拉夫对我的表态十分满意，表示在执政后将进一步推动中巴友谊向前发展。穆信守诺言，在他执政的 9 年时间里，他 5 次访华，巴总理 3 次访华，中国胡锦涛主席，温家宝总理访巴，两国签署了《关于合作发展方向联合宣言》、《睦邻友好合作条约》等一系列双边关系重要文件，两国关系上升到战略合作的高度。

80 年代以后中国改善和发展同印度的关系，对此巴方起初有所疑虑，担心中印关系的发展将对中巴关系产生负面影响，对此我做了耐心细致的工作，说明中印改善关系的必要性和好处，表示中印关系改善和发展决不以牺牲中巴关系为代价，中方的工作和以后的事实逐步打消了巴方的疑虑。

中巴两国社会制度不同，但建交 60 年来，相互坦诚相待，从不干涉内政，互信不断增强。现在双方都视对方为可靠的朋友。这是两国关系长期稳定发展的牢固基础。现在中巴友好已在两国形成广泛的共识。在巴基斯坦我常听到这样的话，即巴基斯坦内部存在很多矛盾和分歧，但在同中国友好这一点上，全国上下、各党派、各阶层都是高度一致的。巴基斯坦历届政府都一再重申，同中国友好是巴外交政策的基石。中国也一再表明，同巴基斯坦友好是中国的既定政策。正因如此，60 年来，无论国际风云如何变幻，也不管两国国内情况如何变化，中巴关系始终向前、向上发展，没有经历什么大的曲折、反复，这是我国同其他许多国家关系不同的一个显著特点。

全面合作，亮点频频

建交以来，两国双边关系不断拓宽、拓深，现已成为覆盖政治、经济、贸易、科技、文化和军事领域的全方位、多层次的全面合作关系。两国在各领域都签有多个合作的协定或议定书，以确保在各领域的合作顺利开展。

50 年代，两国在贸易上互通有无，巴向我国提供我所需要的棉花、黄麻，我国则提供巴所需要煤炭等。

中国在上世纪 60 年代后，在自己并不富裕的情况下，为帮巴发展经济和巩固国防，通过无偿援助和贷款等形式向巴提供了不少经、军援助。我国援巴建设的一些项目，像塔克西拉重机厂、塔克西拉电工厂、喀喇昆仑公路、伊斯兰堡体育综合设施、木札法戈电站、恰西玛核电站、瓜达尔深水港等等，以及一些军工项目，像坦克修理厂、飞机修理厂等等，对巴经济和国防建设发挥了积极作用，受到巴政府和人民的高度评价。

特别需要提及的是，江泽民同志还亲自参与了塔克西拉重机厂的建设。当年他在一机部当外事局长时曾率领一个工作组在巴工作了一个多月的时间，结识了不少朋友。1996 年江泽民作为国家主席访巴时还专门宴请了他的巴基斯坦老朋友。

上世纪 80 年代以后两国的经济合作形式趋于多样化，劳务承包工程、合资企业、双向投资等形式被广泛采用，为两国的经济合作注入了新的活力，两国的经济关

系迅速发展。至 2011 年，双边年度贸易额由 50 年代的 1 千多万美元增至 105.64 亿美元；承包劳务方面，我国企业在巴累计签订承包工程、劳务合作和设计咨询合同额 229.15 亿美元，完成营业额 171.91 亿美元，巴成为我劳务承包的重要市场；投资方面，中方在巴直接投资总额 18.53 亿美元。截止 2010 年，巴方在华投资项目 262 个，实际投资 5738 万美元。

两国在军工方面的合作，也由我国提供军事装备和帮助建厂发展到联合投资研发武器，并取得可喜的成功。这方面 K8 教练机、2000 年主战坦克、枭龙战机等项目就是范例。

这里我还要提及的是，在两国遭到严重自然灾害时，两国政府和人民总尽最大努力相互帮助。例如在巴基斯坦 2005 年遭受强烈地震和 2010 年遭受特大洪灾，中国 2008 年受到强烈地震时，两国不仅相互提供救灾物资，还派急救队和医疗队相互帮助。2008 年，当巴方得知中方急需帐篷时，巴方竟将库存的全部帐篷通过飞机运抵中国。当许多中国人获悉此事时，都感动地说，"这就是我们的巴基斯坦真兄弟啊！"

两国在国家建设的各项事业中，互相支援、密切合作，使两国的友谊基础更加牢固。

相互支持、密切配合

在维护国家独立、主权和领土完整的事业中，两国一直相互支持。

1966 年至 1971 年期间，巴一直是恢复中国在联合国合法权利的提案的联合提案国。在涉及台湾的问题上，巴方总要事先同中国协商，力求同中国保持一致。

对 1966 年中印之间的边界冲突，巴方认为责任在印方，中方是自卫，并批评美国等西方国家借机向印度大规模输送武器。

1989 年以美国为首的西方国家，肆意干涉中国内政，对中国进行无理制裁，中断同中国的一切高层往来。巴基斯坦仗义执言，在联合国第一个站出来反对制裁中国，并为打破西方的制裁，专门派参议长萨贾特等率先访华，邀请李鹏总理访巴。萨贾特主席曾对我说，他那年访华没有什么别的任务，，就是为了显示同中国的团结，打破西方的制裁。

巴方在日内瓦人权会议上坚持支持中国，对挫败西方历次提出的反华提案发挥了重要作用。记得我在巴任大使时，有一年唐家璇外长还专门通过使馆感谢巴方在人权会议上对中国的坚定支持，并以"气势恢宏、雄辩有力"的词语高度评价巴方在人权会议期间的发言。

巴积极帮助我国打破西方对我国的包围和封锁。1963年8月，巴同我国签订《航空运输协定》，次年4月29日巴国际航空公司（PIA）通航上海，我第一次去巴基斯坦就是乘的巴航航班。当年巴航通航中国对中国具有特殊意义。现在中国通外国和外国通中国的航班很多很多，但我们不应忘记，正是巴航是第一个开航中国的非社会主义国家的航空公司。记得当年巴航有一条响亮的、令他们骄傲的标语，叫"PIA, First to China"（巴航，首先到中国）。我上世纪60年代后期和70年代前期在驻卡拉奇总领馆工作时，有一段时间每星期几乎天天夜间要陪馆长去机场迎送过往的团组。因为当年中苏关系恶化，我们经莫斯科往来也遇到困难的情况下，巴航和卡拉奇成了中国通向外部世界的主要空中通道。

我记得，当年巴航还给中国民航提供了很多帮助。我国最早从西方获得的民用飞机就是巴航转卖给我国的四架三叉戟飞机。巴航还帮助我们培训过此种飞机和以后购得的波音飞机的驾驶员和地勤服务人员。当时我作为总领馆的翻译，直接参与过许多相关事宜。

巴基斯坦积极帮助中国拓展对外关系。巴在中美领导人之间秘密传话，巧妙地安排基辛格秘密访华已成现代国际史中的佳话，我不赘述了。我要说的是巴不仅在中美之间，作为第一个同中国建交的伊斯兰国家，也在中国和不少伊斯兰国家之间牵线搭桥，其中在中国同伊朗之间的一些事，是我本人亲历的。

巴前外长、后来成为总统和总理的佐·阿·布托，同伊朗王室有着密切的关系。他在获悉伊方有同中国发展关系的意愿后，就主动承担起在中伊间传话的使命。当时他住在卡拉奇，就找我总领馆商谈此事。我总领馆请示国内后，同意他传话。为此，我曾陪馆长多次去他在卡拉奇的住宅。伊朗国王的孪生妹妹阿什拉夫公主和另一妹妹法底玛公主1971年先后访华就是通过布托的居中联系成行的。两位公主途经卡拉奇时，布托都设宴款待并邀请我们馆长出席作陪，我作为翻译也陪同前往。伊朗两位公主访华对中伊建交起到了重要的推动作用。后来中伊正式进行建交谈判，也是在巴基斯坦政府的斡旋下，在伊斯兰堡进行的。

在我国加入世贸组织，申办奥运、世博，以及成为南亚地区合作联盟（SAARC）

观察员等问题上，巴也给了有力的支持。

当然在国际事务中我国也给巴方以有力的支持。

1965年9月，由于克什米尔争端，印巴之间第二次爆发战争。印度越过国际边界向拉合尔等地发动大规模的进攻，使巴遭到巨大的压力。中国在道义上明确支持巴，谴责印的扩张行经。根据巴方的要求，我们以最快的速度向巴提供了一批武器和装备。当时我还连续三次照会印度，对印度侵犯我领土事件提出强烈抗议，要求其立即撤走它入侵我方一侧的全部军队，并停止一切入侵活动。巴方对我国采取的配合行动十分感激。多年后一些巴朋友还对我津津乐道此事。他们说，由于我们的照会，印方不得不从印巴前线撤出一部分军队到中印边境，这就大大减轻了巴方前线所受的压力。

1971年11月，印度借口支持东巴基斯坦人民实现民族自决，悍然对东巴发动进攻，第三次印巴战争因而爆发。在这个问题上我们坚决站在巴的一边，谴责印无端侵略一个主权国家。我驻联合国常任代表黄华在安理会紧急会议上发言，指出"东巴问题纯属巴基斯坦内政，任何人无权干涉。印度政府以东巴问题为借口，武装侵略巴基斯坦，这是不能容忍的。"后来在孟加拉国问题上，我们在联合国同巴密切配合，维护巴的利益，只在巴近十万战俘全部获得遣返，巴自己承认孟加拉国后我们才予以承认。

中国支持巴捍卫独立主权和领土完整，极大地赢得巴的人心。这两次印巴战争时我均在巴，感到那时巴人民对中国人特别热情友好，甚至有亚洲国家的外交官对我说，由于他们长的很像中国人，巴人民对他们也更友好了，他们也沾中巴友好的光了。

上世纪70年代末，前苏联悍然入侵并占领阿富汗。前苏联的侵略行经使同是阿邻国的巴基斯坦和中国的安全都受到威胁，巴受到的压力更大、更直接，巴成为抗苏前线国家。共同的利益促使中巴两国联合反对苏联侵略，整个80年代中国通过各种途径支持巴基斯坦援阿抗苏，直至苏从阿撤军。

2001年9·11事件后，巴面临极其复杂而困难的局面，再次成为国际风口浪尖的前线国家，内外受压。穆沙拉夫总统审时度势，改变对阿富汗塔利班政权的政策，参加反恐。我对巴采取符合国家最高利益的政策表示理解。中巴在反对三股恶势力方面开展有效的合作，并曾多次进行联合军事演习。

在国际舞台上相互支持和密切配合，也是中巴睦邻友好合作关系的生动体现。

高层交往，互动频繁

中巴之间高层互访密集频繁，像走亲戚一样。

上世纪50年代，中巴领导人互访不多，只在1956年1月宋庆龄副委员长访巴，3月贺龙副总理作为政府特使参加巴成为伊斯兰共和国的庆祝典礼，10月巴总理苏拉瓦底访华，12月周总理访巴。但60年代以后，随着中巴关系的迅速升温，两国领导人互访迅速增加。在我国家主席中，刘少奇、李先念、杨尚昆、江泽民、胡锦涛等都曾访巴；总理中，周恩来、赵紫阳、李鹏、朱镕基、温家宝等访巴，周总理生前曾5次访巴，是我领导人访巴次数最多的；在巴总统中，阿尤布·汗、叶海亚·汗、布托、哈克、伊沙克·汗、莱加利、穆沙拉夫、扎尔达里等访华或多次访华；总理或首席执行官中，苏拉瓦底、布托、居内久、贝·布托、谢里夫、贾迈利、肖卡特·阿齐兹、基拉尼等均访华或多次访华。两国议会、政党、军队领导人之间的来往亦很频繁，政府副部级以上的交流更多。无怪巴朋友常说，中巴各级领导人之间的往来就像走亲戚、访邻居一样。在巴方新的领导人就任以后总把中国定为最早或尽早出访的国家，这已成为传统，保持至今。两国间的频繁往来，特别是领导人之间频繁互访，大大地推动两国关系向前发展。

这里我要特别提到的是，周总理生前5次访巴，无数次接待过巴领导人和各种团组，为中巴友谊作了大量具体工作，做出了突出了贡献，赢得巴人民的真诚的热爱和尊重。我在巴工作期间，一些巴朋友，特别是同周总理有过接触的，谈到周总理时无不交口称赞。周总理逝世，一些巴朋友就像我们一样悲痛。布托总理立即发表声明，表示最沉痛的哀悼。我还记得公布周总理逝世消息的那天，巴驻华大使阿尔维从广播中一听到消息，未经预约，就在早晨8点赶到外交部，表示哀悼。他在会客室见到韩念龙副部长后边说边哭，结果他们两人，加上当翻译的我，在会客室一时泣不成声。此情此景我至今记忆犹新。巴基斯坦人民如此热爱周总理，无怪为了纪念他，巴政府在前外长夏希等友好人士的推动下，把伊斯兰堡通向使馆区的主道命名"周恩来大道"，这是巴首都以外国领导人命名的唯一的一条道路，是中国领导人在巴基斯坦享有的殊荣。

中巴关系经过60年的风雨历程已发展成一种成熟的关系，中巴两国已成为好邻居、好朋友、好兄弟、好伙伴。中巴两国对国际形势的看法和对国际和地区事务的立场有着广泛的共同点，在建设国家的事业中有着共同的愿望和广泛的互补性，两国之间没有任何争端，两国友谊已深入民心，成为"全天候"的友谊。在庆祝中巴建交 60 周年的时候，我对中巴友谊充满信心，相信在双方的共同努力下，两国的友好合作关系必将继续向前发展。中巴友谊之花必将越开越繁盛，越开越鲜艳。（2012 年 2 月）

怀念巴基斯坦朋友——阿迦兄弟

记得巴基斯坦前总统塔拉尔在接见访巴的中国代表团时，喜欢引用这样一句乌尔都文诗，来表达他对中国人民的深情厚谊："朋友的美好形象，就在我心的明镜之中，稍一低头，就能看见。"他说，中国朋友就是我们巴基斯坦人民心中这样的朋友。这句诗十分形象动人，加上他每次引用这句诗时，总请我这个懂乌尔都文的时任驻巴大使为他翻译，因此，这句诗深深地印在了我的心坎里。

2011 年，在庆祝中巴建交 60 周年和中巴友好年的日子里，我常常记起这句诗，因为它十分完美地表达了我的感情。这些日子里，我的许多巴基斯坦老朋友，特别是那些为中巴友谊作出重要贡献的朋友们的形象，总时时闪现在我"心的明镜之中"，激起我对他们无限的怀念。其中，被巴基斯坦朋友称为"阿迦兄弟"的，就是比较突出的两位朋友……

巴基斯坦外交的双璧

所谓"阿迦兄弟"，就是指巴基斯坦外交界的一对亲兄弟，哥哥叫阿迦·希拉利，弟弟叫阿迦·夏希。他们都是巴基斯坦倍受尊敬的外交家，在巴基斯坦的外交史上留下了他们浓墨重彩的篇章；他们又是中国人民的老朋友，为增进中巴友谊作出过重要的贡献。

阿迦兄弟分别于 1911 年和 1920 年出生在南印度的班加罗尔，大学毕业后都考入英属印度的文官系统，当过地方官。他们都追随巴基斯坦奠基人真纳，积极参加巴的独立运动，印巴分治后他们来到巴基斯坦，并很快进入巴外交部。希拉利是巴基斯坦第一任礼宾司长，后又当外交秘书（外交部常务副部长），1955 年后长期外任，曾任巴驻印度、英国、苏联、美国大使，这些都是巴最重要的外派岗位。

夏希曾长期在巴驻联合国机构工作，参加过许多国际会议。1955 年万隆会议时他担任巴基斯坦代表团的秘书长，1955 年至 1958 年任驻美国使馆的公使，1958 年至 1961 年任巴驻联合国副代表，1964 年至 1967 年任外交部辅助秘书，1967 年至 1972 年任常驻联合国代表，1972 年至 1973 年任驻中国大使，1973 年至 1977 年任外交秘书，1977 年至 1982 年任外交顾问和外交部长。夏希还从 1982 年开始担任联合国消除种族歧视委员会的委员，直到逝世。夏希从外交部退休后一直活跃在国际问题研究和交流领域，他首先和他的朋友一起创立了伊斯兰堡世界事务理事会，并任会长，后又担任战略研究所主席、名誉主席，这两个都是巴基斯坦重要的国际问题研究机构，夏希因此常常出面接待外国前领导人和国际问题学者访巴，或率团访问外国，开展国际学术交流活动，他是国际知名的国际问题专家。

阿迦兄弟的外交生涯，贯穿巴基斯坦立国后的历届政府，他们参与了巴外交部的组建和外交政策的制定，经历了巴立国后重大外交风云，是巴外交界的元老。他们常常处在巴外交的风口浪尖之上。例如，在上世纪 70 年代初巴基斯坦成为中美之间的秘密联系渠道时，希拉利正是这个渠道的重要环节。又如，1971 年印巴第 3 次战争时，夏希正任巴常驻联合国代表，为了在联合国通过要求双方停火撤军的决议，他日夜奋战。面对国家被肢解的危机和苏联、印度的横蛮无理，特别是苏联一次次使用否决权，致使决议不能通过，他义愤填膺。等到东巴基斯坦首府达卡已经陷落，巴基斯坦被肢解已成定局，苏联才停止使用否决权。决议得以通过，却已是一张废纸时，他站起来，一方面声泪俱下地谴责苏联和印度，一方面愤怒地把决议案当场撕碎，表现了巴基斯坦人的极度愤慨和无畏气概。夏希曾告诉我，那是他外交生涯中最紧张、最悲愤、最痛苦的日子，一直难以释怀。在夏希任外交部长期间，苏联十万大军入侵、占领阿富汗，近 300 万阿难民进入巴境内，巴的安全受到严重威胁，巴成为援阿抗苏的前线国家，面对严峻而复杂的形势，作为外交部长，为捍卫巴的安全和最高利益，他在国际间折冲樽俎，费尽心机。他赞成在援阿抗苏方面同美国等西方国家合作，但不允许巴的独立主权受到损害，终因在是否给美国提供基地等方面，同哈克总统产生尖锐分歧而辞去外长职务。

阿迦兄弟都是热诚的爱国者。据希拉利的儿子、也是巴基斯坦外交官的扎法尔的回忆文章，希拉利退休以后，尼克松总统为感谢他为中美秘密外交发挥的重要作用，曾邀请他定居美国，但他婉拒了，他对家人说，我不能对自己的国家不

忠啊！2004年，"中巴友好论坛"第2次会议结束后，我去机场为夏希和他率领的代表团送行。开始他和大家随意谈话，等到机场方面告知，他们乘坐的航班将晚点两小时起飞后，他立即从自己的文件包里拿出一沓剪报，认真地阅读起来。他对我说，这是他的关于一些国家少数民族情况的剪报，不久他将出席联合国消除种族歧视委员会会议，他必须认真作好发言准备，否则他的发言水平不高，就会影响巴基斯坦的声誉。他对我讲这个话时显得那样认真，又那样自然，不仅显示他高度的敬业精神，也显示他事事处处以国家利益和荣誉为重的精神。这件事很小，却给我留下了深刻的印象。

我在巴基斯坦工作多年，深深地感到，巴基斯坦人民特别是外交界十分尊重阿迦兄弟，我想这不仅仅是因为他们曾在外交界身居高位，更因为他们的人格魅力，特别是他们的高度的爱国主义精神和敬业精神，他们不愧为巴基斯坦外交的双璧。

中美领导人之间的秘密传话人

阿迦兄弟的外交生涯在相当程度上是同中国相关的，这使他们在心灵深处凝聚了浓浓的中国情。

哥哥希拉利的外交生涯亮点多多，但他在上世纪60年代末和70年代初，受叶海亚·汗总统的重托，参与在中美两国最高领导人之间传递口信，并且出色地完成了这项重要的使命，却是亮点中的亮点。

大家知道，由于美国长期奉行敌视新中国的政策，到上世纪60年代末，中美两国已对抗了20年，两国之间除了在华沙进行大使级的会谈外，没有什么接触。但是，到了60年代末以后，随着美苏争霸和中苏对抗愈演愈烈，中美两国领导人都感到了打开相互关系的必要，并且都放出了一些试探气球。例如，美国总统尼克松通过一些同中美两国都友好的国家的领导人传话，表示愿同中国改善关系；中方则邀请美国乒乓球队访华，安排毛主席在天安门城楼上接见美国著名记者埃德加·斯诺，并进行友好谈话，等等。尼克松总统认为华沙会谈这个渠道不保密、太拘谨，且易受美国国务院的干扰，又不解决问题，决定另辟一条"不会被白宫以外的人知道"、可保证他"完全的自由决断"的"白宫通向北京的直接渠道"。中美两国领导人最终确定由巴基斯坦总统叶海亚·汗居间传话，建立直接联系，这就是著名的"巴基斯坦渠道"。

　　所谓"巴基斯坦渠道"，叶海亚·汗总统是中心环节，但另外两个节环也不可或缺，这两个环节就是中国驻巴基斯坦大使和巴基斯坦驻美国大使。阿迦·希拉利1966年至1971年任驻美国大使，他责无旁贷地承担起在中美两国领导人之间传话的历史使命。他高度重视这一使命，据巴基斯坦现已解密的档案，1969年10月15日希拉利曾致函叶海亚·汗总统说，美国急切地希望打开中美关系僵局，如果在此过程中需要他本人在大使岗位上做些什么，他将非常乐意。由于事情高度机密，需要绝对保密，本人又不需要翻译，传话的事希拉利自始至终亲自操办，不让任何助手参与。据当事人的回忆，当时中美之间的口信是这样传递的：如果美方有口信，一般由总统安全事务助理基辛格约见希拉利大使，希亲笔记下口信并当场核对。口信既无抬头，也无落款。希回使馆后，如果需要，亲自在打字机上把口信打清，然后附上自己的信件，注明"绝密，总统亲启"字样，通过秘密途径，直接送达叶海亚·汗总统。总统收到口信后立即约见中国时任驻巴大使张彤，张彤大使偕翻译陈嵩禄立即前往。叶海亚·汗总统向张彤大使宣读口信，陈嵩禄记录并口译成汉语，并当场核对无误。张彤大使回馆后立即将口信中文译文连同英文原文一起报回国内。中方的口信先发给张彤大使，张大使收到后立即约见叶海亚·汗总统。中方口信有中英文两个文本，张大使向叶海亚·汗总统宣读中文文本，然后由陈嵩禄宣读英文文本。有时为了节省时间，张大使在讲几句必要的话之后，让陈嵩禄直接宣读英文，叶海亚·汗总统则亲自做记录并当场核对。为了保密，关于中美领导人之间传话的事，无论叶海亚·汗总统约见张彤大使，还是张彤大使约见叶海亚·汗总统，都是越过巴基斯坦外交部进行的。叶海亚·汗总统将中方的口信通过保密途径送达希拉利大使，由希向基辛格宣读。这样的传话在基辛格秘密访华前的一段日子里进行得尤其频繁，为此，希拉利大使曾频繁地出现在白宫。据巴基斯坦著名学者艾贾祖丁的著作《"From a Leader Through a Leader to a Leader"》（此书名是否正确，请与作者联系并核对）一书记载，叶海亚·汗总统本人所保存的有关"巴基斯坦渠道"的秘密文件就有49件，其中很多是希拉利大使给他的报告，可见他为中美秘密传话做了许多具体的工作。

　　中美通过巴基斯坦秘密传话的直接结果，是1971年7月9日至11日基辛格在巴基斯坦装病后秘密访华和中美发表关于尼克松总统将访华的震惊世界的公告，中美关系正常化的大门自此打开。此事具有重大的历史意义，已成现代国际史上的佳话，许多外交史著作，包括尼克松和基辛格的回忆录都提及并给予高度评价，希拉利在其中所做的工作功不可没。

"巴基斯坦渠道"能够取得成功，是同中美巴三方，包括希拉利大使的保密工作做得好分不开的，此事在尼克松将访华的公告发表之前，没有任何泄露。希拉利严守机密，不向任何无关人士泄露，包括他的亲弟弟并且也是巴高级外交官的夏希。当时夏希正任巴常驻联合国代表，常有机会见到哥哥希拉利。我一次问夏希，在中美之间秘密传话期间，他哥哥是否同他分享过任何机密，他明确地说，没有，他还说，哥哥是个非常自律的人，要他保密的事，他不会告诉任何人，包括他。

在基辛格通过巴基斯坦秘密访华期间，我正在驻卡拉奇总领馆工作，当然不知就里，但在事情公开以后，我忆起，就在基辛格访巴的前几天，我陪同苗九锐总领事去机场时曾在机场见到过希拉利，因此，我后来一直认为，他这次回国很可能同基辛格秘密访华有关，因此他不仅为基的密访做了事前联系工作，也一定参与了实际安排。考虑到事情的来龙去脉，我觉得这样认为不是没有道理的。

为感谢希拉利为中美打开关系所做的许多工作，中国外交部于1973年10月专门邀请希拉利偕夫人访华，周恩来总理于10月10日晚9时30分接见了希夫妇，并进行了亲切友好的谈话。周总理高度评价巴基斯坦领导人和希拉利本人所做的工作，说："在中美关系缓和方面，巴做了大好事，做出了历史性的贡献。"

希拉利退休后定居卡拉奇，但他每次去伊斯兰堡都要去探望中国大使或代办。记得他说过，他来伊斯兰堡是为了探亲访友，会见中国朋友是必不可少的项目。他来时我大使或代办总设便宴热诚款待他，边吃边谈，或叙旧，或纵论天下和中巴两国的大事小情，其乐融融。我作为翻译或后来作为代办曾多次参与这种聚会，留下了深刻而美好的记忆。希拉利中等身材，不胖不瘦，面貌清秀，和蔼可亲。记得一次在谈到他为中美秘密外交所做的工作时，他非常高兴地说，他有幸参与这项工作，不仅为中美关系出了一点力，也为巴基斯坦争了光，是他外交生涯最值得自豪的一页。他退休后还担任卡拉奇巴中友协主席，为推进巴中友好尽力。1987年10月他率领卡拉奇巴中友协代表团访华，受到政协主席邓颖超的接见。

2001年2月，希拉利在卡拉奇逝世。那时我正在巴基斯坦任大使，在报纸上读到消息后，立即向他的家属和巴外交部发去唁函，表示沉痛的哀悼。我还在不久后往见住在伊斯兰堡的夏希，向他表示诚挚的慰问。阿迦兄弟手足情深，记得夏希对我说，哥哥享年 90，已经高寿，但一想到以后再也见不到他了，心里就特别难受，他说着说着，竟潸然泪下。

不了中国情

弟弟夏希的中国渊源比哥哥希拉利还要深远。早在 1951 年至 1955 年任外交部处长级官员时他就开始主管中国事务，1955 年担任出席万隆会议的巴基斯坦代表团秘书长时，目睹过周恩来总理和陈毅副总理的风采。1961 年任司长后曾参加中巴边界会谈。1967 年至 1972 年他在任常驻联合国代表期间，为恢复中国在联合国的合法席位作过积极的努力，1966 年至 1971 年巴每年都是关于中国提案的联合提案国。他从联合国离任后立即到中国任大使，这使他同中国的关系更密切了。以后在任外秘、外交顾问和外长期间他多次访华。1976 年访华正遇上毛主席逝世，因而参加了悼念活动，并瞻仰了毛主席遗容。他退出外交第一线后领导的智库，像巴战略研究所和伊斯兰堡世界事务理事会等，同中国的智库像外交学会、国际战略学会等都建立了交流合作关系，因此他有频繁访问中国和接待中国代表团访巴的机会。2001 年中巴庆祝建交 50 周年派友好代表团互访，他任巴方代表团团长，李鹏委员长会见了他和巴团。2003 年我外交学会梅兆荣会长应夏希的邀请率包括我在内的代表团访巴，记得在会谈中有些巴朋友对中印改善和发展关系流露出一些担心，担心中印关系发展可能对巴中关系产生负面影响。梅会长从各个方面坦诚地阐述了中国发展同印度关系的可能性、必要性，说明中国这样做决不会以牺牲中巴关系为代价。夏希听了很高兴，说，你的讲话很有说服力，消除了我们的一些疑虑，就凭这一点，你这次访问也就成功了。2004 年他应邀来北京参加和平共处五项原则发表50 周年纪念大会，并发表了讲话。他在讲话中强烈抨击违反和平共处五项原则的"单边主义"和"先发制人"谬论，盛赞中国的外交政策。他的讲话受到高度赞赏。

2003 年巴基斯坦总理贾迈利访华时中巴两国总理宣布成立"中巴友好论坛"，以进一步增强两国的友好纽带。鉴于夏希的声望和影响，巴方推举他为"论坛"巴方主席，夏希欣然接受，当时他已 83 岁高龄。

夏希在任驻华大使和访华期间曾受到中国领导人毛泽东主席、周恩来总理、邓小平同志、华国锋同志等的接见或多次接见。夏希特别尊崇周恩来总理。他在同我谈话时，多次充满敬意地提到周总理。他在北京纪念和平共处五项原则发表 50 周

年纪念大会上发表的讲话中，还特别提到巴基斯坦人民永远怀念周总理，指出正是由于周总理和陈毅外长的互谅互让精神，使中巴边界谈判达成协议成为可能，从而开辟了两国永远友好的新纪元。在2004年第2次"中巴友好论坛"会议结束时，他高兴地告诉大家，为了表彰周恩来总理为巴中友谊作出的突出贡献，让巴基斯坦人民永远纪念周总理，他已致函穆沙拉夫总统，建议将伊斯兰堡通向使馆区的原叫"大学路"主道，改名为"周恩来大道"，此建议已获总统的批准。在"论坛"第3次会议期间，我亲眼看到了在那条路上竖立的"周恩来大道"的路牌，这也是我所知的为什么在巴基斯坦首都，有一条以中国领导人的名字命名的道路的原由。

夏希对我国前副总理、前外长黄华同志也怀有深厚的情谊和敬意，这是因为在他们担任各自国家常驻联合国代表时，曾有过密切的合作，在当时东巴问题上黄华坚决站在巴基斯坦一边，在行动上密切同他配合,在被他称为自己外交生涯"最紧张、最悲愤、最痛苦"的时刻，黄华的同情和坚决支持让他刻骨铭心。他们在主持各自国家的外交工作以后又实现互访。1980年黄华外长受外交顾问夏希的邀请访问巴基斯坦，受到夏希和巴政府的热情友好的接待。那时我正在驻巴使馆工作，也参加了有关工作。黄华同志对夏希也有深刻的印象。黄华同志在他的回忆录"亲历和见闻"一书中，这样描述夏希："我同夏希先生在20世纪70年代初在纽约任职时即认识，我和他都是各自国家的常驻联合国代表，合作交往较多，他是巴基斯坦的杰出外交家，一派学者风度，他思绪敏捷明快，口若悬河，待人和蔼可亲，我十分敬重他。"他在写到退休后特别高兴见到的外国朋友时，第一个提到的就是夏希。

我自己同夏希的友谊长达30多年。夏希的名字我早就知道，但同他直接打交道是从上世纪70年代开始的。那时我正在国内工作，多次参与接待他访华的工作。有两件事给我留下了深刻的印象。一次我走近他的房间，听到房间里发出"嗒嗒嗒"的声响，进门一看，原来是他自己正弯腰坐在打字机前打字，他对我说，明天要见中国领导人，很重要，我得准备好，原来有一个谈话提纲，现在根据新情况要修改一下。一位像他这样的外交高官办事一丝不苟，且事必躬亲，这是我所没有想到的。另一件事是，夏希嗜吸烟斗，他的衣服也常常被烟火烧坏，他当过驻华大使，知道中国有高超的织补技术，因此在一次访问时他带来了两套袖口烧了好几个洞的西服，我帮他把西服送到王府井织补店织补。当我把织补好的西服送还给他时，他一边仔细检查织补的地方，一边说："太妙了，太妙了，一点补的痕迹都没有,中国人的手真巧啊!"然后他把双手一举,高兴得竟像孩子似的喊了起来:"哈哈,我又有两套新西服啦!"他的这一率真的形象永远地印进了我的记忆里。

1979 年我到驻巴基斯坦使馆工作,那时夏希正任外交顾问,不久又任外交部长。我时任驻巴大使是徐以新,巴方知道徐大使是老资格的革命家,参加过长征,年事又高,因此特别尊重他,出面同他谈问题的都是外交秘书以上的官员,很多时候都是外长甚至总统亲自出面,我作为翻译也因此经常能够见到夏希。

1989 年我作为使馆参赞再回巴基斯坦时,夏希已退出外交第一线了,但在外交界和学术界仍很活跃,我们在各种外交场合经常见面和交谈。我也曾几次作为老朋友去他家拜访他。

1999 年初,我出任驻巴基斯坦大使。记得在我对他进行礼节性拜访时,他十分高兴。他热情地同我拥抱,并且讲了一番十分感人的话。他说,你从留学生到大使,真正是巴基斯坦的老朋友,也是我个人的老朋友,你来任大使我特别高兴。你为巴中友谊做的任何工作,都会得到我的全力支持,今后你在工作中有什么需要我协助的,随时来找我。我在巴任大使期间,凡适合他出席的活动我都请他,而他也是每请必到。

夏希的个人生活十分简朴。他终身未婚,没有家小,平时家里只有一名年轻的佣工,为他做些服务工作。他住的小楼,在伊斯兰堡算是很不起眼的那种,里面也没有什么豪华设施和高档的装饰,连沙发都显得很简易、很旧。他的屋子里最引人注目的是大量的书报杂志,特别使我感到惊奇的是,他竟利用楼梯的一边,作为层层堆放各种报纸的架子。就是他居住多年的这栋小楼,2006 年我访巴时才知道,原来也不是他的私产,而是租用的。张春祥大使告诉我,由于租金涨得太高,他那已搬到外交部所属的房子居住,外交部的房子租金较低。可以想像,他新的住房条件可能更差。

我同夏希交往的最愉快的时刻,是 2004 年我们同游长江三峡。那年 9 月初,在北京举行的第 2 次"中巴友好论坛"会议结束后,中方安排巴方代表团去长江三峡参观访问,我作为"论坛"中方秘书长陪同前往。由于开会任务已经完成,我们都怀着轻松愉快的心情登上旅程。一路上夏希谈笑风生,兴致极好。参观民俗村时,他问这问那,表现出浓厚的兴趣。他不顾年迈体衰,不要人搀扶,独自登上坛子岭最高点,在俯瞰三峡工程时,由衷地赞叹:"宏伟!"。在参观电站运行后,他愉快地留言:"这是当今世界工程的奇迹!"。他还高兴地接受当地记者的采访,盛赞中国改革开放取得的伟大成就。也就在这次同游中,我同他进行了相识以来最长的一次促膝交谈，时间近 2 小时。我们对坐在"仙婷号"游船的甲板上，一边欣赏三峡两岸的壮丽景色，一边天南海北，开怀畅谈，真是舒心极了。记得我们都谈到了自己的人生经历和感悟。他对我绘声绘色地描述 1971 年联合国通过恢复中国的合法席位时，第三世界国家代表热烈欢庆的场面，特别是坦桑尼亚代表萨利姆当场跳舞的情景，十分生动，使我产生了身临其境的感觉。"此情可待成追忆"，也许那次同游成了我们共同的美好记忆。

夏希对于"中巴友好论坛"的工作，十分认真负责。每次中方代表团到巴开会，他都不顾年迈体衰，亲自到机场迎接。每次开会他都事先召集巴方成员开会，进行研究，要求他们开展调查研究，广泛征求意见，做好发言准备。在"论坛"第 3 次会议上，夏希就中巴开展纺织工业合作问题作了长篇发言，以翔实的材料、确凿的数据，说明中巴开展纺织工业合作的条件、可能性和前景，内容充实，令人信服，发言后他还把书面稿交给中方。听完他的讲话，我既感动又惊异，他从哪里收集到这么多材料，是怎么收集的？一个 86 岁的老人，做这么细致的工作，是多么的不容易啊！

然而就在那次会议以后，我对他的身体倍加担心了。因为我感到他的身体已经明显不如以前。他有低血糖等多种疾病，在那次会上竟因晕倒而被扶出会议室。虽然由于他有高度的责任心和坚强的毅力，在服药休息片刻后又回来继续参加会议，并坚持到会议结束，但力不从心已经十分明显了。

果然，不久以后就传来了噩耗。

2006 年 9 月 6 日，为庆祝中国巴基斯坦建交 55 周年，中巴双方联合举办的研讨会正在北京中国国际问题研究所举行。在下午的会议开始时，巴方代表，巴前外交国务部长、前驻华大使伊纳姆·哈克先生站起来，以沉痛的声音向大家宣告："我刚刚得到消息，我们大家的老朋友阿迦·夏希先生已于今天上午在伊斯兰堡逝世了！"。听到中国人民的这位老朋友逝世了，与会的人都很悲痛，会议主席马振岗所长立即提议大家起立，为阿迦·夏希先生默哀三分钟。我也立即同"中巴友好论坛"中方主席徐敦信商量，以"论坛"中方主席和秘书长的身份联名向巴基斯坦外交部发了唁电，对夏希逝世表示沉痛的哀悼。

阿迦·夏希就这样离开我们了，他把他的一生全部献给了巴基斯坦的外交事业，也为巴中友谊奋斗到最后一息。

"人事有代谢，往来成古今"。阿迦兄弟已分别离开我们 10 年和 5 年了，但我们没有忘记他们，也决不应该忘记他们。在庆祝中巴建交 60 周年和中巴友好年的时候，我们看到，中巴关系已发展成为以"全天候的友谊"、"全方位合作"为特征的战略合作伙伴关系，成为和平共处五项原则基础之上国家关系的典范，中巴友谊已深入两国人民的人心。这是 60 年来，中巴两国历代领导人和人民，包括阿迦兄弟这样的真诚朋友，共同努力的结果。我们珍视中巴友谊，也珍视为中巴友谊作出贡献的人。今天我收集记忆中的点点滴滴，就是为了尽可能把我"心的明镜之中"，中国人民的这两位老朋友、好朋友的形象，如实地描绘出来，留给后人，以寄托我对他们的永远怀念。愿中巴友谊万古长青，世代相传！

友谊的花絮

2011 年是中巴建交 60 周年暨中巴友好年，两国政府和两国人民在庆祝这一共同节日的时候，深深地感到，通过 60 年来的共同努力，中巴两国关系真正成了睦邻友好的典范，成了建立在和平共处五项原则基础之上的国家关系的典范，中巴友谊真是"比山高、比海深、比蜜甜"。我在巴基斯坦工作和生活了多年，深深体验了巴人民对中国人民的深情厚谊，动人的故事不胜枚举。下面我通过亲身经历的一个小故事，说明在巴基斯坦巴中友谊是多么深入人心——这是一个发生在近二十年前的完全真实的故事，至今记忆犹新，我用白描的手法来叙述。

一天，我出差在巴基斯坦一条山间公路上行车，不幸误入歧途，陷入困境。

前面，没有路了。不但没有路，就在二十多米外，就是一条约十五米深的险涧，涧内山石嶙峋，流水潺潺，如果汽车掉下去，必然是车毁人亡。掉头吧，这里没有掉头的余地。我试着向后倒车，可是由于前倾的坡度太大，汽车不但不后退，反而继续向前走。我搬来几块大石头，顶在前轮前，这样汽车虽不向前走了，但仍然像犯了性子的老牛似的，怎么也不肯后退。而且还由于车轮老是原地飞速旋转，竟在砾石上摩擦得白烟四起，把在一旁指挥我倒车的同事吓得大叫，以为汽车着火了。我进退两难，一筹莫展，急得头上大汗直冒。刚才我们还陶醉于一路上的美景之中，高兴极了，可是此时此刻我们的心绪却一落千丈，沮丧极了，仿佛结成了冰。

也许是倒车的轰鸣惊动了宁静的山村，就在我们叫苦不迭时，一个二十来岁的小青年走了过来。他端详了一下我们的模样，笑着问道："是秦尼（中国人）吗？"

我们答称是,于是他按照巴基斯坦人的礼节,把右手举到胸前,道了一声"色兰"(您好),并伸过手来同我们握了握,说了句"我去去就来",就又走了。

不一会儿,小青年领来了七、八个人,有大人,也有小孩,最小的大概只有十来岁。他们一到,二话不说,就要给我们推车,但被一位老者阻止了。这位老者先用手摸了摸车的前盖,然后打发那个小青年去取水。我走过去也摸了一下,明白了老人的意思,原来车盖已经热得烫手了,他吩咐取水,分明是为冷却水箱。在等水的片刻,我用乌尔都语同老人攀谈起来,得知他的名字叫阿克巴尔,那小青年叫拉希德,是他的儿子。老人六十多岁了,头上稀疏的白发在阳光下闪闪发光。胡子也是白的,成八字形在他的唇上昂然翘向两边,显得格外苍劲。我迫于眼前的困境,说了一句:"今天我们遇到大麻烦啦!"老人听了却很不以为然,说:"有我们呢,麻烦什么呀!而且你们中国人",老人说着把双手向上一伸一抬,使劲地说:"勃浩特阿恰嗨(很好)!好人有真主保佑呢。"一句话说得我心里热乎乎的。老人告诉我,他曾在中国援建的塔克西拉重机厂当过守门人,同中国人打过交道,知道中国人诚挚、友好,真心帮助巴基斯坦,是巴基斯坦最好的朋友。他还记得他的一个中国朋友的名字叫"李","李"向他学了不少乌尔都语,待他真好,有一次他生了病,"李"还带他们的头头一起来看他,还送药给他吃呢。

七、八分钟后,小青年把水从山涧里拎来了,老人接过水桶,先在车盖上浇了几遍,水用完后又让小青年下到山涧里取了一桶,然后帮我掀开车盖,朝车头里面小心地浇了几浇,再把水箱灌满,等到他认为水箱冷却得差不多了,就指挥大家各就各位,按他的口令使力。他做这一切时显得胸有成竹,有条不紊,俨然像个行家。就这样,在老人的指挥下,大家推的推,拉的拉,我的"老牛"终于退了回来,再经几次前进后退,"牛"头也掉了过来。我心上的一块石头总算落了地。

然而当我把汽车开到一块平坦点的地方停下来,回头一看,老人和孩子们竟已在往回走了。不,不能让他们就这样走了,如果没有他们,我们今天真不知会怎么样呢,得好好地感谢他们一番啊。我和同事追了上去,从口袋里掏出一把钱,边往老人的手里塞,边说:"非常感谢大家啦,就请大家喝杯茶吧!"老人一看是钱,急了:"不,不,这钱我们不能要!"我们怎么塞,老人就是不收。于是我们就朝孩子们的手里塞,孩子们也照样不收,我们就往最小的那个孩子的手里塞,那个孩子不但不收,还飞快地逃跑起来。此时老人认真了,说:"这位中国朋友,您听我说，你们中国人帮我们那么多，我们帮你们这么点小忙又算得了什么？要是我们收了你们的钱，我们心里会难受的。这点小忙我们太应该帮了。"老人的话很朴实，但话中饱含的真诚却把我们震撼了。我们又有什么好说的呢，但没有一点表示又实在于心不安哪，怎么办呢？

"有了！"同事突然喊了一声，说："我包里有一包中国糖果，给他们吧！"

"太好了！"我像从困境中解脱了出来，也高兴得喊了起来。

我于是把一包中国糖果一边交给了老人，一边说："这是中国糖果，请你们尝尝吧！"

老人一看是中国糖果，高兴地收下了，说："中国糖果我们收下了，谢谢你们啦！朋友，你们知道吗？在我们的乌尔都语里，中国人和糖是同一个词呢，都是"秦尼"，"秦尼"既是糖又是中国人，对我们来说，中国人就像糖一样甜蜜呢！"老人把糖果分给了孩子们，孩子们喊着"秦尼、秦尼"，高高兴兴地回家了。

多么淳朴的山村人民啊，多么纯洁的友谊啊！巴基斯坦，对我们中国人来说，你遍地都是友谊，就是在这深山峡谷里也不例外啊！返回的路上，我们刚才结了冰的兴致又骤然升温，而且比来时更高了。我们遇到的仅仅是友谊的一小片花絮，但就是这一小片花絮又使我们感到多么温暖哪。回望这小小的山村，我们也觉得她比我们来时更美、更可爱了！

作者简介

陆树林，1939年2月22日生于上海，祖籍江苏海门。1953年至1957年在上海市市北中学读初中和高中。1957年至1960年在上海复旦大学和北京外国语学院（现北京外国语大学）学习英语。1960年至1962年在印度德里大学学习乌尔都语。1963年至1964年在北京外文出版社实习。1964年至1966年在巴基斯坦卡拉奇大学进修乌尔都语。毕业后在驻卡拉奇总领馆任翻译至1973年，后在外交部亚洲司任科员、处长、参赞，在驻巴基斯坦使馆历任三秘、二秘、一秘、参赞。1994年至1998年任驻特立尼达和多巴哥大使。1999年至2002年任驻巴基斯坦大使。退休后从事民间外交和国际问题研究工作。2002年3月获巴基斯坦总统"巴基斯坦新月勋章"，2011年获中国翻译协会授予的"资深翻译家荣誉证书"。

身临友邦十一载

蔡炳魁
中国前驻巴基斯坦武官

我本人上个世纪 60 年代初期、70 年代中前期和 90 年代后期曾三度在我国驻巴基斯坦使馆工作,历时整整十一个年头,目睹中巴"全天候友谊"和"全方位合作"的形成过程,处处感受到巴基斯坦政府、人民和军队对中国人民和军队的深情厚谊,为我国拥有巴基斯坦这样一个好邻居、好朋友、好伙伴和好兄弟而感到由衷的高兴。

回首往事,历历在目。

全天候的友谊

我本人在巴基斯坦工作的十一年中,巴国内情况前后发生很大的变化,但巴政府的对华友好政策是一贯的,巴中友谊不断增进。

蔡炳魁(右)同巴陆军参谋长卡拉迈特上将、张成礼大使在一起

军人集团和文官轮流主政，这是长期以来巴国内政局发展的一个显著特点，自然有其多方面的原因，但无论是军人集团还是文官政府执政，巴国内在对华友好问题上持有广泛的共识，巴中友好关系在此十一年中不断向前发展。双方都恪守和平共处五项原则，在涉及各自核心利益的问题上相互理解、相互信任、相互支持。巴方坚定地支持恢复我国在联合国的合法席位，中方也一贯支持巴方为维护主权、独立和领土完整所作的努力；中巴两国本着公平合理、互谅互让的精神，顺利解决了边界问题；双方通力合作，基本上建成了"喀喇昆仑公路"；签署"航空运输协定"，在两国间开辟了定期航线；签订"贸易协定"，推动了双方的商贸合作。作为"全方位合作"的重要组成部分，中巴防务合作也取得了长足的进展，合作领域逐步拓展，合作内容日益丰富，合作方式渐趋多样，达到了相当的广度和深度。

在以后的章节中，我将就本人所见所闻和亲身经历的点滴往事作些回顾，这可能有助于进一步理解中巴友谊的坚实基础和强大生命力。

初赴卡拉奇

每当登上前往巴基斯坦的班机，总会勾起我对数十年前那次卡拉奇之行的回忆。

1961年3月的一天，我离京去驻巴基斯坦使馆（当时在卡拉奇）工作。乘坐的那架民航客机只有30来个座位，清晨从首都机场起飞，经停西安、重庆，傍晚才抵昆明。在昆明过夜后，继续南飞，经停曼德勒，下午抵达仰光。第三天转乘"英国海外航空公司"（BOAC）的班机前往加尔各答，遇恶劣天气，只得迫降在距加市几百公里的格雅机场，而坐机又生故障。次日，印度航空公司的飞机把我们送到加尔各答，再转乘BOAC的另一架班机，到卡拉奇时已经是第四天了。

随着中巴友好关系的发展，两国在民用航空领域的合作也逐步启动。1963年8月，两国政府签订"航空运输协定"。然后，"巴航"和"中国民航"相继开通两国间的定期航线，从而架起了一座空中桥梁，加上宽体高速客机的使用，大大缩短了飞行时间，给两国和两国人民之间的友好交往与合作提供了极大的方便。当我1969年底第二次去巴赴任时，再也不用像第一次那样路途劳累了。

进入斯瓦特

近年来，由于当地恐怖极端势力严重作乱，原本并不显眼的"斯瓦特"这个地名频频进入世人的视野，也让我回想起 45 年前初访那里的情景。

1963 年 3 月 2 日，中巴两国政府签订"关于中国新疆和由巴基斯坦实际控制其防务的各个地区相接壤的边界的协定"。为执行与这个协定相关的某项任务，我受使馆的派遣，随同中方的一个专业团组前往白沙瓦。中巴双方人员相处融洽，工作进展顺利，大家都很高兴。

负责接待我们的一位巴空军少校（我一时想不起他的确切姓名，这里暂且称他为"S"少校吧）热情地邀请我们去白沙瓦东北约 90 公里的斯瓦特游览，并安排与其夫人和岳父见面。当时，通往斯瓦特的道路不太好走，路边还常遇深谷，但那位司机实在身手不凡，只见他不慌不忙、似睡非睡之中，驾车在山间疾驶。

斯瓦特与迪尔、齐特罗尔、马拉肯德、哈查拉一起，当时属西巴基斯坦省管辖；1970 年 7 月 1 日西巴省解体后，成为西北边境省的一部分，被称之为省辖部落区。据说，"斯瓦特"一词在古印度语中是"花园"的意思。那是一个平均海拔 875 米、通常气温 7° –21° C、总面积 10,000 多平方公里的绿色山谷，溪流湍急、果园层层，真乃山清水秀、鸟语花香之地。斯瓦特还是佛教圣地，据说其兴盛时期曾一度拥有 1400 座寺院，被称为"佛教的摇篮"，我国著名僧人法显和玄奘都曾前往取经。不过，如今恐怖极端势力作乱，那里已是另一番景象，真是可惜了。

在斯瓦特，我们受到"S"少校家人的热情款待，"S"少校的夫人还亲自下厨为我们制作了一种叫"布拉塔"的多层薄饼，松软可口。在返回白沙瓦的路上，我们自然要向"S"少校表示感谢，并称赞其夫人的能干与贤慧。他表示，安排这次活动，是因为遇到了来自中国的知己。

事隔 10 年，也就是 70 年代中期，我和"S"少校在巴一个空军基地再次相遇，其时他已经晋升上校。旧友重逢，格外亲切，自然会回忆起当年在白沙瓦友好合作的情景和那次难忘的斯瓦特之行。

巴军官学中文

随着中巴政治关系的顺利发展，两国军事关系也渐趋密切，60年代初便互设武官处。我国首任驻巴武官是姜鸿基中校。

巴基斯坦军方非常重视驻华武官的语言培训。60年代初，一个中文班正式成立，学员主要从少校和上尉军官中挑选，总共将近10人。其中，夏菲少校、伊夫蒂哈上尉、贝格上尉后来都担任过驻华国防武官，最后晋升至准将军衔，夏菲、伊夫蒂哈两人还曾经是"巴中友协"的主席，为两国、两军关系的发展和两国人民的友谊作出过不少贡献。

在上面这批军官中，我最为熟悉的当数伊夫蒂哈准将。此人聪明能干，一表人才。50年代，周恩来总理访巴时他当过贴身侍卫。后来，他学中文，当武官，我们有过不少接触和交往。有一件事情给我留下深刻的印象，那是在70年代。我国一个高级军事代表团访巴，巴国家领导人举行欢迎晚宴。可能是因为临时决定由伊夫蒂哈担任宴会主人讲话的"英译中"翻译，伊在宴会开始前不久才拿到讲话稿，有几处如何用中文表达，他一时没有把握。他急忙把我和另外一位同事拉到一旁，让我们口头把关键之处翻译一遍，他在有的地方注上语音。宴会随即开始。我本来听说伊夫蒂哈中文学得不错，又在中国呆了几年，估计完成此次翻译任务问题不大。但在这种重要场合，事前又无充分准备，我还是为他捏一把汗。然而，只见他整一整戎装，若无其事，泰然上前，果真还译得不错。我心想：要是换了我，决无此等"定力"！

人说"有缘千里来相会"。1997年初，在我即将结束军旅生涯之际，竟然由驻泰国武官转任驻巴武官，直接从曼谷前往已阔别整整二十载的伊斯兰堡。在那里，我又见到了伊夫蒂哈准将，他虽趋于年迈，但中文未忘，风度依在。我们一起回首往事，畅叙友情。他还为我离任举行家宴，并请到陆军参谋长卡拉迈特上将作陪，我深感荣幸。

高规格的礼遇

国与国之间的交往，都很注重礼仪，两军交往亦然。作为国家武装力量代表的武官享有何种规格的礼遇，往往体现两军关系所处的水平。

60 年代中期以后，防务领域的合作成为中巴全方位合作的重要组成部分，两军关系迅速发展，我武官也就在驻在国享有很高的礼遇。这一点反映在许多方面，我这里仅举一、二个实例。

1976 年，在巴任职多年之后，孙丕荣武官离任回国。在离任拜会过程中，巴军方已经给予了相当高的礼遇。但谁也没有想到，时任陆军参谋长的齐亚·哈克上将竟又亲自前往机场送行，并且有二、三十名高级将领陪同，站满了机场贵宾室。哈克将军同孙武官热情话别，依依不舍。这种盛况，我此前从未见过，它充分体现了中巴两军之间的亲密关系。

凡驻有多国武官的国家，都有"武官团"这一组织。武官团也很讲究外交礼仪，特别是礼宾顺序，一般以"先来后到"排序，也有按军衔高低排列的。我 1997 年初到任，是各国常驻武官中唯一的少将。在不久举行的武官团午餐会上，有些武官提出，礼宾顺序按到任先后排列，并故意要我表示意见。我当然不能也不应该表示反对。但是，武官团的规定制约不了驻在国军方。凡是军方举办的活动，我武官在礼仪上仍然常常占先。就在武官团作出上述规定后不久，陆军司令部宴请各国武官，陆军参谋长卡拉迈特上将当场发话，请中国武官上主桌，坐在他旁边。眼看我在卡拉迈特身旁就座，谁也不好提出异议。

喜登教练机

随着中巴两军关系的迅速发展，各类防务合作事务很多，武官工作繁忙，大量具体事项往往由副武官或其他工作人员出面办理，因此我经常在各地奔波，从中也增长了不少见识，还多了某些意外的经历。在此，我只举一个例子。

70 年代初，有一次我陪同一个小组去中部地区的萨尔戈达基地。两天后，接到使馆通知，说是武官回国述职，我务必在两天内返馆。但是，因暴雨造成塌方，公路交通已经中断，几日后方可恢复。巴空军决定派飞机送我返馆。我本以为乘坐的一定是直升机，出发当天才发现我竟然获得了一次乘坐军用教练机的机会。

那是一架前后舱的双座教练机，上尉教官坐前舱，我坐后舱。坐定后，教官帮我背上降落伞，戴上飞行帽，系好安全带；并且交代说：万一飞机发生事故，我通知你跳伞，你压旁边那个按钮，咱们就地面再见了。听到这个话，我心里真还有点紧张。从未受过跳伞训练的我，要是真的被迫实施伞降，到时不知要出多大的洋相！拉上舱盖，飞机开始滑行，眼看就要起飞，却又慢慢停了下来，地勤人员送来几个塑料口袋；不用问，那是供我呕吐时用的。起飞后，教官不时同我通话，特别是一到拐弯处，总要问我感觉如何，我说非常舒服。真的，可能是因为速度快，几乎毫无颠簸的感觉，噪音也比民航飞机小得多，好像巨轮夜间在风平浪静的内河中行驶一般。坐车需要好几个小时的路程，不足 20 分钟就到了。

这是我唯一一次乘坐军用教练机。如果不是在巴基斯坦这样的友好国家工作，恐怕很难有这种机会。

针灸医疗组访巴

70 年代初，中医针灸名扬天下。应巴基斯坦有关部门的邀请，我国一个针灸医疗组赴巴访问，受到巴各界的热烈欢迎。

为尽量满足巴各界人士的就医愿望，医疗组在拉瓦尔品第、伊斯兰堡期间，特地在"综合军事医院"（CMH）临时开设短期免费门诊。巴基斯坦是个近亲通婚比较盛行的国家，加之社会、经济发展滞后，医疗设施不足，聋哑等疑难病症较多，尤其是在农村。由于听说中医针灸能够治疗此类疾病，患者纷纷慕名而来，每天都在诊所前排起长队，其中以聋哑人、神经功能失常者为多。我医生以极大的热忱和耐心为患者诊治，有的用体针，有的用耳针，有的则在耳中穴位"埋豆"。功夫不负有心人，经过短时间的治疗，有些病人的症状出现一定程度的缓解，而个别病例则是立竿见影、针到病除。CMH 一位少校女军医的母亲一条手臂无法抬过腰部，一针下去，当即便能用手梳理头发。这些成果显示了针灸医疗的特殊威力，增强了患者通过不懈的针灸治疗求得康复的信心，也进一步引起巴医务部门对针灸疗法的重视，据说后来拉瓦尔品第 CMH 也开始实施针灸疗法。

情系"友谊之路"

1966 年 3 月，中巴两国政府签订中国援助修建喀喇昆仑公路的协定。这条公路从中国的喀什到巴基斯坦的哈维里安，全长 1100 多公里。巴境内长 750 多公

里，由中国援建。1978 年 5 月，公路竣工。该路双车道、沥青路面，可常年通行。它穿越崇山峻岭，沿途地理、气象条件十分复杂，常常飞沙走石，有时泥石流突然滚滚而来，直泻深谷。中巴两国数以万计的筑路员工通力合作，克服重重困难，作出了重大牺牲，才得以建成。近百位中国员工至今长眠在吉尔吉特附近的中国烈士陵园。这是一条名符其实的"友谊之路"。

我第二次在巴任职期间，正值巴境路段全面施工之际。由于巴方主办单位是陆军的"FWO"（"边境工程组织"，我们平时称之为"筑路司令部"），我本人也参与了联络、协调工作，并曾随同使馆领导前往工地慰问员工。许多路段都穿越山岩，寸草不生，一片荒凉，当时筑路员工食宿都很艰难，更无文化生活可言。我们带去几部影片，找一块稍微平坦的地方，连续放映二、三个小时，大家冒着零下一、二十度的严寒，坐在地上观看，这已经算是一种难得的文化享受了。由于大量路段处于 3000 米以上的高海拔地区，缺氧是大家面临的又一个难题。即使你平时身体很好，或者年纪很轻，到了那里照样可能会头痛难忍。我幸运地发现，自己基本上没有高原反应，这给我工作带来很大的方便。

通过多年的合作，我同"FWO"的不少军官成了好朋友。90 年代中期我任驻泰国国防武官时，那位在喀喇昆仑公路建设中与我合作时间最长的伊贾兹退伍准将（70 年代时为上校）出差途经曼谷，还主动与我联系，我邀他共进午餐，一起回忆 20 年前在公路上愉快合作的情景。我第三次在巴任职时，继续同他保持着友好往来。新世纪初，我参加"中国人民友好代表团"访巴时，又在宴会上同他见过面。后来，我还曾通过中国国际战略学会向他赠送过贺年片，他收到后立即拍电报致谢。可见在喀喇昆仑公路上结成的友谊是那样的珍贵与持久。

1998 年初离任回国前，我曾决定和张成礼大使一起去一次吉尔吉特。但老天作梗，我们飞临吉市上空，又被迫折回，几经周折，终未成行。但愿什么时候再能给我一次机会，前去领略"友谊之路"的风采，看望长眠在那里的战友，了却自己的一个心愿。

车队幸脱困境

1997、1998 年之交的严冬时节，中巴两国军民正在欢度各自的节日。我内地某省满载人道主义援助物资的巨型卡车进抵喀喇昆仑公路的某个路段，因超过桥涵承受能力，为护路哨兵所阻。车队紧急与主管此事的使馆经济参赞处联系，请求帮助。而经济参赞到任不久，对公路的具体情况不甚了解，便前来同我商量。经研究，我俩一致认为：人道主义援助物资不能耽搁，也不能让我车队人员久留野外，以免冻坏；但此路系巴战略通道，不宜要求巴方冒损坏桥涵的危险勉强放行。最后决定由我出面找驻在国军方，请其派出一些战士和普通载重卡车，分散装载部分物资，通过瓶颈路段后再将物资复位。我随即致电陆军司令部的一位将军，请求协助。对方很快就下达指令，连夜向出事地点派出联络参谋，组织支援行动。一面把我车队人员请到附近兵站，取暖用餐；一面迅速调整物资载运安排，最后护送我车辆通过瓶颈路段，援助物资顺利抵达预定地点。

我们常讲中巴不仅是好朋友、好邻居、好伙伴，而且是好兄弟。既是好兄弟，就要想对方之所想，急对方之所急。巴军方对上面这件事情的处理，不正是"好兄弟"之为吗？当然，它同时也显示了巴军有关部门处事之果断与高效。

就个人而言，十一年并不是一段短暂的时间，所见所闻和亲自经历的事情当然远不止上面这些，这里仅择其一、二。

进入新世纪，中巴关系又有了长足的发展，已经上升到"战略合作伙伴关系"的水平。中巴友好的事业后继有人。年青一代朝气蓬勃，必有所为，定能给我们讲述更多、更加生动的故事。

作者简介

蔡炳魁，1938年1月生于上海。1956年参军。1959年从军校毕业后，相继在国内军事单位和驻外使馆任职。曾先后担任驻加拿大、泰国和巴基斯坦武官；三度在巴基斯坦工作，历时11年。从军队退休后，2000年至2010年任中国国际战略学会副会长，还曾兼任中国人民对外友好协会理事、中国—巴基斯坦友好论坛中方理事等职。

1988年被授予大校军衔，1994年晋升少将军衔。

不褪色的记忆

赵常谦

中国外文出版发行事业局原常务副局长

因工作上的需要，我去过不少国家，有的甚至是多次，当然也就参观过不少世界名胜，诸如开罗的金字塔，孟买的泰姬陵，纽约的自由女神像，巴黎的艾菲尔铁塔，伦敦的大本钟，德国的科隆大教堂……但是，经常闪现在脑海里的却不是它们，而是对我曾经工作过的巴基斯坦这个国家的许多不褪色的记忆。

那里有我的乡音

什么叫乡音？自从有了唐诗名句"少小离家老大回，乡音未改鬓毛衰"以来，"家乡话的口音"大概就是它的定义了。但我却从小就对这一概念有误解，除了承认那是乡音的一种外，更习惯地认为应当是另外的一些声音，而且直到今天，人都老了，还宁愿把这种与众不同的"误解"保持住。

1960年，当我第一次离开家乡来北京读书时，头一两年的一个大问题就是想家，想家乡的亲人，想家乡的那条河，想家乡的一草一木，其中更有一些常在耳际响起的曾经十分熟悉的声音。夕阳西下了，乡亲们三三两两，背的背扛的扛，双腿沾满湿漉漉的泥土，从田野里往回走；村里炊烟袅袅，高音喇叭里播放着悠扬动听的家乡戏，不时听得见深巷里犬吠鸡鸣，还有村童的耍闹嬉戏和大人们对他们的呼喊。每当出现这样的听觉，我朝思暮想的家人就好像一个一个地出现在眼前。从此，以高音喇叭里的家乡戏为主旋律，以村童们无忧无虑的嬉耍和家人对他们饱含亲情的喊叫为协奏，这些声音的组合，便成了我离开家乡后永恒的"乡音"。

显然，乡音只应故乡有，乡音的发源地只能是故乡。然而，我却又与众不同了，确确实实拥有来自异域的类似我上面所说的那种"乡音"。

上个世纪 70 和 80 年代,有幸两度到巴基斯坦这个位于南亚次大陆的友好邻邦工作。1974 年 10 月 14 日,当"文化大革命"还在喧嚣尘上的时候,我第一次出国工作,来到这个国家,到 中国援建的重型铸锻件厂任翻译,地点就在离首都不远的塔克西拉。一下飞机,耳朵里听到的,眼睛里看到的,甚至鼻子里嗅到的,无一不充满新奇。其中,特别让我惊奇的是从远远近近的清真寺传来的宣礼声,

赵常谦

那叫高亢宏亮,那叫音质圆润纯厚,那叫悠扬动听,我甚至认为宣礼人都是一些训练有素的男高音。他们的声音具有巨大的感染力和穿透力,对教民们的一声呼喊,不但响遏行云,广传远播,而且在空中久久回荡,让我这个初来乍到的远方客人一时间远离了世俗的喧嚣,顿生一种平日里难有的别样情趣,努力去捕捉"余音绕梁"、"空谷有声"之类的意境。就是这种极富感染力的声音,在我以后的日子里天天都能享受到,而且每天都有 5 次,一享受就是四五年。如果把这种宣礼声称作吸引我的第一种声音,还有第二种声音,也来自清真寺,那是每星期五的阿訇讲经。我非常佩服那些讲经人,他们精通教义,学识渊博,德高望重,长于

劝世；他们口若悬河，极善辞令，嗓音嘹亮，吐字清晰。我敢说，从他们口中说出的是世界上最漂亮的乌尔都语，语调纯正、语法标准、语句流畅且充满激情和节奏感，要说他们都是伊斯兰社会一流的宣传部长，那绝对名副其实。在后来的几年里，也许因为每星期五都是休息日，心情轻松悠闲，从清真寺高音喇叭传来的讲经声不仅让我有机会去品味一流的"音乐般的乌尔都语"，更能从容享受阿訇们讲经时那种抑扬顿挫、快慢有致的独特艺术。除此之外，还有第三种声音，也同样让我养耳四五年，就是那个时代巴基斯坦国家电视台的台标伴奏曲。不知道现在是否还有，那个时代每当电视开播以前，电视屏幕上总会出现一个特别的标志，在宏伟的巴基斯坦独立塔背景下，长达10分、20分地反复鸣响着"搜—豆——西—拉—西—豆—瑞—豆—搜——"（我的"记忆谱"）这一美妙的旋律，既让你感到婉约、悠扬，就像欣赏着一方明澈如镜的秋水，又让你感到不失酣畅、豪放，犹如饮下一杯美酒时的那种舒展。每当我听到它，如果是在自己房间，自然要让它一直播放到最后；如果是在走路，就会下意识地放慢脚步，甚至凝神闭气……一句话，那是一段撩拨心弦的微妙旋律。每当此时，我又会对巴基斯坦天才的音乐家们暗自叫绝，赞叹他们秉性里那种天生的伊斯兰文化特质，仰慕他们高深的伊斯兰文化素养，惊讶他们对伊斯兰文明的精准把握。特别是当我后来多次亲临巴基斯坦独立塔，被它那雄伟壮观的造型所震撼，被它四围平展宽阔的草地以及浓厚的人文景观所吸引，以它为背景的这首台标伴奏曲就更加深埋记忆。在巴基斯坦工作的日子里，每去一次独立塔，我都会跑到稍远一点的地方，把它的全貌尽收眼底，然后坐下来，静静地品味眼前的一切：蓝天下的白云，白云下的独立塔，独立塔下的参天巨杨，巨杨下的开阔草地，草地上坐着身穿各色服装的伊斯兰教信男信女以及离他们不远活蹦乱跳的孩子们……从独立塔造型，到人们见面互致问候的独特方式，再到不时闯入眼帘的正在面西祈祷的人们，伊斯兰元素在这里无处不在。在我品味这一切的同时，便把面前的独立塔与前面所说的电视台台标伴奏曲油然结合起来，好像它正在向四周发射着这首动人旋律，而且听觉感受要比平时更加美妙。

自最后一次从这个国家回国，至今已经20多年了，每当想起在那里工作的年月时日，这些曾经天天相伴的声音，都会透过时间的缝隙，清晰地在耳边响起，随之而来的便是张开联想的翅膀，沿着这些声音的来处，返回到它们的诞生地，品味着声音背后的那许多记忆。

这不就是我在本文开始说到的那种乡音吗？显然，这个国家早已是我第二个"乡音"牵绕的地方。乡音，是一种特殊的声音，其不同于一般声音的地方就在于它有撩拨感情的强大力量。也正因为如此，它对我管辖感情的那条神经一直有着巨大的约束力，回国这么久了，很多时候只要涉及到这个国家，我的情感还是那么狭隘，比如，不愿听人说这个国家的不是，甚至凡是有这个国家运动员参加的国际比赛，我都希望他们赢……

那里有孕育我乡音的土壤

不会因为某种声音好听就能成为乡音，这是肯定的。每个人都会有异域朋友，都会有机会接触异域文化并与之多年相处，甚至被其耳濡目染，深爱着那里某一门类的艺术，比如音乐、歌舞什么的。但是，能"客音回听是故乡"，升华为"乡音"者，恐怕不为多见。因为，没有孕育这种乡音的土壤，再美妙动听、再习以为常的声音，也不可能成为我所说的那种乡音。这种土壤就是那些年月我在这个国家所感受到的不一般的热情、不一般的友谊、不一般的信任，甚至让我回国多年以后，仍能因为随便一件用品、一种现象、一种气候变化，油然联想起那里的许多"曾经……"

比方说我案头上放着的这本乌尔都文词典，扉页上记载着的"1974年11月30日，拉合尔"这一信息。这实际上就是一个故事的标题，它应该叫"一次让领导生气的购书"，因为每当我看到它，购书当天的全部情景就历历在目。

1974年11月29日，巴方董事长阿克拉姆·谢赫博士要和中国专家组组长一起，到文化名城拉合尔看望在那里接受培训的实习生，并顺便请我们到他那慈祥而又深谙待客之道的岳父母家做客小住。我刚来这个国家40多天，就有机会到第二大城市出差，兴奋之情溢于言表。整个行程留给我的印象极为美好：那是一个下午，离开首都一路东南，驱车370公里，背后是红轮西坠，余晖如莎，两旁是美丽富饶的旁遮普平原风光，尤其难忘的是与谢赫博士及其家人从吃晚饭开始直至深夜的那种"海聊"，主人们是那样的真诚、友善，对中国文化是那样地充满好奇……但这里只能按下不表，回到买词典的事情上来。

在拉合尔的第二天，工作之余我陪着自己的领导来到繁华街区随便逛逛。尽管时间有限，只有短短的一个小时，但我向领导提出想买一本词典时，好心的领导二话没说，便让司机把车停靠在附近有几家书店的地方。我很快就选中了我案头上至今放着的那本词典。但不曾想，书店老板一看到我穿着的中山装，就大声嚷叫说我是"周恩来派来的人"，立马指令小伙计端上红茶、白糖、饼干，而且不容我说话就滔滔不绝地说起1964年2月他参加欢迎周恩来总理访问这个城市的情景。我当然没有忘记我在干着让领导在异国的大街上焦虑等候的事情，知道不可驻足过久，心中很有压力。但不管我如何解释公务在身之类的话，热情的店老板就是不管不顾，拽住不放。出于起码的礼貌，不但得喝茶，还得不时回应他滔滔不绝地发表激情演说。我的领导是一位很有修养、很经得住事的人，但当我终于走出店门，向他说明情况并表示歉意时，也还是面有愠色，说了句"时间太长了"，就再也没说话。当然了，那么久经沙场又蛮有一点级别的领导，总共才有一个小时的逛街时间，让我把他扔到大街长达20多分钟，尽管他与巴方司机并不陌生，但由于语言不通，也只能你看看我，我看看你，点点头，笑一笑，尴尬之状可以想见。但我百分百相信，由于这个城市的店老板对"周恩来派来的人"超级热情，使我的领导"搁浅"街头，这件事不管对我或是我的领导，都会永存记忆。

70年代那时，在巴基斯坦的中国人不多，不管走到哪里，总被人们称作"周恩来派来的人"，然后受到各种方式的热情接待。1976年11月，我陪江苏省的一个汽车工业代表团访问卡拉奇，为巴方提供某一大型运输车的成百上千个零部件的加工问题，在那里进行了一个多月的技术谈判。代表团结束工作时，巴方朋友送他们到机场，但当我陪团长与前来送行的官员话别时，走在前面办理安检的几位团员喊我"救急"，说安检人员要打开他们的随身行李。我理解这几位同胞的难处。事情要是发生在今天，他们不会喊我去帮这种忙，不做违法的事情何须怕安检。但那时不行，我们的同胞还被一个穷字拿捏着，从外面回国还舍不得扔掉手边那几包已经用不着的方便面，甚至是那些瓶瓶罐罐、肥皂洗衣粉，为避免尴尬，常常要用各种手段和理由说服对方不打开行李。听到同胞喊"救急"，我赶紧跑过去，对检查人员说："对不起，我们是中国的汽车工业代表团，刚结束在这里工作，我这几位同事不懂外语，有什么事请跟我讲……"没想到，话刚说完，就有一位安检人员连连说"对不起"，说是把我们当成某某国的人了，于是立马放行。

这件事让我常常感到，如果把那个时候中国人在巴基斯坦这个国家受到的礼遇简单地评价为热情友好，恐怕是不够的，应该加上"破格"这两个字。作为搭建语言桥梁的翻译，我常常有一种自信，中国人在这个国家可以放心地出远门，不光安全，路上出现任何困难都会有人热情帮助，包括上面所说的那种"面子困难"，甚至误闯了禁区，都会礼貌地被宽容。有一年的一个冬天假日里，我们几个人外出闲游，来到一处漂亮的风景所在。只见走在最前面的几位大步流星地往里走，但很快被人挥手喝住。当我赶过来看究竟时，巴方执勤人员也到了，原来这里是一处禁区。我们立即表示歉意，但随后而至的一位像是管事的人发现我们是"周恩来派来的人"，不但不发难指责，反而语惊四座，放出一句属于政治家们的话："请朋友们相信，在巴基斯坦没有中国朋友不可以看的"，还坚持让我们进去坐坐。我们当然不便接受这样的邀请。但此情此景留给我的记忆，难道是时间长河可以冲刷掉的吗？

1976年1月9日，又是一个让我刻骨铭心的日子。大家还在起床，有人敲响中国专家组的大门，递过来一张报纸，并惊慌而沉重地诉说着一个不幸的消息：周恩来总理去世了。我赶忙敲开专家组领导的房门，领导立即拨通使馆的电话，但回答说国内还没有发来正式消息，指示稍等。片刻刚过，电话铃响起，使馆证实消息属实。很快，专家组大院的人们开始匆匆走动，忙活起来，但再也没有了声音。不一会儿，领导们换上礼服，来到会客厅，会见已在这里等候的第一批巴方官员，接着是第二批、第三批……其中有巴方官员告诉我们，重型铸锻件厂及其一墙之隔的姊妹厂——重型机械厂已经降半旗，工人们也正在集结，自发悼念巴基斯坦人民的伟大朋友、被他们的布托总理称为世界"完人"的周恩来的不幸逝世。自这一天开始，在塔克西拉工作的中国人不管走到哪里，不管会不会讲外语，都会有人迎过来，握个手，比比划划地表达他们的悼念之情。自这一天开始，这个国家跟中国一样，一连数日停止一切形式的娱乐活动。拉瓦尔品第是我们日常采购生活用品的城市，那里繁华街区的各大电影院一时间没有了往日的喧闹；远远近近大大小小的娱乐广告，平日里是那样的光怪陆离、耀眼夺目，一时间都被席子遮盖起来……

我不知道世界上的政治家们、各国外交部长们是否研究过，这样的情况多吗？我作为那个时代在这个国家亲身经历、目睹过这一切的中国人，能不把耳边听惯了的声音当成"乡音"吗？这样的一块热土，难道还不足以孕育出我的"异域乡音"？

巴基斯坦这国家，能够让我产生"乡音"的记忆实在太多。它们发生在我们

工作的厂区，发生在中国专家组的驻地，发生在普通的大街，发生在车水马龙的飞机场，发生在美丽的橘子园，发生在恬静的乡村……

那里有许多让我无法忘记的朋友

在这个国家工作几年，去过很多地方，经历过不少事情，留下很多记忆，当然也结识很多朋友。他们是属于梦里出出进进、醒来常常想起的一群巴基斯坦人。

还拿案头上的书说事。我有一本厚得像字典那样的书，是关于乌尔都文写作的工具书，打开封面，写着歪歪扭扭、结构松垮但模样幽默的中文字："赠给 赵常谦先生 勒吉乌拉．汗 1984 年 9 月 20 日"。这位是我第二次到这个国家工作、在中国援建的伊斯兰堡体育综合设施担任翻译时结识的朋友，是一位退伍军官。可能在军队拿惯了权杖，退伍后他手里总有一根用不着但非常漂亮的拐杖，很有学识，办事做事温文尔雅，中国人惯称他"勒吉先生"。勒吉先生对我说，他这一辈子最幸运的事情就是有机会与中国朋友一道工作，因为他喜欢中国文化。这当然不用怀疑，从他送我书时写的那几个好玩的中国字便可见一斑。但在我看来，恐怕还不仅限于此。他在体育综合设施工作了五六年，与他一道工作的中国人走马灯似地换了一拨又一拨，少说也一二百人。我前面的人告诉我凡有人回国，勒吉先生都要备好一份礼品送到手中。但这毕竟是听说。在我与他一道工作的 2 年多的时间里，此话被我证实，果然是不分平日工作关系远近亲疏，只要回国就少不了勒吉先生送来的那份礼。除此之外，我还发现一个规律，他每天不管多忙，也不管刮风或是下雨，总要抽空到中国专家组的办公室看看，坐上几分钟。我不说在乌尔都文小说、诗歌理解方面他曾经给过我的许多帮助，只说多年如一日对一二百位中国人的这种关照，即便抛开感情因素，把它简单地说成一种功夫，难道是一般人轻易做到的吗？我相信，当年凡在伊斯兰堡体育综合设施工作过的中国人，谁都不会忘记这位巴基斯坦仁兄。

如果说勒吉先生属于巴基斯坦知识层或官员圈，有的朋友则属于来自巴基斯坦最基层的真正的"草根"朋友。在塔克西拉工作期间，巴方给我们办公室派了一个年轻人，在中国叫服务员，那里叫听差，工作岗位就是中国专家组办公室门外的那把椅子。这个刚满 20 岁的年轻人，大家惯称"小胡森"，来自农村，留着小胡子，一年四季穿着穆斯林长衫，爹妈生就的一张羞涩脸，一说话就脸红，因此，少言寡语得出奇，不但不会说一句奉承人的话，即便你逗他三五句，他的回答就是腼腆地一笑加上两个语气词"哼……哼"。但也怪了，他越是这样，中国人就越爱逗他，原来小胡森不多言多语的背后，有他非常可爱的一面：对自己该做什么，中国专家们需要什么，心里明镜一般。不信你看，如果有一把电壶里的水很热，可以沏茶，不用问，另一把必定是不热不凉，可以直接喝；如果你撂下半杯茶出去办事了，回来后茶杯是满的，不用问，是他看到你进楼了，刚刚给你满上；如果大家都下班了，只有他还在门外的椅子上静静坐着，不用问，一定还有连中国专家自己都不知道的某位同事还没回来……小胡森老实本分，热在心里，从来不说中国多么伟大、中国人多好之类的话，但他对大家的亲近可以从他的很多动作中一眼见底。因此，大家都喜欢这位来自巴基斯坦乡下的年轻人，把它当作小兄弟。对我，就不必说了，我是他唯一一个可以用语言直接沟通的中国人，我对他也好，他对我也好，好像比别人又多了一点什么。可惜，小胡森和我们在一起还不满两年，就再也见不到他了。好像是 1976 年初，小胡森家里有人结婚，他请假回家参加婚礼，第三天传来噩耗，村里发生枪击事件，他不幸中弹身亡。在塔克西拉，我没见过中国人为哪个当地人掉眼泪的，小胡森是唯一一个。我也没见过作为外国人到一个国家的农村参加葬礼的，唯一一次就是我陪中国专家组的领导，驱车十几公里，到小胡森家里向他的父母表示哀悼。记忆里的那天，小雨濛濛，听说我们要去，小胡森的家人在村头上等了许久，到他家时，围满了看热闹的人。据说，此事在当地很是被传为一段佳话。

政治家们常说的一句话叫"中巴两国关系堪称国际关系的典范"。我十分佩服这句话的发明人。早在那里工作的日子里，我就认定第一次说这话、写这话的人肯定是一位熟知巴基斯坦这个国家的国际问题专家。从我上面说到的这两位与我们中国人的交情看，难道还不够"典范"吗？

说到这里，我常常为有机会参加援建，有机会用自己的工作语言与这里的人们广泛交往而幸运，使我有机会接触那么多友善的基层百姓，熟悉他们的喜怒哀乐，了解他们对国际事物的关注和正义感。

我两次赴巴工作，临回国时手里都攥着一大把纸条，都是那里的朋友们写给我的地址。20 多年了，我没有本事都记住，即便记住的，也不可能把他们都

写出来，因为，只要提到那里的朋友，我就不能不提及另外一个朋友圈，那就是到中国这边来帮助我们工作的巴基斯坦人，其中包括教我乌尔都文的老师，不同年代在中国外文局一道工作的巴基斯坦同事。从我在巴基斯坦所肩负的使命看，乍一看都是为这个国家工作，其实不，中巴两国之间的帮助绝对是互相的。从上个世纪60年代开始，就有一批又一批来自巴基斯坦不同城市、不同年龄层次的新闻出版和教育界人士，作为语言专家应邀来华工作。他们当中，有的在华工作时间长些，有的短些，但都有一个共同点，这些人对中国都很友好，有的甚至堪称"铁杆"。他们当中，和我接触最多、时间最长、年龄相仿、感情最深的两位，一个叫阿法兹．拉曼，一个叫拉希德．巴特，他们彼此是大学同学，又是很好的朋友。我这里简要介绍一下拉曼，从"兄弟般友谊"这个角度说，也几乎是在介绍巴特了。

外文局曾经有人以"朋友乎？兄弟乎？"为题，写过一篇十分动情的文章，向读者介绍一位巴基斯坦人，说他和中国同事"厮混"久了，早已不像外国专家，简直就是大家的兄弟。每天从友谊宾馆坐班车到外文出版社上班，只要在外文局门前一下车，握手的、拍肩的、点头示意的、说"你好"的、喊哈喽的，好像到处是他的熟人，如果有人说一句让他听得懂的幽默话儿，他甚至可以用他那半生不熟的中国话陪你打个诨；如果他有几天没上班，肯定就会有人来问"怎么没见你们办公室的专家上班呢"……这个人就是和我共事多年的乌尔都文专家阿法兹·拉曼先生，一个性情外向、真诚直率、外热里更热的巴基斯坦人。

我不会忘记拉曼，因为我们在青年时期就曾经一道工作。那时，我刚大学毕业，被分配到外文出版社工作，他则是被聘请来华帮助我们做翻译工作、被人称作"毛头小伙子"的外国专家。工作上、提高乌尔都语应用能力上，他给我很多帮助；外出参加活动、生活中遇到语言障碍，我给过他不少帮助，相互关系极好。我不会忘记拉曼，因为在我们都结了婚，有了家庭，有了儿女以后，又一道工作多年，而且两家人过从甚密。拉曼先生之所以一次又一次、一年又一年长期被邀请来华工作，用不着再说什么，足见他的工作和为人。我不会忘记拉曼，还因为他全家人都是中巴友好大厦的建设者。拉曼先生的夫人是一名才女，中文名美娜士，说话办事比他稳重得多，文笔更不在他之下；受聘于人民画报社，担任乌尔都文版改稿专家。在中国工作期间，美娜士女士写过大量文章，向巴基斯坦人民介绍中国，甚至动员自己聪明懂事的小女儿写见闻，在巴基斯坦报刊上发表；我在伊斯兰堡体育综合设施工作期间，就曾惊奇地读到过她女儿的小文章。鉴于美娜士女士为中巴友谊做出的重要贡献，国务院外国专家局为她颁发了极少数在华工作的外国人才能得到的"友谊奖"。

20多年过去了，没有再回到过这个国家；由于工作的变化，也没有再接触过用乌尔都语工作的机会。但是，上面说到和没有说到的生活在那里的朋友们，仍然常常在梦里出出进进。我想，正是因为这些朋友，正是因为曾经在那里听惯了的声音，看惯了的伊斯兰文化符号，亲身经历过的人和事，受到过的那样丰厚的感情馈赠，等等这些，才使这个国家留给我的记忆永不褪色。

作者简介

赵常谦，1960年入北京广播学院（今传媒大学）新闻系学习。1963年被调入该院外语系学习乌尔都文专业。1968年被分配到中国外文出版发行事业局下属的外文出版社工作。在该社乌尔都文组工作期间，参加过《毛泽东选集》1～4卷（第5卷完成翻译定稿，没有出版）、党和国家一系列重要文件以及对外介绍中国的各类图书的翻译出版工作。1974～1976年以及1983～1985年，先后参加了第一机械工业部的塔克西拉重型铸锻件厂、国家体委的伊斯兰堡体育综合设施援巴工程，担任口笔译工作。1985～1993年，担任外文出版社副总编辑、社长等职。1993～2003年，担任中国外文出版发行事业局党组副书记、常务副局长、党委书记、中国翻译协会第一常务副会长等职。2003年退休后，曾任中国翻译协会第一常务副会长，现任常务副会长。

我的巴基斯坦情结

安启光
中国前驻卡拉奇总领事

2009 年 10 月 1 日是新中国 60 华诞，天安门广场举行盛大阅兵，游行队伍中第一次出现在华外国朋友的方阵。前者，显示今日的我国空前强大，后者表明我国国际威望日益提高。但一个外国在自己首都的总统府专门举办庆祝中国国庆的活动，而且有国家元首和政府首脑亲自莅临，以表示与中国同庆共乐，恐怕只有胡锦涛主席誉之为我国的"好朋友、好邻居、好伙伴和好兄弟"的巴基斯坦伊斯兰共和国。

2009年安启光荣获巴基斯坦总统颁发的"巴基斯坦之星"勋章

我国派出全国人大外事委员会李肇星主任委员专程参加巴基斯坦庆祝活动，表达中国政府和人民高度重视中巴友好。作为一个长期从事中巴友好事业的退休外交官，作为李主任委员的随行人员前往，我感到十分激动和荣幸，真是衷心地为我国有如此友好的邻邦感到庆幸而骄傲。

　　其实，巴基斯坦民间庆祝中国国庆早已有之，官方搞庆祝活动起码也始于1999 年，即我国庆祝中华人民共和国成立 50 周年。那时，我在驻卡拉奇总领事的任上。同往年相比，总领馆提早筹备 50 大庆的各项活动，如图片展和国庆招待会等。越接近 10 月 1 日，巴各界庆祝我国庆的请柬纷至沓来，有的招待会规模大到800 人，更有的饭店和商场开展新业务也打出庆祝中国国庆的横幅，请我做主宾，借我国庆的吉祥喜气，开张剪彩。在国庆的前后，我们总领馆上下，忙里又忙外，活动频繁。参加巴方的活动，完全像参加我方的活动，大有中巴一家人的温馨感觉。

　　巴各界的庆祝活动是自发的，但显然有官方的指示，在这种背景下，巴举国上下举办了足有一周的巴基斯坦庆祝中国国庆 50 大庆的庆典。

　　回想起来，印象特别深刻的是，巴国名人赛义德医生个人举行的庆祝我国国庆的盛大招待会。他老人家已经作古，但他主持招待会的饱满热情和对我国友好发自肺腑的讲话永远在我的记忆里。我国有中医，也可称之为国医，同样地，在巴基斯坦和印度等南亚国家也有国医，当地叫"哈基姆"。赛老就是哈基姆赛义德。他的家族主要在印度行医、开药厂、办学校，是慈善世家。1947 年印巴分治后，他只身来巴发展，救世济民，事业有成，名噪一时，在占全国人口十分之一的大都会卡拉奇是个家喻户晓的社会贤达，曾当过信德省代理省督。

　　他是我们总领馆的老朋友，举行这样的友好活动也多次了。但他在这次招待会上讲话有稿子，边看边讲，盛赞中国的进步与繁荣，从长征讲到改革开放，讲到他十分钦佩毛主席。最后，他说他也是中国人，为中国人自豪。此话一出，全场震惊，鸦雀无声，等他揭开谜底。他说，他和他的家人都像新疆人，他们的先辈是二三百年前迁徙到印度的。今天，庆祝中国国庆，他自报家门，就是要表示他与祖国同庆的赤子之情，祖露他的几十年的中国情结。可不是嘛，他们一家都是方脸、长眉、肤白和体胖，新疆人的标准模样。在此，愿赛老在天之灵安息，您为之看好的祖国在这十年更加强大，您所看重的中巴关系在这十年也更加亲密。巴基斯坦扎尔达里总统和吉拉尼总理 3 日晚在总统府联合举行的巴基斯坦庆祝中华人民共和国成立 60 周年大会，就是极好的证明。

　　2 日晚，我们乘巴基斯坦航空公司的班机从首都北京直飞巴首都伊斯兰堡。巴航对我们老中国外交官来说，是再熟悉不过的了老朋友。李肇星主任委员是我们的老外交部长，他经过和访问巴基斯坦不下 12 次，此行是轻车熟路，老朋友遇上

了老朋友。巴航为表示庆祝中国国庆，主动把李主任委员一行 7 人的自费机票改为免费招待。

巴航是巴基斯坦的象征，是巴基斯坦对中国真诚友好的见证。在我国对外环境还很困难的时期，巴航事实上成为我国唯一的安全出入通道。我们的一些重要国际友人秘密来华都是搭乘巴航飞机，国内的一些重要统战对象也是乘巴航安全回国的。后来，我国的国际环境好起来，巴航不但仍然是我国的可靠进出境航线之一，而且在一定意义上引领我国民航业进入了波音时代。我国飞波音，是向巴航学习的。俗话说，教会徒弟，饿死师傅。巴航这个师傅不怕饿死自己，反而最乐意看到中国的徒弟青出于蓝而胜于蓝。巴基斯坦就是希望中国好，巴航的义举体现了巴基斯坦的赤诚愿望。一日为师，终身为父。我国民航驾驶员们可别忘了这位波音老教习。

坐在那熟悉的座位上，看到各司其职的空姐空哥们忙碌地走来走去，听到乌尔都语——巴基斯坦国语的广播，我的第一外语，我兴奋，我幸福，仿佛飞机还没有起飞我已经到了巴基斯坦，我的第二故乡，一个 5 次常驻、总共度过 16 年外交生涯的国度。我是怎样学习上乌尔都语的？怎样认识巴基斯坦的？怎样为中巴友好献上我整个的外交生涯？记忆的闸门一下打开了。

那是 1959 年，我在北京外国语学院（现北京外国语大学）英语系读二年级下学期的时候，一个下午，系里突然召集部分二三年级学生开会，我也在其中。系领导说，根据周总理指示，我们这些在读英语的学生改学非通用语，一部分到国外留学，另一部分去北京大学东语系学习，四年学习和四年实习，把我们培养成高级翻译。系领导强调，这是组织上对我们的信任。我们立马明白我们要服从组织分配，党的需要就是我们的志愿。

个别同学却不愿改学非通用语，仍坚持继续学习英语。他们认为学英语好，英语是国际通用语，学会英语走遍天下，而且学院从我们年级开始实行五年学制。大家都知道，在全国名牌大学的一流英语系里学习本科英语五年，那英语将达到何等的水平。他们不服从组织分配，立刻被视为"白专"，在同学间遭到孤立。真不知道他们后来是怎样在这种无形压力下读完本科的。与他们相比，我们属觉悟高的。虽然留恋英语系，惋惜失掉成为英语佼佼者的机会，我们还是愉快地接受组织安排，或出国或转学。在第二次组织分配时候，我被转到北京大学东语系。

我告别已经开始上三年级的同班同学们的时候我羡慕他们，但也感到奔向新前程的那种快慰，一句话，痛快地同其他待分配的同学们到北大报到。报到后得知当年我们能够学的语言是阿拉伯语、缅甸语和乌尔都语，前两个语言熟悉，特别知道阿拉伯语是非通行语中的通行语，这乌尔都语却十分陌生，经打听才晓得是巴基斯坦国语，在印度也用得上。但如果能当高级翻译，自然不错，但如果能学阿拉伯语更好，起码希望学上"胞波"的语言。可第三次组织分配的结果完全出乎我的意料之外，我被安排学乌尔都语专业！

在那个年代，我觉得服从组织分配是人的本分或天职，这是政治觉悟。个人对人生的感悟是人世上没有十全十美的事，好事不能叫你一个人全得的。当不成阿拉伯语翻译，去不了《天方夜谭》的阿拉伯世界，学不了缅甸语，不能为"胞波"服务，那我就通过做对巴工作，或者做对印巴两国的工作为人民服务吧。谁知道，我从校门进入社会的大门之后，我只得到做对巴工作的机会，我的整个外交轨迹如同定向导弹，国内主管巴基斯坦事务，国外常驻巴基斯坦国家。回想起来，我当时虽然是大学生，可对外国没什么了解，只知道要"又红又专"，学好本领以后为人民服务。巴基斯坦，这个国家当时我很生疏，与巴基斯坦比邻的印度我倒还知道点皮毛。因为常识是，印度是我国民间家喻户晓的"唐僧西天取经"的地方，又是"印地秦尼帕伊帕伊"（印度和中国是兄弟）的友好国家。后来令我汗颜的是，"唐僧西天取经"的主要地方正是今天的巴基斯坦，而"印地秦尼帕伊帕伊"就是乌尔都语！

提起"印地"，我当时还真知道什么是"印地语"。因为我在外国语学院的一位同班同学杜超文以前留苏时学的就是印地语。他经常说"买轰买轰"（我是我是）来回答我们什么是印地语。教我们乌尔都语的老师们说，乌尔都语是印度和巴基斯坦的通用语言，可私下纳闷"乌尔都"同这两个国家的名字怎么也沾不上边哪！亲戚朋友和老同学听了，开玩笑地说你学的是鸟语吧。看，乌（尔都）语竟变成了鸟语，倒是通俗易记！不管是什么语，反正学习这种语言是组织的安排、组织的信任和组织的需要。我作为学生的本分或天职就是学好功课。由于有了整整两年英语专业学习的经验和教训，我改学另一个语言专业竟学得出类拔萃。我的乌语学得比英语扎实，听、说、读、写、译五会在全班都数一数二，老师夸奖，同学羡慕。学习好的窍门说来也没什么，不外是有在北外学专业外语的基本功和

两年的英语底子，以及我一门心思扑在学习上的寒窗苦读的精神。对于学生来说，学习好就是一种成就感，就是最大的奖赏！而成就感和奖赏自然增加了自己进一步学习乌尔都语的兴趣。这是一种宝贵的难得的良性循环。

凡是学专业外语的都有这样切身的体会：即，一二年级口语最溜，往后年级越高好象越不想溜嘴皮子了。我们在二年级时不但同班之中猛练会话，而且也敢同三年级的印地语师哥师姐们用乌语交谈。在交谈中发现他们不但听得懂，而且对乌尔都语颇有兴趣。原来印地语和乌尔都语书写不同，前者使用天成体，后者采取波斯体，表面看完全是风牛马不相及。但说起话来，特别是拉起家常，犹如一个语言，可以说同语不同文。照学长们的话说，印地语虽然是印度的国语，与英语同为官方语言，但作为"普通话"或者交际语来说，印地语和乌尔都语在口语上就大同小异了。特别是在司法词汇上，印地语大量采用乌尔都术语。因为在南亚次大陆的过去七八百年的历史中，乌尔都语一直是老百姓的普通话。当时的官方语言先是波斯语，后来是英语。老百姓没有受到足够的教育，讲不来统治者的语言，就用简单易学的乌尔都语相互沟通了。因此，政府规定老百姓打官司时可以说乌尔都语。

我们的乌尔都语专家是印度人，叫阿满德。他教我们的乌尔都语实际是印度斯坦尼语，即南亚次大陆的普通话，一种似印地语更近乎乌尔都语的语言。这就是为什么我们乌尔都语学生能同印地语学生一起会话的缘故。我对乌尔都语的用处越了解，学习的劲头越大。看来，乌尔都语居然是巴印两国的普通话，我还学对了，今后能做两个国家的工作，比学缅甸语的用处还大，于是对"塞翁失马"有了深切的领悟。在后来的工作中，我有机会到阿富汗、孟加拉国和尼泊尔三国，发现在这三个国家里乌尔都语也顶用。如今，乌尔都语在英国是仅次于英语和法语的第三大交际语言，在海湾国家完全用得上。我现在感觉不但学乌尔都语是学对了，而且庆幸自己因为学了乌尔都语而不虚此生。

在学习语言的过程中，通过政治学习和浏览报刊，潜移默化地感到印度在变友为敌，而巴基斯坦越来越同我国志同道合，巴基斯坦引起我的注意和敬重。一个令我一辈子不能忘怀的事是，巴基斯坦外交部长佐勒菲卡尔·阿里·布托在联大的发言刊登在《人民日报》，起码是一个整版。他在发言中大骂苏联外长马力克是沙皇，是搞霸权。当时，我已经有了以苏划线的意识，端着饭碗，站在阅报栏前面边吃边看，佩服布托，敬佩布托，由布托外长代表的巴基斯坦的友邦形象在我的脑海中鲜明地树立起来，这形象随着岁月的推移，不断地加强和增辉。当时在《人民日报》友邦排行榜上巴基斯坦稳居在社会主义国家之后，在对我国真诚友好合作上不是社会主义国家，胜似社会主义国家。

半个世纪过去，在我国的好朋友中，只有巴基斯坦一直是铁哥们。在联合国恢复我国合法席位的斗争中巴基斯坦仗义执言，处处打头阵；在涉及我国核心利益的问题上，巴基斯坦一直是我国可靠的支持者；在中美建交上巴基斯坦总统亲自牵线搭桥成为国际关系史的一段佳话；在文化大革命的那段岁月里，毛主席把巴基斯坦领导人赠送给他老人家的芒果转送给工农兵，使得巴基斯坦的美名在我国更是家喻户晓；在2003年非典时期，国际航空公司中只有巴航照开中国航线不误，称"中国发生病情，巴基斯坦要关照"；2008年四川汶川大地震，巴基斯坦把军队全部帐篷，用仅有的3架C130运输机同时起飞，运往我国，支援灾区。这是后话。布托当年的联大发言使我学习乌尔都语的觉悟提高到学习友好邻邦巴基斯坦的国语的觉悟。

1962年10月对印自卫反击战后，我们学乌尔都语、印地语和英语的部分北大学生被派往西藏做印度被俘人员的工作。当时，我因病住院未能投笔从戎，终身感觉十分遗憾。次年春，他们凯旋而归，我班同学的乌尔都语提高了一大截。他们说，给被俘人员上课，可"被俘人员"的乌尔都语怎么说，他们拿不准，自然先请教学印地语的。他们也不知道，那只好用英文了。后来听被俘人员说话中称自己为"盖地"（quidi），同学们才恍然大悟，这不是乌尔都词嘛，真是踏破铁鞋无觅处，得来全不费功夫。教育印度被俘人员证明用乌尔都语比印地语效果要好得多。可见，在印度，老百姓（士兵和下级军官就是穿军装的老百姓）听乌尔都语比听印地语更容易。"盖地"事件使乌尔都语声名大噪，在我们翻译中有一位外交部干部在印度学的是印地语，他说，全印广播电台的印地语广播好多印度老百姓听不懂，可他们却听得懂该电台的乌尔都语节目。他主张印地语干部多学乌尔都语对工作有好处，并身体力行地学习乌尔都语。后来，我有机会到印度、孟加拉国、尼泊尔、阿富汗和斯里兰卡。我同当地朋友闲谈，除斯里兰卡，大都能懂乌尔都语，或者说能听懂印度斯坦尼语。即使在斯里兰卡，那里的朋友看印度电影多，也会说出几个雷人的乌尔都词。因为，印度电影的对话和歌词大多是印地

语口语，实际是乌尔都语。印度和巴基斯坦电影曾经在我国风靡一时，可是，并不是人人都知道，那些脍炙人口的主题歌的歌词就是乌尔都语啊。

1963年我和另外三位同学被分配到外交部，但部里派我们到北京广播学院进修乌尔都语一年，教我们的是巴基斯坦专家卡菲尔夫妇。老师们把我们的乌尔都语巴基斯坦化了，变成巴基斯坦国语的乌尔都，变成"纯乌尔都语"了。词汇多用阿拉伯词和波斯词，同印度斯坦尼语拉大了距离，离印地语就更远了。这样，在事实上，我们今后工作对象就越加明确，那就是我们的挚友邻邦巴基斯坦。

1964年进修结业，我们被分配到翻译队。次年3月，巴基斯坦总统阿尤布·汗访华，我有幸给代表团当翻译，第一次有机会零距离地接触中巴两国领导人，感知巴基斯坦，感悟中巴友好的重要性。我的具体工作是给代表团随行官员当口译，帮助总统侍从副官采购。由于我是代表团里唯一的乌尔都语翻译，同我搭话的还有代表团的主要贵宾，如总统的女婿奥兰则布王子等。这也许是巴基斯坦朋友们在外国听到乡音倍感亲切的缘故吧，无论我讲的乌尔都地道与否，反正是他们的家乡话。由于我讲他们的国语，我得到代表团的青睐，我在哪里当翻译，哪里的气氛就热烈起来。我当时没有十分在意，可后来阿尤布·汗总统访华记录片上映后，我在沈阳的家人写信告诉我他们在片子里看到了我，他们感到很自豪。我觉得我能出现在片子里反映了乌尔都语的魅力和巴基斯坦朋友对他们国语的热爱。对我来说，我沾了乌尔都语的光，我庆幸学了乌尔都语！同样地，在接待中，我看到了刘少奇主席、周恩来总理、陈毅元帅等我国领导人，感到万分幸福，心里完全明白，若不是学了乌尔都语，若不是参加接待友好邻邦巴基斯坦代表团，我能有此幸运吗？

在这次接待中，阿尤布·汗总统一行的言谈举止给我留下了深刻印象，他们的英语地道，大都是一口伦敦音，穿着整齐，军人军装笔挺，文官西装革履，女士夫人们都着漂亮的纱丽。各个精神，不卑不亢，君子淑女。我当时想他们代表的巴基斯坦一定是个温和现代的国度。他们见到上级，或聆听上级训话，尤其是军人，则立即挺身立正、两臂垂下、双手手心向后。他们热爱国语，但也敬佩英语讲得棒的。前联合国副秘书长冀朝铸当时是主要英语翻译，他的英语地道，声音洪亮，是我们翻译的偶像。我不止一次地注意到，他一出现，一些巴基斯坦朋友，尤其军官竟下意识地挺身立正了。

1970 年 11 月巴基斯坦总统叶海亚·汗访华，这次参加接待代表团的有两名乌尔都语翻译，我的老师山蕴和我。在周总理为叶海亚·汗总统举行的国宴上，我被周总理亲自介绍给总统阁下，让我终生难忘。给代表团当翻译在进入宴会厅后的习惯动作就是第一时间找到自己服务的地方，浏览该桌的中方领导和外国客人的桌签卡，并且尽量记住，以便宴会交谈中胸有成竹地介绍。那晚，我也是习惯成自然，到我要工作的地方了。不料，一位礼宾官忙把我拉走。这时，宴会厅响起迎宾曲，周总理陪着叶海亚·汗总统已经进入大厅。礼宾官把我带到周总理面前，我木愣愣的，不知做何反应。周总理指着我用英语说："He speaks Urdu." 我的翻译本能让我立即用乌尔都语向总统阁下问好。记得总统还问我在哪里学的乌尔都语。周总理日理万机，还记得我这个乌尔都翻译，而且记得有两个，一男，一女。据礼宾官后来告诉我，我的老师已经被周总理引见了，追问另一个乌尔都翻译在哪里。周总理把我们介绍给巴基斯坦总统是要表示中国尊重巴基斯坦，我们有你们民族语言的翻译人才，在场的就有两位，而且有男亦有女。周总理会外语，但他极少讲，他用英语把译员介绍给外宾，那是对外宾极其尊重的表示。从这个外事插曲可以想象到巴基斯坦在我国领导人心目中的地位，掂量出中巴友好的分量。

我入外交部后，在翻译队业务搞得不多，好象政治运动一个接一个。1966 年，"文化大革命"就开始了。学习毛主席著作，写大字报，参加部里部外的运动，搞翻译的差事就更少了。那年底，我部的部分外语干部被外文局借调参加《毛泽东选集》翻译出版工作。这些干部主要是学非通用语的，当然主要来自我们翻译队，我也是其中一个。我们这些人大都是运动中的逍遥派，参加毛选翻译让我们有用武之地，用实际行动宣传毛泽东思想，我们痛痛快快地来到设在西郊友谊宾馆的毛选翻译室。未成想，这样一来我同乌尔都语笔译竟结缘了 8 年，而且，险些"走火入魔"，想舍弃外交生涯，正式调入外文局，以乌尔都语笔译为职业。阴错阳差的是，等我的几次请调报告终于得到部里批准的时候，外文局却希望我继续"借调"，有了名额再"转正"。这对我搞乌尔都笔译的狂热犹如被泼了凉水，我变得现实了，明白我还是继续留在外交部，以乌尔都口笔译为工具，继续做对巴工作吧。我回部里问主管同志，我不调了，可以吗？得到的回答很干脆，就等你这句话呢，并马上让我回原单位亚洲司。从此我心无旁骛，自觉地在司里或驻巴使领馆轮岗工作，直到 2000 年退休。

在文化大革命运动中，友谊宾馆客人寥寥，除主楼以外，可以说其他楼都空荡荡的，大小院庭也都是静悄悄的，在这萧瑟的氛围里唯有我们"毛选翻译室"所在的南配楼人气旺盛，特别是三顿饭的饭口时间，我们出进有说有笑，热热闹闹，未想排队走，胜似结队而行。整个楼昼夜有灯光，尤其夜晚灯火辉煌，因为我们是常住，晚上也工作，甚至开夜车。运动中的逍遥派在这里都变得积极起来，用自己的一技之长，自己学的非通用语，让毛泽东思想早日照亮全世界。我觉得我们"毛选翻译室"的人才是又专又红的人。

我们乌尔都组来自外文出版社、北京大学、总参和外交部等不同的单位，但都是在北京大学学的乌尔都语。里面有我的老师山蕴、刘士崇、汪绍基、李宗华，前三位已经谢世，李老师还健在。其他的不是我老师的学生，就是我的同学和我同学的学生。大家分成三个核稿组，老中青三结合。中国人核稿，核的是巴基斯坦专家根据毛选英译本译出的乌尔都译文。我们依照中文本，参考英文本或俄文本核校，在理解上有问题找中文编辑质疑，乌尔都译文有商榷的地方，向专家请教，我们的行话叫"问问题"。一个人核校后，将改好的译文交给组长，组长审核后，交给专家审阅。然后，组里打出发排稿，送外文印刷厂排版付印。我们不但参与翻译的全过程，而且从看清样、校对，到看机样、看样书，出版的一套业务也都干。可以说，搞毛选我们做到了脑体相结合。我接触到专家有扎希德·乔德里、拉希德·巴特和阿法兹·拉曼等。

这些专家都是在巴基斯坦新闻界很有名气的。乔德里先生一看就是个专家学者，来华前是巴基斯坦主要英文报纸"黎明报"驻伦敦特派记者，除搞毛选翻译以外，他想身在中国研究中国。他对我新华社每日英文电讯稿十分珍视，哪天没有收到，他心神不定，坐卧不安，一旦得到眉开眼笑，如获至宝。但他务正业，按时上班，聚精会神搞翻译，认真回答我们的"问题"，下班后或在办公室或回住处研究。他的英文水平很高，但他不自恃。他说他是在工作中学习英文的，用英文思考说英文、写英文。由于英文好，理解原文自然也好。可是，"实践论"和"矛盾论"的两篇哲学巨著，他个人请他人翻译，并且告诉我们他理解原文不成问题，但对乌尔都语的哲学术语和表述他拿不准，就请朋友翻译了。从来说文人相轻，可这位不苟言笑的巴基斯坦文人在跟我们说这些话时却很坦然。显然，一个外国人对翻译毛主席著作是何等的虔诚、认真、严肃啊。他同我们相处严肃有余，可有时也很有人情味，特别是在问问题时，你能用比喻的方式说清楚你要问的问题，也就是明确告诉他翻译错了。他不但不恼羞成怒，反而心悦诚服，马上改了过来，眉宇间露出慈祥。他兴致来了，会自报家门，说他原先搞工会工作，后来改行当记者，称在他的老家拉合尔，大人小孩都认识他。后来，接触到其他巴基斯坦朋友，提起他，真是大都知道他。他是旁遮普人，在翻译时，不自觉地把旁遮普词当乌尔都词用了，而且我们准能在"英乌词典"里找到。我们也不挑明，但问问题时我们采取迂回战术，让他自觉改正。

拉曼和巴特两位年轻专家是巴基斯坦主要乌尔都文报纸"战斗报"的记者，他们俩是巴著名进步作家肖克特·西迪基的门生，文笔精彩，对华友好，至今同我们这些中国老同行有联系。他们在华搞完毛选翻译又翻译中国文学著作，汉语能听会说，据说《人民日报》的头版新闻也能猜个八九不离十，都是地道的"中国通"。拉曼初来中国还是个单身汉，晚上活动多些，在上班时往往笔译时打盹，我们看到有时捅捅他，有时当作没有看到。但他的敬业精神体现在他的总的工作效率和信达雅的译文上。后来他结婚了，夫人也是记者，夫妇来华工作期间，夫人写了系列报道刊登在《战斗报》上，向巴基斯坦介绍中国。他们的孩子叫韩大鹏，看，他们给自己的孩子起名也不忘中国。

说起巴特，他还当过中国的女婿呢。他初次来华已经结婚，夫人很富态，跟我们好象没有搭过话，典型的穆斯林家庭妇女。后来，他再次来华工作时已经是光棍，但有个女儿。搭我国改革开放的福，他续弦一位中国女工。据说，他们结婚还经我国领导人批准的，成为改革开放的一段佳话。随着改革开发的深入，外文局搞非通用语"以商养文"，巴特在巴基斯坦接待局里乌尔都组"跑单帮"的人员一拨又一拨。外文局探索当地出书的路子，巴特在巴基斯坦出面走这个路子，他以自己作为译者在当地出版中国书。

开始，我们出毛选单行本，单行本出齐后出《毛泽东选集》，第一至第四卷都出版了。我们搞完毛选，还出版了我国一些文学著作的乌尔都文版。在这8年的笔译工作中，我的乌尔都语水平提高不少，但更重要的是，我对乌尔都语更加热爱，爱屋及乌，对把乌尔都语作为国语的巴基斯坦的印象越来越好，对巴基斯坦人民的中国情结体会也越来越深了。

1972年部里派我去我国驻巴基斯坦使馆工作，结束我在外文局的第一次借调，

当时"毛选翻译室"乌尔都组全体同志到机场送行。这是我在外交部第一次出国工作，已经到了"而立之年"。到机场送行的除了干部司的李再文同志以及我爱人和我的两个三四岁的儿子外，其余的就是几年来一同翻毛选的同事，10多个人，感到外文局成了我的"娘家"。记得我们在机场还吃了饭，也没有花多少钱，不像如今在机场吃"天价"饭，而且现在送行的人也进不了候机厅。这第一次常驻就6年，回国时人已经中年，我的青春年华献给了我国对巴基斯坦工作，献给了中巴友好，我无怨无悔。

从1957年离开故乡沈阳来北京外国语学院念英语，我就知道今后要从事国际事务工作。1963年被分配到外交部，我要做外事工作就十分明确。但，我理解当翻译就是做外事工作，对在部里上班还是出国，我并不在意，那是组织的安排。1978年我从巴基斯坦回国，组织分配工作征求我的意见，我说愿再去外文局搞毛选。组织从培养非通用语干部出发，同意我继续借调。我在外文局又干了4年。毛选翻译室对我很有吸引力，因为在那里，我的乌尔都语大有用处，我的外语业务水平能得到不断的提高。

我先从北京飞到上海，转乘巴航到伊斯兰堡。由于印巴关系紧张，班机飞的航线，不飞越印度领土，而是经停广州和仰光，绕印度洋经停科伦坡抵卡拉奇，然后搭巴国内航班到伊斯兰堡。在上海登机后发现只有十来个乘客，而且都是中国人，到广州也没有上几个乘客，但到仰光，飞机差不多就坐满了。后来我知道，巴航在中国境内不论乘客多少都照飞不误，这是巴基斯坦对我国的友好表示。回想起来，我一进巴基斯坦国门（巴航是名副其实的巴基斯坦国门！）就感受到了中巴友好的温馨。但到了卡拉奇我却不能在机场转飞伊斯兰堡，因为第一次长途飞行，我甚感晕机，身体吃不消了。跟总领馆招待所接机的同志报告后，我被拉到招待所，次日飞伊斯兰堡。在招待所又闹出笑话。与我同屋的还有养蚕组专家们。房间酷热，我只知道开电扇降温，看来以后得在巴基斯坦这个"大蒸笼"里工作了。一位专家来到我床边，打开了窗台下的大"收音机"，一会屋里就凉快起来。我很吃惊。他说这是冷气机，我才有了"冷气机"的概念。现在称之为的"空调机"，那时，巴基斯坦已经普遍使用了。

次日，天气晴好，我同养蚕专家们一同飞往伊斯兰堡。抵达后，我们分道扬镳，我开始了6年的国外工作和生活。使馆在巴外交部宿舍区，后面就是"中国广场"，主体为一栋工字楼,是办公和宿舍所在。前院有宴会厅,一大片草坪和一排排车库,后院是电影厅和菜地。现在回想,使馆给我最初的印象是一个工厂。因为几乎每个窗户底下都装了空调机,在屋里不太感觉空调机的轰隆声,但在外面那合奏的声音听了犹如进了一座工厂。一年大半时间得开空调,否则酷热难忍,工作干不了,生活过不下去。特别是,没有空调,不能入眠。宿舍一般是整天开空调,入睡前关掉,才能有一夜的安眠。偶尔你失眠,你会感受到热气逐渐地从天花板往下压迫,直到你不得不重开空调把热气再推回去。因此,凌晨空调声起,差不多等于公鸡报晓了。

在巴基斯坦这样的热带国家,没有空调可以说工作难搞,生活不了。巴基斯坦人祖祖辈辈生活下来,可能习以为常,但也是怕热。露天工作或出门在外,起早就晚,男包头,女罩衫,尽量抗热。电扇早已经进入寻常百姓家,连监狱都装上了。那时,巴基斯坦电扇质量已经过关,名副其实地经久耐用,连转一两个星期不在话下,但巴基斯坦电扇不能驱逐巴基斯坦的酷热。老百姓一般使不起空调,电扇的作用有限,他们睡觉都在午夜过后,而且床架在房顶上。由于太热,苍蝇和蚊子都几乎绝迹,因此,他们也不担心蚊虫叮咬。可我们援巴专家们硬是不享受巴方本可以提供的空调,说中国专家愿与当地人民"三同"(同吃、同住、同劳动)。专家们为了很好地工作和生活过得下去,发挥他们的聪明才智,为自己创造了土空调,就是门窗挂湿草帘,用鼓风机吹湿草帘,达到室内降温的目的。其实,前苏联等国的专家都用空调,巴厂方官员也用空调,我们专家用,完全正常,并不脱离"群众"。1978年我们搬进新馆址,把使馆的空调送给我们专家用,他们才不脱离"群众"。

由于酷热是我在异国他乡的第一感受,所以如鲠在喉,先吐为快。下面说我在使馆是干什么的。我的工作是搞调研,看报纸、听广播和看电视,及时地写出调研报告,完成领导交给的口译任务,或为领导翻译或陪工勤采购。乌尔都语是我工作的工具,我的乌尔都语特别有用场,在使用中我也受益不浅。先说听广播,一天要听上六七次,巴基斯坦台的全印广播电台,BBC、VOA,每天一睁开眼,先打开收音机,听新闻,记录新闻,因为大使吃早饭前在他的办公室等我报告新闻呢。以后,每当他外出活动之前,我还要当面报告要闻。我每逢听到重要消息,有权立即当面报告或递纸条报告。六年中我按时听广播和看电视,捕捉新闻,在疲累之余，我的乌尔都语和英语的听力和语感都提高了。张彤大使在一次使馆会上讲，别的不说，小安一年365天能坚持听广播就不简单。那时，40岁以下的馆员都是小字辈。馆长的话是给我的最大奖励。我那时听的巴基斯坦播音员中就有现在是巴驻华大使的马苏德·汗阁下。一位女播音员当时叫夏亦斯塔·汗，我几次常驻都听、看她的新闻节目，有一次打出的字幕为"夏亦斯塔·宰德"，我就知道她已经名花有主了。因为巴基斯坦女子婚后一般随夫姓。不过，也有例外。巴基斯坦前总理贝娜齐尔·布托嫁给现任巴基斯坦总统阿西夫·阿里·扎尔达里就保持了她的原名，而不称"贝娜齐尔·扎尔达里"。

后来，由于工作岗位改变，馆领导都懂外语，我听广播看电视、跟踪时事的习惯并没有改变，调研主导我的工作也没有改变。做对巴工作，国内国外共28年，接触的无论是巴方的高官、一般官员、还是普通百姓，我刻骨铭心的印象是：他们希望中国好，希望从中国得到支持与援助。他们因此，对我国的核心利益极其热心，无保留地支持与配合。同巴方接触、交涉、办案是非常顺利的，每次都增加对巴政府和人民的敬仰，增加对中巴友好的信心和自豪感。

每天听乌尔都语，说乌尔都语，越来越感到乌尔都发音清楚，响亮，词汇多为单音节，好学又好记，中国人一张口讲乌尔都，巴朋友十分爱听，立即友好热情，什么事都好办。使馆的工勤人员都学乌尔都，我当然是他们的老师。我们主管工勤的张玉松三秘乌尔都学的不错，凭他的乌尔都，对巴朋友的发自内心的尊敬，以及公文包里的"巴姆"（清凉油）到哪里办事，都一路通，顺当办成。我们的厨师起初采购，买鸡蛋和牛肉都靠比画，东西虽然买到，但出尽了洋相。学点乌尔都用语，办事效果立马显现。乌尔都语有两个常用词"阿恰"（好、好的、行）和"提克嗨"（是的、可以、对的）。工勤同志用这两个词，以不同的语调，配合各种手势与表情什么都能买到，甚至可以砍价。明明5个卢比，给3个卢比，说声"提克嗨"就拿走了，让店主哭笑不得，以友情为重，挨了中国朋友的宰，他也高兴。

乌尔都语是巴的国语或普通话，能激发巴民族的情感，凝聚巴国家的团结。每逢我国代表团访问，只要我方讲话，乌尔都翻译一开口，全场马上群情沸腾，好象他们已经懂得了要翻译的讲话内容。每逢这个场合是我们当翻译的最幸福的时刻。巴政治家也看重乌尔都的唤起民众的作用，他们竞选，接触群众，电视广播讲话都用乌尔都。布托父女的英语很棒，但从政之后，乌尔都语水平提高极快，前者一任总理，后者二任。他们之间执政的哈克总统在发展乌尔都语上功不可没。他当总统 11 年做到了国宴致辞用乌尔都语，这无形中提高了乌尔都语的地位，为国语取代英语的官方语言的地位创造了条件。由于他重视乌尔都语，我们为巴基斯坦贵宾举行国宴，讲话也用乌尔都语。但后来的巴基斯坦领导人不知道为什么没有坚持下去，乌尔都语的官方语言地位又遥远了。应该说，巴上层人士英语远好于乌尔都语，因此，说英语能充分表达自己，听英语立马明白，概念清晰，文件档案自然是英文了。从这个角度来说，在巴基斯坦工作，英语好，工作好；英语平平，乌尔都语好，工作也好；英语一般，不会乌尔都语，工作平平。这是一家经验之谈，仅供做巴工作的青年人参考。现在，我国能口笔全能的乌尔都语翻译人才越来越少了，这对发展中巴友好不太有利。希望有关领导给予高度重视，也希望乌尔都语专业学弟学妹们能充分考虑：乌尔都语和英语如同鱼翅和熊掌一样，是不能同时兼得的，会两种语言固然好，但要精益求精，恐怕还是先把本科学好，国家今后用你的也是本科，要知道有多少莘莘学子是以英语为本科的，把用英语工作的机会让给他们吧。

　　凡是在巴基斯坦待过的人都会感到中国人在巴基斯坦受到贵宾的待遇。不少的同志还到过别的国家，他们有比较，更认为中国人只有在巴基斯坦才得到了贵宾的礼遇。我们假日采购或逛商店，店主都主动请我们进商店坐坐。我们说不买东西，他们还是热情不减，让我们坐下，并冷饮或奶茶招待。他们说，我们都是"周恩来"，是他们的朋友。这种发自内心的情谊在拉合尔更是炽热。因为在 1965 年印巴战争中拉合尔的火车站都遭到了印军的炮击，而我国的对印严正警告和对巴的全力支援使得巴百姓避免了进一步的战火涂炭，他们对我国的感恩之情报答在所有长得像周总理的中国人的身上。一位在机场工作的移民局官员为表示他对中国如何友好，甚至说他对每一个入境的中国人都多加关照。我们马上告诉他，十个手指还不一边齐呢，中国人里也有坏人，你可别放过坏人。有一次，我们去游览胜地莫里山玩。在下山时发现车辆走不动，前面发生了车祸。当地官员指挥所有巴基斯坦车辆一律拉运伤员下山去医院，但放行我们这辆使馆车。说实在的，是拉伤员，还是离开，拿不准主意，我们也只好"客随主便"。按照他们的指挥，开走了。有很长的一段路，就我们一辆车在行驶。……

　　坐在我右边的张春祥大使指着舷窗说飞机快到石河子了，我从回忆里回到了

现实。只见窗外冷月如昼，远处有晶莹般的白点点在万籁中向我们眨眼，那是天山。近处一片平野，之中有房屋的轮廓和闪闪的灯光。那天是阴历八月十四，银盘几乎圆满，泻下的光辉异样的明亮。若不是大使阁下指点，我还以为快到横亘在中巴边境的雪山群峰了呢。张大使是我国乌尔都语学子出身的第二位驻巴基斯坦大使，在李主任委员的随行人员中礼宾次序列第二位。他也是北京大学东语系毕业，把自己的青春年华献给了中巴友好事业，是一位"有一半巴基斯坦人认识他，他认识另一半巴基斯坦人"的中国大使。从我国驻匈牙利大使的岗位退休，阔别巴基斯坦 4 年后，一登上飞机尚未落座，一些巴基斯坦朋友已经认出了他。远处打招呼的那位是伊斯兰堡现代语言大学的校长，我座位前面的拉扎·汗看到张大使更是像老乡见老乡。前者是巴现役少将，后者是巴籍华人，如今已经是拉瓦尔品第华人协会会长。拉扎·汗是我国内特邀的代表，参加北京天安门前国庆 60 年阅兵观礼后回伊斯兰堡的。他兴致勃勃地向我们讲述了盛大阅兵的观感，并且约我们到他家做客。

北京时间已经是 3 日，坐在前排的李主任委员还在同他的秘书王昱一起修改讲话稿，一会儿前者亲自到后者的坐处，一会儿后者送材料到首长处。李主任委员的夫人秦小梅是中国前外交官联谊会副会长，在李主任委员的随行人员中礼宾次序列第一位，她坐在这样通宵达旦工作的首长的旁边是决然休息不好的。

其实，我们一行荣幸地前往我们最友好的邻邦巴基斯坦并出席巴政府庆祝我国庆 60 周年招待会，心想神往，谁又能睡好呢？我个人还将在招待会前接受扎尔达里总统的授勋，当然更是一点睡意都没有啦。

由于时差 3 个小时，我们抵达伊斯兰堡仍然是 2 日晚上 10 点。我国驻巴基斯坦大使罗照辉夫妇和巴外交部东亚司长伊夫蒂哈尔等到机场迎接。阔别伊斯兰堡已经整整 10 年，但机场仍然如昨天还来过。巴基斯坦建设的变化不大，而且建设也是静悄悄进行的。他们建房筑路很少使用卷扬机、塔吊等机械，搬运材料往往靠的是人头顶、驴驮拉。因此，建筑工地往往不制造噪声，但工期很长。楼房、别墅、公路、立交桥等，在人们不经意的情况下，以年为时间计算单位，竣工，投入使用。看，贵宾室已经改大，修葺一新。出了机场，一路上肯定有新的建筑，隐藏在夜色中。这新建筑的代表就是我们下榻的萨里纳饭店。我记得 1999 年还是块"圈地"，如今已经建成，并且事实上取代了去年遭到汽车炸弹破坏的万豪饭店，成为伊斯兰堡"国宾馆"。巴基斯坦本来有国宾馆，在离伊斯兰堡14公里的姊妹城拉瓦尔品第，花园很大，古树参天，建筑古色古香，我们的司机曾在树上摘过硕大的灵芝呢。后来，巴方越来越多地安排外国代表团下榻在伊斯兰堡五星饭店万豪饭店，方便代表团在首都的活动。万豪饭店实际成了巴基斯坦的"国宾馆"，拉瓦尔品第国宾馆后来改为一所妇女大学。

一路上，新的建筑羞涩地躲藏在夜色里，让人找得好苦，但那荷枪实弹的警察和宪兵不时闯入我们的视野，那一个又一个的路障迫使我们的车队减速再减速，犹如行驶在之字形的道路上。坐在车上，联想起机场的萧条景象，感到我们误进了"战区"，真的随时可能遭遇恐怖份子的袭击。我们下榻的是"国宾馆"，作为"老巴"，我决然没能想到车队走的是通往饭店后门的路，而且不长的一段路居然有几个路障，车队简直如蟹行。这段路和后门有不少的武装保安人员。我还没有进入"国宾馆"已经切身感到我们友好邻邦巴基斯坦反恐的严峻形势，深深同情巴基斯坦的困境。本来想次日向团领导请假看看据说已经修复的万豪饭店，旧地重游，进入戒备森严的"国宾馆"后自己主动地打消了这个念头，别给使馆和巴方添乱，个人的安全也应重视啊。

次日，我们代表团安排了一日的正式活动。白天，拜会吉拉尼总理，会见使馆全体及在巴中资企业、留学生、华侨华人代表，见缝插针去了周总理等中外领导人植纪念树的夏克帕里亚友谊山和闻名遐迩的费萨尔清真寺。晚上，赴总统府拜会扎尔达里总统，出席扎尔达里总统为我授勋的仪式，出席巴政府庆祝我国庆60周年招待会。

整天出出进进，看到了伊斯兰堡的美丽和壮观不减十年前，那阳光下的白色建筑系列费萨尔清真寺、议会大厦、总统府、总理府、政府办公大楼、最高法院、外交部，熠熠生辉，纯洁和简约，而我们下榻的萨里纳饭店外形是白色古堡，内部装修古典雅致，件件家具真材实料，绝对是一流建筑物。但每处都是"重兵把守"，都成了战场的"工事"，正门成了摆设，都得从后门而入。特别是使馆区整个成了"军营区"，过去每个使馆大门前架设栏杆，个别的还设活动吊桥，检查车辆出入，防止车、人闯入。现在，在使馆区马路"周恩来路"的入口处警察正式设哨卡，路上路障重重，整个路上见不到其他车辆，路旁树密草深，各使馆大门紧闭，使馆区显得荒凉、惨人。听说，到使馆公干的人要在哨卡换乘警方的专车才能前往。

这完全是战争状态。回想 1972 年我初次来使馆工作，那时傍晚能听到豺狼的叫声，宛如小孩捉迷藏相互逗引发出的稚声细语，那是和平的氛围。平时，我们自由出入，或步行或开车，而巴寻常百姓都可以进使馆传达室要画报，我们一律冷饮招待。恐怖主义在这短短几年把人间天堂般的伊斯兰堡祸害得如此凄惨，是可忍？孰不可忍？巴基斯坦反恐最坚决，但付出的代价也最大呀！

在感受反恐的严峻形势的同时，我们也亲眼目睹巴基斯坦在反恐的斗争中坚定自信，没有放弃发展自己的努力和中巴友好不受时局的影响仍在继续发展的现实。那拉瓦尔品第和伊斯兰堡交界处"零点"在开拓道路和架设立交桥，场面宏伟壮观，一个加快巴基斯坦各地同首都交通运输联系的总枢纽即将落成。在友谊山附近由我国正在援建的"中巴文化中心"同我国早期援建的"真纳体育馆"相映成辉。听使馆同事说，巴基斯坦政府已经给我使馆划拨一块比现使馆面积大许多的地皮建新使馆。这都见证着中巴友好是经得住时间考验的、全天候的、全方位的，也是万年常青的。

然而，体现中巴友好最生动的事例就是 3 日晚在总统府举行的巴基斯坦政府庆祝我国庆 60 周年招待会。扎尔达里总统和吉拉尼总理亲自莅临，并同胡锦涛主席特使李肇星主任委员一起切庆祝中华人民共和国成立 60 周年蛋糕，扎尔达里总统和李肇星主任委员发表讲话，中巴文艺工作者联袂献上文娱节目，会场群情激奋，洋溢着中巴友谊。巴参议院主席、三军参谋长、政府数十位部长以及我驻巴大使罗照辉等中巴各界友人近 500 人出席了这盛大招待会。

扎尔达里总统在讲话中代表巴政府和人民向中国政府和人民祝贺国庆 60 周年，表示中国的发展符合本地区各国的利益，有利于亚洲乃至世界的和平与发展，祝愿中国继续走向繁荣富强。巴政府和人民感谢中国长期以来为巴经济社会发展所提供的慷慨援助和支持，坚定支持中国在台湾、涉藏、涉疆等涉及中方核心利益问题上的立场，期待着进一步加强与中国在农业、基础设施、能源等领域的技术合作。扎尔达里总统表示，巴历届领导人和政府均重视与华关系，对华友好是巴外交政策重要基石之一。他本人和现政府将秉承这一传统，继续致力于巩固巴中友谊，拓展巴中合作，共同促进地区和谐，维护世界和平。

他盛赞中巴友谊源远流长，根深叶茂，历久弥坚，两国全方位合作，互惠双赢，造福于两国人民。喀拉昆仑公路和瓜达尔海港是我们两国深厚友谊的众多象征中的两个。他指出两国的友谊深深地扎根于两国人民的心中。巴基斯坦一直坚决支持中国，巴基斯坦人民一直坚定地站在中国人民一边。巴基斯坦政府和人民将永远牢记中国所给予的全面的和及时的支援。巴基斯坦极其珍视同中国的友好与合作。他追忆布托父女为发展两国友好合作殚精竭虑，他任总统后效仿他的已故领导人佐·阿·布托和贝·布托，向中国学习，身体力行地把中巴友好传下去，并推向新的高度。他安排自己的3个孩子在去年北京奥运会期间访华，要他们像他们母亲贝·布托一样向中国学习。他本人上任后每3个月访华一次，到中国各地取经，学习中国建设的宝贵经验。

他强调说，中国是地区稳定的根本，中国已经跃为世界的第三大经济体，中国的经济还在继续发展，中国的经济欣欣向荣体现了中国领导人的英明和中国人民的勤劳。包括巴基斯坦在内的世界各国都从中国的经验中受益非浅。他本人对中国人民取得的巨大进步和中国领导人远见卓识颇为感动，认为可以从中国的经济成功发展中学到许多，可以充分地借鉴中国的成果经验和先进技术。他相信中巴两国将共同努力，利用两国地缘的便利条件，把两国间极好的政治关系转化为极好的双边经济和贸易关系，让两国人民的明天更加美好，一起为维护世界和平与稳定，增进世界繁荣与发展作出贡献。

扎尔达里总统被巴国内媒体誉称为笑容可掬、慢声细语、行动执着的总统，他讲话的主旋律是希望中国好，向中国学习，同中国互惠双赢，他的讲话受到热烈欢迎。

李主任委员是我国资深外交家，有农家子弟的朴实与坦诚，而胸怀则是诗人的善良与宽厚，他的讲话同样叫人听了亲切，传达了中国政府和人民对巴基斯坦政府和人民的深情厚意，与会者的反响极为热烈。他是我国最高立法机构全国人大的正部级的主任委员，在外事场合是一般不讲外语，要用翻译。特别是，自己发言时总是讲汉语，而外宾用英语发言时有时就不必翻译了。但这次讲话他操的是英语，一下子就同巴基斯坦朋友们实现了零距离接触，因为英语是他们的官方语言。他像与久别的亲人重逢时叙家常一样，语速不快，发音地道，底气十足，向中国人民的知己与挚友巴基斯坦人民致以节日的问候。用诗一般的语言娓娓道来，今天是巴基斯坦庆祝中国国庆，也是中国的中秋佳节，我们中国代表团能在月圆之时，于纯洁的国度（巴基斯坦的本意），同真诚的巴基斯坦朋友们团聚，一起过节感到非常愉快，幸福。这盛大招待会象征着中巴两国人民的家人团聚。

接着，他介绍了新中国成立60年来的光辉历程，特别是改革开放31年来经济社会发展成就。表示中国已经发展为初步繁荣昌盛、充满生机的发展中国家，人民生活水平显著提高。中国在国际和地区事务中发挥着积极的建设性的作用，成为维护世界和平、稳定与发展的重要力量。中国人民正在为建设一个富强、民主、文明、和谐的现代化国家而不懈奋斗。中国取得的每一项成就，都离不开包括巴基斯坦在内的广大友好国家的长期支持和帮助。中巴是全天候的朋友，两国在各领域开展着卓有成效的合作。中国政府和人民珍视中巴传统友谊和互利合作，希与巴方共同努力，进一步巩固和发展中巴战略合作伙伴关系。

谈到中巴相互支持与帮助，他动情地引用中国两个成语"滴水之恩，当涌泉相报"和"吃水不忘掘井人"，恰当地道出了两国关系经久不衰的真谛，表达了中巴人民的相互情意。自我国改革开发以来，随着我国的国力逐渐强大和国际环境不断改善，一些巴基斯坦老朋友时不时心中犯嘀咕，甚至一些巴记者提出中巴友好降温的问题。1993年，前全国政协主席李瑞环访巴时就援引"富贵不能淫，糟糠之妻不下堂"的中国成语，回答所谓"降温"的问题，表明了中国结交新朋友、不忘老朋友的坦荡心怀。事过16年，全国人大李主任委员再次用中国成语，言表中国政府和人民的对中巴友好的一往情深，令在场的中巴人士感动，心潮澎湃，获得热烈的掌声。

在我荣获扎尔达里总统颁给的"巴基斯坦之星"勋章之后，领导让我多见见巴朋友，我立马淹没在朋友的海洋中。巴驻华老大使哈立德·马哈穆德一看就是退休老人，鬓发花白，人仍精神，我疾步向前问候，他注视我胸前的勋章，表示祝贺。在总统府当外事顾问的辅秘哈森·贾维德与我一见如故，忙交换名片。他同巴现任驻华大使马苏德·汗同期在华学中文，毕业后一起留使馆工作，我们那时在工作中结识，建立了友谊。我祝贺他荣任要职。总统府秘书长苏莱曼·法鲁基今年6月访华，我临时借到外交学会全程陪同他。我们都看到了对方，但他是大忙人，找他说话的人不断，我也下定决心等到底。心诚则灵。寒暄的机会等到了，但文娱演出也要开始了。作为部长级的官员，他领着我不是到会场前面，而是坐到马苏德大使的前任、现巴外交部外秘苏莱曼·巴希尔夫妇的旁边。那可是最后的一排呀！客随主便，他们身居高官却有着平常心，坐在后排悠哉悠哉，对中文节目有时还问问怎么回事,我解释后他们会心地微笑。特别是,巴希尔夫人向我致意,对中文节目兴致很高。巴希尔大使夫妇非常热爱中国,想方设法做中巴友好工作,广交朋友,很有人缘。2006年9月5日,我参加巴希尔大使的宴会。过去在亚洲司工作时因主管巴基斯坦事务,一年怎么也有几次参加大使官邸的活动,对客厅还是熟悉的。2000年退休以后恐怕还是第一次应邀到大使官邸,见到久违了的中巴老友非常高兴。因为当翻译的老习惯使然,在入席前急于想看看自己桌的中外朋友姓甚名谁,竟忘记了厅中的那个无水的"水池子",一脚踏空,整个身子摔倒,两根肋骨骨折。大使夫妇亲自问候,并安排送医院急诊。我表示感谢,请他们继续招待宾客,我麻烦张成礼大使安排车辆送我到自己的医疗单位急诊。次日,巴驻华使馆二秘阿蜜娜和中文秘书两位女士来寒舍探视,送花篮,递交巴希尔夫人的亲笔慰问信,我十分感动,觉得为中巴友好贡献两根老肋骨值得。

李主任委员讲话中谈到我国珍视对巴友好,提到中国前驻巴大使张春祥,张大使起立致意,提到中国前驻卡拉奇总领事安启光,我起立致意,"他们为中巴友好献出了全部青春年华"。会后,李主任委员不无遗憾地对我说,他本想在提到我的名字之后加上刚才荣获"巴基斯坦之星"的这位,但"巴基斯坦之星"他记不准乌尔都语怎么说了。是啊,他的结束语"秦巴多斯蒂金达巴"(中巴友好万岁)读得音正调准。这句口号本来在讲稿已经用中文注音,但他从北京机场到进总统府前,硬是练了几遍,才修成了正果。

李主任委员表扬我们把毕生献给了中巴友好壮丽的事业,扎尔达里总统在招待会前授勋给我也是表彰我在加强巴中关系方面所做的努力。在听授勋颂词时,我仿佛重新回到我过去的岁月。1959年学习乌尔都语,毕业后加入外交部,一直在国内或者我驻巴使领馆做对巴工作,直到退休。我做对巴工作有两个方面,一是外交本行,二是编译著作。除借调外文局参加《毛泽东选集》乌尔都文版的翻译,我还同学友赵常谦合译一些巴基斯坦文学著作和重要文献,其中包括贝·布托自传《东方女儿》,编写介绍巴基斯坦的文章,如《贝·布托,巴基斯坦女总理》和《巴基斯坦,年轻而古老的国家》等。退休后不甘寂寞,为中巴友好传承下去,为让青年一代知晓中巴关系的重要性发挥余热,从2005年起在北京大学参加编纂《乌尔都语汉语词典》,2007年开始参与北京大学巴基斯坦研究中心的活动,为促进乌尔都语教学和宣传中巴友好而自奋蹄。我想,巴方在我从外交岗位退休9年后还嘉奖我,主要是知道我退休后仍然在做中巴友好工作吧。一般来说,巴基斯坦每年在8月14日独立节颁布受勋名单,次年3月23日国庆节总统授勋。我等4名中国受勋人员荣列在当年的名单上。马苏德·汗大使通知我择日,或由巴基斯坦总统本人或由大使代表总统在伊斯兰堡或北京授勋。不想,我被安排在这样隆重的场合受勋,在感到荣幸的同时觉得巴方把授勋仪式也作为他们庆祝我国庆60周年的一个活动,是在表明巴基斯坦对中国友好百分百,做友好工作无微不至。这授勋仪式犹如重大庆典中升向天空的无数礼花的一个,尽量增加庆典的吉庆气氛,是主人的多么良苦的用心。

4日晨,我们飞赴拉合尔转机回国。再见,把中国人当贵宾款待的巴基斯坦人民,我的讲乌尔都语的父老乡亲们!再见,我度过16年驻外生涯的巴基斯坦,我的第二故乡!我将带着巴基斯坦人民对中国人民的深情厚意回国,继续为加强中巴友好的伟大事业而发挥一位退休老人的余热。我衷心祝愿巴基斯坦早日恢复和平与稳定,把巴基斯坦建设成现代化温和的伊斯兰社会,衷心祝愿巴基斯坦人民幸福安康。我坚信中巴友好天长地久,因为我们的友谊是建立在原则和道义的基础之上的。2001年,朱镕基总理访问巴基斯坦期间,在庆祝中巴建交50周年的宴会上发表了"风雨同舟五十年,携手共创新纪元"的讲话,其中引用的中国古话就是我的信念源自的哲学:"博弈之交不终日,饮食之交不终月,势力之交不终年,惟道义之交可以终身。"

作者简介

安启光:中国前外交官联谊会会员,中国前驻巴基斯坦大使馆政务参赞,中国前驻卡拉奇总领事。1938年生,辽宁省沈阳人。曾在北京外国语大学英语系学习英语,毕业于北京大学东语系乌尔都语专业。1962年分配到外交部,主要在亚洲司和驻巴基斯坦使领馆工作,先后任科员、随员、领事、二秘、一秘、副处长、研究室主任、参赞。2000年从总领事岗位退休。长期从事巴基斯坦研究和对巴工作,常驻巴基斯坦逾16年。与友人合译《东方女儿》等巴基斯坦畅销书。2009年荣获巴基斯坦总统颁发的"巴基斯坦之星"勋章。

巴基斯坦：我的一部
自编自导自演的人生喜剧

——为纪念中巴建交60周年而作

闫立金
中电科技国际贸易有限公司总裁

　　我出生在拥有"避暑胜地"美誉的承德，但没有想到的是，这辈子我与火热的巴基斯坦结缘，而且一结就是7年。

　　小时候，我喜欢仰望－乡村夜晚深邃的星空，思考宇宙的奥秘，但没有想到的是，这辈子我与竞争激烈的国际贸易行业结缘，而且至今依然奋战在外贸市场一线。

　　——这就是我，一个中国电子信息行业从业者的啼笑人生。

2008年，作者在穆沙拉夫总统家作客

今年是中国和巴基斯坦建交 60 周年。十八年前，我乘着几代人薪火相传建立起来的中巴传统友谊的东风，孑然一身远赴巴基斯坦，白手起家，克服重重困难扎稳了脚跟。而如今，电科国际巴基斯坦办事处的大旗已经飘扬在伊斯兰堡的上空，我们的团队已经深入巴基斯坦社会各领域，以感恩回报的大树情怀滋养着这个干涸的沙漠之国。今天，当我坐在座落于京城黄金地段宽敞明亮的办公室里回首往事的时候，思绪又把我拉回到巴基斯坦那段挥洒汗水和激情的火热的年代……

"热"之初体验

1993 年，我作为一名业务员开始独自一人常驻巴基斯坦。不忙碌的时候，住在花园城市伊斯兰堡还比较惬意。但是，当夏季热浪侵袭时，还是十分难耐。

我在河北承德长大，我的家乡是著名的避暑胜地。每年夏天刚到 30℃，当地人就觉得热得不行了，很多北京人都会来到承德避暑。而在巴基斯坦，经常是持续 1 到 2 周的日气温都在 40℃以上，就连最低的气温也要保持在 36℃左右，气温最高时更可达到 45℃。这还是在绿树成荫的伊斯兰堡。在这种高温下，放在车里的手机如果忘记拿走，两、三个小时后肯定会出问题。夏天这里的热，是不能用语言来形容的。可我却不能因为温度而耽误任何工作，尤其是 6 月的合同谈判期，最高温的季节也是最忙碌的时刻。

我记得最让我感到酷热难当的一次是在 Bahawalpur 测试设备。

Bahawalpur 是位于沙漠边缘的城市，那里条件比较艰苦，天气十分炎热。第一次测试，地点在沙漠的边缘地区，感觉还不是很难熬。然而没过多久，又要进行第二次测试，这次我就没那么幸运了。时值六月，是这里最炎热的时节，让我切实地尝到了南亚大火炉的滋味。

与以往在沙漠边缘进行的测试不同，这次测试需要连续几天深入沙漠，深入的距离都超过 20 公里。为了避免下午最热的时候操作设备，我们是早上 5：00 前就从驻地出发了，由于不时有车子陷到流沙里，车子前进的速度比较缓慢，四下都是一望无际的黄沙。开始，我还感到新鲜有趣，可半小时以后就毫无兴趣了。视野里是一成不变的黄沙，显得枯燥乏味。

出了流沙区，车队一路狂奔，卷起滚滚沙尘，那感觉不亚于电视转播的达喀尔拉力赛。前面车子卷起的沙尘像浓雾一般扑到我们面前，空气中翻腾的尘埃充斥着车厢的每个角落，呛人的尘土味儿直让人嗓子发痒。前方的能见度不足 2 米，后车只能追着卷起的黄沙跟进。

天空如洗，连片云也没有，我想在这样严酷地带生存的动物，它们一定会长着厚厚的盔甲，把自己包裹严实，不然一定会被热浪风化成肉干。车子扬起遮天蔽日的沙幕，遍地只有褐色的骆驼刺，放眼望去，没有一点绿色。

上午 11 点多，我们终于到达了指定的测试地点。当时的温度已高达 56℃，地表温度至少在 60℃以上。以前听说南亚大陆每年都会热死人，从电视新闻上听来，总有天方夜谭的感觉，而此时此刻，我就身处于这灼人的火热之中，没遮没拦地被炙烤着，真担心自己被烤熟——这可不是说笑话。

测试告一段落，我就立即钻到帐篷里，这样至少可以暂避毒辣的曝晒，但仍闷得让人不停地出汗。不时有热风从帐篷外吹进来，那股股热浪就像火上浇油一般，让身体里的热火无处可逃，我只好不停地喝水——真怕自己会燃烧起来。

才躲了几分钟，又要开始测试了。站在帐篷外，灼人的阳光像要把裸露的皮肤晒裂，浑身的汗一下子就被蒸干了，士兵和我的衣服上全都留下一圈圈的盐渍。

在沙漠中，那种酷热不仅能把人烤晕，也把我们的设备折磨得够呛。测试中，有一个设备出了一些小状况。这时巴方负责人把我和技术专家叫到帐篷里问："你们的设备是不是经不起这种烈日的考验啊？""当然不会。"我坚定地回答。这时，一位老专家说："这是靠电流发射的，我先要看看电流方面是否有问题。"我跟这位老专家走出帐篷来到设备前，那可怜的设备在烈日下失去了往日的活力。专家叹口气说："我们好好的设备，放在这么恶劣的地方，不发点脾气才怪！"我赶忙说："这很正常，测试不就是为了看看设备能承受的极限吗？有测试，才能有改进，也才会更好卖。"

"呵呵，"老专家笑了，"小闫，你放心，这设备是我牵头搞的，技术性能绝对过关。"

老专家倒是乐观的人。他拿出万流表开始测量，不过我知道，万流表也是带电流的，你得有个判断，这里的电是通的还是不通的，只有在通的情况下，才能检测，否则被电到可不是小事。在艰苦的环境下，不像在研究所的实验室里一切检测设

备都一应俱全，在一望无际的炽热的沙漠里，最靠得住的就是自己的双手和脑袋。

这时，老专家从兜里掏出一张沙纸给电流表的接触点打了打，果然，电通了，大家还没看清他动了哪些机关，他便三下两下搞定了这台设备，重新启动，设备正常运转了。

"您不愧是专家。"这时，巴方的军官也都露出了笑容，一个小 CASE 轻易解决掉了。这件事情让我感悟一个道理：在高温下，最可贵的是要保持清醒的头脑。

转眼功夫，吃午饭了，我们回到帐篷里休息。除了那个小 CASE，整个测试都很顺利，尽管天热难耐，但我的心情依然很好。不过还是有些小小的苦恼——在沙漠吃午饭，帐篷外的风把细沙卷进来，根本无法阻挡，饭吃到嘴里都是"咯吱、咯吱"的。我们索性也不细嚼了，全部囫囵吞下，权当助消化和补充矿物质了。

回到伊斯兰堡，那里的气温也高得惊人，一直在 40℃左右，夜晚也有 36℃。因为我住的房间比较大，即便开了空调，也是 30℃高温。闷热的日子使人无处可逃。

连续两周的高温，正是年度谈判最关键的日子。我每天顶着烈日去开会，在会议室经常谈到晚上八九点钟。紧张的谈判，繁忙的工作让我忘记高温，忘记饥饿。

6月30日，我终于签下了合同，一笔上亿美元的订单在我眼前展现了无限广阔的图景。我终于实现了我的计划，那份曾被人嘲笑的计划书，已非一纸空谈，而变成活生生的现实。

那天我非常兴奋，记得在走出会议室时，滚滚热浪迎面扑来，让我不由得倒退了几步，感觉快要窒息了。然而，这热浪就是我的福音，是我成功的见证！签完合同的第二天，伊斯兰堡就进入了一年一度的 Monsoo Season（雨季）了。

一个人和一条狗的故事

繁忙的一天过去了，喝一口水，在院子的树下坐定，落日的余辉笼罩在伊斯兰堡的上空，但天气依然是酷热难当，四周的热浪凝滞不动。我置身其中，仿佛脆弱的孩子憩身在帝王的披风下，威严凝重中倒也有一些归属的安全感。这里就是我的家——一个空荡的两层别墅、一个正筹划未来的我和一条叫布鲁托的狗。

我坐在空荡的院子里，树影把我和狗的影子涂成一片。我脑中飞快地旋转，把一天的情景像过电影那样回放一遍。拿着厚厚的笔记本，我把工作细节记录下来，哪些地方有进展，哪些地方做得不足，我都给自己分析出来。这使我想起《射雕英雄传》里的周伯通，在孤独一人的世界里，他练就了"左右互搏"的绝招。于是我举起拳头，左右对击，或者石头、剪刀、布地拼杀一番。停，快停止这种无聊的举动吧，我知道，我必需让自己时刻坚强，哪怕树荫下的斜阳会使我想起国内，想起冬天的白雪，想起烤红薯的香甜，想起那个有心要追却追不到的姑娘……

电话铃响了，是上司打来的。

"小闫，今天工作顺利吗，XXX项目进展如何？"

"很顺利，比我预想得还顺利，从明天开始每天去卡姆拉测试设备。"

"好小子。还真能干，过得挺滋润吧。"

"怎么着，你有兴趣，那咱俩换个个儿吧……"

夜深人静时，我常常听见房顶上有动静。也许是一个人住太大的房子，心理因素产生的幻听吧，也可能是风声，但那声音真是每夜都会出现，像有人在房顶走来走去。

有时候我就走出去看看。一个人站在偌大的院子里，抬头望望房顶，望望天空，地上是自己穿着大短裤，叉着腰站立的身影，忽然觉得有点滑稽可笑。但是，换谁都会跟我差不多，都是爹娘养的，谁没有害怕的时候？就是毛主席他老人家叉腰站在井冈山上，也不一定想到会成为中国未来的主宰吧。我就权当自己是他老人家，举起手臂做气壮山河状，给自己壮胆而已。

有一次，夜深人静的时候，我听到一阵阵若隐若现的呼噜声从楼下传来，于是壮胆打开房门，蹑手蹑脚沿着楼梯悄悄走下去，手里还拎着一根防身用的钢棍。楼下，没有什么异样，可是，这呼噜声从哪儿来的呢，这里可就我一个人啊？！

我四处找，循着呼噜的方向，找了一会儿，终于在沙发底下，看到我的布鲁托趴在地板上正美美地打着酣，呼噜声此起彼伏正从它黑黝黝的鼻子里发出来。我这才舒了口气，忍不住骂："你丫睡得倒挺香，可吓死老子了！"

常年在外的人都知道，一个人在国外常驻需要克服最大的障碍就是孤独感，但好在这个东西有一个适应期，两个月的时候，常驻者会出现烦躁不安的情况。我也曾经这样，会不时地一个人在空荡荡的房间里走来走去，心里没着没落的。大家公认，三个月是一个坎，只要越过这道门砍，以后的日子就会慢慢适应了。我是一个不让自己闲着的人，偶尔没事的时候，我也要找事情来做——好像很多

独处的男人都是这样，不像女人们，要是独处就写怨妇诗之类哭哭啼啼。

说真的，有时候，我喜欢独处。

打开电视，都是"乌尔都"语，听不懂，但好在那时候能看半个小时英语新闻，让我与外界还有联系。兄弟公司有时会借我《北京青年报》看看，我如获至宝，尽管都是3个月前的新闻了。我自力更生，在办事处房顶上架起了个天线，能接收到凤凰卫视，很痛快地娱乐了一把。

也许别人会笑，但那个时候，最让我感觉温暖而愉快的娱乐就是反复地看一部叫《东京爱情故事》的日剧，爱看的原因很简单，因为那是一部女人追求男人的爱情经典，真的挺好看。

业余生活是乏味的，但确切地说，在我常驻的7年里，我没给自己太多业余时间。有人说我是工作狂，我并不在乎，如果工作比业余享乐更令我愉快，那我就作一个彻头彻尾的"工作狂"吧。当然，时间总会出其不意地出现空当，让我抽离开工作的忙碌出现暂时的空白，而填充空白的最好办法就是看录像。为了省钱，我就租录相带自己录。我录了好多片子，直到现在，国内来的同事和专家在觉得枯燥时就会看看我录的那些片子。

巴基斯坦是一个非常炎热的国家，夜晚也并不凉快。在这里，还有一个严重的问题就是经常停电，即使有电，电价也贵得惊人。正常使用的情况下，电费一个月会达到3000美元，而那时候我的工资才200多美元。没有电就无法照明。有时候，一天能停7个小时的电，没办法，我就申请买了发电机。因为经费有限，我买的是手摇式的发电机。一个人跟发电机较劲，现在回想起来是一幅有趣的图景：在没电的夜晚，我拼命地摇着发电机的摇把，看到自己的体能转变成电能，那感觉太奇妙了，而且相当有成就感。

后来，手摇式的发电机不用了，我又买了那种抽拉式的发电机：用一跟铁条在引擎处一抽，发电机就开始工作。但这种发电机具有一定的危险性。有一次，这台倔脾气的家伙不知是谁招惹它了，发出"兹兹"的怪叫，就在我准备对它进行一番研究时，它却发了疯，"嘭"地一声爆炸了，好在我没有摸着它，跟它尚有一段距离，否则我就跟它一起报废了。爆炸之后，我有一种发麻的感觉，定下神来，发现自己的手和胳膊、衣服都黑了，对面的墙也炸黑了，零件被崩得到处都是，一片狼藉。我去卫生间洗手，抬起头不禁失笑，镜子中的我已然是一个黑李逵了。

现在，办事处条件好多了，但新式的小型发电机噪音还是很大，有时吵得他们都睡不着觉，我就跟他们讲："知足吧，总比我那时候出卖体力强。"

穿越"死亡公路"

至今我都难忘在卡姆拉测试设备的那段岁月。卡姆拉离伊斯兰堡有 80 公里，开车要 3 个小时才能到达，一条公路衔接着两个城市。这是一条并不宽敞的公路，双向一个车道，路上来往着各种运输车辆，车速都很快，大家也都不按规矩开车，要想不出车祸，只能让车技来保佑自己了。说真的，没有人愿意上这条路，它被喻为巴基斯坦的"死亡公路"，很多人因为交通事故死在这条路上，包括我的同事。

那段时间，我每天穿梭在这条"死亡公路"上，车技也是那时候被迫练出来的。一眼望去，路上横冲直撞的都是奔驰卡车。巴基斯坦人喜欢装饰自己的卡车，给车身做个大包围，还在两侧伸展出锋利的尖刺以炫耀自己的威猛，开这种车的确神气十足。只是，当它离你不到一米的距离时突然超车，你会惊出一身冷汗。而更让人难受的是，这个国家崇尚黑色，他们在装饰奇特的奔驰卡车的车身上苫上黑布，黑布迎风招展，两翼尖刺闪耀，那场景可想而知。

人们在回想往事时，总是负载了很多情绪在记忆中，现在回想那条路上的感觉，好像还有些令人恐惧，可当时的我，在那条路上的心情只有"孤单"二字来形容。孤单，在常驻的七年里，就像握在手中的沙，从任何一个可以逃离的缺口流淌而出。

那时国内流行听港台歌曲，而我最爱听张学友的《情网》，于是就托国内的朋友把《情网》录了整整一盘。在那条"死亡公路"上，《情网》记录下那里的田野、卡车尖刺、招展的黑布、南亚的炎热以及无所不在的孤独。

"而你是一张无边无际的网，轻易就把我困在网中央，我越陷越深越迷茫，路越走越远越漫长……"

一路惊险开车到达基地，我的心情豁然开朗。在基地里见到熟悉的中国人，心里轻松起来。

"嗨，小闫，一路开过来，不容易吧。"

"还可以。"嘿嘿，我笑，"吃什么好吃的呢，真香！"

闻着菜香，我走进简易房，啊，是中国菜！基地里有中国专家是南方人，众

所周知，南方人对饭菜十分挑剔，因为终日吃巴餐使他们无法忍受，就自力更生，动手做起中国菜。我跟其他几名中国工程师索性一起蹭顿中餐，就算驾车在"死亡公路"上奔波的补偿吧。

测试结束后，天已向晚，我依然开着车行驶在那条让人忐忑无奈的公路上。迎面耀眼的车灯张狂地打探前路，就像雷雨的夜晚，频繁的闪电，晃得人眼中全是惨白的断片。

张学友的《情网》记录着我的旅程，也记录着夜幕降临的巴国。在这个国家的上空，星星是璀璨的。被车灯晃得难受时，我真想把头探出车窗外，看看天空一直在向我眨眼的星星。

想想一个人在伊斯兰堡工作的日子。那时我还不会开车，可是无论去哪里，都需要开车，那时还没有聘请当地司机，而我在巴国谈的几个重要项目，每天谈判签约，并且要到80公里之外为新建生产线去做考察，这些都需要驾车，所以，当务之急我必须学会开车。我就找到 Shigri 上校，他让他的一个军官教了我一下午，我就学会了，并且后来得到了一个国际驾照。第二天，我就开着新车上路了。现在想想挺后怕的，那时候，我连倒车都不会，就开车上"死亡之路"了，那真是在玩命。我常想，如果换作现在，我是否还有勇气那样做。

一辆辆装饰奇特的奔驰卡车从我身边呼啸而过，第一次上路，我的衣服都被汗湿透了，手心里也全是汗，方向盘被我握得都打滑。就这样，我一天一天地开车往返于伊斯兰堡和80公里之外的生产线之间，每天在路上听《情网》，听得都让人心碎。

没过多久，我已经签下了几个项目，并通过跟巴基斯坦当地人的关系，给办事处搞来了三辆车。一个人，住在一个大别墅里，三辆车和一条忠诚的叫布鲁托的狗——这就是我在巴基斯坦一个人生活的真实写照。

不是我疑心会有危险发生，在这个国家，治安是不太好的，如果有个人在我身边，我也不会费心想这些事，但出于安全考虑，我从不邀请外人来办事处作客，也不想让别人知道，这个办事处只有我一个人。

每天清早，我要去生产线考察，我戴上墨镜，走出房门，给布鲁托的饭盆里加满了食物，也备好了水。我拍拍这个身体强壮、毛色黝黑的家伙："爸爸要出门，就你一个在家了，你要好好看家，看见坏人进来，就对他吼，汪汪，他就吓跑了。"

布鲁托很通人性，他听懂了我的话，把头偏向一侧，冲着清晨的空气"汪汪"地叫了两声。

"好，就这样！"

于是我放心地出门了。其实，说放心那是在安慰自己。为了让别人搞不清楚状况，我常常在外出时不关院门，让别人以为，这个办事处里还有别人在。我每天都换不同的车，即使周末，我也会换不同的车出门好几次，这样在别人看来，以为这个办事处很热闹，人丁兴旺。而我去80公里之外考察新建生产线的时候，每天布鲁托就坐在门口，忠诚地守卫着我们的这个空城。

有一次，考察结束后回伊斯兰堡，在"死亡公路"上，我身后的一辆奔驰大卡车一直开着大灯闪我，也难怪，我刚学会开车没几天，还是个"面手"，天色又很昏暗，视线不清，所以我开得不快。大概惹得他心烦了，闪了一阵子，他突然强行超车，而此时，对面一辆卡车正逆行迎面开来，我猛打方向盘，一下就冲到路边，好在那是一片田野，我只是冲到路边的沟崖里。如果是万丈深渊，后果不堪设想。而那辆嚣张的奔驰大卡车可没那么幸运了，跟那辆逆行而来的卡车撞在一起，打横在路中央，驾驶室被撞扁，估计司机没命了。

公路一下就被我们搞成瘫痪的状态。我下车站在公路边，拿出砖头一样的大手机，在月色下翻看手机里的人员名录。我的手臂被擦破了，一直在流血，但并不严重，只是火辣辣地疼。我用纸巾捂着伤口，一遍又一遍地翻着手机名录，非常想给认识的人打个电话，亲人也好，朋友也好，哪怕是同事。那是我在巴基斯坦第一次出车祸，也是我在巴基斯坦感到最孤独的一刻。

"喂，是我。"最终，我只是给使馆的一个朋友打了电话。对方问我怎么了，声音听起来不对。

我说："没事，出了点小车祸。"

"受伤了吗？"

"没有，就是想起来，拜托你个事，这段时间，麻烦你每天给我们办事处打个电话，看我在不在，如果两天不在，就麻烦你们报警找我，也许我不在了。呵呵。"

我强笑了一下，可眼泪却跑了出来。使馆的朋友安慰了我一番。

现在的我，每天忙于公司事务，全国、全世界飞来飞去，平日里很少有机会自己开车，偶尔能跟家人聚在一起的周末，我肯定会自己驾车出游。一次约朋友

去郊外打高尔夫球，他们坐在我的车里，看到我开车如飞，有点担心地问："你什么时候学会开车的，好像从没听你提过。"

"我拿的可是国际驾照。而且，在巴基斯坦，我还负责签发国际驾照呢！"

朋友笑了，认为那纯粹是个笑话。

"真的！"我强调。

他们却不置可否。

感受国际友谊

清晨，当初升的太阳照进办事处的花园时，还躺在床上的我就听到Hushid进院的开门声，他是我从当地聘请的"管家"。我知道，那是5点整，他永远那么准时到达，这在时间观念不是很强的巴基斯坦人里，是难得的少数。

在Hushid清扫院子的扫帚声中，我渐渐完全清醒过来。小鸟在窗外鸣叫，阳光洒满墙壁。自从Hushid来到办事处，我就感到这里越来越有家的味道。Hushid原来是Shigri的司机，1993年我在建立办事处时，Shigri把他推荐给我。

他是我接触的一位非常勤劳的巴基斯坦底层人物。Hushid在科威特做过18年出租司机，他非常勤劳，在我没有对他做出要求的情况下，他每天要把办事处的三辆车清洗两次，并且负责清扫整个别墅，洗碗、洗衣、熨衣、复印、取信、送信、交水电气电话费，接送客人，陪团组旅游购物、喂狗并给布鲁托洗澡，除此之外还充当花匠，修剪园中的花草树木。经过他的辛勤劳动，来办事处的人都会夸这里的花园很美。

我并不是赖床的人，然而今天我却感到非常疲惫，浑身火烫。我起身下床，走到楼梯口感到一阵眩晕。我扶住扶手叫Hushid，他跑上楼问我是不是不舒服，他说我的脸色看起来很难看。我说："没事，大概是没休息好。"Hushid执意要送我去医院，并把我拖进车里。

幸亏去了医院，我发起了高烧，40度，医生说是重感冒，但怕转成肺炎，让我必须住院观察几天。我觉得自己身体很结实，不一定要住院，况且还有那么多的工作需要做。Hushid劝我说："身体是最重要的。没有好身体，您就不能在这里工作了，我也就不能跟您在一起了。"说完，Hushid就去给我办住院手续了。望着他的背影，我想着 Hushid 的话，那么朴素，却忽然让我感动，就像一个孩子对父母的依赖，原来，被人需要也会有幸福感的。

住院期间，Hushid 一直无微不至地照料我。在发烧的前几天，我被烧得昏昏沉沉，Hushid 来看我时，我感到非常温暖。我知道，在这里，我不再是一个人，除了布鲁托，我还有 Hushid 和一群巴基斯坦朋友。

巴基斯坦是一个等级森严的国家，那些打字员、门卫、清洁工人是没有地位的，更没有人尊重他们，但我却与他们相处得非常好。这大概就是社会主义国家一律平等的意识体现吧。我常给他们带点小礼品，或跟他们聊聊家常。而每当遇到重要的生意，他们也给我很多帮助，让我了解不少内部情况。当然这只是起步时期的小经验，后来生意越做越大，谈判的过程就不是用小儿科游戏可以轻易解决的了。

在那里工作的最初几年，我吃饭很不准时，在我一个人住的日子里，一开始没有厨师，饮食不适应，常常凑合，或到朋友家吃饭，慢慢就得下了胃病。那里，30% 的人都是肝炎带菌者，想想也有点可怕，好在，我一直打疫苗，才没被传染上。巴基斯坦的医疗卫生条件不是很好。他们的自来水是不能生喝的，可大家经常喝生水，而且还共用一个杯子。有点像中国乡村的习惯。

有一次我去一个官员家做客，他给我沏杯茶，结果，上边飘着一只苍蝇。当然他也没看见，而我也不好意思说什么，要是告诉他的话，会大伤他的颜面，无奈之下，我一闭眼就把茶给喝了。跟我一起的巴国朋友全都看到了，拜访结束后，谈起此事，他们对我说："Mr.LiJin，你太厉害了。"

"没什么大不了的，我也没生病啊，总要给人家面子嘛。"

朋友们竖起大拇指："按你们中国话说，你很讲义气，值得信赖！"

值得信赖。这一点在今后与巴国交往时变得非常重要，也是我今天在巴国高层树立品牌、获得如此崇高声誉的唯一法宝。

在巴国的每一天，我都时刻感受着中巴两国人民之间的传统友谊，这种友谊是那么深厚，又是那么单纯、质朴。在这种气氛中，我时常油然生发出一种激情，一定要为两国人民友谊的延续做点事情。2009 年 11 月，我受巴基斯坦高层的私人邀请到明哥拉市进行访问。这里是斯瓦特战区，塔利班的恐怖主义活动十分猖獗，虽然我去的时候塔利班分子已经被基本肃清，但多数外国人仍不敢前往。为了保证我的安全，巴方派出 2 架武装直升机接送，到了那里我才知道，在此前对塔利

班的清剿行动中，斯瓦特地区的175所学校和8000座民房悉数被毁。尽管流离失所，但当他们知道中国人来的时候，他们依然连夜赶制了中巴国旗，制作了毛泽东的巨幅画像，所到之处"中巴友谊万岁"、"我爱你中国"等标语随处可见，并连夜谱写了一首《中巴友谊之歌》。对于这些孩子们而言，他们甚至分不清中国的国旗到底有几个星，"中国"（China）和"瓷器"（china）到底有什么区别，毛泽东到底是谁，但中巴友谊的种子已经被他们的父辈深深地埋藏在他们幼小的心灵中。我知道，这些种子不久就会开出绚烂的花朵，中巴友谊也定会结出更香甜的果实的。

在那次访问中，我现场决定提供20万美元物资紧急援助，用于部分学校设施的紧急恢复。之后我还设立了斯瓦特地区战后重建教育基金，首期投入50万美元作为启动资金，用于战后教育设施的恢复，资助该地区的优秀青年赴华留学等。以此为基础，我和我的团队也积极地参与了斯瓦特地区的战后重建工作。

人生在这里升华

出门在外，我很少给家人打电话，更不会跟他们讲自己在这里的艰苦条件，而只会说一些有趣的见闻给他们听。其实不单是我这么做，我们外贸人，常年在外的同行大都是这样报喜不报忧的。风险、孤独会时常与我们相伴，而这一切又完全是自觉自愿的选择。这又让我想起最近热播的电视剧《潜伏》。我特别深刻地理解余则成这个人物，以及他处在艰苦的岁月中所做的一切。

我在巴基斯坦工作，一个月只挣二、三百美元，然而风险无处不在。我完全可以像很多公司的办事处人员那样，只是一个驻外联络员的角色，每天接个电话，发个传真，每周汇总一下信息，其他时间就在国外过着如同养老般闲静舒适的生活，独坐别墅的落地窗前，悠然地品着咖啡。然而我为什么要选择过这样的生活？难道真像余则成说得那样找"刺激"？

在巴基斯坦的岁月里，我经历过多次车祸、爆炸，抢劫、甚至暗杀。是什么力量支撑我不分昼夜地工作、奔波甚至上前线阵地去测试，难道只为了每个月的二、三百美元吗？没有谁强迫我非要这么拼命工作，除了我心里那份渴望和上亿签约量的设想，可我已经实现了。我可以什么都不做，也已经成为公司里无人能敌的开路先锋。那一刻，我真有些迷茫。

今天想来，我想我就像《潜伏》中的余则成一样，为自己、公司、行业做出成绩的我，那时候是一种混沌的状态，是一种朦胧的自觉心在驱使着我继续向前。我无法解释"抛家弃子"、在风险与劳累中拼命工作是为了什么。十几年后，当我看了《潜伏》中的余则成，我似乎找到同感。他当时还不是共产党员，却自己设计各种目标，没人可商量，他孤身一人周旋于众人之间，保护自己又出色完成任务。今天看来，我想至少我们的业务水平和敬业心态是一样的吧。

尾　声

几个月下来，我的空城计终于唱完了，生产线也顺利建成。应该说，布鲁托立了很大功劳。后来，我回国休息了两周，布鲁托寄养在兄弟公司。没有了空城计也没有了布鲁托的办事处，在这两周里，终于被人洗劫一空。等我回到伊斯兰堡，看到一片狼藉的办事处，只得叹口气。我找了伊斯兰堡警局局长，他也是我在巴国的一位好朋友，但这件事至今也没查出结果。最终，我并没有上报公司这次事件，只是跟巴国的朋友借了钱，把办事处重新置办了一下。后来，直到 Hushid 来了之后，我才不再上演空城计了。

朋友说，我是一位天生的导演，而且是自编自导自演的那种。

渐渐地我也发现，我确实在编排并自认为出色地演绎着我的人生。

作者简介

闫立金，中电科技国际贸易有限公司总裁，中电科技长江数据股份有限公司董事长，中国远东国际贸易总公司总裁，兼任中国亚非发展协会副会长、亚洲财富论坛副理事长、中国—南亚商务理事会理事等。

在巴基斯坦的岁月

宋德亨

中国前驻巴基斯坦大使馆政务参赞

一、初到巴基斯坦

1971 年 8 月，我受外交部委派，以学习员身份（在职留学）赴巴基斯坦学习乌尔都语，与巴国结下不解之缘。先后三次在巴学习和工作，计十四年之久，占我在外工作的三分之二。十四个春秋，有不少值得回忆的往事，特记之，以为中巴友好的佐证。

为营救人质宋德亨赴白沙瓦会见西北边省省督

初到伊斯兰堡之时，巴国刚从卡拉奇迁都伊堡，地广人稀，气候宜人，车辆稀少，适于步行。使馆在伊堡，文化处在拉瓦尔品第，两城相隔数里。我归文化处管，文化处租住洪扎王府底层。洪扎土邦地处中巴喀喇昆仑边界，旧称"坎巨提"，清朝时曾属我国管辖，新中国成立后，洪扎王曾表示愿归属中国，我领导人从长远考量，劝说洪扎王归顺了巴基斯坦。洪扎王在品第建有"冬都"一座，洪扎王子尕甑法尔住楼上，楼下除文化处外还有新华分社和人民日报分社。我们有食堂，除三个单位人员外，在伊堡语言学院教授中文的老师也来此就餐；饭后茶余，十几个人有说有笑，打打乒乓球，其乐融融。厨师老张是东北人，曾为林彪做过饭，手艺了得。他做饺子谁也不让帮忙，十几个人的饺子不到半小时端上桌。老张是十足的东北大汉，身材高大魁梧，穿上中山装外出，巴人把他当成大使，忙前忙后，围着他转，反倒把文化参赞冷落一旁。

我除学习乌语外，还要帮文化处发放书刊画报宣传我国，接待来文化处的学生和文化人，工作和学习语言因而相得益彰。乌尔都语的学习不到学校，请老师到洪扎王府教学，一个老师两个学生，另一个学生是李健生。他后来在我驻巴使馆和巴驻北京使馆工作数年，以后就去了别的国家，乌语也就用不上了。每周上三次课，每次一个半小时，都在下午。老师是中学教员，开头用英语做媒体教，到我们入门后扔掉拐棍，直接用乌语讲课。纳西姆老师老家在印度勒克瑙，乌语的发源地，所以他的乌语十分地道。他为人厚道，烟不离手，不到四十就已有四个孩子，因此有时不得不缺课。我们也不苛求，他不来我们就自学。王府院子不小，花繁树茂，鸟语花香，环境幽静，适宜学习。果树也不少，桃李杏梨，芒果无花果都有。芳草萋萋，坐在上头看书，十分惬意。渴了伸手就可摘李子吃，李子色暗红，个头比我国的大很多，甜酸多汁，是为解渴上品。乌语学了两年半，之后又在文化处工作了三年半。当时正值文化大革命，文化部被造反派砸烂，文化处工作也由外交部干部担任。文化处的工作除了发放介绍我国的书刊杂志画报以外，还负责两国文化交流。我学习乌语之余还要张罗大门外的宣传橱窗，反映我国各方面成就的照片深受巴人的喜爱；解说文字用乌尔都语，雇员翻译好后，由我和李健生校对，后来就由我们自己翻译，照片差不多每周换一次。此外文化处还不定期地举行电影招待会，我在那时学会了放电影。中国电影在巴颇受欢迎，每次放电影，整个草坪观众坐得满满的，电影放完后，许多人不舍得离去，纷纷向我们了解更多的中国情况。当时正值文化大革命，印发新闻公报的任务十分艰巨，每周要出

一到两次公报，国内一有重大事件就发公报；国内以电传方式发来公报稿（英语），由雇员打字，文化处二把手陈德福和我校对，再印刷、装订，雇员骑摩托车发送。工作量相当大，加之那时的公报特别长，尤其是反修防修、中苏论战，打破帝修反包围之类的公报往往都是几十页，厚厚的一摞，订书机都订不穿；每次出公报几乎都要干到下半夜，第二天照旧上课上班，大概那就是文革精神吧。使馆也有极左表现，当时的武官用车拉了"小红书"，满世界发送，也不管对方需要不需要。

中巴虽是不同社会制度的国家，信仰也不同，但由于友好，文化交流照样频繁。70年代，我国文艺团体就经常访巴演出。特别是杂技表演，不需要语言，都看得懂。如武汉杂技团、沈阳杂技团、北京杂技团等都曾访巴演出，受到巴人的热烈欢迎。我那时正好陪团到巴各大城市访问演出，对了解巴民风民情和乌语学习都有好处。歌舞团也不例外，特别是新疆歌舞团，经常到巴访演。体育方面也如此，我羽毛球、乒乓球、篮球等项目都有教练在巴执教。巴方则为我训练曲棍球队。可惜的是，我强项体操和跳水却不能在巴施教，因为巴国封建，女子不能露腿，女孩游泳也必须穿长袖衣服和长裤！文艺方面，伊斯兰教徒信奉古兰经，但是，古兰经只有文字，没有图画，所有的清真寺都只有古兰经文的描绘，而没有形象，连真主阿拉以及12先知都没有形象，不像西方教堂，有无数基督教图画。而古代莫卧儿王朝的宫廷画（又称纤细画）却是闻名于世的。因此，巴方曾邀请我友协画家林士庸访巴，劳走访了巴各大城市和农村采风，写生巴人物风土，回国后整理出版了一本画册，属中国画风格，人物栩栩如生，风土惟妙惟肖，装潢精美，受到巴上下热烈欢迎和喜爱，巴总统、总理，以至政府各部长等高官，用这本画册作为礼物送给巴外贵宾。

70年代，巴人对中国和中国人还不太了解，走在街上，老巴首先问你是否日本人，否定之后又问是韩国人吗，再次否定后才猜出你是"秦尼"（中国人）。但是，老巴对中国和中国人已有好感，特别是1965年和1971年两次印巴战争后，他们感激中国主张正义，支持弱小，在道义上支持巴反击印度的侵略。在巴基斯坦尽人皆知的传说是，1965年战争期间，中国曾在中印边界调动军队以向印施压并声援巴。因此，无论官方还是民间，对中国人都倍感亲切。无论城市还是农村，中国人到哪里都受到欢迎。从那时起，"秦尼－巴格斯坦尼帕伊帕伊"（兄弟兄弟）的口号就已开始叫响。1977年我结束在巴的六年学习和工作回国。

二、再赴巴基斯坦

1982 年，我再次前往巴国工作，在驻巴使馆干调研，并兼任大使乌语翻译。

我驻巴使馆地处伊斯兰堡东头，坐落在美国使馆和前苏联使馆之间。使馆占地一万多平米，馆舍建筑是"文化大革命"时期的产物：国内设计，当地施工队施工，没几年就房顶漏水，地下管道跑冒渗漏。当时主管人是出身行伍的政务参赞，他本着"节约"精神，将住房搞成两人共用一个卫生间！游泳池是短池，但只有 20 米长！很不适用，后来卫生间不得不改建，但游泳池已没法改了，只得"茅坑里栽菜"——将就使。好在后院挺大，辟为菜地，我们工作之余种种菜，浇浇水，除除草，也是一种再好不过的生活调剂。而且，我们种的菜，如大白菜，红白萝卜，黄瓜豇豆西红柿，除自给以外，还用来搞蔬菜外交，无论巴官员还是民间朋友，盛赞中国菜蔬的品位之余，还说中国外交官别具一格，能文能武，外交出色，种地也不差。他们哪里知道，我们中不少人都是从军垦农场"滚一身泥巴，练一颗红心"出来的。

在这次四年的工作和生活中，我更加深刻地体会到了中巴友谊深入人心。从工作层面讲，使馆人员，上起大使下至随员，到巴任何部门办事都是一路绿灯，巴方人员十分合作，有困难的事共同想办法克服，没有办不成的事。大使约见各部部长乃至总统，只需打个电话，急事随约随见。记得有一天下午，王传斌大使奉国内指示紧急约见齐亚·哈克总统，总统答应马上见。我随大使赶到总统府时，正值总统在做祷告，其秘书让我们先喝茶，并表示歉意；几分钟后，哈克总统提前结束祷告，出来会见大使。哈克总统军人出身，是虔诚的穆斯林，每天五次祷告一次不落。虽然出于政治需要绞杀了老布托，但他执政期间，据我们观察和数据反映，巴社会相对稳定，经济有所发展。军法管制虽与民主格格不入，但不少人认为，民主与文化和受教育水平同行；在文化水平和教育程度不高的国家实行民主，是欲速不达，缘木求鱼。所以有人说，民主对于发展中国家是奢侈品，享受不了。这仅是一种说法，是否正确，有待专家评说。哈克总统为人谦和，礼贤下士。记得 1985 年，李先念主席访巴时，欢迎宴会讲话用乌尔都语，他亲自修改讲话稿，并降格以求，把我召到总统府，和我一起讨论讲话稿，把修改的地方一一告诉我，让我注意，以免出错。

我至今还保存着他用红笔修改过的讲话稿。民间层面就更可观了。巴全国各地都成立了友好协会，积极开展促进两国友好的活动，各地友协纷纷邀请使馆人员前去介绍中国情况，增进相互了解；我馆则全力以赴，从政治经济文化社会各个方面开展活动，以民促官，加深友谊。1983年，王大使应邀到木尔坦参加友协活动，随行的国际广播电台记者王益友在拉合尔至木尔坦途中不慎车撞路旁大树，轻度昏迷，额头出血。大使的司机见他没跟上，便在路旁停车等待。巴朋友驱车前来报信，我们返回出事地点时，不知名的巴朋友已经把王送到医院，并把他的车拖去修理。我们很感动，大使亲自向巴朋友表示谢意，他们众口一词，都说中巴是一家，你们的事就是我们的事，你们的困难就是我们的困难。友好情谊发自肺腑，令人感慨良深。回程时王的车虽已修好，但他的伤未痊愈，头上还包着绷带，因此不能开车，我是业余司机，但此前从未开过长途，也只得勉为其难，把他的车开了回来。在巴国开长途车得特别小心，公路虽然不错，但可怕的是大卡车司机受雇于私人老板，为多赚钱养家糊口，多拉快跑，日夜兼程；驾驶室上头设一"卧箱"，两个司机轮班开车，一天开十来个小时车，难免疲劳驾驶；而且大卡车以大欺小，横冲直撞，错车时小车一不留神就会被撞翻路旁，车毁人亡的交通事故并不鲜见。但巴人懂得外交，一见插着五星小红旗的车就知道是中国大使的车，于是缓行让路。我驾驶王的车跟在大使车后头，省去了许多担惊受怕。

在国际层面，巴外交官在联合国及各专门机构，与我协调配合，共同维护第三世界利益。在联合国讲台，巴代表仗义执言，在涉及我国主权和领土完整、涉及台湾、西藏、新疆等问题上，全力维护我权益。我部国际司和条法司的同志们说，在不少问题上，巴外交官语言流利，能言善辩，替我们说话效果更好。

友谊是相互的，所谓你仁我义，来而无往非礼也。我国在经济技术上援助巴基斯坦，在地区问题上支持巴，在国际上为穆斯林国家说话；巴则投桃报李，在事关中国切身利益的问题上支持我国。回忆上世纪60、70年代，西方国家对我国实行封锁，我国对外的唯一窗口就是巴基斯坦，巴顶住西方国家压力，为我打破封锁，引进先进技术立了大功。试想想，还有哪个国家能做到？

巴基斯坦人纯朴，乐于助人，他们认为这是体现伊斯兰精神，并说，巴基斯坦和中国虽然社会制度不同，实际上是一回事，都提倡平等、博爱和与人为善。巴基斯坦对中国友好确实出于真心。我在乌语学习结束之前，因蚊子叮咬得了肠伤寒（TYFOID,副伤寒），被送到拉瓦尔品第三军联合医院，巴方相当重视，由主治大夫少将军医亲自诊治，住单人空调病房，并有指定的男护士护理（巴国严格奉行男女授受不清的信条，男病人只用男护士），用的药都是英美进口药，不到半个月就康复出院。试问，为一个留学生治病，享受高于司局级待遇，这在其他地方做得到吗？可巧的是，我住院时正是斋月，而我的发病周期正好是在黄昏，医院上下饿了一天，此时正在开斋吃东西，我发病时天旋地转，难受之极，房间里没人，只好按电铃叫人，护士胡乱吃了点点心就赶到病房，为我叫来大夫解决问题。我们在使馆提倡一专多能，外交官为了工作方便，也要学习开车。巴交警对中国使馆人员申请驾照一路绿灯，站在窗前看你倒车一次就通过。我们投桃报李，送考官中国挂历（在巴颇受欢迎）以及万金油之类小礼品。这并不是说我们就大而化之，胡乱开车。业余司机首先得通过使馆专业司机的考核，才能到巴警察局申请驾照。从那时起我才知道，对司机的考核，不用别的，只要你能在斜坡上停车再启动不倒退，就说明你可以开车上路了。当然，要做到驾轻就熟、不出事故，还需要长时期磨练。

巴基斯坦历届政府和领导人都对中国友好，包括上世纪 50 年代的阿尤布·汗总统。巴 1947 年与印度分治，独立后的 60 多年中，有一半时间是军人统治，但无论是军人政府还是文官政府，都主张巴中友好。巴各政党包括反对党，在竞选中都把巴中友好作为争取人心多捞选票的策略。每次政权更替，新上台的领导人，无论总统总理，也不论是军人还是文官，都无一例外地把中国作为出访的首选国家。前总理佐·阿·布托 1976 年 5 月访华，是毛主席 9 月逝世之前会见的最后一个外国领导人。巴国民议会一议长 80 年代访华，游览八达岭长城时，在缆车中靠在王大使肩上，大使以为他累了睡着了，就没动他；缆车到了山顶他仍然没动弹，才发现他已经睡过去了，大家赶紧找救心丹，游客中还真有人带了，可是已经无济于事，还没送到医院就停止了呼吸。他为友谊而来，却不幸而去。我们都说他是为中巴友谊死而后已。

三、三任巴基斯坦

2001 年 8 月，我从驻印度使馆转赴伊斯兰堡使馆，任副馆长。

巴基斯坦是最早承认新中国的国家之一，并于 1951 年与我国建交。经历了半个世纪的中巴关系，已经完全成熟，各个领域的交流与合作全面展开。在巴的经

济援助和合作项目大小达一百多个，中国在巴人员有数千人。其中，山达克铜矿承包、铁路铺设、高压输电线架设、卡拉奇深水码头建造、煤矿开采、机车援建等项目都卓有成效；以海尔和华为为首的信息技术公司在巴效益显著；军工合作更是时间长，成果丰，新型坦克和战斗机都合作研制。这一切都要归功于由毛主席制定、周总理执行的正确外交政策。众所周知，上个世纪 50 年代，正是中印友好时期，那时是"印地－秦尼帕伊帕伊"，而还不是中巴兄弟兄弟；而当时的巴基斯坦当局受美国胁迫，成为针对中国的"中央条约组织"和"东南亚条约组织"的双重成员。是毛主席慧眼敏思，见地深刻，将巴国与美国区别对待，理解巴的处境，并不认为巴是真心反华，因而制定了以心交心、努力争取的对巴政策。事实证明这一政策是正确的，从 60 年代就开始显现效果。1959 年达赖集团叛乱并逃亡印度，中印关系降温；1963 年，中巴顺利解决边界问题。十年河东十年河西，中巴关系开始升温。1971 年，巴基斯坦在我国恢复联合国席位的努力中出了大力，成为两国关系发展的又一转折点。此后的三十多年，中巴关系一帆风顺，发展壮大，成为国家关系的典范，成为全方位、全天候、经得起风浪考验的国家关系。尽管 90 年代中印关系在三十年冰冻之后开始改善，并逐步发展，中巴友好也未受到影响。

在这一任的四年中，因身为二把手，内外工作自然多了不少。但因关系友好，相互坦诚，在与巴国各部门的交涉和办事中都相当顺利、和谐，相互理解和支持一如既往。我到巴外交部办事，一般约见司局长，重大的事可以见外秘（副外长），紧急事受大使委托可约谈外长。这在别的国家恐怕是享受不到的。这使我们在巴工作的同志感到欣慰。

在我在巴最后一任的工作中，参与处理的最棘手的事件莫过于西北边省部落地区绑架我公司人员事件。我国中水八局在西北边省临近阿富汗地区承包水库引水渠工程。2003 年 7 月底，八局技术人员早上上班途中，车上两人被武装分子劫持。绑匪开车奔阿富汗方向，因轮胎被乱石扎破而改为步行，客观上为我争取到了援救时间。当我公司领导得知噩耗并开始寻找时，两名被劫持者已被弄到部落地区。使馆得到消息后，即刻报知国内并全力以赴，开展营救行动，大使和我分别约见巴高官，敦促巴最高当局及军方、外交部、情报部门（三军情报局和联邦调查局）和内政部展开营救行动。巴方不敢懈怠，动员各方力量投入营救，但因部落地区封闭自治，对联邦政府不完全听令。鉴此，国内指示我馆派人前线营救。于是，馆委会决定：大使坐镇首都，掌握全局并保持与国内联系；组成以我为首、武官和经商参赞参加的三人小组，前往西北边省首府白沙瓦，会见省督（省长），配合巴方实施营救。会见省督之后，我们连夜电话召集各工程负责人会议，转达党中央国务院对人质生命安全的高度关心和全力以赴营救人质的指示，并嘱他们加倍注意安全。这一行动稳定了人心，对营救人质起到了一定作用，体现了我党和政府以人为本、为民分忧解难的精神。部落地位特殊，连巴军队都无权界入，为营救行动增加了很大困难；我们也无法进入部落地区，会见部落长老，直接对话。

虽经千方百计竭力解救，营救行动仍然不见效果。而 8 月 14 日又是巴独立日，为了不至影响独立日庆祝，巴军方决定采取军事行动，武力救出人质。独立日前两天，巴军队对恐怖分子巢穴发起进攻，战斗只持续了 17 分钟，人质一死一获救。死者王鹏年仅 29 岁，河南人，妻子是郑州民警，还怀有他的遗腹子，实在可怜。生还者 50 多岁，不会外语，巴军进攻时，小王被恐怖分子先带出房间，在乱枪中被打死，而被救出者在被押走之前，正好巴军突击队赶到，向屋内发射催泪弹，烟雾中绑架分子夺门逃命，他得以救出。事后，我馆为小王举行了追悼会，并设灵堂，巴方高官包括穆沙拉夫总统纷纷前来祭奠。王的遗体由巴军方派专机、巴交通部长护送运回河南老家安葬。

有人会问，中巴那么友好，为什么中国人还在巴遭绑架。个中情由不说不明。其实，中国人只是牺牲品，是绑架者作为向巴联邦政府讨价还价的筹码。正是因为中巴关系特别友好，绑架者才把中国人作为首选目标，可以随意增加要价。2003 年卡拉奇恐怖爆炸，炸死我工程技术人员九人，作案者也是出于同一考虑。那以后，巴方对卡拉奇我人员采取了海陆空立体保护措施，驻地戒备森严，外出乘坐装甲车。他们中有人调侃说，中国人在巴基斯坦成了大熊猫，得到最高级保护。这次绑架事件之后，我方施工人员在巴境内各地都得到了全面的保护。巴最高当局向军警宪特下达死命令，中国人无论在巴什么地方，都必须全力保护，不得有丝毫差池。有意思的是，80 年代，我在巴俾路支省探查煤矿的两名技术人员被绑票，并被劫持到了阿富汗，他们并没有被折磨和虐待，劫持者对他们很好，炖鸡给他们吃，还教他们打枪，教他们普什图语。人质获释回来毫发无损，跟没事一样。绑架者的意图不是针对中国人，而是以此向巴阿政府施压，达到他们的目的。可是这次西北边省的绑匪心狠手辣，软硬不吃，纯属恐怖分子。

巴基斯坦是典型的伊斯兰国家，人口的 96% 都是穆斯林。巴国民近乎清教徒，国内既没有酒吧——巴国严格禁酒，也没有夜总会。记得 80 年代巴议会代表团访华，上海丝绸厂为代表团安排时装表演，代表团内有一议员是虔诚的伊斯兰教徒，模

特儿表演时他低头不看，表情特别不自在。我见他难受的样子就请他到会客室休息，他欣然前往。可巧的是，会客室的落地玻璃门没有标记，他低头进入，一头撞在玻璃门上，头上起一大包，厂方赶紧送他去医院处理。但也有例外，巴前外长阿迦·夏希访华时住在钓鱼台国宾馆，曾要求服务员给他房间的冰箱里放酒，并发现他写文章时必定喝酒，就跟乔冠华当年一样。后来一打听，才知道夏希并不是穆斯林。

巴人每天祷告五次，日复一日，年复一年。每年有一个月是斋月，斋月期间，日出之前吃喝，白天禁食，日落之后才能吃饭喝水抽烟。斋月白天禁食虽是古兰经明文规定，解释为清纯血液，有利健康。

在我工作过的南亚城市中，我认为伊斯兰堡是适于工作和生活的地方。气候温和无霜冻；交通顺畅不堵车；物价低廉，几无奢华高档商店；依山傍水，后有马格拉山，左有拉瓦尔湖，可以划船垂钓，南有"甜蜜小山"，西有建筑新颖的费萨尔大清真寺。"甜蜜小山"上，辟有各国元首和政府首脑植树区，我国领导人如周总理、江主席、李先念主席、李鹏总理、耿飚副总理等都曾植树于此。每当节假日，山上游人如织，观赏不疲。马格拉山深处还可以打猎，常见野猪草狼出没。稍远一点，不到两小时车程，有茉莉山，山虽只有3000来米高，冬天有积雪，巴人每每到此赏雪。想当年（1971），基辛格博士赴华破冰之旅，就是途径伊堡飞北京的；为躲避记者追踪，曾谎称去茉莉山游玩。伊堡附近的塔克西拉有佛教文化遗址，据说当年唐代高僧玄奘曾到此讲学。

拉合尔是历史文化名城，莫卧儿王朝的宫阙城堡向人们展示南亚穆斯林王朝的兴盛和繁荣。古城堡对面是号称亚洲最大的巴德夏希清真寺，可同时容纳数万人祷告。清真寺右侧有巴大诗人伊克巴尔的陵墓，供人瞻仰。城中还有巴基斯坦塔，专为纪念1941年3月23日在此通过的倡建巴基斯坦国的"拉合尔决议"。城中的夏丽玛花园是当年莫卧儿王朝的皇家花园，园中古木参天，芳草萋萋，台榭错落，曲水流觞。每逢我国家领导人访问拉合尔，市政当局都要在园中举行露天市民招待会。前总理朱基访问拉合尔时，正值炎夏，欢迎招待会下午举行，朱总理着西服(衬衣不合适)致答谢词，没讲完就已汗流浃背。他并无微词，还对巴朋友说，天气虽然炎热，但赶不上巴朋友的热情。巴人员深为感动。

巴基斯坦的五大城市各有特色：伊斯兰堡是首都，政治中心；四个省的首府中，旁遮普省省会拉合尔是历史文化名城，巴国的好莱坞，信息技术中心，中国华为、海尔两公司都在这里；信德省省会卡拉奇则是最大的工业和海港城市，亚洲各国与西亚、非洲和欧洲海上联系的要冲，城中有国父真纳陵墓，前去瞻仰的人络绎不绝；卡市以北不远有莫亨角达罗古代遗址；俾路支省省会奎塔气候凉爽，水果丰盛，当年国父真纳曾在此隐居，并组织指挥反对英国殖民统治和创建巴基斯坦的斗争。西北边省省会白沙瓦是通往中西亚的门户，去阿富汗的必由之路，当年援阿抗苏的物资都是经白沙瓦运往阿富汗的，城中有反映佛教文化的博物馆，离白沙瓦不远的坎达拉是著名的"健陀罗"文化遗址。

值得一提的是巴北部吉尔吉特地区。此地人一反巴人偏黑的肤色，男女都白净，尤其是年轻姑娘，皮肤特别白细。究其原因，当地人说应归功于杏子，吃杏皮肤好，而且长寿。当地杏树特多，鲜杏杏干比比皆是，可惜交通不便难于外运，地方上缺乏处理设施，眼看着大批鲜杏烂掉，实在可惜。我想，光有杏子还不够，水土应该是重要因素。北部地区多山，不少高山终年积雪不化，当地人饮用雪山流水，空气又清新，不长寿才怪呢。这同我国新疆地区类似，皮肤白，长寿者多。

吉尔吉特地处中巴喀喇昆仑公路道上，城中有中国筑路员工烈士陵园，长眠着一百多名筑路英雄。每年清明节，我馆都要派人祭扫。守护陵园的巴老人，为我筑路员工牺牲生命修建中巴公路的精神激励，自建陵园之日起，数十年如一日，风雨无阻，日夜守护陵园。为感谢老人，我友协曾邀请他访华一周。

普结新朋友，不忘老朋友，乃是中国人的美德，所谓受人滴水之恩，当涌泉相报。我国的外交政策好就好在决不过河拆桥。巴基斯坦是我国的老朋友、好朋友，我们并没有因为发展同印度的关系而疏远巴，朋友的朋友是朋友，朋友的敌人却不一定是敌人。恶缘杜绝，善缘普结，是我国外交政策的精髓。

以上文字纯属个人经历和感受，不妥之处，请各位老巴以及熟知巴基斯坦的各方人士不吝赐教，不胜感激之至。

（2009 年 9 月 9 日　于北京）

巴基斯坦趣闻

我曾在巴基斯坦长期工作，兹将该国趣闻轶事略写一二，供国人了解巴国事物时参考。

巴基斯坦是发展中国家，四个省中，西部和北部的俾路支省和西北边境省为山地，地多不毛；而东面和南面的旁遮普省和信德省地势平坦，尤其是旁遮普省，

地平视野开阔，水利灌溉设施遍布，号称巴国粮仓，盛产稻麦菽稷，油菜、花生、芝麻、甘蔗、白薯等。该省的夏西瓦尔（Sahiwar）出产良种牛，成为牛马市和牛马节上的佼佼者。我国的牛，水牛就是水牛，奶牛就是奶牛，耕地产奶各司其职；而巴基斯坦的牛，是能者多劳，既能耕地又能产奶，这样的牛谁不喜欢。1984年，李先念主席访巴时，齐亚·哈克总统送给李主席四条夏西瓦尔牛，个个膘肥肉厚，高大健硕，足有半吨重，毛色纯黑，黑里透亮，运回国后放到广西省饲养，但是没见在我国繁衍，可能是因为水土不服吧。

拉合尔是旁遮普省的首府，人杰地灵，人文荟萃，为巴国的骄傲。特别是建都这里的莫卧儿王朝，在伊斯兰历史上书写过辉煌：古城堡、皇家清真寺和夏丽玛皇家花园至今仍然是人类建筑史上的杰作。而拉合尔人引以为骄傲的还有两点：一是创建巴基斯坦伊斯兰独立国家的"拉合尔决议"，1941年3月23日在这里通过；二是在1965年印巴战争中，拉合尔人以高涨的爱国热情，拼死保卫拉合尔，不使其沦陷，谱写了一曲爱国主义赞歌。

拉合尔的风筝节值得一提，每年春夏之交，各地的风筝爱好者云集拉合尔，展示各自的技艺。巴人还有斗风筝的习惯。我们知道，当两根或更多的风筝线缠到一起时，总是风筝线强度（包括硬度和韧性）大的割断强度小的线。他们就是利用这一特点有意识地互斗风筝。有人甚至用细铜丝或铁丝做风筝线，以求立于不败之地。悲剧往往由此发生，轻者割伤自己的手心，更不幸者是金属线搭上输电线，非死即残，所谓乐极生悲是也。但这并没有影响痴迷者的兴致，每年仍有那么多人到拉合尔比拼。正所谓"黄连木做笛子，苦中寻乐"。

旁遮普省的木尔坦盛产芒果，其中的两个品种为上品——"浪格拉"（瘸腿）和"江萨"，甜蜜多汁，无纤维，远销国内外，可与印度和东南亚的芒果媲美。不幸的是，1989年，哈克总统乘飞机经过木尔坦，停降加油时上了送给总统的芒果，结果飞机起飞后不久就在空中爆炸，哈克总统和数名高级将领罹难，定时炸弹就是放在芒果筐里的。事后怀疑是人民党分子所为，美国中央情报局也曾参与调查，但查无实据，不了了之，到底谁是主谋，至今仍是个谜。

巴基斯坦是发展中的穆斯林国家，不像西亚和阿拉伯国家有石油美元，如伊朗、约旦、阿联酋、沙特阿拉伯等，因而经济欠发达，老百姓生活也不富裕。物价不高，蔬菜水果都挺便宜。巴人大多是虔诚的穆斯林，你到市场买东西，没有漫天要价、抬高物价或短斤少两等现象。但小商小贩文化水平低，不大会算账，特别是买的品种多了，往往算不过账来。最有趣的是，有的商贩不会笔算和心算，点两手的指节算账；两只手共有28个指节，多于28就不会算了。更有意思的是，巴基斯坦没有像我国那样的称，一个小小的称锤，可以称几十甚至上百斤的东西，而他们的称实际上就是大天平——称的东西有多重，秤砣就要多重！砝码不够用，就先称石头，把石头加到砝码一边再去称重物。你说有意思不。

巴基斯坦的体育运动开展不是很普遍，但是，也有几个项目巴人引以为骄傲。一是曲棍球，巴小孩从小就酷爱曲棍球，放学后先不回家，在球场、草地，甚至路边，放下书本摆做球门，拿出随身带的球棍就拨弄起来。巴曲棍球队曾称雄南亚以至世界，出了不少球星。但近一、二十年，由于韩国、德国、荷兰、澳大利亚等国引进曲棍球，青出于蓝而胜于蓝并迅速雄起，巴国包括印度（以前也是曲棍球强国）都退居"二线"，屈居二流。二是板球，类似垒球，但有区别。原本是英国人带到次大陆的，巴青年善于学习，板球后起之秀层出不穷，不少板球球星到英国打球，表现不俗，受到重用。看来，球员转会、跳槽早已有之，已不新鲜，但那时的转会费或曰球员身价，远远比不上今天的天文数字。板球在巴现今的青年学生中也相当普及。板球规则比较复杂，我在巴基斯坦待了十四年，至今也没弄懂是怎么回事，可能是因为我没有体育头脑。三是回力球或称壁球，巴国回力球明星屡次在国际比赛中拔得头筹。最著名的是贾杭格尔，统治壁球球坛近二十年。但是，壁球有局限性，第一，球场不大，大概就十米见方；第二，球员太少，就二人对抗，对着墙壁打，看谁把对方逼到接不到球，就得分；也就有了第三，场地有限，观众最多也就百十来人。哪像足球的号召性，可容数万人观看。这也就是回力球至今未能在世界范围推广的主要原因。四是马球，也是英国人带到巴基斯坦的，实际上就是骑在马背上玩的曲棍球，现时巴北部地区，伊斯兰堡、拉合尔、白沙瓦、吉尔吉特等大中城市都有此项运动，军队马球名列前茅。此外，巴国有钱人和高官也玩高尔夫球，伊斯兰堡、拉合尔、卡拉奇，甚至吉尔吉特等大中城市都有不错的高尔夫球场。草种从英国和德国引进，绿草如茵，宛如地毯，即便不打球，躺在地上，也是一种安逸的享受。据高尔夫球爱好者告称，巴国的高尔夫球场收费很低，现在的国人都能玩得起。记得80年代，万里副总理访问巴基斯坦时，主人知道他喜欢打高尔夫球，特地作出安排，齐亚·哈克总统以及数名高级将领亲自陪同。万里副总理十分高兴，连称好、好、好。

巴基斯坦人生活俭朴，一张"贾巴迪"（烙饼）或者"馕"（发面饼，新疆人

也吃），加上一点土豆、洋葱，就是一顿饭。条件好一点的有土豆烧牛肉。但巴人生命力很强，伊斯兰堡冬天气温有时到零度左右，我看他们都不穿厚衣服，根本没有棉衣棉裤，顶多上身裹一条大披肩，再看下面，光着脚丫子穿"加巴尔"（凉鞋）。巴基斯坦人好像没有穿袜子的习惯，就连女士也很少有穿袜子的。劳动者劳作之余，累了，不管什么地方，倒地就睡，夏天冬天一概如此。我想，我们中国人身子骨不如巴国人，谁敢无论冬夏，倒地就睡？不信你就试试，不落下病根才怪。巴人习惯喝凉水，不知开水为何物，还奇怪滚烫的开水我们怎么喝？！我国访巴的代表团，往往四处找开水而不可得。后来，代表团都自带电热壶烧水。再后来，中国朋友防巴多了，巴朋友自然知晓，饭店、宾馆都用暖瓶装上开水放在代表团的每个房间。这就叫做增进了解，才能互相包容。

人民币在巴基斯坦越来越受欢迎。巴国中小商人大多喜欢来中国做生意，一是两国友好，二是我国东西便宜。他们有意吸纳人民币，以便到中国买东西。特别是新疆，与巴比邻，来新疆做生意的巴商人特别多。不少人也到北京、温州、广州等地购物，运回去赚钱。我国生产的打火机，比别国生产的便宜得多，有的商人从新疆整麻袋整麻袋地往回扛，由此可见一斑。我曾到过新疆与哈萨克斯坦交界的阿拉山口口岸，据海关人员告知，我国生产的竹壳暖水瓶，哈方用火车往回运。大家知道，竹壳暖水瓶在国内已经少有销路，而在哈萨克斯坦却大受欢迎。我国国力增强，产品丰富，在对外贸易中游刃有余，已是不争的事实。

人世沧桑，政局无常，巴基斯坦也不例外。巴人民党元勋佐勒菲卡尔·阿里·布托 1967 年创建巴基斯坦人民党（PAKISTAN PEOPLES PARTY，简称 PPP），曾几何时，人民党运动波澜壮阔，并在 1971 年 12 月夺得政权。可是，好景不长，在 1977 年 3 月的大选中，人民党虽然大获全胜，反对党却不承认选举结果，指责人民党政府选举舞弊，并在全国范围掀起反政府运动。鹬蚌相争，渔人得利，7 月，陆军参谋长齐亚·哈克乘天下大乱实行军管，取而代之，接掌政权，并于次年自任总统。哈克总统是虔诚的穆斯林，但行事果敢，奉行"一山不容二虎"的信条，于 1978 年以"祸国殃民"的种种罪行将布托逮捕下狱，以绝后患。在得知哈克决心除掉布托之后，我国领导人曾以多种方式多次做工作，劝哈克以大局为重，以稳定为重，从轻发落布托。其中一次是，耿飚副总理访巴，在翻译因故不在场的情况下，与哈谈起布托案，哈克态度坚决，表达了不杀布托不足以平民愤的意思。阴差阳错，耿副总理听成了"不杀布托"。国内得知这一消息后如释重负。后来，哈克得知我方误会了他的意思，特地郑重向我申明，他绝没有说过不杀布托。我中央和外交部追查原委，当时担任翻译的施燕华只得说她翻译有误，背起黑锅，以了结此事。1979 年 4 月，哈克力排众议，将布托送上了绞架。行刑的人出身于犹太人侩子手世家，据后来从他那里传出，上绞刑架时，布托面不改色，连眉头也没皱一下，慷慨赴死，大有视死如归的气概。布托的死令人遗憾，但是他的用人不当招致杀身之祸：是他越过七个资深将军的头顶，将齐亚·哈克提拔到陆军参谋长的宝座，巴基斯坦军队不设参谋总长，陆军参谋长即为三军首脑。做梦也没想到，自己会死在十分信任并委以重任的人手里。布托是个不可多得的人才，精明过人，但聪明反被聪明误，以至冤死。

佛教和印度教都有轮回之说，我虽不信教，但不少事都有验证。在布托被绞死 9 年之后，1988 年 8 月，齐亚·哈克总统的座机在木尔坦上空爆炸，哈克和数名高级将领死于非命。这可能就是冤冤相报的后果。虽然事后调查毫无结果，但人民党分子的嫌疑最大，因为他们有作案的动机。天下事无独有偶，在老布托被绞死 28 年之后，既 2007 年 12 月，小布托即他的女儿——贝娜齐尔·布托又被人肉炸弹炸死于群众大会之上。小布托是六个儿女中的佼佼者，还在伦敦牛津大学时，她就以能言善辩著称，并出任该校学生会主席。留学归国后，老布托在公众场合老带着她，让她见习治国理政之道。就如当年印度的尼赫鲁培养女儿英·甘地一样。小布托没有辜负父亲的期望，在其父死后，担任人民党主席，在巴政治中扮演了突出的角色，两次出任总理，第一次任总理时只有 35 岁，可惜又死于非命，死时年仅 54 岁。

在巴基斯坦，搞政治是要付出代价的，不光老布托、小布托，就连小布托的大弟弟穆尔达扎·布托，也在卡拉奇闹市突遇袭击，被乱枪打死，凶手杀人动机不明，不知是政治谋杀还是报私仇，亦或兼而有之。

历史，无论中外，都有惊人的重复和相似之处。我国三国时的枭雄曹操，浴血奋战一生，终于消灭吴、蜀，完成一统，可是，曹氏后代却没能享受到先辈的成果，天下归了司马氏，即归了那个生性多疑、被诸葛亮的一座空城吓退、坐失生擒蜀国军师的司马懿的儿子。巴基斯坦也类似：布托家族两代人从政多年，耗尽心血，都不得善终，反而是小布托的丈夫——扎尔达里，最终成为现任巴基斯坦总统。贝·布托与扎尔达里的结合，我想应该是出于门当户对——因为扎尔达里在信德省也是一个大家族——而并非政治结合。

伊斯兰堡东北方向两个来小时车程，有一处旅游胜地—茉莉山，一年四季都

吸引八方游客：春看山花，夏日避暑，秋高气爽，适于休闲，冬有白雪，领略北国风光。山上的茉莉镇，地方虽不大，就一条主要街道，但游览者熙来攘往，热闹非凡。街上店铺鳞次栉比，小商品琳琅满目，东西还很便宜。中国的小商品在这里随处可见，一不留神，买到的物件虽说价廉物美，可仔细一看，却明明写着"MADE IN CHINA"。美食者在这里也可大快朵颐，品尝各种巴基斯坦风味的小吃，特别是牛羊肉、鸡鱼肉烧烤，加上"贾巴迪"（烙饼）和一种发面脂油饼，再来一瓶茉莉啤酒，那滋味儿是国内任何餐馆都无法享受到的。再往茉莉山深处进去，就到了"纳蒂雅嘎里"，高架缆车可供游人鸟瞰山光林色。在这里，游人纷纷骑马骑骆驼，一如我国新疆和内蒙古大草原，不同的是，这里是山地，上坡下坡，需要胆量，搞不好从马背或骆驼背上掉下来，就可能乐极生悲。好在牲口驯服，又有主人牵引，一般不会出问题。当然，艺高胆大者也可自己驾驭马儿，在山上奔跑。工作劳累之余，节假日外出度假休闲，茉莉山是保留节目；代表团来访，多半都要去茉莉山。

上了年纪的人容易忆旧，而旧时往事，酸甜苦辣都有。回忆往事是一种享受，特别是那些美好的往事。北京大学"巴基斯坦中心"为我们这些"老巴"提供了一个忆往事、叙友情的机会，实在是一件大好事。特写下上述文字，以飨读者，也是促进中巴友好，并使之代代相传的一点微薄努力。

（2009 年 9 月 27 日于北京）

巴基斯坦见闻

本人曾在巴基斯坦工作十四年，众所周知，巴是我国相当友好的国家，兹将所见所闻写下，供国人进一步了解巴国参考。

文化艺术

巴基斯坦是典型的穆斯林国家，其宗教和文化无不具有伊斯兰特色。先说宗教，清真寺遍布全国，不计其数。最有名的是拉合尔皇家清真寺，最现代的要数伊斯兰堡费萨尔清真寺，由沙特阿拉伯花二亿美元援建，坐落在伊斯兰堡西面马格拉山麓，外形壮观，四个尖塔高耸入云，祷告厅高大宽阔，可容上万人祈祷。巴国96%的人口是穆斯林，每天祷告五次；男人上清真寺祈祷，女人则在家念古兰经。

每年斋月，白天不吃不喝，只在日出之前和日落之后进食喝水。更有甚者，斋月白天不抽烟，晚上不行房事。

着装也体现穆斯林特色，特别是妇女，最严谨的是一种叫做"布尔加"的服装：像我国女道士的道袍，却比道袍更加封闭，全身罩住，只留网状眼罩，不然没法走路，因为古兰经规定，女人身体只能对丈夫开放。现代妇女，特别是城市妇女，着类似"布尔加"的袍服，没有眼罩，只用一块黑绸布遮住嘴脸，露出眼睛，也别具风采：袍服多半黑色，内穿花哨衣裤，"风吹仙袂飘飘举，犹似霓裳羽衣舞"。女学生更加开放，校服剪裁合体，体现青春活力。男人着装比较传统，上衣特长，外罩马甲，连劳作者也不例外，蹲下干活时衣服扫地。但城市趋向现代化，西装革履、衬衫长裤者越来越多。卡拉奇开放，听说有夜总会和艳舞表演。

文化自然是伊斯兰文化。巴基斯坦人把古兰经视作神明，各地清真寺和博物馆都藏有各式各样、特大特小、装潢精美、金粉书写的古兰经。大的重几十斤，小的就火柴盒那么大。古兰经文随处可见。乌尔都语书法也是书写古兰经。歌唱主要是爱情和为真主和先知歌功颂德，歌后努尔·贾杭就是以此统治巴歌坛数十年。著名歌手麦迪·哈桑也是以唱伊斯兰圣歌在巴享有盛誉，在舞台上盘腿坐着，手弹箱式小风琴，自弹自唱，陶醉于圣歌之中；观众亦随着节拍，摇头晃脑，沉迷于圣歌之中。舞蹈比较民俗化，大多反映青年男女爱情。但舞者缺乏形体训练，舞蹈语汇比较简单。

电影仍处于反封建阶段，提倡自由婚恋为多数电影的主题，大多描写富家少爷爱上穷苦少女，或者有钱人千金穷追穷困硬汉。电影以歌舞取胜——青年男女在景色秀美的山林幽谷你追我赶，载歌载舞，表达爱慕之意。电影颇受中下阶层人士欢迎，电影院演出特别是晚场，几乎座无虚席。开演之前全体起立，奏国歌，体现巴基斯坦人的爱国热情。名演员穆罕默德·阿里和泽芭是巴电影界的金童玉女，常青树。电影主题歌和插曲普遍受到欢迎，旋律优美，独具特色；歌词用乌尔都语，包括50年代曾风靡我国的印度电影"大蓬车"其歌词也是乌语："阿瓦拉古"（我是流浪汉）实际上发音应该是"阿瓦拉洪"。巴基斯坦电影在南亚、中东、阿拉伯和伊斯兰国家拥有可观的市场。

巴基斯坦面积69万平方公里，人口却有一亿五千多万，居世界第七，生育率高达3%。有限的资源难以满足迅速增长的人口，因此，政府提倡计划生育，控制人口增长。但是，伊斯兰教教义反对堕胎，认为胎儿是真主赐与，打掉胎儿是大逆不道，计划生育因而遇到阻力。

风土人情

巴基斯坦地处南亚西部，西面与中西亚的伊朗和阿富汗毗邻，南濒阿拉伯海，东临印度，北与我国接壤。虽属亚热带气候，但是南北温差较大，卡拉奇常年高温高热，干燥少雨，不像孟买、马尼拉、雅加达、新加坡、吉隆坡等海滨城市雨量充沛；夏天气温高达四十五、六度，而北部的吉尔吉特、洪扎和克什米尔地区又十分寒冷，特别是喀喇昆仑地带，高山终年积雪不化。与我国交界的 K-2 高峰（我称乔戈里峰），高达 8611 米，仅次于珠穆朗玛峰，也是各国登山爱好者云集的所在。源自阿富汗的印度河（RIVER INDUS）流经巴基斯坦全境——所谓"印度河文明"原来是在巴基斯坦（并不奇怪，巴基斯坦原本是印度的一部分）。西部和北部的俾路支省和西北边省地势高，多山；而东部和南部的旁遮普省和信德省则是平原，旁遮普省是巴基斯坦的粮仓。

巴基斯坦人好客，奉行"四海之内皆兄弟"的伊斯兰信条。我们到巴朋友家里做客，主人尽其所有招待客人，气氛随和，使人有宾至如归的感觉。巴人特像西藏人，对朋友肝胆相照，两肋插刀，而又疾恶如仇。但总的来说，巴国穆斯林还是通情达理，与人为善，乐善好施的。宰牲节期间，有钱人杀牛宰羊，总要拿出一部分分给穷苦人。街上乞丐行乞，大多数巴人，无论多少都会施舍一点，很少有无动于衷者。长期以来，我国新疆的穆斯林去沙特朝觐，巴基斯坦是必经之路。巴国在白沙瓦、伊斯兰堡和卡拉奇都设立了接待站，专为新疆香客免费提供食宿。这一方面是出于友好，而更主要的是穆斯林兄弟情义。

巴基斯坦人由北向南，肤色由白转黑：北部的吉尔吉特人和克什米尔人皮肤白净，特别是女孩子，皮肤细嫩，白里透红；南方的信德省人，跟孟加拉人一样，皮肤黝黑，几近非洲黑人。身材也是北方人较南方人高大，所以，巴军队兵员主要来自西北边省和旁遮普省，特别是西北边省人，高大剽悍，就如印度的锡克人一样，军队中多数将领都来自西北边省和旁遮普省。

拉合尔以东数十里，有一个与印度接壤的瓦加边界，边界两国士兵早晚升降旗仪式现已成为一大景观，吸引不少巴基斯坦和外国游客。两边升降旗仪式同时举行，形成两军军威对抗。相形之下，巴边防军显得更加威猛，个个彪形大汉，虎背熊腰，气势逼人，印度士兵反倒矮小，底气不足。每天日出之后和日落之前举行升降旗仪式，两边护旗兵相向前行，正步高抬腿，每一步脚落地时，都特别有劲，声震远近。

不少人都说，他们的鞋估计一个月就得换一双。升降旗时动作夸张，尽情演绎。巴方对此更加重视，专门建有如体育场似的观礼台，每天早晚都有数以千计的观众观看；仪式举行的整个过程中，口号不断，掌声频频。更有情绪化的观众，举着巴基斯坦国旗，满场奔跑，领头高呼爱国口号，显示小国巴基斯坦并不惧怕大国印度。

凡人小事

说起中巴喀喇昆仑公路，我在巴基斯坦待了十四年只去过红其拉普山口一次。那是在 1982 年 8 月，喀喇昆仑公路通车典礼时，我陪王传斌大使前往参加典礼。27 日，我和王大使陪同以新疆维吾尔自治区人民政府主席司马义·艾买提为首的代表团，分乘两架直升机飞往红其拉甫。飞机在高山峡谷之间飞行，比一般的飞行要惊险得多，从机舱往外看，直升机翅膀几乎碰到山上，而感受也不一般，群山白雪皑皑，使人净化到没有丝毫私心杂念；往下看则是山谷深邃，山道蜿蜒，偶尔还能看到数只羚羊优哉游哉，在吃草晒太阳，雪线（3000 米）以上则看不到任何动植物，雪莲除外。中午时分，典礼开始，宾主共赞中巴公路的伟大和在两国人员物资交流的中的作用，对两国筑路员工克服艰难险阻、冰封雪冻，甚至牺牲生命，在近 5000 米的雪域高原建成友谊公路，创造筑路史上的又一奇迹表示崇敬，对死伤人员表示哀悼和慰问。喀喇昆仑公路是继坦赞铁路之后，我国对外援建的又一巨大工程，历时 14 年，耗资数亿，动用员工数万人，大型机械数千台件，牺牲人员一百多人，以此足见我国对外援助的真诚。红其拉甫地处高寒，八月天还要穿呢子大衣，特别是空气稀薄，动作不能大，说话不可多，不然气不够用，心脏不好的人更得小心，就像在拉萨一样。我当时担任翻译，说话比谁都多，是主人和客人说话的两倍。王大使事前就告诫我，要小心行事，不要到时砸锅。好在我当时还年轻，三十啷当，跟没事一样；万一不行，还有氧气枕备用，但那是为老同志准备的，我用不上。

中巴喀喇昆仑公路确是壮观，在山腰间蜿蜒，特别险要；南端塔科特至红其拉普山口，长 616 公里，红其拉普到我国新疆喀什 416 公里；由南向北，坦途很少，我曾沿公路坐车到吉尔吉特，确是一番惊险刺激的经历——右手边是悬崖绝壁，左面则是高深沟壑，就如我国的青藏公路；开车时绝对不能走思，错车时更要小心，不然就会车毁人亡。国内端我没走过，据知情人说，红其拉普以北，虽是下坡，但比南段更加险要，事故更多。

中巴公路最大的问题是维护，比较而言，养路护路比修路更不易、更费人力物力和钱财。因为沿路地带风化严重，泥石流、塌方、蹦岩随时都可能发生，一旦发生，路段阻断，往往非重型机械或爆破而不能清除。还有洪水，夏季山洪爆发，冲毁路段，非十天半月而不能修复。1978 年的水毁工程，用了长达一年半的时间。

在巴基斯坦的十四年工作和生活，一直都比较舒心。但身边也有一些不幸发生。卡拉奇总领馆在海边有一座小房子，供馆员度周末和接待过往的客人。既可下海游泳又可享受鱼虾螃蟹烧烤，也算劳累一周之后的犒劳。70 年代中期，经贸部有一周姓小伙子，出差到卡拉奇，到那儿游泳，当时正退潮，旁边的人劝他不要游得太远，他老兄却艺高人胆大，不以为意，尽兴往海中游去，这下可就惨了：当他往回游时，却怎么也游不回来，海浪一个劲地把他往深海推去。尽管他大声呼救，谁也不敢去救他，因为不但救不了他，连救他的人也同样回不来。看守总领馆房子的巴籍雇员，虽然水性特好，也只得摊开双手，做出无可奈何的表示。该雇员自我卡拉奇总领馆建馆时就为我馆服务，数十年如一日，忠诚可靠，后来他的儿子又子承父业，继续在我馆工作，不可谓不忠，他实在是无能为力。大家只得眼睁睁地看着小周被大海吞没。后来卡拉奇海军出动舰艇打捞周的尸体，也无功而返。

我驻伊斯兰堡使馆游泳池曾淹死过人，这听起来似乎是天方夜谭，可这是真事，我就是见证人。20 世纪 80 年代我第二次在巴工作。时值炎夏，是一个礼拜五（休息日，巴人公休周五，主麻日），下午 3 点多，大家都在饭堂边看电视（西方自由式摔跤）边等午饭（休息日吃两顿，4 点钟开饭）。我馆一司机快五点了还没来吃饭，大家觉得不对劲，赶紧四下寻找，先到他寝室，以为他睡过头了，没人，院子里也没有。众人纳闷，他对门的司机突然想起来，来饭堂之前曾看见那人打着赤膊，拿条毛巾出门，估计是上菜地干活去了，于是奔菜地寻找，也不见人影。这时菜地旁边的游泳池传来喊叫声，大家赶过去一看，一双拖鞋放在游泳池边，却不见人，再往水里仔细观察，隐约可见一个人影，会水的连衣服都来不及脱，就噗通跳下水打捞，果然是他！赶紧人工呼吸施救，但为时已晚，他已牙根紧咬，指甲发黑，送到医院也无计可施，不得不宣布死亡。后来回想，他是先到菜地摆弄他的二分地，汗流浃背之后到泳池冲凉。凑巧的是三点：一是他在学习游泳，刚会不会，兴致正浓，径自违反一个人不许游泳的明文规定，下水游泳；二是，泳池换水在放水，使馆管理员为省电，不用抽水机，让脏水自动流走，如果抽水，泳池干了，他就游不成了；三是，水刚放了一小半，浅水区游不了，他个子高大，于是到深浅水交界的水中去游;大家知道,从浅水到深水,不是斜面加深,而是越过浅水线是陡坡加深,而要换的水已经很脏,池底长满了青苔,十分滑溜,估计他游泳时,一不留神便滑向了深水区,这下他慌了神,奋力扑腾,越扑腾越陷入深水。我估计生命攸关时他也曾呼救,但是,烈日炎炎,四下无人,形同荒野,大家都在饭堂,呼救又有何用。根据时间推算,他至少在水下待了四十到五十分钟,在水下待这么长时间,是绝不能生还的。全馆都为他的死感到悲哀和惋惜,而且是死在了游泳池。其实,他为人厚道,工作勤勉,人际关系很好,从未与人发生过口角。他个子高大,爱打篮球,球场上从不对人犯规,别人对他犯规,他从不计较,一笑了之。俗话说,好人命不长,这是一个例证。俗话又说,欺山不欺水,不会水的人,切莫随便下水游泳。可他正好是甘肃人,不谙水性,不知水的厉害,因而酿成悲剧。大家知道,甘肃少河缺水,会游泳的人不多。

第三个悲剧是:新华社驻伊斯兰堡某记者,家里不知有什么事,急着返国,正好新华社社长蒋元椿访巴,他与社长彻夜长谈,历数家里困难,申请提早离任回家,蒋社长表示同意,之后便去白沙瓦继续访问。可他不放心,于次日一大早驾车前往白沙瓦,意欲再向蒋社长做工作,砸实让他回家的决定。可途中翻车,车毁人亡。据警方报告,出事地点并不险要,虽是弯道,但弯度并不大;翻车掉下地的高度也不大,可他却当场毙命。我不迷信,但你说这不是上天的安排又是什么?最大可能是,他头天晚上没睡好,第二天疲劳驾车,以至翻车丧命。

悲剧四:我国际广播电台一范性乌尔都语播音员,被委派去巴基斯坦进修乌语。结业回国之前,前往老师家谢师。此人天马行空,独来独往,乘坐巴士前往。国人多半不知道,巴国的巴士,十之八九没有车门,因为乘客太多,车门边、车顶上都是人。他老兄对老师的住处不了然,下车之时边向人打听地址所在边后退,这时车已启动,又是转弯,他急忙下车,结果一步踩空,仰面跌倒,后脑着地,颅骨破裂,当时就不省人事,送到医院已无可救药。据他的同事反映,此人行事乖张,"可与言人无二三",因此独来独往,无人帮衬,酿成悲剧。此后,他老婆还不依不饶,硬说有人谋害,在国内四处告状上访,甚至到外交部大门外卧地拦阻部长坐车! 她还不远万里,去巴基斯坦投诉巴总统齐亚·哈克,不过是为了得到同情和更多的抚恤金。哈克总统慈悲为怀,特批让她女儿到巴基斯坦留学。

最大的悲剧莫过于在巴西北边省绑架案中的遇害者—王鹏。他在巴军武装营救行动中被乱枪打死,身中数弹,腹部被打烂。死时年仅29岁。巴军突击队发起

攻击时，两个人质中的他被先行押出拘禁地，因为他会英语，恐怖分子可以让他向突击队喊话。而留在屋里的另一人质则被突击队救出。看来，会外语的不如不会的，风险反倒更大。谁也想不到，会外语会招来杀身之祸。

正如大词人苏东坡所吟："人有悲欢离合，月有阴晴圆缺，此事古难全"。但是，欢总胜于悲，合总多于离。只要我们乐观向上，总是朝前看，生活就充满希望，大地就老有阳光。人生就是这样，大悲之后才有大喜，风雨之后方见彩虹。关键看你如何把握。

（2009 年 9 月 21 日）

作者简介

宋德亨，1946年11月18日生于四川省自贡市自流井区的一个工人家庭。

1970年夏末毕业于四川大学外语系英语专业，被外交部选中，送到河北唐山军垦农场4584部队锻炼、储备。

1971年9月，以"学习员"身份（带职学习），被外交部派往巴基斯坦学习乌尔都语。两年半后留使馆文化处工作，1977年底回国。

1978～1982年，在外交部亚洲司五处（印、巴、孟、阿）搞调研工作。

1982～1986年，在中国驻巴基斯坦使馆调研室工作，自随员升三等秘书，以至二秘。

回国后仍在部亚洲司五处工作，至1991年。期间，于1989年7月转正为中共正式党员。

1991～12月，以"访问学者"身份赴美国华盛顿霍普金斯大学高级研究生院进修一年，主修国际关系学。

1986～1993年，历任二秘、一秘、副处长（综合处代处长）。

1993～1996年，在中国驻印尼使馆任调研室主任，之后在外交部亚洲司三处工作。

2000～10月，受派到驻印度使馆调研室工作，任主任。

2001～8月，升参赞，并转馆巴基斯坦，任政务参赞（副馆长）。

2004年底任满回国。次年2月，被任命为中国驻孟买总领事，至2007年2月调回，同年4月退休。

走进巴基斯坦

魏渭康

中国前驻巴基斯坦大使馆研究室主任、前政务参赞

我于 1964 年 9 月赴巴基斯坦卡拉奇大学文学院进修乌尔都语言文学（此前，从 1960 年至 1962 年曾在印度德里大学克罗里莫学院学习乌尔都语言），与我一起赴卡拉奇大学学习的有我在上海复旦大学外文系同学陆树林，后来他成为我在外交部一起工作的同事。之后又有五位年轻的留学生抵达卡拉奇大学学习乌尔都语言，当时我们七位留学生师从不同老师学习，都取得了较好成绩。我记得在学习期间即 1966 年 3 月，我国国家主席刘少奇访问巴基斯坦期间我和陆树林奉使馆领导指派，参加了一些翻译工作，获得好评。两年的学习生活很快就结束了，我们参加了卡拉奇大学的统一笔试和口试，顺利获得研究生文凭。但是，由于当时国内正值"文化大革命"期间，大肆批判"臭老九"，视毕业文凭为"废纸"，所以我们不敢去大学参加毕业典礼，文凭也没有领取。直到"文革"结束后的 1983 年才补领。

1966 年 7 月，我从卡拉奇大学毕业后奉外交部之命留在驻巴基斯坦使馆工作，那年巴基斯坦首都从卡拉奇迁到北部地区伊斯兰堡市，我也随大使馆的迁移到了伊斯兰堡工作。从此，我结缘巴基斯坦，前后三次赴驻巴使馆工作长达十五年之久，从一个普通工作人员、译员做起，一直做到一等秘书、研究室主任，经历了许许多多事情，如中巴两国领导人访问、美国国务卿基辛格经伊斯兰堡秘密访华、印巴战争等等。1988 年 8 月，我从驻巴使馆调回国内，后到外交部亚洲司五处工作，不久被任命为五处处长，主管巴基斯坦、阿富汗和孟加拉国事务，直到 1991 年 12 月我被外交部派往驻新加坡使馆担任政务参赞为止。我与巴基斯坦的工作联系，前前后后达二十五年之久，与巴基斯坦人民结下了深厚友谊，永远难以忘怀！

1977年2月23日，巴基斯坦总理布托会见中国政府代表团时同魏渭康握手

初访克什米尔，慰问我国筑路大军

　　1964年9月，我到巴基斯坦卡拉奇大学文学院进修乌尔都语和南亚历史。两年后毕业，我进入中国驻巴基斯坦大使馆工作。1969年4月，我第一次走进克什米尔，是陪同驻巴使馆临时代办去的，身份是翻译。当时，中国的筑路大军帮助巴基斯坦修建喀拉昆仑公路，巴基斯坦方面称之为"中巴友谊公路"，中方承担修建红旗拉甫山口到巴控克什米尔一段50多公里的路段。印度把那块地方看作"被（巴方）占领地区"，巴基斯坦则把自己控制的克什米尔分为两部分，分别称为"自由克什米尔"和"北部地区"。当时筑路的地方就位于北部特区。其"特"的含义就是，它不属于中央政府直接管理，而属于克什米尔事务部管辖。北部特区的首府是吉尔吉特。

　　三十多年前的修路环境非常恶劣，代办和我去慰问那些修路工人要从伊斯兰堡坐民航机到吉尔吉特，然后我们乘坐军用直升机，到洪扎河旁的一片河滩上降落，再转坐军用吉普车。这次克什米尔之行给我留下了非常深刻的印象：修路地方平均海拔4000多公尺，穷山恶水，地势险要，交通不便，长期与外界隔绝，被称为"神秘地区"。这一带在修路之前，沿着山间的小溪有一些崎岖蜿蜒的小山路。据说，当年唐僧去西天取经走的就是这样的路，当时的老百姓也是靠走这样的路下山去换些布匹、盐等生活用品。老百姓以放牧为生。气候条件稍好的山沟里能够种些蔬菜、粮食（玉米、小麦等），冬天吃肉食和采集野果充饥。穿的衣服也比较破烂。总的印象是，那里的老百姓不是一般的贫穷，可以说只能勉强维持生计。生活空间受大山的挤压变得很狭小，交通不发达也使得这里很封闭，整体水平与巴基斯坦内地相比有很大差距。中国筑路工人去了这之后，送给当地老百姓一些吃的东西。有时候老百姓也趁夜间睡觉的时候偷偷拿走些食品，特别是牛羊肉和面粉。中国工人非常理解他们的处境，也就不去追究了。也许就是因为这个缘故，当地老百姓对中国人很友好，感激中国工人为他们修路，因为路修好的后，他们就能到巴基斯坦内地去打工赚钱了。

再访克什米尔：考察喀喇昆仑公路全线

第二次去克什米尔是 1972 年。当时，喀喇昆仑公路由中国修建的那一段已基本完工，这时布托政府提出请中国继续援建、改建从红其拉甫山口到塔科特镇（位于巴基斯坦内地），全线总长 616 公里的公路。这时，我刚刚结束在卡拉奇大学的两年进修学习和驻巴基斯坦大使馆的六年漫长工作时间，回到北京仅仅一个星期。突然接到外交部有关部门通知，马上陪同交通部的一个考察组去巴基斯坦，担任考察组的翻译。当时，我没有二话就接受指示，到有关部门报到。

此行历时一个多月，巴方做了非常充足的准备，军车开路，帐篷、食品、生活用品一应俱全。沿线能乘车就乘车，遇到特殊路段就徒步行走。沿途的老百姓对这条路寄予了很大希望，所到之处都能受到当地老百姓的欢迎，他们常常用乌尔都语高喊"中巴友谊万岁。"

当时，我们看到整条公路沿着印度河向北走，沿途高山峡谷，地势险峻。湍急的印度河河水发出巨大的声音。靠近塔科特镇那里的山上有较茂密的森林，主要是马尾松和许多灌木丛。到了奇拉斯的地方地势比较平坦，那里有一个简易飞机场，可以起降运输飞机，我记得当时运输飞机给我们运来许多生活用品，我们在那里休息了好几天。在我的记忆里印度河谷的许多地方风景秀丽，气候温和。一些小溪的流水清澈见底，小溪旁山清水秀，林木茂盛，水草青青，河谷里可以

播种小麦、玉米、蔬菜、水果等。当地民风淳朴、土特产丰富。过了奇拉特，我们坐军用吉普车沿着原来的初级公路考察，两旁是黑黝黝的大山，傲然屹立在印度河两岸，山外有山，重峦叠嶂，连绵不断。群峰争雄，千姿百态，有的一片绿色，有的怪石头嶙峋，有的则披着皑皑白雪，景色非常壮观。从奇拉斯出发向北行去，道路弯弯曲曲，崎岖不平，用一句行话来说：路况基本上是"差板式的沙石路"。当时，我们坐在吉普车上感到非常颠簸，有时几乎把人都要从车上摔出去了。

经过几天的考察和研究，我们的吉普车在印度河谷行了几百公里后，来到了一片平坦的绿洲，那是巴基斯坦北部地区的重镇和行政中心吉尔吉特市。当时吉市的人口大约有三万，有几条小街，店铺大多数是出售日用百货、布匹、衬衣、食品等，还有几处地方专门出卖蔬菜、肉食和水果。市面比较繁荣。一天，我们坐军用直升飞机，从空中俯瞰吉市的面貌，其实它是一个高山下的盆地。四周大山矗立，山体裸露，呈暗灰色。由于吉尔吉特河常年带着雪水从城区流过，滋润了盆地，使吉尔吉特地区变成了一片绿洲，呈现出盎然生机。雪水是整个北部地区的"生命之泉"，凡是有水的地方就有人住，就有植物、树林和庄稼。

紧靠吉尔吉特河旁有一个公园，园内绿草如茵，树木茂盛，还有许多鲜花，非常好看。每逢节假日，许多市民到公园休憩。吉尔吉特市的东北有一座海拔七千八百米高的拉卡波什雪山，它巍然耸立，高高的山峰覆盖着皑皑白雪，在太阳光的照耀下银光闪闪。吉市郊区建有一个军民两用的机场，每天有一架可载客四十余人的民用飞机从伊斯兰堡飞来，稍停后又载客返回。

在我的记忆里，吉市有许多中国商品，特别是中国的小五金、瓷器、热水瓶、闹钟、丝绸和一些小工艺品。我们还参观了一家专营中国商品的"中国商店"，听说许多从巴基斯坦内地来的游客，都要买一些中国商品回去。据说，这些中国货物是由商贩通过马匹、毛驴翻山越岭从中国新疆地区运来的。所以商品的价格比较高。

在吉市考察组主要任务是选一座大桥的地址。由于河面比较宽、水流急，因此考察组花了几天工作时间。在吉尔吉河上原来有一座简陋的吊桥，人、畜以及小吉普车等共用。由于年久失修，已经难于再长久负荷。当地居民迫切需要一座坚固而又实用的大桥。

从吉尔吉特市出发北上，我们沿着洪扎河考察，浑浊而湍急的雪水在洪扎河里哗哗地流着，越往北走路越不好走。洪扎土邦位于中国新疆西南部，东接克什米尔、西北与阿富汗接壤，东西宽 100 公里，南北长 300 公里，面积约 600 平方公里，海拔 2000 余公尺，山高平均 3000 公尺，居民约 2 万，洪扎河从中间流过。在洪扎河的两岸，有许多梯田，禾黍茁壮，小麦已经黄梢。当地的官员介绍说，由于交通不便，与巴内地沟通困难，因此经济不发达，人民生活还相当艰苦，老百姓盼望公路早日修通。在洪扎我们考察组全体人员被邀请到土邦王王宫作客，王宫其实是一座较大些的楼房，有院墙围着，但是室内家具和陈设都相当不错。

我们在洪扎住了几天，对周围地区进行了详细考察，主要问题是公路如何少占用耕地和公路尽量避免穿过居民区。几天后，我们又往北行，我们看到了世界著名的帕托拉大冰川，景象十分壮观。由于这一段公路是由我国援建，所以考察工作就简单得多了。我们过了古尔米特、帕苏、抵河后终于达到了中巴边界的红其拉甫山口，此处海拔为 4950 公里。这是我第二次来到这个高度，由于心理上有了准备，所以反应不是太大。我们大家都很高兴，大家纷纷摄影留念，我还在中巴边界上的界碑前摄影留念，这是一次非常难忘的旅行。

三访克什米尔：当地老百姓富了

1979 年秋天，我在驻巴使馆工作时又陪同徐以新大使去了喀喇昆仑公路，徐大使是去慰问修路工人的。当是公路虽然还没有最后修好，但是修路的条件已有了很大的改善，工人们可以住在帐篷里，还有用木板搭成的床铺，天气冷的时候有烤火的炉子。这一年公路已经修到了巴内地，老百姓已亲身体验到修路为他们带来的好处，于是他们纷纷表示，如有必要，公路可以穿过他们的耕地。但是中国工人和设计人员尽量使公路绕开耕地，如果迫不得已占用了耕地，他们也会在附近开辟出一块新地作为补偿。中国工人的做法赢得了当地老百姓的尊敬和爱戴，他们感慨地说："中国人做事太周到了"。

此行使我深深地感到，由于修了公路带动了经济发展，沿途的小镇和村庄开始繁荣起来了，一些小店里的商品比以往丰富了，旅游者和度假的人也增多了。公路沿线也因此而出现了旅店、茶馆和杂货店，克什米尔地区的情况也因此有了很大改善。

经过中巴双方的艰苦努力，付出了血和汗的代价，1984 年喀拉昆仑公路终于竣工了。中国副总理耿飚率领中国政府代表团赴巴基斯坦参加公路开通仪式。当

时由我担任代表团的乌尔都语翻译。巴基斯坦总统齐亚·哈克亲自陪同耿副总理到塔科特镇一同为公路竣工剪彩。我还记得盛大的仪式是在塔科特大吊桥上举行，哈克总统在讲话中盛赞中巴友谊是"全天候的友谊"。为了修建喀拉昆仑公路，中巴两国领导人花了许多心血，也付出巨大代价。因此两国领导人看到公路修成后，都非常赞赏这一中巴友好合作的成果，巴基斯坦前总理阿里·布托曾说："中巴友谊像喀拉昆仑山一样高，像海洋一样深。"而哈克总统在多个场合说过："中巴友谊是全天候的友谊。"其实，公路修好后最受益的是北部地区和克什米尔的老百姓。

1979年后，由于工作关系我又多次去过喀拉昆仑公路，但是给我留下印象最深的一次是1987年的斯卡杜之行。那一次是应巴朋友的邀请去克什米尔的斯卡杜地区旅行，时间是夏天，天气已经很热。我们开着帕杰罗越野车，沿喀拉昆仑公路向克什米尔纵深地区行驶。开始路况很好，但是我们看到越往高处走，公路的个别路段已有损毁，经过维修公路基本是上好的。有时当我们的车子经过村庄时，一些居民会向我们招手致意，有时就会兴奋地喊出："中巴友谊万岁。"

斯卡杜（skado）位于自由克什米尔区，印度河从其旁边流过，夏天山上冰雪融化，因此河里的水流又大又急。由于斯卡杜靠近前线，也就是接近印控克什米尔，所以在路上经常可以看见有军车来往穿行。那个地区地势险要，道路崎岖，周围高耸的山峰形成了一道天然屏障，是个易守难攻的地方。尽管如此，巴方军队的戒备还是严密的，有重兵扼守在山上的一些交通要道。

虽然斯卡杜接近前线，但离前线也有近百公里的路程。从地理位置和气候条件来说，这是巴控克什米尔地区比较好的一个小镇，由于靠近印度河，有较好的灌溉条件，附近有庄园、麦田、果园。那里有一弯蓝盈盈的湖水点缀着这座小镇，湖光山色，别有洞天。沿湖建有各式小屋，当地人称之为（honeymoon hut），翻译出来就是"蜜月小屋"，专供旅游者使用。这些小屋简单实用，价格低廉，很受旅游者的欢迎。除此之外，山坡上还建有较大的别墅，中心商店、餐厅等。从这儿的平静和安逸，人们根本无法想像这就是战事频繁的克什米尔腹地。时隔十余年的今天，回想起来这其中主要原因可能是这里山高路险，易守难攻，人烟稀少，难以藏身。另外当时出入那个地区的外国人也为数不多，即使有少数外国人被允许进入到那里旅游，也受到严格的保护。

我离开巴基斯坦已有二十多年了，但是我对喀拉昆仑公路的印象记忆犹新，而且从现在旅游、休闲的观点来看，去到喀拉昆仑公路旅游是非常值得的。

回忆第二、三次印巴战争

近年印度巴基斯坦关系时松时紧，即使是2001年9.11事件后美国在阿富汗发动反恐战争以来，印巴两国军队也不断在克什米尔地区剑拔弩张，排兵布阵，并不时用重武器轰击对方阵地，造成人员伤亡，有时伤及无辜老百姓。不久前，一股恐怖分子在孟买、拉合尔等地制造破坏活动，造成生命财产损失，使印巴两国之间又出现紧张关系。目前，恐怖主义袭击仍然笼罩印巴次大陆，这些情况已引起国际社会的广泛关注。

我因学习、工作的关系，在巴基斯坦进出几次，前后呆了十五年，曾经看到印巴关系的潮起潮落。现在回想起我在巴基斯坦生活的岁月，既有阳光、蓝天的日子，也有阴云密布的时候。特别令我难以忘怀的是，我在巴基斯坦遇到两次印巴战争，虽然时间已过去三十余年，但是至今我仍然记忆犹新。现在我把它写出来，以飨读者。

第一次是1965年9月，印巴两国之间爆发陆、海、空全面战争，这是继1947年10月印巴在克什米尔地区首次爆发大规模冲突之后的第二次战争。当战争爆发之时，我正在卡拉奇大学文学院进修。我记得9月6日早晨刚起床，就看到当天卡拉奇出版的早报。无论英文、还是乌尔都语报纸，都在头版头条位置刊登了特大新闻："印巴两国军队打起来了！""战争开始了！"不久，我听到有群众在

巴基斯坦总统哈克与魏渭康握手

外面喊口号的声音，内容都是反对印度和支持巴基斯坦政府的。后来许多群众上街游行示威，他们打着横幅，高喊口号，大街上人很多，秩序非常混乱。实际上，此时巴基斯坦政府已宣布全国进入"紧急状态"，战争的气氛笼罩全国各地。从 9 月 6 日以后的两个星期的时间里，每天无论白天还是黑夜都不时会响起空袭警报。为了安全起见，当地政府宣布实行夜间灯火管制，居民们不得不将窗户用黑纸糊严实，以防室内灯光外露。这时卡拉奇大学的学生也无心上课，学校里乱哄哄的，有集会、演讲、募捐、卖国防公债等活动，因此卡拉奇大学只得宣布暂时停课，我们几个中国留学生也到我国驻巴基斯坦大使馆躲避战火。

在那些印巴打仗的日子里，印度飞机天天飞到卡拉奇市上空侦察、投弹，有时飞机飞得很低，难免被地面防空炮火击中坠毁，因此我们可以听到从远处传来的巨大爆炸声。夜间，我们几个年轻人经常跑到屋顶上去观看远处空战的实况，有时听到地面高射炮、重机枪向空中敌机开火时发出的"突突、哒哒"的声音，还不时可以看到远处橘红色的天空，当时我们搞不清楚在什么地方。第二天，我们看了报纸后才知道，头天晚上印度飞机是在轰炸卡拉奇港口的石油码头时，被地面高射炮火击中起火爆炸。还有一次，印度飞机企图轰炸卡拉奇市内的弗雷来火车站，这是一座军民两用的车站，也是卡拉奇市通往巴基斯坦内地的重要交通枢纽，显然这座车站是一个重要军车目标，如果炸毁这个车站，将使卡拉奇与巴基斯坦内地的联系切断，那么卡拉奇就会变成一座孤城。大概由于印度飞机当时投下的炸弹偏离目标，炸弹落到了一个居民小区的广场上，巨大的爆炸声浪将附近许多民宅的门窗玻璃震得粉碎，据说无人受重伤。当年我国驻巴基斯坦大使馆是在卡拉奇市，距离那个火车站也只有几公里，所以当时我们也感受到了战争的气氛。

当时，国际社会对印巴两国发生大规模武装冲突感到有点突然。其实，印巴之间关系经常是变化无常，究其根源就是克什米尔的归属问题。这次战争的起因也不例外，主要原因还是克什米尔争端。克什米尔全名为查谟和克什米尔，位于喜马拉雅山脉和喀喇昆仑山脉之间，同中国、阿富汗毗邻，战略地位重要。克什米尔面积为 18 万平方公里，印控区占五分之三，为 101387 平方公里，巴控区占五分之二，为 78114 平方公里。全境人口约 1200 万（2000 年数），其中印控区人口约 900 万，巴控区人口约 300 万。全境人口中，穆斯林约占 77%，信仰印度教的人数占 20%。

克什米尔地区可以说是南亚次大陆的一颗高原明珠。这儿有山顶常年为冰雪覆盖的高山峻岭，有水源来自山顶积雪的大小河流，还有不少风光秀丽的高原湖泊。河谷土地肥沃，物产丰富，景色宜人。克什米尔被誉为"人间天堂"，为世界著名的旅游胜地。

这次战争的导火线是印度指责巴基斯坦派遣经过训练的武装分子越过克什米尔停火线，进入到印控克米尔地区进行游击战；而巴基斯坦指责印度于1965年2月派遣军队入侵卡拉奇以南印度河入海处的盐碱沼泽滩库奇兰恩地区。开始，印巴双方只动用了陆军，但是后来双方军队发生武装冲突的地方进一步扩大，冲突的规模也越来越大，直至9月6日升级为全面战争。当时，印巴两国发生的大规模战争引起国际社会的不安，联合国秘书长分别到巴基斯坦和印度进行访问，要求印巴双方立即停火。两国武器的主要供应国英国和美国于9月8日同时宣布停止对印巴两国的军援。由于双方在战场处于僵持状态，以及国际社会的强烈呼吁，印巴两国不得已于9月23日宣布停火。这次一共打了17天的战争，给印巴两国带来巨大的经济和生命财产损失，使成千上万的无辜老百姓无家可归，流离失所。

我遇到的第二次印巴战争是1971年11月发生的。这次战争的起因是，印度利用当年在东巴基斯坦的内部动乱，应东巴人民联盟的要求，派遣十八万铁骑入侵东巴，迫使十万巴基斯坦守军投降，成功地肢解了巴基斯坦。同时在克什米尔地区，印军通过对印巴停火线附近巴军50个哨所发动进攻，并占领了巴控区的3600平方公里的土地。

这场战争无论从规模上讲还是从持续的时间上讲，都超过了1965年9月那次战争。这次战争印度取得全面胜利，而巴基斯坦却以失败告终。当时，我们在巴基斯坦看到印巴战争给巴基斯坦人民带来了巨大灾难，国家失去东巴基斯坦的半壁河山，造成成千上万老百姓流离失所，国民经济遭到毁灭性打击。由于东巴基斯坦被印度军队占领，使巴基斯坦在东巴的几万名驻军全军覆没，从西巴基斯坦过去的政府官员和行政人员成了印度占领军的俘虏。同时，西巴基斯坦的拉合尔附近地区和巴控克什米尔遭到印军的猛烈进攻，印度空军的飞机对西巴的许多军事目标进行狂轰滥炸，机场、港口、火车站等重要设施成了不断挨炸的目标，有时投弹偏离目标，炸在无辜老百姓的头上，正是"城门失火，殃及池鱼"。

记得第二次印巴战争发生时，我已是中国驻巴基斯坦大使馆的一名年轻外交官。由于中国和巴基斯坦是两个山水相连的友好邻国，两国之间各种交往十分频繁，如代表团、艺术团、考察组的访问，几乎每个星期都有一、二起。每当此时，大

使馆的各个部门都会忙一阵子。而在那场印巴战争期间，我们大使馆的工作就更加忙碌了。由于那个时代大使馆缺少外语人才，因此使馆领导决定，懂外语的干部不分部门，统一调配工作，随叫随到。这样，一个翻译在一天时间里可能要执行多次任务，而且在任务完成以后还要写成报告。其中有二次我随使馆领导外出的经历，至今令我记忆犹新。

有一次，我陪同大使馆一位领导去巴基斯坦三军情报局出席战况吹风会。当年，巴三军情报局大楼坐落在伊斯兰堡一条主要街道旁边，对面是一片树林，目标比较明显。那天出席吹风会的人员，除了中国外交官，还有许多西方国家和一些亚非国家驻巴基斯坦使馆的外交官。当时，大家正在聚精会神地听巴军方一位高级军官介绍印巴战争的战况时，突然几声巨大的爆炸声响起，接着听到有人大喊："卧倒！赶快卧倒！"说时迟，那时快，立刻有人钻到会议桌子底下躲起来，有人迅速夺门而逃，简直乱成一片。但是，此时此刻我也看到少数有经验的外交官坐着一动不动，处乱不惊，镇定自若，其中就有我们大使馆的资深外交官。当时，我看到他稳稳地坐在椅子上，神色泰然，面带微笑。他那无言的行动，给我这个年轻外交官以巨大的鼓舞和力量。这时，我环顾四周，看到桌子上的水杯已东倒西歪，几扇大玻璃门窗已被震得肢离破碎，天花板上落下的灰土，撒的到处都是，弄得每个在室内的人满身灰土。事后，巴基斯坦军方的朋友告诉我们说，印度空军的飞机企图袭击伊斯兰堡附近的军用机场，当时机场上停着几十架军用飞机，印度飞机是奔着它们来的。结果印度飞机虽然炸毁了一些军机，但是由于受到巴基斯坦地面炮火的还击，印度飞机在匆忙中投下的几个炸弹，偏离了目标一大段距离，因此炸弹在离巴三军情报局不远的树林里爆炸，值得庆幸的是有惊无险。不过，这位巴基斯坦高级军官竖起大姆指，赞扬中国外交官遇事不惊、临危不惧的风度。这可能是我成为年轻的外交官后，受到的第一次小小考验，自此以后，我心目中多了一位学习的榜样，在我三十八年的外交工作经历中，曾经获益匪浅。

在那些印巴战争的日子里，我们大使馆的工作非常忙碌，我们不仅要完成日常事务工作，而且还要做好防空保卫。但是，大使馆的对外工作始终是最重要的。一天上午，使馆领导指派我陪一位高级外交官去巴基斯坦陆军司令部商谈工作，由我担任翻译。当年巴基斯坦陆军司令部坐落在拉瓦尔品第市，而中国驻巴基斯坦大使馆是在伊斯兰堡市，两个城市相距20余公里，中间需要经过飞机场、开阔地、军事设施和市区。那些天，印度飞机每天都有数架次飞抵拉瓦尔品第上空进行空袭，有时投下几枚炸弹，有时转几圈就回去了，老百姓也不把它当回事儿。我们有紧急事务时，也照样要外出办事。这一次我们的汽车故意走远路，绕开机场、市区等地，避免印度飞机容易袭击的目标。当时路上汽车、行人很少，所以我们的汽车跑得飞快。当我们的汽车离巴基斯坦陆军司令部还有一、二公里时，突然响起"呜，呜，呜——"的空袭警报，不久就听到飞机的轰鸣声，同时还传来几声不大不小的飞机投下的炸弹爆炸声。按常规，我们应该减慢速度，找一个比较隐蔽的地方躲一躲，等空袭警报结束后再走。当时，我们的汽车刚刚停到一个拐弯的地方，那里有一个小坎，我们就下了汽车，准备到小坎里呆一会儿。就在此刻我们听到不远处"叭！"的一闷声，我们抬头向前望了一望，大约离我们的汽车20余公尺的正前方路中央落下一枚快速旋转的小炸弹，但它并未立刻爆炸。我们的司机同志胆子特别大，他没说一声就马上跑到那枚已停止转动的炸弹旁边，看起了热闹。我们的资深外交官是一位经验丰富的军人，他不假思索，立即命令司机同志赶快回来，并要他立刻开车离开那儿。后来，我们听说那枚没有立刻爆炸的炸弹，是一枚落地后爆炸的定时炸弹，杀伤力还相当大。如果我们再晚一会儿离开，就有可能出现意想不到的后果。

第二、三次印巴战争虽然已过去三十余年了，在此期间世界局势发生很大变化，前苏联已不复存在。印巴关系也有较大变化，两国之间不仅有正常的外交关系，而且两国之间在政治、经济、文化等领域的关系基本上还算正常。但是，印巴两国之间的热点——克什米尔的归属问题尚未解决，笼罩克什米尔地区上空的硝烟，仍然没有散去，因此印巴关系还会不时出现紧张局面。现在国际社会都希望印度巴基斯坦两国通过和平谈判，解决克什米尔争端，特别不希望看到印巴发生新的大规模武装冲突。

回想起我在南亚度过的十余年外交工作时光，确实有许多值得回忆的故事。但是，在六、七十年代的两次印巴战争是我刚刚开始外交工作的时候发生的，因此它留给我的印象是难以忘怀的。

巴基斯坦的传统婚姻

巴基斯坦虽然是一个年轻的伊斯兰共和国，但是，就目前巴基斯坦这块土地

来说，却是人类最古老的文化发源地之一。据记载，位于卡拉奇北部三百余公里的莫亨殊达罗遗址，代表着"印度河流域文化"有近五千年的历史。因此，巴基斯坦至今保留着许多古老的风俗习惯，特别是婚姻方面的习俗尤为突出。一般来说，目前巴基斯坦人实行一夫一妻制，但经济条件许可的穆斯林男子最多可以娶四个妻子。这样，一些封建地主、部落头人和官僚政客趁机钻空子，冠冕堂皇地娶妻纳妾。一个七十余岁的教长"穆夫蒂"虽已老眼昏花，但他竟然娶一个妙龄少女为妻。巴前总理布托虽是一位出类拔萃的政治家，但他却有两个妻子。巴基斯坦仍然流行同一家族、部族和教派内部通婚，以巩固自己的地位，避免"肥水"外流。据报导，第二代通婚率为40%，第三代通婚率为20%。

青年的婚姻绝大多数仍按"父母之命、媒妁之言"的传统办理，自由恋爱被看作"大逆不道"。显然，这样的婚姻必然有许多陈规陋习和繁文缛节，现仅作一简单介绍。

求婚，对青年来说，无疑是一件十分慎重的大事。一般来说，都是由男方主动求婚。目前巴基斯坦一个出身中、上层家庭的青年，对于未婚妻的条件要求是很高的。当然首先要门当户对，出身名门，其次是年青美貌，身体健康，还要善于交际，适应性强。至于姑娘的年龄、身高和文化水平均不能高于男方。据说，这一条件十分重要，其原因无外于大男子主义作祟。除了上述条件以外，姑娘必须温柔顺从，尊敬长辈。当某一男青年的父母初步看中某家姑娘时，他们就会向女方父母提出相亲的日子。如果女方家长有意，则他们会乐意安排约会日期。相亲也是一件大事，男女双方家长都很重视。当男方父亲或媒人到达女方家里时，定会受到盛情款待，女方父母还会安排姑娘出来向客人献茶。其实姑娘往往事先已有听闻，因此她早已淡妆打扮，端茶送水时都往往面带微笑，脚步轻盈，给客人留下美好印象。如果男方相中姑娘，他们会立即提出求婚，并就订婚、嫁妆和彩礼的具体要求进行协商，一切定夺后就进入订婚阶段。

订婚，更是一件较为复杂的大事，也是整个婚事的关键，一般分为几个阶段。首先，女方家长要将未来的新娘"隔离"起来，同外人完全不接触，只有至亲中的女伴才能接近她。这些穿着漂亮的年轻姑娘可以到她的闺房陪伴，并用一种"希娜"草调制的"美蒂胭脂"给即将订婚的姑娘化妆、美容。据说，这是表示吉祥和幸福，这个习惯不仅在巴基斯坦流行，而且在整个次大陆都是如此。此时，也是年轻姑娘最幸福和愉快的时候，他们一边唱着各种祝福的情歌一边嬉戏打闹。与此同时，女方家长还要准备各种糖果甜食和丰盛美餐招待前来贺喜的宾客。接着男女双方正式登记，履行法律手续的仪式。这是整个婚事中最重要的一个环节，通常由一位德高望重的伊斯兰教长"毛尔维"来主持，当地人称为"尼格"仪式。届时毛尔维面对男女双方口念阿拉伯文，以真主的名义宣布一对男女的结合为正式夫妻，并祝福他们幸福。仪式既隆重又热闹，男女双方家庭成员和至亲好友都可出席。但一般来说，男方人员多于女方。目前，巴基斯坦的一般家庭都选择在正式举行婚礼前数天举行"尼格"仪式，这样可以节省开支。但是，有些富商大贾和地主头人为了阔气，讲排场，往往在正式举行婚礼前数月就举行"尼格"仪式。

婚礼，无疑是男女结合过程中最为多姿多彩和隆重热闹的一个场面。举行婚礼的日子，新娘一般都是浓妆粉面，梳妆打扮得分外漂亮，富人家的新娘更是全身珠光宝气。按照传统习惯，新娘都需穿着民族服装，宽大的长衣和长裙，色彩鲜艳，头上披戴红纱，有一、二个年轻美貌的姑娘陪伴，一直到新郎家里。这一天，新郎也是身着民族服装，半长大褂和紧腿裤子，身上戴着由鲜花（玫瑰花或茉莉花）制成的花帘，一般骑着大马去迎接新娘（城里多半坐小汽车），有时还有民间乐队吹吹打打，相当热闹。当迎亲队伍抵达新娘家时，新郎不能去见新娘，只能在客厅或临时搭起的彩棚内休息。按照伊斯兰教习惯，男女宾客必须分开，互不来往。此时，女方往往摆设宴席大宴宾客，乐队高奏传统乐曲，熙熙攘攘，非常热闹。宴请结束后，迎亲队伍开始返回，新娘一般都坐在车内（农村用牛或马拉车），有女友或亲戚陪伴，哭哭啼啼离开娘家。据说，姑娘的哭声是表示对父母的依恋，真挚感情的流露，而且也是一种幸福的象征。迎接新娘的队伍到达新郎家里，新娘必须在女眷们的陪伴下拜见新郎的父母或其余长辈，然后径直到新房休息。一般情况下新娘不会见亲戚朋友，也不参加各种宴请活动，只能在新房内同女眷一直欢聚。大多数情况下，新娘都是不吃不喝，不声不响静坐着，任凭女友们歌唱嬉闹。新郎在外边招待宾客。当一天的喜庆活动完毕，新郎才能进入洞房，此时婚礼基本结束。按照巴基斯坦习惯，婚礼第二或第三天，新郎的父母要办盛大宴席，招待亲朋好友，这种仪式称"维里玛"，有钱人家往往邀请国家总统、总理、部长和使团外交官出席。此时高朋满堂，新郎和新娘才双双露面，同贵宾见面合影留念。一般来说，凡出席"维里玛"仪式的客人都需准备一份礼物，这已成为不成文的规矩了。

总的来说，现在巴基斯坦的婚姻仍然是一种封建婚姻，保留着许多传统习俗。这种婚姻不仅讲究门第观念和女方嫁妆，而且在举办婚事方面大讲排场和摆阔气。这样的婚事对一般收入较低的家庭来说是一个沉重负担，巴有许多人家因要嫁女或为儿子娶亲而一筹莫展。一般来说，举办一次婚事需要花几千卢比到几万卢比（上世纪70年代的价钱）甚至百万卢比（当年一美元约等于16卢比），这使得一些中、下层家庭为举办儿女的婚事而债台高筑，并对此已感到深恶痛绝，非常想改变这种旧习惯。近来，巴一些报刊也经常登载文章，批评巴现有婚姻习俗，指出这种婚姻习俗是一种典型的铺张浪费和劳民伤财的社会陋习，传统婚姻的形式已经过时，必须要进行改革，婚事要简办。一些文章还抨击近亲结婚的坏习惯，并例举这种婚姻带来恶果。这一切表明巴基斯坦已有人认识到传统婚姻的缺陷，要求摆脱封建传统观念的束缚，逐渐向婚事简办的方向靠近了。

巴基斯坦古多模范村参观记

1985年的新年刚过，北京正值寒风凛冽，雪花纷飞，可是我国的友好邻邦巴基斯坦的大部分地区却已是林木葱笼，绿草如茵。1月27日，雨过天晴，阳光和煦，我国驻巴基斯坦大使王传斌和一部分外交官应巴农村发展基金会主席马立克先生的盛情邀请，从首都伊斯兰堡驱车30余公里来到美丽的古城塔克西拉附近的古多村参观访问，笔者也随同前往。

为了欢迎中国的友好使节的访问，古多村的村民在村长希尔·扎曼的带领下做了许多准备工作，基金会主席马立克和执行董事哈桑也专程从伊斯兰堡先期到达古多村。当中国客人到达该村时，村民们已经在村前的场地上摆好了六、七张《加尔巴依》（一种用麻绳扎成的单人床）这是巴基斯坦农村招待客人和召开村民会时就坐的地方。按照民族传统和习惯，村长向王大使等敬献用金箔制成的花环，主人端出奶茶和糕点，大家围坐在"加尔巴依"上，一边喝着奶茶，一边有说有笑，显得格外高兴。

首先，扎曼村长发表了热情洋溢的讲话，并代表该村全体村民，欢迎远道而来的中国客人参观访问。扎曼说，古多村大约有三百来户人家，二千五百人，以种植小麦、蔬菜和柑桔为主，同时有相当一部分人到附近城镇做工和经商，一般农民都有饲养牛、羊的习惯。近年来，由于风调雨顺，粮食连年获得丰收，农民生活有了一些改善。自从基金会把古多村作为建立模范村试点后，五、六年来该村在提高单位面积产量以及文化、教育、卫生等方面，取得一些成绩，并使村民开了眼界。最后扎曼说，他曾听说近几年来中国的农民兄弟取得了很大成就，为此感到十分高兴，并希望将来有一天能到中国去看看。

接着马立克介绍了基金会的简况。他说，巴基斯坦农村发展基金会成立于1978年，它是一个民间自助性组织，自己筹备资金，通过建立农村发展委员会，向政府机构提出咨询性建议和意见，有系统地改造和发展农村，逐步提高农村生产力和改善农民生活。他说，农业是巴基斯坦经济的支柱，是工业原料的基地，为此巴政府十分重视发展农业经济。但是，因长期受到旧习惯和落后的生产方式的束缚，广大农村得不到应有的发展，农民生活也没有显著改善。基金会成立后，已向政府有关部门提出一些建议，并同联合国儿童基金会、加拿大国际发展署取得联系，接受了一定援助。基金会主要从以下几个方面开展工作：

1. 建立农村发展委员会，选择一些村庄进行实地调查、勘察和规划。

2. 宣传科学种田，引进良种，合理使用化肥、农家肥和杀虫剂，目的是提高单位面积产量。

3. 成立妇女技术培训中心，启发广大农民觉悟，使农村男女老幼都发挥作用。

4. 加强农村小学教育，提高农民的文化水平，以利促进生产。

5. 建立农村福利中心，改善卫生条件，安装自来水机井，推广沼气池，修路造桥，改善广大农民的居住条件

王大使也向古多村的负责人简单介绍了我国近几年农村发生的巨大变化和取得的成就，并表示中国朋友向巴农民兄弟学习，希望向古多村全体村民转达亲切的问候。王大使简短而热情的讲话受到在场的人的热烈欢迎。接着王大使一行在马立克和扎曼等陪同下，兴致勃勃地参观了妇女技术培训中心、古多村小学和农民家庭。当大家来到妇女技术培训中心时，看到一些年轻姑娘和中年妇女正在忙于缝纫、绣花和编织。据陪同人员介绍说，原来这些妇女是足不出户，整天戴着面纱。经过短短的一段时间培训，使她们大开眼界，现在已不戴面纱，并成为较熟练的家庭工人了。古多村小学建立于1920年，距今已有65年历史，目前有七个年级，大约300名男女学生。当大家前去参观时学生们正在操场上席地坐着听

老师讲课。马立克很抱歉地对大家说，由于缺乏教室、课桌和板凳，学生们只好在露天上课，基金会将尽量设法解决困难。最后大家来到米斯金老大娘家里访问，这是一幢坐北朝南的四合院，石砖砌的平房，一式三间，其中一间为住房，另两间暂时养牲口和堆放饲料，室内陈设虽然简陋，但却相当整齐、干净，除了有一台老式收音机外，其他就是四张"加尔巴依"和一些日常家具，老大娘家已使用沼气做饭。据陪同人介绍，全村已有 1500 人装上自来水龙头。米斯金老大娘对于中国客人来访喜出望外，一再让座，并且笑着对大家说，目前生活还不怎么富余，再过几年就会好一些，那时希望再来参观，一个上午的参观访问快要结束了，大家怀着依依不舍的感情，告别了基金会主席马立克先生和古多村老百姓。当大家乘车走到村外的大路上时，看到路两边的田野里绿油油的小麦长势喜人，春风吹动着青青的麦苗，似乎在告诉中国客人：今年又将是一个丰收年。

印度次大陆土邦王生活一瞥

　　直到 1947 年，印度次大陆（包括现在的印度、巴基斯坦、孟加拉国—编者注）曾经是大英帝国的殖民地。但是，事实上英国人真正只统治了这块广阔领土的三分之二，剩下的那一部分是受许许多多封建土邦王统治的。

　　据不完全统计，次大陆比较大的重要的土邦有 500 个左右。另有一些小土邦，按当时殖民政府的规定，它们在一些正式礼仪场合不能享受"礼炮致敬"的待遇，因此大家不予以重视。五花八门的土邦都有各自的魅力和令人感兴趣的历史。在卡蒂亚瓦尔地区，那儿有许多小土邦、封建主和小诸侯，从来就没有受过英国人管辖，他们的生活是非常逍遥自在的。一些较大的土邦王享有"殿下"的称号，他们在正式场合就有权享受二十一响礼炮的待遇。如当时印度最大的土邦海德拉巴（又称达干土邦）尼扎姆王享受许多特权，英国人授予他为"高贵的殿下"称号。

　　土邦王都是世袭的，平时他们都过着极为豪华奢侈的生活，经过几代的养尊处优生活，大多数的土邦王的性格都会变成古怪、任性、甚至十分滑稽可笑，在这些人身上各种稀奇古怪的癖性都能找到。他们养了一大批仆人、打手，其中有拍马屁的、讲笑话的，也有专门会骂人的！据说有一位纳瓦布（土邦王称号）常常不能自己入睡，除非有人在旁边给他讲故事，而且必须整夜高声清楚地讲，不然他就会突然醒来。很显然每个晚上必须有三、四个人给他讲故事，并且必须讲有趣的故事。对于拍马屁的角色人们都能理解，但是，骂人的角色确实有些奇特新颖。每当王公贵族们听厌了谄媚奉承话，他们中有些神经不正常的主子要求他们的奴仆学骂人逗乐，谁骂得越厉害，谁就越能讨得主人的欢心！除了这些奴仆以外，王公贵族的家中还养了很多食客，这些人平时专门陪伴主人，他们满腹经论，颇有知识，常常谈古说今，高谈阔论，以主子之乐为已任。这方面有个名士值得一提，他是阿里加人，叫希拉法特·阿里，他原来是一个工程师之类的人物。一次卡蒂亚瓦尔土邦要聘一位王宫小电厂的技术工匠，阿里就去应聘，他竟被录取了。阿里不但是一个聪明的工匠，而且十分善于辞令，他口齿清楚，情趣横溢，常常能逗得同伴们捧腹大笑。不久，阿里被土邦王知道了，因此他被叫去陪伴王公贵族，整天在王宫里同主子们厮混在一起，游玩作乐。阿里常常用各种方法取笑王公贵族，而这些主子都不以为然。他们都称他为"阿里叔叔"。阿里也常常自豪地说，有十二个正式土邦王称呼他"叔叔"呢！印巴分治后，阿里迁移巴基斯坦，定居卡拉奇。

英国政府一般向各个土邦派遣自己的"驻节使"或"政治代表"，对土邦王的各种活动进行监视和控制，这些人事实上是代表大英帝国利益的忠实奴仆。由于各个土邦几乎是独立的，因此各个土邦王权力很大，手中都掌握着全部百姓的生杀大权，他们有自己的法院、监狱、军队。土邦里的王公贵族有享不尽的荣华富贵，平时的生活是平静的、有秩序的。但是，有些王公贵族常常不那么安分守已，滥用特权，祸邦殃民的事件也时有发生。例如，有些土邦的王公贵族为寻找刺激，常常带着大批打手闯进村子里，无缘无故地把那些低种姓的农村姑娘圈起来，强迫她们脱掉衣衫跳舞取乐！驻节使有权规定土邦王向老百姓抽税的数额。土邦王还按规定，每年向政府领取年俸，其实这是一笔数目相当可观的钱，足够一年的挥霍。有一次笔者亲眼看到一个土邦王在一次送礼单上开了当年英国生产的十二辆罗尔斯—罗伊斯名牌小汽车。同样，有一个胖子土邦王因为块头太大，普通汽车的门太小，难以进出。所以，他就到英国定制一辆大开门汽车，供他一人使用。还有一个土邦王的例子也有意思，他爱好打猎，但可惜的是，他的右眼瞎了，不能使用普通猎枪，他就到工匠那里定做一支能放在右肩上，又能用左眼瞄准的特制猎枪。这都说明土邦王为了行乐，可以花钱如流水，不惜工本！

一般来说，每个拉贾（土邦王称号）纳瓦布都有若干个妻子，这有利于传宗

接代，保住王位。每个土邦王位均由长子继承，其余子女只授予"封邑"。如此年复一年，"封邑"越来越多，成了"天下土地，莫非王土"。海德拉巴土邦是当年印度最大也是最富庶的土邦，该邦的王公贵族每年的收入相当于几个小土邦收入的总和。有个年老的头人，个性十分古癖，爱好搜集古董，喜欢逛拍卖市场，常常买一些毫无用处的物品。他有怪脾气，只要他一喊价，就不允许旁人再讨价了。如果还有人敢于再出第二个价钱，那就等于冒犯了这位头人大人。一些拍卖商经常利用头人的这个弱点，搞投机买卖。他们对头人的行踪十分清楚，往往在他经过的道路两旁或某个要道口设摊摆市，招揽生意。每当这位头人坐着车出来兜风时，这些投机商人高声叫喊，而人群中那些嗓门最高的投标者却是商人的同伙儿（即托儿），他们不是真心要买东西，而是专门叫给头人听的。当头人听到喊价声，他就叫佣人停车，并把头从车窗口探出去说："我买了，出五百卢比，这是最终价钱"！拍卖商会故意大笑。头人看到这种情景也会颔首微笑着说："怎么不够？一千卢比"，他用手捻着小胡子。这时有人远远叫喊着："一千一百卢比我买了！"当头人听到有人竟敢同他争价钱，脸色猛然地变了，瞪着眼睛说："你说一千一百卢比，好吧，我出二千，三千，五千，七千卢比，你敢不敢？我出一万卢比买定了！为什么不做声？蠢货！你胆敢同老爷我争标！"此时都鸦鹊无声，都瞧着这位阔气的头人，而他也带着胜利者的微笑，显得十分洋洋得意，手捻着小胡子，轻蔑地扫视了大家一眼，一挥手走了。投机商们会立刻把那件古董包装好，很快地送到头人的王宫，向他的"大管家"要了一大笔钱，得意地离开了他的领地。

有一个纳瓦布，他对一个男子只允许讨四个老婆特别感到不满。因为他再想同别的女人结婚，他必须先同四个老婆中的某一个离婚，然后才允许再结婚。一次这个土邦王爱上了一个美丽的姑娘，而他又却是他四个妻子中一个的妹妹，由于她也长得十分俊俏，舍不得离婚，怎么办呢？正当他愁眉不展时，这时有一个"聪明人"告诉他一个办法，求助于"法特瓦"（符咒一类），这样很容易解决了他的难题。不久，这位风流王子又爱上了妻子的侄女，他又如此这般很快达到了目的，如愿以偿。当一个人不要为生存而挣扎，或者天天无所作为，庸庸禄禄地活着时，那么他在这个世界上最大的难题是如何消磨光阴。是的，土邦的王公贵族也遇到了这个问题，每天他们必须千方百计想出点子，消磨时间。笔者不赘述每个土邦王如何消磨时间，因为每个土邦王的生活方式都大同小异。这儿只想告诉读者一件怪事，从中就可以见到端倪了。普通人常常在一天劳累之后喝一点儿酒，解解疲乏。

但是，有这样一个土邦王，他酷爱"暴饮"。他可以连续十五、二十天滴酒不沾，但是，一旦他开怀畅饮，就一定要一醉方休。真是白天黑夜饮酒作乐，有时连续一个星期。人们不知道这是他的智慧还是乐趣！妇女在这些小王国里永远是王公贵族的牺牲品，被任意玩弄。有些土邦王为了一个女人最后丢了王位。孟买市有一个富商布拉，他有一位花枝招展的情妇蒙达姬。当时印度中部一个土邦王看中了她，并设法想把她弄到手。王子通过许多途径去说服布拉放弃这个情妇。但是，布拉始终没有同意，蒙达姬也表示不愿跟土邦王。这位痴情的王子感到很气愤，一个普通女人居然不愿跟一个堂堂的土邦王，而非要跟着一个做买卖的人。他下决心要把蒙达姬弄到手，否则也不能让布拉安居乐业。这位土邦王派了一批亲信打手去跟踪布拉和蒙达姬，并向他们交待了一番。他们到达孟买后一连几天偷偷尾随布拉，打听行踪。他们发现布拉总是在傍晚时侯，同蒙达姬一同乘车出去兜风游玩。他们首先用金钱买通了布拉的贴身佣人，并从佣人那里了解到布拉随身带着一支手枪，防止别人暗害。一天傍晚，布拉同平时一样去接蒙达姬兜风。土邦王的一伙人已暗中尾随，并开车超越了布拉，把他的车截住停下，此时布拉已感到不妙，赶紧往口袋里掏手枪。但是，他哪里知道，他的手枪事先已被佣人偷偷拿走了。这样，他不得不赤手空拳同这伙歹徒搏斗。他哪里是他们的对手，四个彪形大汉，似狼如虎，扑向布拉，把他摔倒在地，拳打脚踢打个半死，最后他们拔出手枪把布拉结果了。他们回头又扑向蒙达姬，强迫她服从王子的命令，由于她坚决不从，他们拔出匕首把她的面容给毁了，正在此时一辆小轿车从远处开来，歹徒们害怕暴露真实身份，才慌忙逃走了。这件骇人听闻的谋杀案发生后，消息如野火一样很快蔓延开了，许多有识之士纷纷上书政府有关当局，要求立案侦查，惩办凶手。其实当时人人都清楚这个案子的背后是谁。由于这是一个很棘手的案件，一般人都不敢碰，只好向上面推诿，直到当时的印度总督出来干预。最后土邦王的爵位总算被取消了，但是他本人却逍遥法外，而且不久以后土邦王的爵位又封给了他的儿子。若干年后，笔者在卡拉奇的家附近来了一位富商的街坊，他有一位相当标致的妻子，后来发现他的脸上有道明显的刀痕，那就是孟买的蒙达姬，不过她已换了一个主人。

当然，土邦王也不是尽做坏事，他们也做了一些好事。他们多有一个共同特点是，爱好文学艺术，喜欢舞文弄墨，其中有些人还喜欢体育运动。这样，他们结交了一些艺术家，著名运动员，有些文人墨客经常出入土邦王的宫殿，成为王

公贵族的坐上客。例如：次大陆的那些古典音乐的曲牌，如果没有那些王公贵族发掘和保留，很可能早就失传了。古典音乐大师法亚兹·汗、巴罗达以及一些曾经名噪一时的歌唱家都受到过土邦王的赞助。过去，次大陆运动员很少有机会发挥他们的才能，对于做一个职业运动员，那是连梦中也不敢想的事情。后来，一些运动员逐渐成名，这也完全是由于那些土邦王的积极赞助和支持的结果。事实上，有的土邦王子也是出色的运动员，如巴道地土邦的纳瓦布和殊那加尔土邦的朗吉·辛格都是著名的板球运动员，他们曾代表英国球队参加国际比赛。现在印度设"朗吉杯"板球锦标赛，就是为了纪念朗吉·辛格。他的胞弟迪里布·辛格也是一个杰出的运动员。波班达土邦王曾担任 1936 年远征英国的印度板球队队长。另一位著名的板球运动员和现场体育广播员维兹京是维兹格兰姆土邦王库马尔，小土邦玛纳瓦达则以曲棍球运动闻名于次大陆，它的球队曾到新西兰比赛，并赢得桂冠。印巴分治前夕，我曾在玛纳瓦达土邦见到最佳曲棍球星加富尔，不过那时他已退出球队。次大陆著名的摔跤手加麦也曾得到一些王公贵族的赏识和资助。土邦王因为自己爱好诗文，所以许多著名诗人是王宫里的常客。如巴基斯坦国歌歌词作者哈菲斯·贾伦德利曾经是巴瓦普尔和凯浦尔两个土邦的雇员，海德拉巴土邦王曾为著名诗人巴达尤尼慷慨解囊，另外还有一些文人也或多或少得到过一些帮助。就乌尔都语来说，如果没有海德拉巴邦王的全力推广和重视，要想在印度生存和发展是不可想象的。1970 年后，次大陆的土邦王称号虽名义上都按法律被取消了，但是，昔日土邦王生活中那种锦衣玉食情况或多或少还能看到。

对巴基斯坦气候与避暑胜地的印象

刚到巴基斯坦港口城市的外国人，都会感到天气又热又闷，一定认为巴基斯坦是一个十足的热带国家。其实不然，巴基斯坦是一个气候多样的国家，既有炎热潮湿的地区，又有凉爽、高寒地区。笔者于上世纪 60 年代初到卡拉奇大学文学院进修学习，后又在中国驻巴基斯坦大使馆工作，前后三次在巴基斯坦常驻工作、生活长达十五年之久，对巴基斯坦的气候较有深刻了解。

从地理位置上来说，巴基斯坦北靠高耸的喀喇昆仑山南麓，南临浩瀚的阿拉伯海和印度洋，有山有水，地域北窄南阔，印度河从北到南流经全国，沿河两岸广袤地区非常适合农耕。由于这样的地理环境，巴基斯坦的气候南北差异很大。

冬天，北部毗邻我国新疆地区的大山深处经常是雪花纷飞，寒风凛冽，那里有世界著名的 K2 大雪山，终年不化的巴拖拉大冰川，气候异常寒冷。同一个时候，南部广大地区由于喀喇昆仑山阻挡住西伯利亚的寒流，却是阳光普照，蓝天白云，一派生机盎然。每年 4 月到 8 月是巴基斯坦漫长而炎热的夏天，这时南部平原地区的气温都在摄氏 30 度到 40 度之间，地表温度有时达到 45 度至 50 度。巴中部内陆城市萨戈达的气候异常干燥、灼热，气温经常在摄氏 45 度左右，而且经常是几个月滴雨不下，农村的一些老百姓为了躲避酷暑，不得不挖洞居住。

从 8 月到 12 月期间，由于受到印度洋季风的影响，巴基斯坦全国大部分地区处于雨季时间，经常是雷声隆隆，倾盆大雨。这期间巴国广大农业区雨水充沛，阳光充足，印度河两岸流域土地肥沃，庄稼茂盛。水稻、小麦、棉花和黄蔴四大农作物，是它的主要农产品，也是广大农民的生活来源。巴基斯坦也是一个盛产水果的国家，在旁遮普邦的费萨拉巴德、巴瓦浦尔、木尔坦等地区生产皮薄肉厚的"郎格拉"芒果。上世纪 60 年代，巴基斯坦政府把这种优质芒果作为礼品赠送给毛泽东主席，当时正值中国文化大革命时期，毛主席将芒果送给工宣队，工宣队为了扩大影响，把芒果装上花车到大街上敲锣打鼓进行展示，一时传为佳话。说到水果，必须提一下一种巴国特有的柑桔"奇努"，它个大皮薄汁多，盛产于巴基斯坦北部地区，如白沙瓦、斯瓦特、哈里普尔等地。与它齐名的还有一种红心柑子，个儿不大，但汁多甜美。巴基斯坦的大白杏多产在北部城市吉尔吉特、斯卡杜等地。

巴基斯坦的夏天漫长而炎热，还经常刮一种"陆"的热风，使人感到非常难受。据传，一百多年前英印殖民政府曾派遣一些探险人员，到印度次大陆北部地区的克什米尔、喜马拉雅山麓的一些山区寻找可以躲避酷暑的地方，其中有一支探险队骑着马，驮着铺盖粮食，跋山涉水，先后找到了现为巴基斯坦的莫利山、斯瓦特卡岗河谷。当时这些地方都是森林茂密，古木参天，山下流水潺潺，风景优美。由于海拔在一千五百公尺到二千五百公尺之间，夏天，气温凉爽，适宜避暑。开始一些达官贵人、富豪大贾零零星星修筑了一些简单铁皮房子，作为夏天避暑之用。后来政府机构也圈地修筑豪华别墅，供政府高级官员及其家属避暑。1971 年 7 月初，美国总统尼克松派遣总统国家安全助理基辛格公开访问巴基斯坦首都伊斯兰堡。事后才知道基辛格博士是秘密访华，为了掩人耳目和保密，基辛格博士代表团官员放风称，博士先生对巴国炎热的天气不适应，肚子拉稀，需要到巴国著名

避暑胜地莫利山总统别墅休息几天。一星期后，基辛格博士秘密访华的消息公开后，令世界震惊。同时对巴国这个莫利山避暑胜地也刮目相看，名噪一时。那年夏天，由于基辛格的一个"玩笑"，莫利山迎来了大批游客，让旅店的老板们大赚了一把银子。巴基斯坦北部还有几处可以避暑的风景点，而其中斯瓦特卡岗河谷最为著名，那里位于印度洋季风带上，下游宽，上游窄，成倒漏斗形，由于海拔较高，一年四季分明。冬天雪花飘飘，春天山花烂漫，夏天雨水充沛，秋天层林尽染，被巴基斯坦人骄傲地称为"东方的瑞士"。这里历史上曾经是佛教圣地，修建了许多寺庙，僧人众多，是著名健陀罗艺术的发源地之一，现在还留存着一些佛教遗迹。据传，中国唐代高僧玄奘去天竺（即印度次大陆），取经时曾在斯瓦特的庙宇停留讲经。后来在他著的《大唐西域记》中把斯瓦特地区描绘成"山谷相属，川泽连原"，"林树翁郁，花果茂盛"。上世纪80年代的一个夏天，笔者在我国驻巴使馆工作期间应朋友之邀请，开车从伊斯兰堡出发到斯瓦特河谷游览，大约经过四、五个小时行程，我们即开始进入河谷地带，车子沿着河边公路，逆流而上，开始河面较宽，水流较大，越往上游河流逐渐变窄，水流开始湍急，此时河谷两边的山上森林茂密，高大的松树满山遍野。随着海拔的上升，气温开始下降，当松林刮起阵阵微风，伴随着松涛声，令人心旷神怡。我们看到沿着河谷的树林里建有许多白墙红瓦的别墅。朋友指着远处山坡上的一座较大宅院说："那里过去是斯瓦特土邦王的宫殿。"看来，巴国的避暑胜地确实名不虚传，在那"赤日炎似火烧"的夏天里这些风景优美、凉爽宜人的地方给广大游客带来了福音。

作者简介

魏渭康，1937年12月生于浙江萧山市，1962年毕业于上海复旦大学外文系英语专业。曾在德里大学和卡拉奇大学留学，学习乌尔都语。历任中国驻巴基斯坦大使馆翻译、二等秘书、一等秘书、研究室主任。中国外交部亚洲司处长，主管巴基斯坦、阿富汗、孟加拉国事务。中国驻新加坡大使馆政务参赞、首席馆员。中国驻爱沙尼亚大使馆政务参赞、临时代办。

现为中国外交笔会会员、中国前外交官联谊会会员、中国老教授协会理事。

卡拉奇那段愉快的回忆

庞荣谦

中国前驻卡拉奇总领事馆经济商务参赞

驻卡拉奇总领事馆经济商务处全体合影后排中为本文作者

1995年夏秋之交，我忽然萌生了动一动的想法。所谓动一动，就是由我所在的国际贸易研究所调到驻外使馆经商处工作。那时候，我们研究所每年都有一二十人被派到驻外使馆经商处。我的目标是去泰国，因为我是学泰语的。我向当时的外经贸部人事司提出申请，不久人事司一位领导来电话征求意见："派你到卡拉奇怎么样？"对于派往卡拉奇，我觉得有点为难，因为语言不对路。在卡拉奇工作需要使用乌尔都语或英语。乌尔都语我没学过，英语虽经长期自学，但还是未能过关。我说最好还是派到泰国。对方告诉我说："泰国已经有人去了，刚去没几天，你要等的话至少要三年以后。"接着又劝导我说："卡拉奇经商室一向是部亚洲司的重点处室，最近新盖了房子，是个独立小院，又是甲类处，条件不错的，

你还是考虑考虑吧。"我想，自己长期在国际贸易研究所工作，上次外派回来已经15年，副所长也当了五年多，很有点"职场疲劳"，静极思动，想换个环境。所以，没经过太多考虑，就答复说，卡拉奇就卡拉奇吧。

人事司对我的决定显然很高兴。后来听说，卡拉奇参赞已经缺任一年多了，人事司已经找过三个人，没有一个人愿意去。一个要好的朋友私下劝我说，"最好别到那里去，脏乱差，天气也太热"。但此时要改变主意为时已晚。因为我已经表态同意去，人事司已经报部，部里也批了。我没有退路，正所谓如箭在弦，不得不发。

友好的国家

1995 年 10 月 26 日，我来到卡拉奇，时年 51 岁。

来到卡拉奇以后，对卡拉奇，对巴基斯坦，马上就有了一个全新的印象。

来到卡拉奇，才知道巴基斯坦是中国最好的朋友。最好的朋友？当有人这样告诉我时，我还有点将信将疑。上世纪 50 年代的苏联"老大哥"不用说了，60 年代的一段时间，最好的朋友是"欧洲的社会主义明灯"阿尔巴尼亚，70 年代前期，越南战争如火如荼的时候，我们最好的朋友是"同志加兄弟"的越南。但这些都已是过去时了。总领馆的同志对我说，只有巴基斯坦才是我们始终如一的朋友。

巴基斯坦 1951 年与中国建交，是与中国建交最早的国家之一。中巴友谊经历了时间的考验，无论在中国发展顺利的时候，还是在中国遇到困难和挫折的时候，巴基斯坦都是和中国站在一起。长期以来，巴基斯坦在中国涉台、涉藏等许多重大问题上，都给了中国宝贵的支持。中国在巴基斯坦的国家安全受到威胁的时刻，也曾经施以援手。1965 年，李宗仁先生取道巴基斯坦回国定居，巴基斯坦提供了方便。"文革"时期中国对外关系全面紧张，巴基斯坦成为中国与外界联系的几乎是唯一的渠道。1971 年，正是巴基斯坦等发展中国家共同努力，恢复了中国在联合国的合法席位。1972 年，在巴基斯坦政府的斡旋和协助下，美国总统特使基辛格博士途经巴基斯坦访华，不久之后实现了尼克松总统打开中美关系大门的破冰之旅，震动了世界。在巴基斯坦，无论执政党还是在野党，无论官方还是民间，对华友好已经成为人们的共识。巴基斯坦的领导人经常说："巴中友好是巴基斯坦外交政策的基石。"中国方面，也一直把巴基斯坦视为可依赖的朋友，认为中巴关系是世界上不同制度国家间友好关系的典范。

来到巴基斯坦以后，在很短的时间里，我就亲身体验到巴基斯坦人民的友好情谊。不管是外出办事还是街头漫步，当听说中国朋友来了时，巴基斯坦人立刻就会露出友善的笑容，并向你提供一切可能的帮助。

巴基斯坦人的长相和中国人有很大差异。多是大眼睛，高鼻子，面部轮廓分明，皮肤呈浅棕色，头发是黑的，平均身材比中国人要高出一些。年轻女孩大都身材苗条，容貌秀丽；年长后则有很多人发福。巴基斯坦的风土人情和中国也有许多不同，但是生活在那里，我们并没有异国他乡的感觉，感受到的只是亲切、友好和尊重。

在卡拉奇的那几年，和巴基斯坦政府部门或民间机构打交道，经常会得到特别的关照。一些难办的事情，中国人有可能得到特别的通融。有一个时期，巴基斯坦由于经济困难，外汇紧缺，拖欠了中国公司很大数量的承包工程款。受中国公司委托，在那段日子里，我频繁出入巴基斯坦国民银行即中央银行的大门，交涉欠款事宜，以致和银行的几位负责人都成了朋友。国民银行副行长 R.A.Chughtal 先生诚恳地对我说："拖欠中国公司的工程款，确实不应该。巴基斯坦现在外汇极其缺乏，而到期的债务又很多。你放心，一旦有了外汇，我们会首先安排偿还中国兄弟的钱。"当时我不知道他的这种表示，究竟是内心的真实想法，还仅仅是一种外交辞令？过了几个月，从中国公司处得知，巴基斯坦政府的欠账已经陆续在归还。

东方公司在巴基斯坦有一个电站承包项目，由于种种原因，工程拖了很长时间才完工。按照合同规定，这要处以 3000 万美元的罚款。如果真地这样罚了，东方公司数年的辛劳和汗水就会付之东流。经过多方努力，特别是由当时的张成礼大使出面做工作，最后 3000 万美元罚款全部免除。巴基斯坦政府说，免除罚款是因为工程拖期有一定的客观原因，更重要的是为了顾全巴中友好的大局。

我们驻卡拉奇总领馆包括经商室工作很忙，来办事的人特别多，邀请我们出席各种活动的也特别多。在许多社交场合，我发现除中国领馆人员外，并没有其他领馆的人员，而中国领馆经常是全体人员都在受邀之列。我想，这并不是因为我们这些人特别有人缘，而是中巴友谊深入人心，也是前任的几代人长期做工作的结果。

实际上，巴基斯坦人不仅对中国人友好，对其他外国人以及对自己的同胞也都是友好的。政府官员和公司白领接人待物总是彬彬有礼，陌生人见面相互间也会点头微笑，公共场所人们都自觉地遵守秩序，服务业则出自内心地把顾客当作

上帝。卡拉奇高度商业化，但这里的民风依然淳朴。人们喜欢帮助别人，遇到问路的总是热心指引，有时候甚至会带你走上一段儿。卖菜的小贩公平买卖，从不缺斤短两，对老外和老巴一视同仁。大多数巴基斯坦人都乐天知命，安分守己。无论高低贵贱，所有岗位上的人都会踏踏实实地尽好自己的职责。处在逆境，或者有什么不如意的事，都是安之若素，从不怨天尤人。

巴基斯坦人生性善良，对小动物爱护有加。街边的树上经常有小松鼠跳来跳去，从来没人去招惹它们。有人从松鼠身边走过，它们理都不理。还有这里的乌鸦，由于人们的宽容大度，竟然成了"神鸟"。卡拉奇的乌鸦模样有点怪，不是黑色而是灰色，脖子上还有一圈白。"天下乌鸦一般黑"的说法，在这里并不适用。其实这里的乌鸦同样是讨厌的，到处做窝，到处拉屎，叫声也难听。而人们总是任其自由活动，挡了路人们会绕道而行，甚至偷吃家里的东西，人们也不会驱赶。乌鸦们得寸进尺，有时还会欺侮人类。听一个朋友说，一次乌鸦把窝搭在他的屋檐下，紧靠窗户，他不堪其扰，用棍子把乌鸦窝捅了。想不到乌鸦记仇，在他出门时，一群乌鸦从天空俯冲而下，专门啄他的头。结果好多天他出门时必须要带好帽子。

艰苦的环境

卡拉奇是巴基斯坦最大的城市，全国工商业和金融中心。1995年时卡拉奇人口1200万，几乎占全国的十分之一。工业产值占全国的47%，财政收入则占全国的75%。中央政府的许多部门如中央银行、出口促进局等设在这里。众多国家包括中国在这里设了总领馆。中国在巴基斯坦开设的七八十家企业也大部分在这里。

我所在的经商室是总领馆的一部分，自己有一个独立的小院，距总领馆本部约20分钟的车程。办公和住宿都在一座新落成不久的三层楼里。那时经商室有6名编制，2～3名随任家属，2名雇员。这在我驻外领馆经商室中算是规模较大的。由于治安不好，还有由巴方派来负责警卫的5名军人，轮流在大门内站岗。

到经商室上任以后，主要的工作是熟悉和了解情况，对内恢复正常的工作秩序，对外建立各种必要的工作关系，如拜访巴有关政府部门、商会，走访巴客户和中国驻卡企业等。这一切进行得都很顺利。但是与此同时，我也逐渐体验到卡拉奇环境艰苦、困难较多的一面。

天气炎热

上世纪 70 年代我曾在曼谷常驻，曼谷是个终年炎热的地方，3 ~ 4 月间最高温度可达摄氏 37 ~ 39 度。来到卡拉奇才知道，这里的高温更甚于曼谷。卡拉奇冬季有 3 个月左右较为凉爽，气候宜人。但其余时间就酷暑难当。尤其在 4 ~ 6 月间，最高气温经常保持在摄氏 40 ~ 43 度。卡拉奇少雨，大太阳挂在天上，真是"足蒸暑土气，背灼炎天光"。巴基斯坦人的传统服装是上穿巴袍，下着巴裤，裤腰裤腿都很肥，这样可能会凉快一点儿。如果在室内或者车内，开了空调，那自然不会热，可一旦到了外面，滋味就不好受了。记得一次参加某公路项目的开工典礼，有信德省首席部长等高官出席，我领馆也有多人观礼。典礼在一个用布围成的大棚内举行，尽管开着电风扇，里面的温度还是很高，而且这种正规场合，还得穿上西装，系上领带，进去不久，每个人就都汗流浃背，如同洗了桑拿一样。会上好几个人讲话，讲话又长，坚持下来，实在苦不堪言。

治安不好

由于种族矛盾、教派分歧、政党争斗等原因，再加上社会上的诸多矛盾，那几年卡拉奇的治安情况一直不大好。

罢工抗议时有发生。有时是群众团体如 MQM 等发起，有时是反对党或执政党内的反对派发起。罢工以后，往往是商店关门、公交停驶、道路封锁、学校停课。政府部门也会因公交停驶而无人办公。罢工抗议有时还会酿成大规模的骚乱和暴力事件，众多人员伤亡，大批汽车和公私财务被烧被抢。遇到这种事，唯一的对策就是远离出事地点，以免造成不必要的损失。至于事件发生的前因后果，其中的是非曲直，那是巴基斯坦兄弟的家务事。本着一贯的不干涉别国内政的原则，我们一概不去过问。总领馆关心的是如何确保中国公民的合法权益和生命财产安全，经商室则重点关注当地中国公司人员的安危。所以，那几年发生的一些重大群体事件，我们仅是从电视、报纸等媒体上了解的，我自己和室里的同志没有一个到过现场。

恐怖暴力接连不断。刚到卡拉奇时，治安已经不好。1997 年年中以后，治安进一步恶化。恐怖爆炸、暗杀等暴力事件接连发生。据当地报纸披露，1997 年卡拉奇暴力死亡 643 人，1998 年这一数字更增加到 1035 人。被暗杀的著名人物，就

记忆所及就有总理贝·布托的弟弟米尔·布托（人民党烈士派）、卡拉奇电力局局长等，甚至还有美国德克萨斯石油公司在卡拉奇的4名工作人员。以至于巴基斯坦外交部特别向驻卡拉奇的外交机构发出照会，提请外交人员及外国公司人员注意安全。

那时候卡拉奇经常听到枪声，尤其在夜里。枪声过后，第二天报纸上就会有关于暴力事件死人的报道。当然放枪也不一定就是发生了案件。在节假日和结婚等喜庆日子，也有人喜欢鸣枪庆贺，就像中国放鞭炮一样。有一年除夕，守卫我们经商室的军人接受我们赠送的礼物之后，无以为报，就拿出枪来，让我们每人放上几枪。

抢劫、抢车司空见惯。暴力暗杀事件固然可怕，所幸中国总领馆及中国公民并没有受到伤害。我们受冲击严重的是抢劫和抢车。卡拉奇民风淳朴，几乎没有小偷小摸，但刑事犯罪不少，抢劫的事情经常发生，可以说是屡见不鲜。有一次湖北电力公司的9名人员，完成工地上的任务以后经卡拉奇回国，住在该公司驻卡拉奇办事处。就在等候飞机前的几个小时，办事处里冲进几个蒙面持枪的歹徒，命令他们双手抱头趴在地上，然后逐个搜查，行李和衣服口袋全部翻遍，抢走现金及各种财物共计价值约5万美元。案件报到警察局，警察局来人认真地调查了一个星期，最后一点线索也没得到。被抢的这些技术人员和工人，离乡背井，在艰苦条件下工作几年挣了点钱，欢欢喜喜准备回家之际，没想到会遭此劫难。后来在确实破案无望的情况下，只好由公司作了赔偿。

在卡拉奇每天都会有5～6家公司或店铺被抢。除了湖北电力，北京在卡拉奇的一家公司和云南在卡拉奇的一家公司，都是在给工人发工资的现场，被持枪歹徒抢走大批现金，损失数额很大。上海和浙江的两家公司则曾被歹徒入室抢劫。

发生抢劫事件以后，经商室都会派人在第一时间赶到现场、了解情况并表示慰问。随后会将情况通报给所有在卡拉奇的中国公司，以期提高警惕，加强戒护。

1996年到1998年，卡拉奇每年发生的抢劫案件都在一千起以上。这是在警察局报了案的，没报案的应该也为数不少。

车辆被抢的就更为普遍。在卡拉奇的几十家中国公司，几乎都有被抢的经历。有的公司甚至被抢过四五辆。就是享有外交豁免权的外国领事机构也不能幸免。1995年和1996年，我们经商室就先后被抢走一辆丰田小轿车和一辆丰田面包车。车辆被抢后，都是先报案，警察局作笔录，3个月后警察局出一份文件，然后到保险公司理赔。两个案子都是这样处理的。歹徒抢走车辆后，有的拿去卖钱，有的拿去再做别的案子。歹徒最爱抢丰田车，这种车在卡拉奇最多，销赃容易，作案时目标也小。歹徒手里有枪，但如果不遇激烈抵抗，一般不会开枪伤人。警察破案率很低，鲜有听到什么案子破了的。当然破案率低也有好的一面，就是歹徒不担心破案后的严重后果，因而一般不会杀人灭口，取人性命。

为了应对车辆频频被抢的问题，经商室曾专门召集在卡拉奇的中国公司开会，共商对策。大家较为一致的认识是，首先必须加强防范意识，例如上车后要把所有车门锁好，并注意周围有无可疑之人；车辆尽量走繁华人多地段，避开偏僻地区；

停车办事时，锁好车门，车上不要留人。一旦发生被抢的情况，则首先注意保护人身安全。歹徒手里有枪、有刀，不要作任何无谓的反抗，要钱给钱，要车给车。大家远涉重洋，来到国外工作，生命和人身安全是第一位的。至于财产方面，则尽可能避免损失。汽车事先上保险，出事以后找保险公司理赔。出门不要带太多的钱，用多少带多少。在加强防范措施以后，被抢劫的损失有所减少。聊以自慰的是，我在卡拉奇三年多的任期里，在领区（信德省和俾路支省）范围内，未发生过因歹徒抢劫而造成人员死亡的事，也是不幸中之万幸。

缺水缺电

卡拉奇人口众多，水资源缺乏。用的水主要是从印度河引过来的。本来卡拉奇有完备的自来水系统，但由于常年干旱，自来水供应一直不正常。水管里有时有水，有时就没有水。水不够了就要用车到水站拉水。后来有人做起专门送水的生意，水车来后，先把水放入水窖，之后用水泵把水送到楼顶的蓄水池，最后蓄水池的水再流到自来水水管。这样打开水龙头就有水用了。

只是卡拉奇的水质不好，杂质太多。据说由于水质差，卡拉奇得结石病的人特别多。于是又买来净水器，接在自来水龙头上，经过棉纱及细砂的过滤，水质就会好很多。净水器的过滤芯要常换，三个月就要换一次。

供电也不正常。卡拉奇多年一直缺电，拉闸限电是家常便饭。解决的办法是各家各户自备柴油发电机，供电一停，立刻启用。领馆本部和经商室都有较大马力的发动机。否则一旦停电，没有照明不说，室内温度也会骤然上升，天热的时候根本受不了。至于发动机开动时的隆隆轰鸣，发出的噪音，大家也就忽略不计了。

我1999年5月离开卡拉奇，自那以后十多年过去了。据说卡拉奇的人口已从

1200万增加到1700万，但是安全形势并未好转，甚至还有继续恶化的趋势。2012年2月，我有幸参加北京大学巴基斯坦研究中心组织的友好人士7人代表团，访问了巴基斯坦的伊斯兰堡和拉合尔，但没能访问卡拉奇。接待单位解释说是因为时间不够，但我想除了时间因素外，也许是卡拉奇的安全形势令人担忧。我在卡拉奇生活和工作的时间不算长，但感情很深。我盼望在自己的有生之年还能到卡拉奇走一走，看一看。我衷心祝愿卡拉奇早日恢复平静，卡拉奇人民幸福安康。

永远的朋友

在卡拉奇工作期间，我曾经有过不少朋友，其中有些人随着岁月的流逝而渐渐淡忘，有些人只记得相貌而想不起名字。但还是有几位朋友印象非常深刻，我敢说终生都不会忘记。

纳赛尔

他的英文名字是 Manazir A. Nasir，是巴中商会的主席。1951年，从他父亲那一代起就开始和中国做生意，主要经营轻工产品。他口才好，交游广，为人豪爽仗义，协调能力强，多年担任商会会长的职务，在卡拉奇乃至巴基斯坦贸易界都有很高的威望。他儿子也跟着他做中国生意，可以说是巴中贸易世家。

他对商会的事情非常热心，经常帮助巴基斯坦同行排忧解难。我们经商室有了困难，他也是全心全意地提供帮助。记得我初到卡拉奇的时候，为补充完善巴基斯坦客户的基本资料，请他提供从事对华贸易的商户名单，他很快就把所掌握的名单送了过来。他还经常向我们提供关于巴客户资信情况，有些情况是我们从其他渠道难以得到的。有一次为了解决巴中双方贸易纠纷，他率领巴基斯坦商业和工业联合会（FPCCI）代表团来我们经商室开会，就解决办法坦诚而深入地交换意见，提出了一些切实可行的措施。当时比较常见的贸易纠纷是有的巴方客户不履约，以装船单证与成交合同有不符点为借口拒绝收货，中国公司被迫削价处理，造成不小的损失。中方公司也有因国际市场价格变动而不履约的，有的则长期拖欠巴方佣金迟迟不给。为解决这些纠纷，经商室曾多方了解，反复协调，但难以从根本上解决问题。为此纳赛尔先生给了我们许多帮助，商会与经商室之间的讨论更使双方受益匪浅。

纳赛尔先生是经商室的朋友，也是总领馆的朋友。每年中国国庆招待会，他都会送一个大蛋糕。蛋糕的重量随中国的建国周年数而每年增加 1 磅。比如 1997 年中国建国 48 周年，他送一个 48 磅重的蛋糕；次年建国 49 周年，他就送一个 49 磅重的蛋糕。蛋糕上饰有巴中两国国旗图案，在招待会上十分引人注目。每逢中国国庆，纳赛尔先生也会举办盛大的招待会，以兹庆祝。宰牲节时，他会为总领馆和经商室分别送来牛腿。总领馆方面则每年为他的生日举办招待会，邀请他的亲朋好友与总领馆人员一起，共同祝贺他的生日。

乌玛父子

父亲叫乌玛，儿子叫哈立克。他们做中国的五金生意，是中国的老客户，也是总领馆和经商室的老朋友。

在工作上他们给经商室帮过不少忙。哈立克几次陪同经商室工作人员到海关，协助解决贸易纠纷。为防止一些行为不端的人到我交易会诈骗，他会提醒我们事先加以防范。每年中国国庆，乌玛家都要举办规模数百人的招待会。有一年国庆时他们不在国内，待回国后他们还要补办。

每到宰牲节，乌玛家就会邀请总领馆和经商室的人到家里做客，观看杀牛宰羊。宰牲节是穆斯林的重要节日，我国回族和维吾尔族等信仰伊斯兰教的少数民族也过这个节日，称为古尔邦节，时间在春节前后。在巴基斯坦，到了这一天，许多人家都会杀牛宰羊。牛羊提前买来，在家里养上几天，然后再行宰杀。宰杀之前先请客人观赏，看看牛羊是否漂亮，是否健硕。再由阿訇诵经祷告，此后才可动刀。按照古兰经教义，未经阿訇祷告而宰杀的牲畜是不能吃的。

羊只较小，宰起来较为简单。宰牛则需要有四、五个人合作，先用绳子把牛腿捆好，合力把牛放倒，才能把那么大的家伙宰杀，血水就从院子里流到大街上。杀完之后会把牛羊肉按部位切割分配。也是按照古兰经教义，宰牲所得的牛羊肉不可由主人家自己独享。要拿出三分之一分给亲朋好友，再拿出三分之一分给穷人，剩下的三分之一才能留给自己。乌玛家每次宰牲完毕，都要先由总领馆和经商室的人挑选，喜欢哪儿拿哪儿。我们此时就会拿出事先准备好的大盆，把挑选的牛羊肉装好，欢声笑语，满载而归。而住在附近的穷人们，也会拿出自己的器

皿，排队领取牛羊肉，心满意足地拿回家去享用。牛羊内脏都会弃而不要，有的干脆扔到街上，任由乌鸦们啄食。总领馆和经商室的人员，在国内大多没见过宰牲的场面，在乌玛家看了都觉得很新鲜。观看宰牲的过程，包括其中的礼仪，大家身临其境地体验到巴基斯坦人民的生活习惯，风土人情。尤其初到巴基斯坦的人，不啻是接受了一次关于巴基斯坦国情的生动的教育。

哈立克还带我们去看过赎罪节，也叫哀悼节。在一个小广场上，有一支数百人的队伍，绕着一个大圈游行，走过去，再走过来。外面是一层层围观的人群。游行的人一边走动，一边用刀子砍自己的脊背。刀子不是一把，是一串用绳子穿起来的钢刀，每把钢刀长约半尺，刀刃锋利。游行的人们一边走，一边从肩头上向后抡着刀串，砍向赤裸的后背，每个人都砍得鲜血淋漓。但是看他们面部的表情，丝毫没有痛苦，有的只是平静甚至愉悦。听说他们这样做，是为了对过去一年的罪过和错误进行忏悔，为了驱逐心灵中的魔鬼。只要心灵得到净化，皮肉受苦是不在乎的。参加者基本上都是成年男子，没有妇女和小孩，似乎也没有老年人。他们来这里赎罪，完全是出于自愿，没人强迫，也没人号召。参加游行队伍的都是些特别虔诚的穆斯林，其他更多的人则站在周围观看和助威。场地附近，停有政府派来的急救车，万一有人伤势太重，立刻送往医院抢救。

哈立克会说相当流利的中国话，是到中国做生意时学会的。他说他曾经有一个中国女朋友，在宁波，人很漂亮，已经到了谈婚论嫁的地步，无奈由于女方家长的阻挠，最后不得不劳燕分飞。我到卡拉奇时，哈立克刚结婚不久，几年里妻子为他连生了三个儿子。孩子十分可爱，有时会带到经商室来玩。

我调任泰国工作以后，哈立克先生曾借参加广交会之机，专门绕道曼谷去看望我。

马季德

马季德先生是经商室的雇员，大家都叫他马季。他可是远近闻名的人物。提起卡拉奇经商室，经常有人会打听："马季还在不在？"

马季是1953年到经商室工作的，那时经商室还是驻巴使馆的商务处。上世纪50年代，周总理和陈毅副总理访问巴基斯坦，到我使馆时，曾经和马季握过手。这件事使马季终生引以为豪，听到此事的人也都对他刮目相看。有人半开玩笑半认真地说，马季是中巴友好的象征。

我到卡拉奇时，他已在经商室工作了 42 年之久。他以前负责打扫卫生兼端茶送水，后来仍然打扫卫生，但因年纪渐长，端茶送水的事就不做了，更多地像是经商室的管家。什么东西找不到，一问马季，他准能很快把那件东西找出来。经商室的一草一木都装在他的心里。经商室的客人，他几乎全都认识。他为人诚实本分，公私分明，从来不占公家便宜。他能用英语和别人交流，但 40 多年仍不会说中国话。我们问他，他说："我学会了中国话，你们之间说话就不方便了。"他和经商室的人建立了深厚的感情，哪个人任满回国，只要工作离得开，他都会到机场送行。

马季的年龄一直是个谜。我去的那年，他说他 65 岁，知情人说他的实际年龄可能不止于此。年龄保密，或许是为了晚些退休。其实经商室的人也舍不得让他走。马季曾打算让他的儿子来接班，跟我提过，我欣然同意。后来没来成，因为他儿子另有志向，不愿当雇员，想自己做生意。

屈指算来，马季如今应该已是八旬老人。他后来是什么时候退休的？现在是否仍健康如昔？我离开卡拉奇以后，已经好几年没有他的消息了。

马苏德

马苏德先生是经商室的一位新朋友。他是一位商人，是来经商室接洽生意时认识的。他后来帮助我们解决了一个大难题，至今我对他仍然心存感激。

解决的难题是经商室的电力增容。经商室的新馆舍是 1993 年竣工投入使用的。新馆舍面积扩大，设施改善，用电量也大为增加。这就发生了一个须办理电力增容的问题，即更换新电表和新电缆。1993 年，在我还没到经商室的时候，经商室就向卡拉奇电业局提出申请，并交了费用。后来电业局又索要额外的好处费，我方碍于财务规定未能提供，此事就拖了下来。1995 年我赴任前夕，部财务司专门向我交待此事，让我进一步了解情况，尽早办理。并说如果增容不成的话，火灾隐患可能随时发生。我听了以后，感到事情非同小可。到任后得知，为解决电力增容已经想尽了办法，包括由总领馆出面发外交照会，也托过不少关系。但电业局方面刀枪不入，一概不理。考虑安全第一的原则，部财务司同意了我室的意见，我室通过中间人交了 1.2 万美元的费用，交钱后又一再催促，两个月后终于开工了，把新电缆从院外通过地下孔道拉到配电房，过些日子又把把电缆的另一端接到院外变电器下。而后就又没有下文了。

正在一筹莫展之际，大约在 1998 年年中，马苏德先生出现了。他了解到我室

电力增容的困难后当即表示要帮忙。经过他的努力，没过多长时间，电业局果然又派人来施工，安装了新电表，再通过电缆把变压器和新电表连接起来，困扰我室四、五年之久的电力增容问题终告解决。马苏德先生没有要一点好处费，也没有提出任何交换条件，他的帮忙完全是出于友好。电力增容完成，经商室的同志们十分高兴，因为几年来时时威胁我们的安全隐患排除了。

胡大尼娃

胡大尼娃是一位居住在卡拉奇的华人，是一位牙科医生。父母给他起了个女性化的名字，大概是为了好养活。他祖籍湖北天门，40多岁。上一代由湖北移居印度，本人在印度出生。作为牙医，他在卡拉奇很有些名气。他的诊所有一定规模，另有二三位老巴医生和他一起工作。设施也较为先进。

他的诊所里平时患者较多，因为他的技术和服务都堪称一流。我妻子有一颗牙坏了，到他那里去拔掉，再镶上新牙，为此先后到他那里去了四次。拔掉坏牙后，为了安装新牙，要把相邻两颗好牙的周边磨掉一圈，之后做新牙——一颗新牙加上两边的空心牙套。经过调试，最后把新牙戴上并固定。出于友好，胡大尼娃收费时打了个7折。当时胡大夫说，镶上的牙保证20年不出问题。如今15年过去了，事实已经证明胡大夫所言不虚。

胡大夫医术一流，可他说的普通话并非一流，明显带有从外语翻译过来的痕迹。比如说"请张嘴"，他会说"请打开嘴"；"请闭嘴"，他会说："请关上嘴"。他的普通话完全可以听懂，但是会觉得很有趣。

胡大夫和他的夫人育有四个小孩，二男二女，其中三个学医。长子已成年，在美国，娶了一位台湾女硕士。

卡拉奇的华人不多，常住者大约六、七百人。原籍湖北天门的，大都做牙医。原籍广东、福建的，大多开饭馆。华人朋友当中当时来往比较多的还有中医医生蔡瑜，中国会会长李国松等。卢春玲、李隆昌夫妇当时受聘于一家中国公司，他们都是北大毕业的，曾给过我们很多帮助。如今两人已移居北京。

安总

安总名安启光，我国驻卡拉奇的总领事。是我的领导，也是我的朋友。

我在卡拉奇三年半，经历了两位总领事。前一位是王修才总领事，学普什图语的，比我年长 10 岁左右。王总为人本份，原则性强，有容人的雅量，是一位忠厚长者。我们相互尊重，相互理解，关系一直融洽。

安总是 1997 年夏秋之际来的。此后我在安总的领导下工作了将近两年。安总待人真诚，没有架子，在我的心目中，他既是一位领导，又是一位兄长和朋友。安总比我年长 6 岁，沈阳人，身材魁梧，性格中有一种东北人特有的豪爽。他是学乌尔都语的，1962 年从北大东语系毕业，我刚好是在那一年进入北大东语系的，当时恰恰擦肩而过。而 35 年之后在卡拉奇聚首，应该说是有缘。

驻外机构一般说来是比较讲究集中的地方，但安总却是作风民主，待人平等。虽然处在领导的位置，却从不独断专行，有事总是商量着办。我对安总很敬重，经商室较重要的事情，我会及时地向他请示汇报。这不仅是履行组织程序，也是我发自内心的需要。安总早年离开北大后就到外交部工作，期间四次在我驻巴基斯坦使馆或驻卡拉奇总领馆常驻，可以说毕生精力都献给了对巴工作，献给了中巴友好事业。他在外交工作特别是对巴事务中有着丰富的经验。我非常希望从他那里得到工作上的指导和启示。安总对我则给予了充分的信任，对我们经商室的工作给予了全力的支持。经商室有什么活动需要安总出面的，安总从来是有求必应。安总那边有什么重要活动，往往会叫上我一起参加。个别参加人数受限的场合，不能安排翻译，安总看我语言上有困难，就主动地帮我翻译。

和安总一起共事和相处，我总是感到很舒适，很轻松。那两年总领馆本部和经商室之间互动频繁，真像一家人一样。我跟随安总一起去外地出差，在我记忆中至少有两次。第一次去木尔丹，再到木扎法戈，考察由中国公司承包的木扎法戈发电站。之后去拉合尔，考察由中国公司投资的轻骑摩托车厂。另一次是去奎塔，考察由中国公司承包并管理的循环电厂。这后一次出差，印象尤为深刻。因为在我们到达奎塔的那一天下午，巴基斯坦进行了历史上首次核试验，而且接连试验 5 次。当地的朋友告诉我们，试验现场就在距奎塔 80 公里的地方。80 公里，可说是近在咫尺。

安总的夫人时大夫，是一位和蔼可亲的老大姐。我去领馆开会或办事，妻子韩老师有时会搭车一起去。我办我的事，老韩就去找时大夫聊天。时大夫还经常把自己种的韭菜送给我们。在卡拉奇，韭菜是稀罕物，因为市场上买不着。回去包顿饺子，算是莫大的改善。

1999 年 5 月，外经贸部决定调我到驻泰国使馆工作。我和安总两年来合作愉快，安总虽然不愿我离开，但考虑到我是学泰语的，到泰国以后"专业对口"，或

许可以发挥更大的作用，因此还是由衷地祝贺了我。我离开卡拉奇赴曼谷那天，安总和时大夫率领领馆本部人员，来经商室为我和韩老师送行，并且一直把我们送到机场。分手的那一刻，双方都有些激动。十多年过去了，那一幕场景至今难忘，回想起来，仍历历如在眼前。

难得的乐事

卡拉奇的那段日子，让我留下十分愉快的回忆。上下和睦，内部团结，工作顺利，还有丰富的业余生活。

卡拉奇本来是个比较枯燥和沉闷的地方，电视节目单调，影院、剧院等娱乐场所几乎没有。穆斯林忙于每天 5 次的祈祷，全城从清晨开始就弥漫着诵读古兰经的声音。我们经商室的同志忙于为双方企业牵线搭桥，解决困难，向巴方政府部门交涉问题，向国内主管部门报送信息和建议。每天循环往复，周而复始。但是经商室内年轻人多，年轻人的天性是活泼好动。我本人虽年过五旬，但也童心未泯。业余时间，不免想办法娱乐娱乐。

参观游览

最常去的地方是真纳墓、海军教堂和月亮湾。

真纳墓是卡拉奇第一景点。这里是巴基斯坦的建国领袖、被称作国父的穆罕默德·真纳的陵墓，位于卡拉奇中心。墓顶冠以巨大的半圆形曲面，四周是白色的围墙，大理石砌成的台基呈四方形，伊斯兰风格的方形白大理石陵墓主体屹立于棕榈树和各色鲜花之中。整体环境清新幽静，给人以庄严肃穆之感。进陵墓参观要先脱鞋，并要保持安静。灵柩四周各站着一位身材伟岸的佩枪士兵，参观者尤其是外国游客都喜欢和士兵合影留念。在卡拉奇的时候，真纳墓是去得最多的地方。第一次是自己去瞻仰，后来主要是陪同过往客人一起去的。

海军教堂的正式名称为巴图大清真寺，是卡拉奇最大的清真寺，位于卡拉奇国防区。中国人称之为海军教堂。该清真寺的主体建筑——祷告大厅呈半球形，全部由白色大理石建成，通体洁白，在阳光照耀下显得格外庄严圣洁。据说大厅可容纳5000人同时祷告，如果包括外面的平台、走廊和草坪，最多可容纳 3 万人。同真纳墓一样，进海军教堂的门也要脱鞋，妇女还要罩上巴袍，戴上围巾。清真寺里没有偶像，只有大理石雕刻而成的古兰经模型，摆放在麦加方向，供信众膜拜。不是穆斯林的人也可以自由进入。海军教堂也是游人必到之处，我们去过的次数已数不清了。

月亮湾属于自然风光类的景点，在卡拉奇海滨。卡拉奇临海，但海边的游乐设施开发很少，月亮湾算是其中之一。月亮湾在卡拉奇西南方向约 30 公里，开车约一个小时可以到达。海边有一段厚厚的长长的的砖墙，深入海水里，墙体中间有一个拱形圆洞，海水在洞下相通，因而人们给这里起了一个颇有诗意的名字——月亮湾。那里有个小卖部，供应食品和饮料。沿台阶而下，可以直到水边。沙滩上有骆驼和马，供游人租骑照相。也有吹葫芦笙的弄蛇人，眼镜蛇随乐曲起舞。经商室的同事们过段时间就会来这里休憩一下，散散心。有谁的家属来了，游览月亮湾也是一个常备的节目。

还有个地方叫塔塔湖，在卡拉奇东北方向大约 100 公里。这是一个天然的原生态的湖泊，湖面很宽，一眼望不到边。湖水清澈，全无污染。天空中不时飞过一群群水鸟。乘快艇在湖面上游弋，面迎吹来的凉风，劈浪前行，极目而望，只觉得天高水阔，心旷神怡。湖中央有一座 350 年前的古墓，葬着一对为争取婚姻自由而殉情的青年男女。湖边有简单的设施可以休息。有间餐厅，不供应饭食，只出租场地给游客，游客的饮食需要自备。大家喜欢塔塔湖，因为看惯了卡拉奇闹市的喧嚣，来到这个世外桃源般的地方，感到别有一番享受。

捉蟹、钓鱼、看海龟

捉蟹的地方距月亮湾不远。当潮水退去的时候，海边的沙滩上就露出一个个的小洞，伸手进去，很可能里面就有一只螃蟹。我们在周末曾几次去那个地方，手拎塑料桶，在沙滩上寻找蟹洞。找到后把手小心翼翼地伸进去，往往就有收获。洞是空的也不必沮丧，再掏下一个就是了。螃蟹个头不大，当地人称之为沙蟹。个头虽小，但味道鲜美，非市场买来的大个螃蟹可比。当地人不吃螃蟹，自然也不会来捉。

我们捉的时候，他们会来看热闹。有人还会嘻嘻哈哈地过来帮忙。不小心手被螃蟹夹住时，就会夸张地尖叫。

周末或节假日我们还去钓过几次鱼。在卡拉奇钓鱼可是不太一样。首先地方不一样。别处钓鱼都是在水边——河边、湖边或海边，也有在鱼塘边钓的。在卡拉奇则是到海里去。乘着租来的机动船，从岸边向海里开上 5 公里至 10 公里，把船停下，就到了钓鱼的水面。其次别处钓鱼必须使用鱼竿，一套好鱼竿可是价值

不菲。这里就完全不用鱼竿。船工已经事先为我们准备好一根根线绳，绳尾栓上鱼钩及铅坠儿，我们站在或坐在船边，把鱼钩垂直的放进海水，就等鱼儿上钩了。使用的鱼饵是小虾或切成小块的鱿鱼，也是船工代为准备的。总之钓鱼的人什么也不用带，一切用具都已由船方预备好。卡拉奇服务业不发达，但也有做得很到位的地方，钓鱼船就是一例。鱼钓上来以后，船工会洗净、去鳞，并在船上烹炸，现做现吃。或许因为是自己的劳动果实，感觉味道特别鲜美。有时运气好，一个人能钓上20多条。钓上的鱼有大有小，好几个品种，名字叫不出来。最多的是一种彩色鲜艳的体型像平鱼的。鱼多的时候还能同时钓上两条来。也有运气差的时候，有一次风高浪大，两小时一条也没钓着。钓鱼本是我们自娱自乐的活动，后来有过往的朋友，我们也会用钓鱼项目来招待他们。有位驻土库曼的梁参赞，路过卡拉奇时曾与我们一起钓鱼，十多年后仍念念不忘。

看海龟一共去过两次。第一次是在1997年中秋节前后，是中港公司的朋友带去的。那是一个海滩，因是晚上去的，又是跟着别人走，方位不大清楚，只记得离市区大约二三十公里。那地方是海龟保护区，俗称"王八滩"。那是一个月明星稀的夜晚，10点钟左右，我们到达海滩，停车熄火，然后悄悄地靠近现场。刚等了一二十分钟，就看见从海里爬出一只大海龟，缓慢而坚定地向海滩上爬去。我们赶紧蹲下身来，屏住气息，生怕惊动了海里来的"客人"。一会儿又有一只爬将出来。半个钟头左右，陆陆续续居然爬出5只。爬行中那种雄赳赳、气昂昂的样子，就像是奔赴前线的坦克。好奇心驱使我们走近海龟身边，清楚地看到那几只大海龟个头都不小，少说也在100公斤以上。它们在沙滩上爬了大约百余米，就停下不动了。之后就用前边的两只爪子扒身下的沙子，动作十分娴熟，顷刻就扒出一个很大的沙坑。接着海龟就卧进沙坑，开始产卵。一会儿就产下一大堆的卵，大概有几百个之多。产卵之后，海龟仍会趴在沙坑里不动，估计是累了要休息。这时候我们就会踏上大海龟的后背，站着或蹲着照相。尽管受到骚扰，大海龟依旧岿然不动。大海龟背部呈褐色，上面有美丽的花纹。照完相我们开始往回走，又看到一个有趣的情景。沙滩上不知从哪里冒出很多小海龟，估计是刚刚孵化出来的，钻出沙子，成群结队地往海水方向爬去，一个个争先恐后，义无反顾。那天看完海龟，已是午夜时分。回去的路上，大家一边走一边议论，兴奋得不得了。那次我们还从海边带回几个海龟蛋，海龟蛋大小如乒乓球，颜色乳白，蛋壳是软的，很皮实，轻易不碎，掉在地上还能弹起来。

第二年中秋节我们又去了一次，想再看看大海龟，结果大失所望。等了半天，一只大海龟也没见到。看来凡事要讲机缘。

婚礼

在卡拉奇参加过很多次婚礼。那里的婚礼可算是一种常见的社交活动。巴基斯坦人对婚礼极为重视，提前很多天发请帖，请的宾客也很多。有钱人的婚礼多数在五星级酒店举行。更有钱的由于婚礼规模太大，酒店容纳不下，就会找到公园广场等空旷的场地，用布搭起长长的棚子，摆上座椅，招待客人。另搭一个中央舞台，由双方家长、主婚人及新郎新娘就座。记得大商人塔巴尼家的婚礼，参加者有4000人之多。像这样四五千人的婚礼，我们还去过几次。社会上对这种大操大办似乎没有多少非议，只有羡慕、嫉妒，没有恨。因为人家毕竟化的是自己的钱。也有很简朴的，比如经商室雇员马季的儿子结婚，婚礼就比较简单，请的客人也不多，但据说也花去马季数年的积蓄。

婚礼的形式各种各样，虽然都是按照穆斯林的风俗和礼仪，但具体做法却各有不同。有时由于主人比较保守，男女宾客必须分席而坐，男宾进男宾的门，女宾进女宾的门。两边用布幔隔开，绝对不能混淆。饭菜先供应男宾的一侧，男宾吃得差不多了，再通过布幔中间的小洞传递到女宾一侧。这样往往男宾吃完离场了，女宾那边还没有结束。如果是夫妇一起去的，出门后想找到自己的另一方还真不容易。因为人很多，那时也没有手机。当时卡拉奇治安不好，政府明令禁用手机。另有一次婚礼则十分新潮。新郎新娘都是从美国留学归来的，属于新派人物。婚礼上不仅演奏西方的流行音乐，甚至还有不知从哪里请来的艺人表演肚皮舞。

巴基斯坦的婚姻中常常引起外人诟病的是近亲结婚。人们都知道近亲结婚可能造成遗传方面的不良后果，许多国家的法律也规定近亲不得结婚。可是在巴基斯坦近亲结婚却比比皆是。表兄妹之间、堂兄妹之间结婚的很多。越是有钱人越是如此。听一个老巴朋友这样解释："白面和白面和在一起还是白面，白面和黑面和在一起就不知道是什么面了。近亲结婚正可以保持血统的纯洁。"这当然是歪理。其实近亲结婚更多地恐怕还是出于财产上的考虑。按照古兰经教义和巴基斯坦法律，结婚后夫妻双方对财产享有同等的权利。也就是说，不管你有多少钱，结婚后一半财产马上就会属于对方。所以近亲结婚在很大程度上是为了防止财产外流。同样道理，大部分有钱男子也并没有像法律允许的那样娶四个妻子，因为多娶一个妻子，他的财产就会多分出一部分。法律规定，每个妻子在财产上的权利都是平等的。

观鸟

经商室的大门外有两棵大树。清晨天刚亮的时候，树上的鸟儿就会唧唧喳喳地叫起来，很讨人喜欢。大家都不会因为鸟叫惊扰了清梦而生气，反而会感到一种莫名的喜悦。大约20分钟以后，鸟儿们从树上飞出去觅食，树上就没有鸟儿了。去了什么地方不知道。直到傍晚时分，鸟儿又从四面八方飞回来。鸟的数量难以计数，总有数百只之多，先是落在楼顶的平台上，平台一般无人上去，就成了小鸟的乐园。在那里小憩片刻，鸟儿就呼啦啦地飞向门口的大树，在树上又是一阵欢快的鸣叫。晚上小鸟就在树上过夜，过路汽车的吵闹及人生喧哗一概不怕。

这是一种什么鸟儿，始终没有搞明白，个头如八哥大小，背部和腹部黑白两色相杂，飞起来翅膀是花的。或是鹧鸪的一种？

我喜欢鸟儿，喜欢鸟儿叫。鸟儿叫催人振奋，令人愉悦。在卡拉奇的时候，我写过一首小诗，记述卡拉奇的工作和生活。内中即有"清晨百鸟鸣"之句。本文就以这首诗作结吧。

卡拉奇述怀

我来卡拉奇，友人多劝阻。
劝阻却为何？环境特艰苦。
今来快一年，岁月从容度。
其实卡拉奇，也有漂亮处。
雄伟机场楼，庄严真纳墓。
清晨百鸟鸣，繁花与茂树。
城市商业化，民风尤淳朴。
购物随意选，称上斤两足。
老外不挨宰，凡事有照顾。
芒果甜又香，西瓜可消暑。
日日食不停，欣然乐常住。
困难诚不少，努力去克服。

炎热何足虑，心静气自舒。

街上垃圾多，院内勤扫除。

外面治安差，晚上少外出。

盗抢时发生，关紧自门户。

处室归甲类，经济可自主。

艰苦是事实，国家有贴补。

每日忙工作，专心不旁骛。

信息勤传递，调研最关注。

时时记在心，效率与服务。

内部团结好，管理靠制度。

谨记防腐蚀，廉政不含糊。

中巴友谊树，汗水勤浇注。

树大参天起，荫庇两民族。

齐心卫和平，携手谋致富。

念此心中喜，浑然不觉苦。

2012 年 3 月于北京

作者简介

庞荣谦，1944年4月出生于辽宁省黑山县。

1967年毕业于北京大学东方语言系泰语专业，毕业后长期在中国对外经济贸易部（现商务部）国际贸易研究所及中国驻外使领馆工作。

曾担任外经贸部国际贸易研究所研究员、副所长，中国驻卡拉奇总领事馆经济商务参赞，中国驻泰国大使馆经济商务参赞，商务部驻成都特派员。

庞荣谦是享受国务院特殊津贴的专家，曾是中国外贸发展研究委员会副主任，国家社会科学基金会国际问题评议组成员，中国和加拿大合作研究项目中方主任。

2005年退休后到泰国，受聘为泰中语言文化学院院长、304工业区高级顾问等职务。2007年受聘为泰国投资促进委员会顾问。

2008年回到北京。目前参加北京大学巴基斯坦研究中心的部分工作。

友谊处处，情谊绵长

王彩芬
中国前驻巴基斯坦大使馆一秘

我们夫妇于 1992 年 2 月至 1995 年 3 月和 1996 年 8 月至 1999 年 3 月两度被派遣到中国驻巴基斯坦使馆工作。蔡水润在使馆办公室工作，王彩芬在使馆领事部工作。期间，我们时时处处都感受到两国之间、两国人民之间浓情厚意，至今难以忘怀。

1997 年 2 月 9 日春节使馆举行照待会，前排女士为作者

在我们工作期间，两国领导人互访频繁。我们到巴基斯坦访问的有国家主席江泽民，全国政协主席李瑞环和副总理钱其琛等领导人。他们在接见使馆工作人员时都向我们强调，中巴友谊不是权宜之计，是全天候的。中国和巴基斯坦的帮

助是相互的，不是单行道，是双行道，不只是中国对巴基斯坦有帮助，巴基斯坦对我们的帮助是巨大的。他们总是谆谆教导我们要做好工作，推动中巴友谊。不管国际上和两国国内的环境变化如何，维护和促进中巴友谊是我们外交人员的神圣职责。我们一直遵循他们的嘱托和教导，努力工作。下面我就我们亲身经历的事谈谈自己的亲身感受和两国人民之间的友好情谊。

一

1993年12月6日，周刚大界使夫人邓俊秉教授在使馆举行了题为"中国饮食文化"的招待会，向巴基斯坦妇女贵宾和驻巴使节夫人介绍中国饮食文化和民族服饰。事前，大使夫人听说时任巴基斯坦总统莱加利夫人是位虔诚的穆斯林，不大参加公开场合的活动。邓俊秉教授还是想着他与夫人的个人友谊，试着向夫人发付出了邀请。总统夫人欣然接受了邀请。她太看重中巴友谊了！她接受邀请的消息使使馆上下喜出望外，大使夫人决心要为这次活动精心准备。

12月6日上午10时，莱加利总统夫人一行准时抵达使馆。她一边品茶，一边与大使夫人畅谈她前不久访华时的感受。她为在中国受到的友好接待久久不能忘怀。活动分三部分展开。首先让贵宾们观看介绍中国饮食文化的纪录片，然后观看使馆女同志服饰表演。有的女同志从未上台表演过，但想到台下坐着高贵的客人，她们个个精神倍加，尽管不像正规的服装模特那样走猫步，但她们表演得体、自信、自然，观众席中时不时地发出赞叹声。通过表演，使来宾们看到了中国传统女服旗袍的雍容华贵和线条美，也让她们感受到了中国改革开放后服饰的现代化。最后一环是品尝中国的美味佳肴。她们不仅亲口品尝了纪录片中介绍过的中国传统食品如：宫保鸡丁、春卷、饺子等美味，还大开了眼界，因为在餐桌上还摆放了由师傅们精心制作的食雕，有龙凤呈祥的南瓜雕，大白萝卜制成的展翅欲飞的孔雀，还有金黄色的南瓜灯，心里美萝卜（使馆人员自己种的）刻成的红里透白的玫瑰花，还有用松花蛋、黄瓜、胡萝卜等制成的摆盘，个个栩栩如生。对这些作品，贵宾们更是赞不绝口。活动快结束时，大使夫人将这次食雕的极品——龙凤呈祥的南瓜雕郑重地赠给了总统夫人。总统夫人爱不释手，回府后还特意邀请亲朋好友到府上欣赏，第二天还给大使夫人写来了感谢信。翌日，巴报纸载文详细地介绍了

这次活动，评价这次活动是一次成功的活动，是一次最高级别的夫人活动。时间虽然已经过了十多年，但我对这次活动仍记忆犹新。

二

巴基斯坦全国妇女联合会和巴外交部夫人协会在每年的十一月初都要举办一年一度的义卖活动，为巴基斯坦的贫困妇女儿童筹集慈善款。我驻巴使馆非常重视表达对巴人民友好的这两次活动，不仅把这两次活动看作是夫人外交，而且把它作为使馆的重要外事工作来抓。每次时任的两位大使——周刚和张成礼都要求办公室在人力和物力上积极配合女同胞，而男同胞也都热情投入，积极参加。

我驻巴使馆每年都会在前两次义卖活动的结束后就为下两次义卖活动做准备。为了降低义卖物品的成本，减少运费，就托回国探亲的同志购买或请在巴公司的人员携带，还有些物品是使馆有关单位和个人捐赠的。再有一部分物品是使馆人员亲手制作的。其中有我国的传统小吃—春卷和炸龙虾片，每次是供不应求，司机总是在使馆和义卖场之间穿梭运输，忙个不停。还有一种特殊的义卖品，就是从上一年的旧挂历上剪裁下的图片，是义卖品中的畅销品之一，购买者尤其喜欢故宫收藏的仕女图和山水画。他们买回去放在镜框里，挂在客厅的墙上，作为一件挂件能使整个房间增辉。买者知道这些画是从旧挂历上剪下来的，但由于具有中国特色，且价廉物美，他们还是争相购买。

随着李小龙的中国功夫片和"少林寺"等武打片在全世界的热映，巴基斯坦青少年也不例外地喜欢上了中国功夫。在义卖会上，年轻人尤其喜欢购买北京人叫做懒汉鞋，他们叫做功夫鞋的布鞋。

因为我们的义卖品特别受欢迎，我们销售额颇丰，因而我们的捐款额总是占使馆捐款数的第一位。这是我们能为巴慈善事业做的一点点贡献，倾注了我们十二分的热心！

三

中巴领导人互访频繁，人民之间也亲如一家。我们在巴基斯坦期间，无论我们走到哪里，在街上，在商店里或在公园里游玩，总会有人道一声"朋友"。我们乘坐的车行驶在街道上，路边的行人会向我们招手致意。与我们工作有关的人更是热心提供帮助。巴基斯坦电信局的处长阿明·马立克，他不管是使馆还是中国公司驻巴办事处或者是新闻单位遇到电信方面出现故障时，他总是亲自带技术人员在最短时间内排除故障。他还经常在家宴请中国人。我们夫妇、中船公司驻巴代表彭蔚云、记者陈凤荣夫妇等是他们家的常客。他的夫人做得一手好菜，其中苦瓜酿肉特别可口。此菜做法很讲究，得提前两天把苦瓜晾晒半干，再把牛肉沫塞进苦瓜内，用线捆好再烘烤。品尝过的都赞不绝口，说下一次还要这道菜。

巴基斯坦航空公司原属于军队管辖。印巴战争期间，巴航工作人员中有些人曾经亲自运送过我国无私捐助的物品，他们对中国人更加亲近。办公室的一部分工作是迎来送往。在这方面遇到困难时，他们总会热心帮助解决。巴航伊斯兰堡客运部经理吉斯蒂先生更是热心有加。他曾在巴航驻北京办事处工作过。在北京工作期间，结识了北京姑娘张福莲并结成秦晋之好。他们婚姻美满。吉斯蒂先生见到我们会说他是中国人的女婿，更添一份亲切感。张福莲的娘家与我们同住方庄。有一年在他们回国探亲时，我们在一家新疆饭店宴请了他们。老朋友相见格外亲切。有一段时间，蔡水润手臂疼痛，自行服药，病情未见好转，我们的朋友拉赫曼先生知道后，就给蔡水润介绍了他工作单位一位医术高明的大夫，免费给蔡水润治疗。经过吃药和打封闭后，病情很快好转。对我们提供帮助的人很多，我们就不多写了。在此，我们向为我们提供过帮助的朋友道一声谢谢！

四

汉族和维吾尔族华人占在巴基斯坦华人中的多数。汉族华人的老一辈人有一部分人是由于印度和印度尼西亚反华、排华时而来到巴基斯坦的。巴基斯坦与中国友好，巴政府接纳了他们。他们到来时，大多境况不好，由于巴政府和人民的关爱，再凭着他们的吃苦耐劳，他们虽不像欧美国家的华人那样大富大贵，但现在多数都已成为了殷实人家。他们对巴基斯坦政府和人民深怀感激，对祖国一往情深。

汉族华人多数从事餐饮业、制造业和美发业，维吾尔族华人多数从事绸缎、瓷器、小商品买卖以及餐饮业。有的人还把绸缎生意做到了欧洲国家。在拉瓦尔

品弟有一座叫中国城的很大的市场，里面的店铺大多为维吾尔族华人拥有，货物都是来自中国，商品琳琅满目。我们从他们那里首次知道在浙江省有一个闻名世界的义乌小商品市场。在伊斯兰堡也有他们开的绸布店。他们的商品源头来自中国，他们的生意与祖国的繁荣强大、安定团结息息相关，他们同祖国同命运、共呼吸。我国改革开放的倡导者、无产阶级革命家邓小平同志逝世后，在巴华人怀着沉痛的心情纷纷到使馆设的灵堂悼念。1997 年 7 月 1 日香港回归祖国后，汉族和维吾尔族华人历史上第一次在巴首都伊斯兰堡举行庆祝大会，气氛庄重热烈。会前，鞭炮齐鸣，会上，与会代表纷纷发言，表达他们的喜悦之情，自豪之情。他们全都祝福祖国明天更加强大。他们还共同集资制定了"庆祝 1997 年香港回归"字样的 T 恤衫发给与会代表。

他们为祖国的繁荣强大自豪，也分担祖国的忧愁，1998 年中国南方遭受特大洪灾时，他们伸出了援助之手，解囊相助，虽然数额不大，但尽力了，表达了他们的赤子之情。在维吾尔族人中，事业最成功的要数拉扎汉先生。他热爱祖国，爱他的出生地新疆自治区莎车县。他在莎车县募捐了一座希望小学。原新疆维吾尔族自治区主席李东辉到巴访问，他举行了盛大的记者招待会，热情接待来自故乡的客人。他为人风趣，在相知一段时间后，他笑眯眯地对我们讲，他的母亲只比他大 14 岁，早婚，不知道的人都说他们是姐弟。他这一介绍，一下子就把我们和他的距离拉得更近了。

十多年前，中国的国力还不像现在这样强大，驻外领事馆仍遵循的是勤俭办外交的方针。领事部没有配备工勤人员。我总是早早起来打扫领事部的卫生。香港回归后，领事业务量大增，总要在晚上加班加点工作。华人和其他巴基斯坦人都看在眼里。他们亲切地称王为"Madame Wang is a working machine."。对这些在海外的华人我们由衷地把他们看成是至亲和朋友，不管是富裕的，还是经济条件较差的都一律平等对待，坚决杜绝门难进，脸难看，故意刁难的做法。在他们需要我们帮助时，我们都会急他们所急，想他们所想。对于做生意的人，时间就是金钱，我们会为他们及时办理签证。维族人结婚会邀请国内的至亲参加，对他们的邀请函，我们也会及时办好认证。对于他们的贵重赠品，当面拒绝或请他们的朋友退回。我们这样的至诚态度赢得了他们的友情和信赖。他们也把我们当亲人一样看待。有一位维族华人到拉合尔探亲，在回拉瓦尔品弟的路上出车祸身亡。

他原籍为乌兹别克斯坦族的夫人点名要我出席他的葬礼。见到我后紧握我的手，放声大哭，就像见到亲人一样，释放她的悲痛。还有一位维族妇女，她多次到领事部，我不管多忙，总是放下手头的工作，耐心地听她倾诉她与婆母的紧张关系。我向她讲了巴基斯坦风俗和家庭关系。得知她的公爹去世早，就劝说她多体谅婆婆。最后一次见面时，她说由于她注意关心婆婆，婆媳关系有了改善。她来使馆时，不论天冷还是天热，就像在电视上见到的阿富汗妇女那样，身上总裹着一件黑大袍子，我到现在还不知道她叫什么名字，但她对我信任的那种神态一直深深地印在我的脑海中。离开使馆几年后，一天突然接到回国休假的领事参赞齐秋东给我们打来电话，说新疆华人托他向我们问好，别无他话。仅仅这一声普普通通的问好，让我们感动至今和浮想联翩。在巴基斯坦的维族华人对中国的热忱、爱戴和拥护、期盼祖国更加强大、安定团结这不正是新疆自治区广大维族人和其他少数民族人的缩影吗？新疆自治区少数打砸抢分子，分裂分子分裂祖国、破坏民族团结的企图是不得人心的。

我们于1999年3月离任回国，不觉光阴已逝10多年。在这10多年里，我们一直同华人领袖蔡西春、侯珍蓉夫妇和熊晋良、梁月娥夫妇保持联系。侯珍蓉女士曾和我先生蔡水润在中央电台印地语组共过事，在巴基斯坦的重逢让我们倍感亲切。逢年过节，这两家都会宴请使馆人员。侯珍蓉女士还不顾年事已高，总是亲自下厨，为我们烹制可口饮食。现在他们两家都已移居加拿大，每逢春节，我们都会互寄贺年片或打电话问候，通极各自家庭的近况、儿女的婚事及他们的工作情况还有第三代的信息。

2009年10月我接到熊晋良先生从加拿大寄来的一本杂志。杂志上登载一篇有关他的生平和他的文章。他移居加拿大后仍旧为祖国做好事，他带动当地华人为奥运场馆募捐，四川大地震也牵动着他的心。刚从外地旅行回来他就同安大略省印华联谊会的成员前往中国驻多伦多总领事馆捐钱，朱桃英总领事热情地接待了他们。2001年9月，熊晋良和蔡西春夫妇出席在南京举办的第六届世界杰出华商代表大会，他们到北京参加国庆节活动期间看望我们，这一切让我们相隔万里的心相连、相通。最近，接侯珍蓉女士电话称熊先生已经仙逝。愿他一路走好。

巴基斯坦斯瓦特地区的动乱让我们一直牵挂放心不下。那里是我们一位巴基斯坦已故朋友古尔的故乡。他的祖母是新疆维吾尔族人，他认为他身上流淌着中

国人的血，是半个中国人。尽管使馆人员换了一批又一批，但他对使馆人员一往情深。总要劝说他们到他的家乡美丽的斯瓦特游览。1994 年 4 月底我们夫妇和使馆其他一行十几人在他的引导下到斯瓦特走访。途中，我们参观了巴西北部地区的世界著名的佛教遗址——Takhti-i-Bahi.。据说唐僧去西域取经时曾路过这里。我们抵达斯瓦特山谷后深深地被她的美景吸引。当我们的脚踏在山顶的积雪上，眺望被森林覆盖的层层叠叠的山峦和走在山谷中那蜿蜒曲折的山路时，我们深深地感受到了斯瓦特地区大自然的美、原生态的美。这儿是多么的宁静，多么的安祥。在我们到达斯瓦特的头一天，一对来自瑞典的老年夫妇慕名驾驶房车到此游览。他们称赞斯瓦特是一块名副其实的旅游胜地。现在斯瓦特地区恢复安宁了吗？古尔的家人安全吗？我们见过的友人安全吗？这些都是我们的牵挂！

在此，我们发自内心深处祝愿中巴友谊代代传承，万古长青！祝福我们的友好邻邦早日走上强国富民之路！

作者简介

王彩芬，1939年生，江苏高邮人，副研究员。1960年至1965年就读于外交学院英语系。1965年7月分配到外交部印度研究所外交组工作。1966年至1972年参加四清工作组和下放劳动锻炼。1972年至1999年在中国国际问题研究所资料信息室工作，曾任副主任。在中国国际研究所工作期间，曾于1983年至1985年借调到中国驻印度大使馆外交组工作，任三祕。并于1992年至1995年和1996年至1999年两度派遣到中国驻巴基斯坦大使馆领事部工作，任一祕。曾参与《八十年代的美国》一书部分章节的翻译，与秦梅合译《希特勒暗堡》一书。

驻巴基斯坦使馆的建设

李健生

伊斯兰堡市区的东北隅是巴基斯坦政府划定的外国使馆所在地。我国使馆就坐落在该使馆区的南沿。20世纪70年代笔者参与的中国驻伊斯兰堡新馆建设场景，至今仍历历在目。

位置居中，地位显要

假如您驱车从巴外交部南侧往东行驶，约莫5分钟过后，您就会看到我国五星红旗高高飘扬，国徽在阳光下奕奕生辉，您的心头肯定会陡然升起一种到家的感觉，因为我们国家的使馆就屹立在这里。到了使馆，也就到了祖国的怀抱。

巧合的是，我国使馆正好坐落在美国和俄罗斯驻巴使馆之间，这大概是巴方朋友把中国一词做了最直观的注解和安排，因为西方人过去把中国翻译成 middle kingdom，叫中间王国，寓意中国。所以中国使馆就顺理成章地位于美中俄三大国使馆之间了。当然这是老皇历。随着中巴"全天候"友谊的深入人心，2004年8月巴基斯坦阿齐兹·肖克特总理在执政的第一个星期就把使馆区的主干道大学路更名为"周恩来路"。这样，这条3公里长6米宽的街道就把法国、美国、中国和俄罗斯使馆连在了一条主干线上。更为巧妙的是，中国使馆恰好位于这条"周恩来"路的中心点上，中国使馆理所当然地成为使馆区的地标，足见中国使馆在巴基斯坦政府和人民心中的地位。他们坚定地认为巴基斯坦和中国之间"比山高、比水深、比蜜甜"的"全天候"关系是任何其他国家无法替代的。仅管巴基斯坦政府时有更迭，但这种牢不可破的友谊总是世代传承，历久弥坚，不断深化，推陈出新。

　　我国现在在伊斯兰堡的使馆是 1976 年 6 月开始营造，1978 年 5 月竣工，占地 36000 平米。当时美国和俄罗斯使馆已先期盖好，并已入住办公。所以我馆建馆也就有了一些方便条件，水电气都已通达，使馆区的主干道也已修好，可谓万事俱备，只欠东风，我馆开建正逢其时。

李健生近影

　　使馆区原是一片土丘，长满灌木和杂草，但地势较高，是比较理想的使馆用地。使馆周围的自然风光恬静淡雅，令人陶醉。南面可俯瞰广阔清澈的拉瓦尔湖，北面背靠高耸挺拔的马尔加拉山脉，正南方是一片茂密葱绿的树林，终年郁郁葱葱，花草烂漫。这里偏离市区，天空一片蔚蓝，空气清新甜润，没有工业的污染，没有喧闹的噪声。巴基斯坦政府派有警察日夜在使馆周围巡逻，全天候地负责安全保卫。使馆完全可以按照自己的节奏安排作息，全身心地投入各项主要工作中去。真是少有的幽雅宜居之地。更为重要的是，巴总统府、议会大夏、政府各部委等行政中心就在我国使馆不远处的西北方，去那里办理公务十分便捷，巴方朋友也可很方便的到达我馆。这又是一个办公的极好场所。整个使馆区又与伊斯兰堡完美的市政建设融为一体。

巴方工人，勤劳诚恳

使馆新馆的建设自始至终得到了巴首都发展局的鼎力支持。建筑商是由该局签约的一家承包商。正式施工前，由该局做了土壤结构，水样分析的认真实验。得到我馆的认可后建筑商开始土建施工。双方外交部对这项工作都很重视。我国外交部专门委派了以何伯俊工程师为首的监理小组，驻工地指导施工。巴外交部也责成首都发展局派出了一个工作小组进驻工地，督促建筑商保质保量地完成施工。鉴于当时的条件，建筑工人都是一些普普通通的农民工，他们虽然没有高超的技术，也不懂多少高深的建筑理论，但他们能在工头的带领下按施工图作业。"我们在这里干活，当然是为了挣钱养家糊口，但为中国使馆盖楼，就像是为我们自己家盖楼一样，我们一定会精心施工的。"一位名叫马立克的小工头向笔者吐露心声。工地上虽见不到大型施工机械，听不到马达轰鸣的声响，只看到身穿长衫的男男女女，按照工头的安排日出而作，日落而息。然而，出乎我的意料，工程却是在按进度表有条不紊地推进。我亲眼目睹那些建筑工人们肩扛头顶，顶风冒雨，把建筑材料运送到指定位置。那些妇女们仅靠一块用布扎成的头垫，就可以头顶30斤左右的建材稳步行走在工地上。一次，一位妇女甚至用脑袋顶起了40块红砖（约有50斤重），泰然自若地把砖送到瓦工面前。我不禁深深佩服这些巴基斯坦妇女的勤劳和能干。那些男工们和灰、砌墙、布线、安装机械，按技术员的指点施工。也正是凭着这种蚂蚁搬家的精神，他们用一个滑轮吊车把一车车的水泥、砖块、一根根钢筋、一扇扇门窗运到了二楼三楼。

为了保证进度，工人们始终忙碌在工地，只有在伊斯兰教的重大节日才回老家庆祝节日。建筑商的主要负责人也是在现场办公，随时解决重大问题。

工人们的施工是比较认真的。每当我方提出意见时，他们总能遵照执行。一次何伯俊工程师发现宴会大厅东侧承重墙基混凝土有杂质和空洞，墙身有一定倾斜，遂要求施工队返工。经协商后，施工队心悦诚服地敲掉了已经浇铸好的混凝土墙基，重新按规定比例配料，规规矩矩的打好了这面墙基，并认真吸取了教训，

避免了后来的类似事件。一位小工头坦率承认"我们的技术比较落后，但只要中国朋友提出我们的不足，我们一定会及时改正，尽最大力量保证质量。"

为了感谢巴方工人的辛劳，使馆为他们举办了电影招待会。我特地挑选了中国杂技为他们放映。演员们表演顶椅子的技巧、爬杆的利索、空中秋千的潇洒、抖空竹的柔韧、魔术的变幻莫测、12 人骑自行车叠罗汉的飘逸……一个个精彩节目让他们看得如醉如痴，有时是鸦雀无声，有时又爆发出热烈鼓掌和高声喝彩。电影放映结束时，一些工人情不自禁地齐声高呼"中国万岁！ 巴中友谊万岁！"

施工结束时，我外交部派出了行政司司长程绍良和北京市建筑设计研究院吴德绳工程师等 5 人验收组前往检查，他们对巴方工人的施工热情和工程质量也表示赞赏。伊斯兰堡首都发展局的领导在会见我验收组时骄傲地说："中国使馆是我们工人用脑袋顶起来的，他们是用一腔热忱为中国兄弟修建这一高大建筑的！"

中外合璧，安全至上

我馆主楼是一幢三层长方形砖混结构大楼，配楼是一座二层楼宇，大使官邸则是一栋独立的别墅。整个建筑群由北京市建筑设计研究院设计，我外交部对外基建处负责施工落实。对外迎客区落落大方，厅室安排合理；各办公室宽敞舒适，彼此沟通极为方便；生活区设施齐全，馆员互不干扰。使馆错落有致，院内广种各种花草树木。春天来临时，迎春花首先芬芳吐艳，其他花草随之也争相开放，整个大院内姹紫嫣红，成了花的海洋。夏秋，使馆弥漫在浓密芬芳中，夜来香尤其沁人肺腑。冬日，树木的翠绿仍把使馆打扮的生机盎然，亭台隐在其中。有同志感慨说，使馆处在花园中，好景就在使馆里。为提高生活质量，使馆安装了当时比较先进的空调系统，以伊斯兰堡城市天然气为能源，两套吸收式制冷设备轮换作业，保证空调系统的正常运转。各办公室和住所均可根据各自意愿随时通过恒温器调节室温。巴基斯坦技术工人精心安装，反复调试，机器功率完全达到设计要求。使馆从此没有了窗式空调的噪音，既美观又舒适。

除了外在的环境美和硬件措施，使馆更强调保卫保密的安全。设计图纸就十分强调这一点。主楼正面建有走廊，一为避风挡雨，二为供大家工作疲劳时活动筋骨。但为了保卫保密的安全，主楼立面依图纸用砖砌成了花格墙，挡住了阳光的辐射，更起到屏蔽效果。我馆员从办公室内通过花格墙的深细孔洞可大视角的看到外面的世界，但路人却很难看清我主楼内的动静。主楼与办公楼和住宿楼之间亦用连廊相通，与主楼一样达到了同样的效果，以防外人对我实施窃听窃照。为了保卫保密，我使馆一些部位特意做了隔音与防窃照的特殊处理。大使官邸更是在这方面下足了功夫。

使馆主楼有一门廊，供来访客人在此上下车。施工时，我方选择了巴基斯坦最优质的玛瑙石，镶嵌在四根柱子上。施工工人反复比对玛瑙石的花纹，按照自然纹理精心挂贴固定。墨绿色的玛瑙石，咖啡色的纹理，在四根柱子上组成了天然的水彩画。灯光下他们显得晶莹剔透，光彩照人，甚是雅致。在主楼正面悬挂国徽的地方亦是用玛瑙石挂贴墙面，让庄严的国徽更加光彩夺目。真可谓是设计者独具匠心，施工者精益求精，中巴合作，相得益彰。

移乌桕树，永念总理

敬爱的周总理在 1964 年 2 月访问巴基斯坦时，曾在伊斯兰堡的小山头上载下了第一课友谊树，树种为乌桕树。如今这个小山头被当地称为夏克巴利花园或友谊花园，供外国领导人来访时栽种友谊树。

1965 年敬爱的周总理再次访问巴基斯坦时曾在巴方为我规划的新使馆地址上同样栽下一棵乌桕树苗，愿中巴友谊苗壮成长，万古长青。但当巴方为我馆新址实行三通一平时，施工工人因不了解情况不慎误伤该树。伊斯兰堡首都发展局的领导对此十分重视，表示一定要另挑选一棵树龄相仿的乌桕树再栽植于我馆。该局园艺处处长苏尔坦先生和笔者等人四方寻找，终于在马尔加拉山脚下找到一棵比较理想的幼树。园艺工人们小心翼翼地把它移到了使馆。使馆又根据馆内的地理环境，专门在宴会大厅的东侧堆起了一个小土包，让这棵乌桕树挺立在土包正中最高处，并在其周围栽种花草。如今这棵乌桕树在各届馆员的精心护理下苗壮成长，枝叶茂盛，亭亭玉立，代表着周总理对馆员的殷殷期盼，也歌颂着中巴友谊天久地长。周总理栽下的这两棵乌桕树都成了中巴友谊的见证，成了人们瞻仰周总理的好去处。

朱岩参赞，殚精竭虑

新馆的建设是在中巴双方工程技术人员的严密监督下完成的。中方监理组和巴方工作组几乎每天都碰头检查工程进度和施工质量，督促施工队严格按要求施工。每次碰头会后还留下会议纪录，供日后检查落实。

使馆领导对建馆过程也倾注了大量心血，经常听取我们的汇报，面授机宜。朱岩政务参赞更是利用周末的时间泡在工地，察看进展，并随时根据实际情况提出建议，与监理组共同商量。使馆的宴会大厅原设计是一通透大厅，但朱参赞考虑到使馆的实际使用情况，建议在中间增加一个推拉门，如逢大型招待会时可向两边收起推拉门，若遇小型活动时则拉上中间推拉门，形成屏风，让室内空间变得严谨有序，不致显得空荡零乱。监理组感觉他讲的很对，装修时也就采纳了。事后证明，这种装饰非常实用，大大方便了各种大小不等的活动。又如原设计的小宴会厅面积过于庞大，他建议适当缩小该厅面积，把宴会厅的部分面积改成天井，种上翠竹，铺上甬道，让客人进来后有曲径通幽之感、一边享受中国美食，一边欣赏园林风光，也收到了神奇效果。大使官邸的宴会厅门原是普通呆板的长方形，经他建议改成月亮门后，顿现中国特色。在使馆院落西南角的树林里，他建议广种橘子、李子、枇杷等果树，在使馆院落东南角搭起了葡萄架和中国式亭子，并在使馆内的道路两旁栽种金橘树。而所有这些建议都是经过他深思熟虑、反复推敲，既尊重原设计图纸，未影响建筑结构和整体布局，亦未增加建筑成本，但却增加了很多中国元素，非常符合使馆的实际需求，起到了妙笔生辉的作用，更让大家品尝到自己栽种的果实，得到了大家的交口称赞。事后有同志讲，金橘树三年后就已挂果。馆员一边散步，一边就可享用最新鲜的绿色水果。

迁入新址，勤俭治馆

由老馆迁入新馆是一件让大家都非常开心的事情。使馆按照对外办公和内部生活统一部署，每一个人都无条件的服从使馆领导的安排，没有一个同志提出额外的要求。各个处室的同志分别负责自己部门的搬迁准备工作。周末搬家那两天，驻巴各专家组的同志们也开着他们的大卡车赶来帮忙，全馆上下形成了一支不需动员的义务劳动大军。使馆领导们不顾年老体弱，也参加抬空调、搬运办公桌等重活脏活。办公室主任吴维钝不幸被空调划破了手，鲜血直流，经简单包扎后又投入劳动。专家组的同志们更是抢着干最重最危险的活。不管是使馆那个部门，只要有活，不用招呼他们就冲向那里，逢到搬运大件重物时，他们还唱起劳动号子，又快又安全地完成搬运任务。使馆的女同胞们也是忙着备茶水、递毛巾，跑前跑后地为男同胞们当助手，其劳动强度也不亚于须眉。两天的时间里，根本分不出谁是领导，谁是远道而来帮忙的专家，一个个全都汗流浃背，忙的不亦乐乎。就这样，使馆没有请巴方的搬运公司，没有花一分钱，就自力更生地完成了使馆的搬迁任务。根据当时的财务条件，使馆根本未考虑为大家置换新的办公用品和生活器具，把原有的办公用品和生活器具全都搬到了新馆，各处迅速就位，星期一正式对外办公，丝毫未影响外事活动。

事后的总结会上，有同志感慨的说，使馆政治空气浓厚，干群关系融洽，彼此团结互助，勤俭蔚然成风，铸成自觉行动。

内外活动，生机盎然

1978 年 5 月的一天，陆维钊大使主持新馆开馆仪式。是日，使馆主楼门前的喷泉喷起 10 多米高的水柱，和着录音机里的歌曲翩翩起舞，庆祝新馆开门迎客。巴基斯坦政府总理佐勒菲卡尔·阿里·布托亲率多位部长莅临祝贺。当地主流媒体都以"中国大厦"为题报道我新使馆的落成。

从那以后，使馆的迎客活动也明显增多，常常高朋满座。每年的八一建军节招待会和国庆招待会都会分别吸引 600 多名中外嘉宾。宽敞的大厅里，宾客相见，交谈甚欢。有的三五成群，共同议论某件事情；有的私下耳语；女宾们也互相切磋中国厨艺和服装。大厅里成了交友叙情、歌颂友谊的海洋。也有巴基斯坦朋友特意走到大厅东侧的乌柏树下留影纪念，怀念周恩来总理为中巴友谊作出的卓越贡献。

平时，使馆也常宴请宾客。有的朋友坐飞机过来赴宴，或全家开两个小时的车赶来与中国朋友相聚。每当这种场合，使馆的厨师也是使出全身解数，在宽大

舒适的操作间里烹调出符合客人口味的中国佳肴。常常有客人要把厨师精雕细刻的花草鸟兽带回家留作纪念。无疑，新使馆为宴请创造了有利条件，让客人流连忘返。

从那以后，使馆的内部活动空间明显增加。办公室敞亮了，居住区安静了，为全体馆员创造了较为舒适的工作生活环境，特别是灯光球场、游泳池、乒乓室为大家的文体活动提供了空间。工作之余，年近60岁的陆维钊大使领着大家打篮球，玩乒乓，也有同志打羽毛球或排球，各自有自己的活动场所。使馆也常常与专家组的同志们开展一些球类比赛，既锻炼了身体，又活跃了使馆的气氛，特别是密切了干群关系。我感觉在使馆的那段时间里，馆员之间亲密无间，其乐融融，使馆成了一个幸福的大家庭。笔者听说，使馆后来还与其他驻巴使馆举行篮球友谊赛，以球会友，活跃外事工作。

在使馆的东北角，馆领导还专门辟出了一大块菜地，分给大家各自管理。工作之余，来自五湖四海的男男女女都拿出各自的看家本领，有的从国内带来菜籽，有的因地制宜，种青菜、搭瓜架、栽西红柿秧⋯⋯八仙过海，各显神通。不仅改善了伙食，种出的大白菜还成了使馆送朋友的上好礼品。

与时俱进，使馆另迁

我国驻外使领馆是国内综合实力的外延，也是中国主权的象征。

巴基斯坦早在1951年1月5日就承认我国，5月21日就与我国正式建交，成为西方资本主义国家最早承认我国的国家之一。我国也随之在巴当时的首都卡拉奇设馆，首任大使韩念龙于当年6月底抵达卡拉奇，开展外交工作。

1965年6月发生第二次印巴战争，濒海的卡拉奇很容易遭受战争的威胁。由于巴基斯坦议会早在1959年2月就决定考察建立新首都伊斯兰堡，随即作出决定，迅即迁都依山面湖的伊斯兰堡。当时因为伊斯兰堡尚未完全建好，即把位于伊斯兰堡西南11公里处的军事重镇拉瓦尔品第作为临时首都，我国使馆亦迁入拉瓦尔品第。

1967年巴正式迁都伊斯兰堡后，巴外交部把原准备为科长级官员建造的公寓腾出来作为我国使馆用房。但这片位于F-6/4的馆舍场地狭小，无扩建余地。我们使馆一墙之隔又是巴方朋友的居所，使馆的行动很不方便，甚至凉晒衣被也怕影响观瞻。办公室更是拥挤不堪，三位秘书只能挤在 8 平米的屋内办公。笔者的卧室还是使馆临时利用过道搭起的房间。

迁入新馆后，虽然各方面的条件都有了根本性的改变，但由于那时的设计图纸都是根据 80 年代的外交需求设计的，使馆是集体伙食，馆员住的是一人一间的筒子楼。

根据我国外交人员体制改革，后来使馆进行了大改大修，适应了馆员家属随行、各家独自开伙做饭居住的局面，但使馆的使用面积已显得捉襟见肘。

随着中巴关系的不断发展，两国对双方使领馆的用地做出了积极安排。笔者在巴基斯坦驻华使馆工作期间，我国应巴基斯坦政府的要求，在 2001 年划拨 5000 平米给巴基斯坦使馆扩建，在上海划拨 4500 平米允其建领馆。

2009 年据我外交部网站报道，经两国政府协商，扎尔达里总统 2008 年 12 月访华时与我国签订有关协议，2009 年 5 月，巴方做出大手笔，已向我馆移交 15 万平米的地皮，供我馆迁往使馆区 2 区新建。这将是我国所有驻外使领领馆中占地面积最大的馆舍，地理位置更为优越安全。中巴两国外交部的官员都已决心把我国驻巴新使馆建成我驻外机构的典范建筑。可以想见，我国在巴的外交舞台将进一步扩大，我国的外交人员将会在那宽阔的舞台上充分发挥才智，继续演奏中巴友谊的华彩乐章，把中巴友谊推向新阶段。

作者简介

李健生，1946 年 8 月出生，江苏省泰兴市人。20 世纪 70 年代先在我国驻巴基斯坦使馆学习当地乌尔都语，后留在使馆工作，共计 7 年多。80 年代进入北京外交人员服务局从事翻译工作。1992 年 4 月获副译审翻译高级职称。1995 年后曾在我国驻加拿大多伦多总领馆、驻孟加拉国使馆和驻太平洋岛国基里巴斯使馆工作过。回国后曾在巴基斯坦驻华使馆工作。现仍在一外国驻华使馆从事文字翻译。

纪念古特拉都拉·希哈卜先生

陆水林

中国国际广播电台乌尔都语译审

巴基斯坦著名作家米尔扎·阿迪布说过，如果你提到了古特拉都拉·希哈卜这个名字，而脑海里没有立刻闪现出《母亲》这部作品的话，说明你一点也不了解希哈卜；同样，如果你提到了《母亲》而希哈卜这个名字没有闪电般出现在你脑海里的话，说明你对《母亲》只是一知半解。古特拉都拉·希哈卜和《母亲》互相依存，不可分离，无论缺了哪一个，都是不完整的。

我之结识古特拉都拉·希哈卜先生，正是因为《母亲》。

那是1981年的事情。当时，我同几个同行一起，正在伊斯兰堡的国家现代语言学院进修乌尔都语。我们到巴基斯坦，也快满一年了。我们有一门课程是读短篇小说。授课老师选择的《1963年短篇小说选》中，有一篇就是古特拉都拉·希哈卜的《母亲》。

《母亲》把一些平凡的小事串连起来，塑造了一个生动的母亲的形象，展现了一个普通穆斯林妇女勤劳俭朴的高尚品德。作品的文字如行云流水，自然感人。通过小说，我们还可以真切地感受到作者父母亲所处的那个时代的情况，特别是母亲年轻时旁遮普农村的情况。

我那个时候读了许多小说，很想把一些好的乌尔都文小说翻译过来，介绍给中国读者。巴基斯坦当时正流行象征派小说，但我欣赏的是能真切地反映社会生活的现实主义作品，《母亲》正属于我喜欢的那一类。在我读过的短篇小说中，《母亲》堪称是一篇佳作。在文学史和有关短篇小说发展的论文中，在巴基斯坦文学界朋友们的口中，对《母亲》都有很高的评价。我还了解到，作者还有一篇小说《啊，真主》，非常有名，我很想读到这篇作品，但这本书早已绝版，市面上根本买不到，也没有地方可以借到。另外，要介绍外国文学作品，还需要了解作者的生平。于是，我在老师讲授《母亲》之前，就开始了寻找古特拉都拉·希哈卜先生的努力。经过几位巴基斯坦朋友的辗转打听，我惊喜地获悉，古特拉都拉·希哈卜先生就住在伊斯兰堡。

按照朋友们提供的电话号码，1981 年 11 月 12 日，我和古特拉都拉·希哈卜先生取得了联系。11 月 14 日，我依约来到先生的寓所，迎接我的是一位白须白发、亲切和蔼的长者。

我向古特拉都拉·希哈卜先生说明了来意，先生向我简要介绍了他的生平，并签名送了我一本我梦寐以求的《啊，真主》。这是 1978 年印行的第 8 版，书店早已售罄。

陆水林近照

在随后的一年多时间里，我又多次拜访先生。利用课余时间，我译出了《母亲》和《啊，真主》的草稿，一些不明白的地方，专门向先生作了请教。1982 年 11 月 27 日，我最后一次拜访先生并向他告别。一个星期后，我就和同伴们一起回国了。

1987年，当我再一次去巴基斯坦访问时，古特拉都拉·希哈卜先生已于一年前去世了。

通过古特拉都拉·希哈卜先生的介绍，我对先生的生平有了初步的了解。他父母亲的经历，加上先生的经历，本身就是一部历史，一部传奇。先生也不是一个一般意义上的作家，他同中国之间，还有着特别的关系。

先说《母亲》。古特拉都拉·希哈卜先生说，《母亲》虽然是小说，但写的都是真事。先生说，父亲去世后，母亲一直和他生活在一起。母亲非常朴素，勤劳节俭，做饭等家务事都要亲自动手。母亲没有文化，"五"以上的数字就搞不清了，也分不清楚不同面额的钞票。母亲是1962年3月2日在卡拉奇去世的，当时，先生口袋里正揣着两张火车票，准备第二天和母亲一起去拉瓦尔品第。当时，先生是阿尤布·汗总统的秘书，工作地点就在拉瓦尔品第。先生对母亲的去世非常悲痛，《母亲》就是他怀着对母亲的无限思念，在办公室里一气写成的。先生挥泪写作的时候，阿尤布·汗总统还到他办公室来过，看到先生一边写一边流泪，便悄悄地退出去了。先生说，《母亲》写完后，他心里感到轻松了一些，便拿着文件去找阿尤布·汗，阿尤布·汗总统知道他母亲去世的事，建议先生去斯瓦特住几天，散散心，心里的悲痛也许会减轻一些。但先生说不用了，他已经没事了。《母亲》发表后，受到广泛的好评，先生说，他收到了许多读者的来信。

古特拉都拉·希哈卜先生说，《母亲》中关于父亲的描写也是真实的。先生的祖籍是东旁遮普的安巴拉，曾祖父一代还是颇有财产的，但曾祖父和祖父两代人为了同他人争当村长而长期陷于诉讼，终至于破产而一无所有。当祖父因为忧伤过度早早离开人世时，先生的父亲阿卜杜拉才八、九岁。阿卜杜拉发奋读书，并进入了著名的阿利加尔大学。这所大学是穆斯林启蒙运动领袖赛义德爵士创办的，目的是为穆斯林复兴培育人才。阿卜杜拉获得了一笔资助，可以去英国参加印度文官考试。这是许多年轻人梦寐以求的事，但他却遵母亲之命放弃了这个机会。这使赛义德爵士大为光火，气得动手打了他，还要他"滚到一个再也让人看不到的地方去"。于是，阿卜杜拉就去了最偏僻的吉尔吉特。当年，从拉瓦尔品第到吉尔吉特，爬山涉水，要走19天。阿卜杜拉在那里一待就是20多年，从小办事员开始，一步步升到当地行政长官的位置。正因为如此，古特拉都拉·希哈卜先生是在吉尔吉特出生的，出生日期是1919年2月21日。先生告诉我，他父亲除精通英文，可以直接口授文稿外，还懂波斯语和阿拉伯语。由于长期在吉尔吉特工作，他还懂一些当地语言。他甚至懂一点中国话，因为那里离中国更近一些，自古以来，民间往来一直不断。古特拉都拉·希哈卜先生对中国的友好情感，也许在那个时代就埋下了种子。

因吉尔吉特的教育条件太差，先生被送到查谟读书。后来，查谟地区发生了鼠疫，又被送到老家祖母那里。在老家读完中学后，先生又就读于查谟威尔士亲王学院和拉合尔政府学院，获得英国文学硕士学位。1939年，先生通过了印度文官考试，自1940年起，先后在孟加拉、比哈尔、奥里萨等地工作，职务是助理专员。

印、巴分治后，先生于1947年8月到了巴基斯坦。随后便有了那篇著名的《啊，真主》。

《啊，真主》发表于1948年，其历史背景是1947年印、巴分治时发生的大规模教派冲突、教派屠杀和移民潮。有资料说，在这一场浩劫中，约有50万人被杀死，1200万人沦为难民。在小说中，作者以一个穆斯林姑娘迪尔夏特的经历为线索，展示了这场浩劫的一角，着重反映了妇女们的悲惨遭遇。作者不仅描写了陷于教派冲突狂热中的人类自相残杀的悲惨景象，对自己国内发生的种种丑恶现象，也给予了无情的鞭挞和辛辣的讽刺。对于自己国家存在的民族和社会矛盾，也有所揭示。虽然只有寥寥数语，却显示了他深刻的政治敏感性和洞察力。先生亲身经历了1947年的那场劫难，抵达巴基斯坦后，又去过许多难民营寻找他的堂兄和堂兄的家人。小说中的许多情节，都有真实的生活依据。《啊，真主》是一部短的中篇小说，也可以说是一篇长的短篇小说。先生有感而发，只用了一夜就完成了这部作品。小说先发表在《新时代》杂志上，因为受到读者欢迎，1948年6月出了单行本，并很快重印了6次。先生说，小说发表之初，曾遭到一些评论家的指责，认为作者丑化了新生的巴基斯坦。但更多的人对《啊，真主》给予了高度的评价，有的认为其拥有"经典的地位"，有的说"每个巴基斯坦家庭都应该有一本"。先生在回忆录中说，37年后，批评的声音谁也不记得了，但《啊，真主》一次次再版，许多年轻人拿着书登门请他签名。关于印、巴分治时发生的那场大劫难，人们写下的文字汗牛充栋，但至于传世的作品，《啊，真主》恐怕就是第一位的了。

到巴基斯坦后，先生先后担任过自由克什米尔政府秘书长、詹格副专员、旁遮普省工业局长、新闻广播部副秘书等各种职务。从1954年到1963年，他担任

过古拉姆·穆罕默德总督、伊斯坎德尔·米尔扎总统和阿尤布·汗总统等三位国家首脑办公室秘书。

在同古特拉都拉·希哈卜先生次数不多的交谈中，可以深切地感受到他对中国的友好感情。他两次访问中国的经历也很吸引人。

先生说，阿尤布·汗总统对他非常信任，这使他在推动巴中友好关系发展方面，对阿尤布·汗总统起到了一些影响。先生告诉笔者这一情况时，毫无自夸之意。他没有具体说他做了什么，后来在回忆录中也没有提到他个人的作用。但先生对阿尤布·汗的影响是众所周知的。著名诗人哈菲兹·贾兰达里写过一联诗："哪里有革命，那里就有古特拉都拉·希哈卜。"这句话在巴基斯坦家喻户晓，连笔者也多次听到过。类似的诗另外还有，同样广为流传。巴基斯坦人是将阿尤布·汗上台执政这件事情称作"革命"的，还有庆祝"革命日"的活动。这些把先生说成是阿尤布·汗幕后高参的说法，显然过于夸张。阿尤布·汗上台执政，与古特拉都拉·希哈卜先生毫无关系。作为前总统的秘书，先生当时认为新总统肯定会更换秘书人员，还预先写好了辞呈。但阿尤布·汗总统没有这样做，而是让先生继续留任。阿尤布·汗是在日后的工作中认识到先生的才干、人品，并信任有加的。

先生担任阿尤布·汗总统的首席秘书达三年之久，后来又出任新闻部秘书（相当于常务副部长），其地位、作用显然非同一般。

先生告诉我一件事，1962年10月20日夜里，他已经在拉瓦尔品第的寓所里睡下了。夜里两点半左右，突然听见有汽车进院子的声音。仆人进来告诉他，有一个中国人来访，要求立即见到先生。先生说，这个人大概是来巴基斯坦学习乌尔都语的，以前在一些聚会上见过面。这个人告诉他，由于印度在中国边界上不断进行挑衅，中国已被迫采取了反击行动。他就是来告诉先生这个消息的。先生问，您把这件事情告诉我们外交部了吗？中国人微笑着说，我们认为，也许阿尤布·汗总统对这个消息会感兴趣，而您是能够把这个消息立即通报给总统的人。所以，这么晚了我还来打扰您。中国人还说，这是我的个人行为，与使馆无关。先生听后，深感事情重大，便马上换好衣服，开车赶往总统府，闯进阿尤布·汗总统的卧室，将详细情况作了报告。但阿尤布·汗认为，这个消息并不出人意外。他同先生作了简短的讨论后说，你回去吧，我也困了。

对于阿尤布·汗当时的态度，人们可以有不同的解读和评价。笔者感兴趣的是，那个学习乌尔都语的中国人是谁？我认识的乌尔都语同行中，没有人对得上。听说还有更早学习乌尔都语的人，但我一无所知，所以这还是一个未解之谜。

古特拉都拉·希哈卜先生曾两次访问中国。他告诉笔者，1963 年 2 月下旬，他受命同巴基斯坦外长佐·阿·布托经香港前往中国，任务是签订巴中边界协定。为了防止消息泄露，给这一历史性工作带来干扰，他们的这次旅行做得十分机密。3 月 2 日，陈毅副总理和佐·阿·布托外长分别代表两国政府在北京签订了中巴边界协定（协定全称是"中华人民共和国政府和巴基斯坦政府关于中国新疆和由巴基斯坦实际控制其防务的各个地区相接壤的边界的协定"）。在这一工作中，布托外长是巴基斯坦代表团团长，而先生是副团长。先生的回忆录收有一张签字仪式的照片和一张毛主席接见巴基斯坦代表团的照片。在后一张照片中，布托外长站在毛主席和周总理之间，而先生就站在周总理的右边。1963 年 8 月 29 日，中巴两国又签订了航空运输协定，巴基斯坦国际航空公司开始通航中国，为受到封锁的新中国提供了一条可靠的对外通道。这在当时也是一件举世瞩目的大事。先生说，美国为此事给巴基斯坦施加了很大压力。巴航在伊斯兰堡立了一块很大的广告牌，上面大书 To China 字样，美国人自己说，他们看到这块广告牌时，都要用手把眼睛蒙起来。后来，迫于美国的压力，巴航不得不撤掉了这块广告牌。

被撤掉的岂止是广告牌。美国人认为在巴基斯坦同中国发展友好关系的过程中，古特拉都拉·希哈卜先生在幕后起了关键作用，对他非常恼火。古特拉都拉·希哈卜先生说，"事后美国大使来访，很不高兴。"这是我记下的先生的原话。冰冻三尺，非一日之寒，美国人早就把古特拉都拉·希哈卜先生视为眼中钉了。1959 年 1 月末，巴基斯坦作家协会成立。身为总统秘书的古特拉都拉·希哈卜先生不仅是此事的创议者，还被选为作协秘书长。美国人认为作家协会是左翼文学家的隐身之处，很是不满。1962 年中印边界战争发生后，美国向印度提供了大量武器装备和经济援助，这使作为美国盟国的巴基斯坦大为震惊和失望，也引起了巴基斯坦民众和媒体的强烈不满，他们被激怒了，媒体上出现了批评美国的浪潮。美国人认为，这要由巴基斯坦新闻部负责，也就是说，要由古特拉都拉·希哈卜先生负责。而先生参与巴中边界协定的签订，更是火上浇油。美国向巴基斯坦施加了种种压力，按照先生的说法，"从 1963 年 3 月份起，他们就开始拧紧向阿尤布·汗总统施加思想压力的螺丝钉，以至于在六七个月之内，我就被打发到荷兰去了。"美国

驻巴大使搜罗了大量剪报，制成幻灯片，然后直闯总统府，放给阿尤布·汗总统看，给阿尤布·汗施加压力。美国驻巴大使还在一些公开场合宣称，要更换巴基斯坦政府中某些不听话的人。听者都明白，美国人矛头所向，就是古特拉都拉·希哈卜先生。另外，巴基斯坦政府中的一些高官，由于受到媒体的批评，也把怒火撒向新闻部。在强大的内外压力下，阿尤布·汗总统不得不让先生离开自己身边，去荷兰担任大使。这个决定大约在 1963 年 7 月就作出了。巴基斯坦和荷兰之间没有多少官方事务要办，在荷兰的巴基斯坦侨民也寥寥无几，因此，这显然是一个坐冷板凳的差使。先生外放的消息传出后，报纸反应强烈，纷纷指责政府屈从外国压力。

中巴航空协定签订 5 天后，1963 年 9 月 3 日，美国副国务卿乔治·鲍尔飞抵巴基斯坦同阿尤布·汗总统举行会谈。在会谈中，巴基斯坦没有屈服于美国的压力，坚持了自己的立场。但差不多就在这个时候，古特拉都拉·希哈卜先生离开巴基斯坦，前往荷兰。接替先生出任新闻部秘书的是阿尔塔夫·戈赫尔，从他后来写的阿尤布·汗的传记来看，阿尤布·汗自己对当时的新闻界也很生气，于 1963 年 9 月 2 日颁布了报刊和出版物法令，对新闻界实施严厉的控制。从这一点来说，先生的外放，于先生自己，未尝不是一件好事。何况，阿尤布·汗自己，也被美国人放弃了（阿尔塔夫·戈赫尔语）。

在荷兰当了三年大使后，先生于 1966 年 9 月 27 日被任命为教育部秘书（相当于常务副部长）。1967 年 9 月，他再次访问中国。先生说，这一次的主要任务是同中方签订一个文化协定。笔者推测，这次签订的，可能就是两国文化交流的年度执行计划。这一次，先生是携夫人一起来的。先生的回忆录里特别提到了同郭沫若的会见，称郭为"大诗人和哲学家"，并收有一张两人亲切握手的照片。当时，"文革"正处在狂热的阶段，先生要求郭沫若安排他参观红卫兵营地，郭沫若答应帮他联系一下试试。后来，先生在 6 名红卫兵陪同下，乘吉普车到了离北京城颇远的一处红卫兵营地参观。因为先生的夫人是医生，他们不仅参观了北京和上海的大医院，还访问了农村的医疗机构。

先生在回忆录中提到了他当时对"文革"的看法，随后他写道："中国的内部事务是他们自己的事情，在外交上，中国永远是巴基斯坦最可靠、最真诚、最忠实的朋友。我感到自豪的是：在我们发展巴中友好关系的最初阶段，我有幸在某种程度上参与其中，使这种关系得到发展。在不久的将来，中国将崛起成为俄国和美国之外的第三个超级大国。我坚信，我们同中国的友谊将万古常青。"

到先生家里拜访，有时见到先生的独生子萨基卜·希哈卜。先生当时已年过六旬，而他的儿子还在医学院上学，只有十八九岁的样子。这使笔者深感不解。因为在巴基斯坦，像先生这个年龄的人，孙子都有好几个了。先生解释说，他的父亲于1942年去世，兄长于1945年在英国读书时去世，不久，嫂子也去世了，留下了一子一女。另外，先生还有一个待字闺中的妹妹。于是，先生除奉养母亲和安排妹妹的婚事（按照传统，婚礼和嫁妆需要一笔很大的开支）外，还承担了养育侄儿侄女的重任，直到他们受完高等教育，成家立业。因此，先生1956年结婚时，已经有三十六七岁了。

到阿尤布·汗总统执政后期，巴基斯坦国内积累了许多矛盾和问题，局势动荡不安。在军方领导人叶海亚·汗的逼迫下，阿尤布·汗总统黯然下台。古特拉都拉·希哈卜先生说，他对叶海亚·汗的一些做法不满，便辞去了公职，全家去了伦敦。先生的不合作使当局很不高兴，连离职金都被拖延了三年才得以发放。这使先生一家在伦敦的日子过得颇为艰难。先生在联合国教科文组织执行局供职，没有工资，但每年有4个月的会议，会议期间有津贴，全家就靠这微薄的津贴度日。艰苦的生活和伦敦的气候严重损害了他夫人的健康，1974年6月17日，先生的夫人因病于伦敦去世，年仅41岁。当时，他们的儿子才12岁。

夫人去世后，古特拉都拉·希哈卜先生带着儿子回到巴基斯坦。丧妻之痛伴随了他的余生，他没有再娶，并且谢绝了一切公共活动。先生说，起先，中国驻巴使馆还经常给他发请柬，邀请他参加使馆的招待会和其他活动，但他从未出席。久而久之，就不再收到请柬了。笔者以为，使馆人员变动频繁，事务繁多，时间长了，便不再有人记得还有这样一位老朋友了。由于先生多年过着几乎是隐居的生活，除了一些作家朋友外，公众对他的情况非常隔膜。以至于老师在课堂上讲授《母亲》时，还说"作者可能已经不在人世了"。在先生写的回忆录中，倒数第三章是怀念妻子的。他对自己人生的记述也就到此为止，因为最后的两章，一章是对巴基斯坦未来的看法，另一章是谈他对宗教的体验。

在巴基斯坦的一些老作家圈中，古特拉都拉·希哈卜先生有着很高的声望。笔者听到过，也读到过。在一些人心目中，先生有着几乎是"皮尔"（宗教导师或

圣人）的地位。笔者以为，这都是先生的文章和人品所致。先生不是专业的小说家（他自称是一个业余的半文学家），文学作品并不多，但都受到好评。1981年，木尔坦大学的一位女学生还就先生的文学创作写了长达269页的硕士论文。按照巴基斯坦的规矩，硕士论文只能写已经去世的作家，为健在的作家写硕士论文，不说绝无仅有，也是罕见的。笔者将这件事告诉熟识的巴基斯坦朋友，他们都说这是一个新闻。应笔者之求，先生将这篇硕士论文复印相赠，厚厚的一本，至今保存在笔者手头。

先生退出政坛和公众视线之后，便潜心读书、著述。我第一次拜访先生时，他告诉我正在写回忆录。我心想，写回忆录是需要查阅大量档案资料的，而先生过着隐居的生活，这个矛盾如何解决呢？我向先生提出了这个问题，先生说，不用，他自己有笔记。原来，先生从1938年6月9日起，就开始正式写日记。这日记不用英文，也不用乌尔都文，而是用他自己发明的一套速记符号写的，别人谁也看不懂。于是，我便急切地等待先生回忆录的问世，这一等，就等了多年。先生于1986年7月24日去世，自己也没有看到书的出版。先生的回忆录于1987年7月出版，1247页，很厚的一本。书一面世，便受到读者欢迎，书供不应求，当年就重印了两次。此后的两年里，又重印了5次。笔者手头的本子，是1990年第9次印刷的。一本回忆录如此频繁重印，在巴基斯坦恐怕是绝无仅有的。笔者和许多巴基斯坦朋友提到此书时，他们都说这是巴基斯坦最好的一本书。先生的回忆录，笔者只读了部分章节，但先生的音容笑貌，如在眼前。先生的回忆录记述了许多有趣的事件，可以增加我们对巴基斯坦的了解。先生的文字生动优雅，且富于幽默和讽刺，先生的幽默令人宛尔，讽刺则入木三分。先生是一个很正直的人，对于他看不过的事，哪怕是联合国教科文组织内的弊端，也毫不客气，痛加针砭，以至有人认为先生不能隐人之过，有失"厚道"。先生还是一个很勇敢的人。联合国教科文组织曾经在巴勒斯坦为难民建立了一些学校，后来，有些地区被以色列占领，学校的事务也为以色列所控制，为了弄清这些学校的真实状况，先生冒着生命危险，使用化名和假护照，通过秘密渠道进入以色列占领区，避开了以色列的严密控制，了解到了真实情况，向联合国教科文组织作了报告。所以，读先生的回忆录，跟随先生的笔触，见识各种各样的人物和缤纷多采的历史事件，是一件很有兴味的事。

笔者回国后，对《母亲》和《啊，真主》的译稿作了修改。在朋友们的帮助下，《母亲》发于《译海》1985年第2期，《啊，真主》发表于《边塞》1987年第1

期。这是笔者可以告慰于先生的。令译者欣慰的是，这两篇作品都受到了读者的喜爱。1986年，山东临沂一位女高中生给笔者来信，说她偶然从同学那里看到了《译海》上刊载的《母亲》，很是喜欢。她还表示了对巴基斯坦和乌尔都语的兴趣。后来，译者寄去了《边塞》。她对《啊，真主》更是喜欢，来信说她读了很多遍，许多段落都能背诵下来。

我和古特拉都拉·希哈卜先生的交往不过一年，见面不过数次，但先生对中国之友好情感，先生的人品文章，都使我深为敬仰。遗憾的是，我与先生再未能谋面，也没有一张合影。但上世纪90年代，大概是1996年，我同先生的儿子萨基布·希哈卜见了一面，他已经结婚，并且有了两个孩子。他还记得当年我拜访他父亲的情景。

古特拉都拉·希哈卜先生去世后，安葬在伊斯兰堡的一处墓地。先生墓的旁边，是他的挚友——蒙塔兹·穆夫提先生的墓。蒙塔兹·穆夫提也是一位知名作家，我在巴基斯坦进修时，他正主办一个刊物，我常到编辑部找他。他的儿子阿克西·穆夫提是巴基斯坦民间遗产研究所的创始人和所长，我们有着很多的交往与友谊。2001年9月至2002年3月，我以高级访问学者的身份在伊斯兰堡真纳大学作了半年研修。回国前，我在阿克西·穆夫提先生带领下，到两位老人的墓上凭吊。阿克西·穆夫提先生念"法谛海"，我则鞠躬致敬，表示对两位老朋友的记念。最后，则是这一篇文章，再次表示我对古特拉都拉·希哈卜先生的怀念。

作者简介

陆水林，中国国际广播电台乌尔都语译审（退休）。

1946年生于浙江湖州，1968年毕业于北京大学东方语言系乌尔都语专业。长期从事乌尔都语广播的翻译及采编工作。业余时间翻译、研究巴基斯坦的文化、民族及民俗。著有"列国国情习俗丛书"《巴基斯坦》分册；译作有《犍陀罗艺术》、《巴尔蒂斯坦（小西藏）的历史与文化》等。此外还翻译过短篇小说、长篇小说、电影和电视剧。

1997年获巴基斯坦总统艾哈默德·汗·法鲁克·莱加利授予的"优秀业绩总统勋章"。

根深叶茂中巴情

孙莲梅

中国国际广播电台驻伊斯兰堡前首席记者

周恩来总理永远活在巴基斯坦人民的心里

1976年1月8日，一颗巨星陨落——中国人民的伟大总理周恩来把自己的一切归还给了祖国大地！周恩来的名字深深地印在了中国人民的心里。而我在巴基斯坦访问、学习和工作的亲身经历，却让我深深地感到：周恩来不仅属于中国，也属于世界！他也永远活在巴基斯坦人民的心中。

在巴基斯坦，一代伟人留下的影响无处不在。在卡拉奇，周恩来总理赠送的镏金水晶大吊灯悬挂在卡拉奇的巴基斯坦国父穆罕默德·阿里·真纳墓室的大厅中，络绎不绝的巴基斯坦人民在拜谒自己国父的同时，也感受到了来自中国的情谊。在首都伊斯兰堡的夏克巴里小山公园国际友谊林里，中国总理周恩来是第一位种下友谊树的外国领导人。他在1964年2月，第二次访问巴基斯坦时种下的乌柏树，已如中巴友谊一样，枝繁叶茂，茁壮成长。每次访问巴基斯坦，他在巴基斯坦国宾馆的留言和题词、与巴方领导人及工作人员的合影均被保留在巴国家图书馆。

当我访问巴基斯坦，在城市街头徜徉时，常有人跑到面前，高呼周恩来万岁，巴中友谊万岁！当我作为访问学者在校园里与老师学生交谈时，他们提到最多的是周恩来；在我任驻外记者时的采访中，同样感受到并看到了那些会见过周总理的巴党、政、军等高级领导人，有关工作人员以及他们的家属至今对周恩来总理怀有深深的敬意和无比的热爱，至今珍藏着与周总理的合影，珍藏着与周总理的友谊。这种异国深情促使我在1998年3月5日周总理百年诞辰之际，努力寻找、采访了多次接触过周总理的巴基斯坦政要和普通人，写成了系列报道：《百年恩来，永远活在巴基斯坦人民心中》，来纪念敬爱的周恩来总理。而连续的采访则是我亲身感受巴基斯坦人民敬仰和热爱周恩来总理，体会巴中友谊牢不可破的过程。

贝·布托：一世英才周恩来

巴基斯坦前总理贝娜齐尔·布托一家父女两代人与周恩来总理有着深厚的友谊。周恩来总理和陈毅外长访问巴基斯坦时在布托家做客，以及贝.布托和弟弟妹妹在周总理家做客的照片，一直被布托家族珍藏着，并且经常随纪念性文章发表于报端。贝·布托的父亲佐勒菲卡尔.阿里.布托曾担任过巴基斯坦外长、总统和总理，是周恩来总理和陈毅外长的好朋友。贝·布托年轻时多次跟随父母访华，任总理后又亲自访华。所以，让贝·布托来谈周总理应该是很有分量的。

1998年2月作者在议会大厦采访巴基斯坦前总理贝娜齐尔·布托

1998年2月，贝·布托早已下台，但她依然是巴人民党的领导人。她国内政治活动积极，国外讲学频繁，还有官司缠身，这给我联系采访增加了不少难度。首都伊斯兰堡的巴人民党秘书里兹韦先生是个热心人，很热爱中国，他听说我要写周总理，竭尽全力帮忙。他先把我的采访提纲电传到卡拉奇贝·布托的住所，未果。

后去卡拉奇出差，又带着我的采访提纲亲临贝·布托家。贝·布托又忙于去外地演讲。他又追到外地，贝·布托这才答应接受书面采访。里兹韦的辛苦让我很过意不去，但广播需要音响，还得拜托他努力。几天后的一个傍晚，里兹韦先生来电话告诉我："贝·布托已回到伊斯兰堡，同意当晚在她的寓所接受我的录音采访，但只能提两个问题，并让我做好准备接到通知就去。"我迅速作好了准备，焦急中从晚上7点等到夜里1点多钟，里兹韦先生才来电话说："由于人民党领导人会议刚刚开会，贝·布托说太晚，让记者休息吧。她将采访安排到第二天上午议会会议开始之前。"

第二天，在议会大厦，我终于见到了贝·布托。她不饰粉黛，脸上有淡淡的褐斑，是一位有气质、端庄、漂亮的女性。完全没有在公众场合的粉面含威。她很客气地说："你的两个问题已经写好书面回答，是否照着念就可以了？"我说："非常感谢，可以。"开始，贝·布托照着稿子念，但没念几行，她就放下了稿子，侃侃而谈。我想，是周总理的伟大和她对周总理的敬仰和深情，使她放下了字数不多、不足以表达自己情感的稿子。

贝·布托说："周恩来总理是一世英才。他是中国人民的杰出领袖，是第三世界的领头人，巴基斯坦人民非常景仰周恩来总理，也无限怀念这位巴基斯坦人民的伟大朋友。当中国总理逝世的消息一公布，时任总理的父亲当即发表声明，沉痛哀悼周总理。他在声明里说，周恩来总理的逝世，使巴基斯坦失去了一位可靠的朋友。他对巴基斯坦人民的一贯关心和支持，使他永远活在巴基斯坦人民的心中……。"贝·布托说："当今世界发生着巨大的变化，中国和巴基斯坦的年轻一代人可能不太知道自己的前辈们所处的时代是多么的艰难困苦。中国在革命胜利后，面临的几乎是世界范围内的经济封锁。巴基斯坦国家领导人，其中也包括她的父亲老布托，顶风与中国合作，使中国得以通过巴基斯坦国家银行与其他国家发展对外贸易。这种间接方式多少打破了西方对中国的经贸封锁。为此，巴基斯坦也经受了来自外界的巨大压力，遭到西方国家的指责和刁难。但是她父亲却坚定地相信，在毛泽东主席和周恩来总理的领导下，中国一定会成功，一定会成为一个强国。"贝·布托说："她的父亲曾经说过，就国家和地区安全来说，巴基斯坦与中国保持友好关系是非常必要的。在中国有困难的时候，巴基斯坦帮助了中国，同样在巴基斯坦面临困难的时候，中国也无私地伸出了援助之手。"她说："当巴基斯坦被肢解，我的父亲在联大奋力争辩，中国站在了巴基斯坦一边。1972 年，中国否决了安理会关于孟加拉国加入联合国的决议草案，给了刚刚失去领土的巴基斯坦人民巨大的精神支持。巴全国上下热烈欢呼中国主持了正义。"贝·布托说："不仅是父亲，她们一家人都对中国有着深厚情谊。父母几乎每年都把她和弟妹送到中国度假，目的是让孩子看看这个国家的人民怎样通过勤劳努力来获得成功，实现对共产党领导国家的观察。"20 世纪 60 年代末，我们姐弟四人在周恩来总理家做客。周总理知道我在哈佛读书，聊家常似地问了我在美国的感受，并问我下一届美国总统是谁？"我肯定地回答说："乔治·麦戈文。周总理说根据他得到的情况，下届美国总统可能是理查德·尼克松。但我还肯定地说是乔治·麦戈文。"贝·布托面带羞涩地说："我那时还是个学生，对竞选之事估计得不成熟，但他认真听我的每一句话，还让我回到学校把得到的印象再写信告诉他。我照做了，还是强调乔治·麦戈文。这就是我那时的政治敏感性。"贝·布托露出了微笑说："在周恩来总理家做客就像在自己家里一样，周恩来总理还亲手剥糖给我们吃，一点都不拘束。"贝·布托说："她的母亲努斯拉特·布托是巴基斯坦访华最多的女性，与她父亲一样热爱中国，信任中国。她的母亲与邓颖超女士关系非常密切，友情很深。"讲到周总理去世后，她的母亲专程去北京看望邓颖超，两位政治遗孀拥抱痛哭的情景时，贝·布托的眼睛湿润了。我也被她流露的真情深深感动。

贝·布托对中国，对周恩来有着特殊的情结。1988 年 12 月，她第一次当选总理，次年 2 月出访的第一个国家就是中国，在 1993 年第二次担任总理时，也很快访问了中国。她对中国的稳定发展表示了诚挚的祝愿。她对我说："现在她不是总理了，但巴基斯坦人民和她领导的人民党会永远与中国人民友好，她也相信，巴基斯坦的任何一届政府都会把与中国的友好作为外交政策的基石。"

由几分钟的采访变为了半个多小时的采访。由两个问题并成了多个问题，我感到了贝·布托对周总理深情，也感到了采访的成功。最后，我把国内带来的一桶茶叶和一幅轴画送给了她，她露出笑容表示感谢。我请她的秘书为我们拍照，结果相机只照了一张就卡壳了。唯一的照片成了永久的记念。

巴退休将领：世界之伟人周恩来

1998 年 2 月初，当我来到位于拉瓦尔品第，时任巴中友协资深主席、退休陆

军准将伊夫迪哈尔的家中时,顿时被客厅中的中国文化氛围所吸引。中国式的家具,工艺品,屏风,挂画等等,无一不散发着主人对中国的热爱。伊夫迪哈尔先生在中国工作过多年,多次与周恩来总理面对面交谈过。他指着悬挂在客厅中与周总理的合影照片,无限深情地向我诉说了他对周总理的敬仰和怀念。他说:"周恩来总理具有超人的魅力和才能,凡见过他的人,对他的音容笑貌是永远不会忘记的。他的目光敏锐,透着睿智,充满自信,待人和蔼可亲,周恩来是世界上最伟大的人。"

伊夫迪哈尔先生说:"1956年末,周恩来总理第一次访问巴基斯坦时,年轻的上尉伊夫迪哈尔是仪仗队队长,受到了周恩来总理的亲切接见。从此他下定决心努力学习中文,要为中巴友谊作贡献。"1964年1月开始,伊夫迪哈尔先生在中国学习了两年中文,后来又因工作需要多次到过中国。幸运的是在1969年到1972年间,他在巴基斯坦驻中国大使馆武官处任武官。这期间,他数次受到周总理接见并与其交谈商量大事。那时,由于巴基斯坦的国家安全受到了威胁,国家遭到分裂,他有幸多次向周恩来总理汇报或商量工作。周恩来总理经常是在凌晨两三点时紧急召见他,了解情况,与他商量对策。周恩来总理思维敏捷,才智过人给他留下了深刻印象。周恩来总理对问题的精辟的分析,使他觉得周总理既是外交家,又是军事家。伊夫迪哈尔先生回忆起往事非常激动地说:"周恩来总理对我说,巴基斯坦有任何情况和困难你都要及时告诉我,有任何要求,你也要及时告诉我,中国人民绝不会袖手旁观巴基斯坦的危难。"回忆到这里,伊夫迪哈尔先生热泪盈眶。他说:"那个时候的中国很不富裕,众所周知的"文化大革命"让周恩来总理日理万机,身心疲惫。他显得很瘦,脸上的黑斑也愈来愈多,我看出他身体不好。而在巴基斯坦面临危难的时候,拖着病体的周恩来代表中国坚定地站在巴基斯坦身后!每当我想到周恩来内心就无比的感动和痛惜。什么叫患难见真情,这就是呀!巴基斯坦从周恩来总理那里得到了巨大的支持和鼓励,也得到了中国慷慨无私的援助。"

伊夫迪哈尔先生深情地回忆说:"不管在什么场合,周恩来总理见到我,总是远远地向我招手,走上前来,紧紧地握着我的手或拍着我的肩膀,问我工作怎么样?身体好不好?夫人孩子可好?这时候我内心暖暖的,对这个慈爱可亲的长者充满深深的敬意。"

伊夫迪哈尔先生说:"在与周恩来总理接触的过程中他感到,作为政治家,外交家,周恩来讲原则,具有远见卓识和战略眼光。他对国际和地区形势的深刻了解和精辟分析，使听者十分佩服和心生敬意。他反对强权，暴力，同情被奴役，被压迫的民族和人民，从不屈服于超级大国的压力。在中国国内风云变幻的时候，他能始终保持自己的节操，以常人难以想象的大智大勇和自我牺牲的精神来面对极其复杂的内外环境，忠于自己的国家和人民；他用自己不懈的努力，使中国在短短的时间里，在世界上占据了令人瞩目的地位。什么样的人可称之为伟人？周恩来就是！"

伊夫迪哈尔先生说："听到周恩来总理逝世的消息他惊呆了。他立即请假从外地赶往中国驻伊斯兰堡的大使馆吊唁。使馆外面人山人海，很多巴基斯坦老人捶胸顿足，哭喊着：真主为什么不让我（自己）去替周恩来去死？"伊夫迪哈尔先生说："一个中国领导人能在巴基斯坦人民心中留下如此巨大的影响，这种景象他是从来没有见过的。恐怕在世界上也少有。"伊夫迪哈尔先生说："看到这种情景，让你感到一种震撼！一种心灵的震撼！这种震撼就是巴中友好的根基。它会世世代代传下去。周恩来对巴基斯坦人民的关心和支持，巴基斯坦人民将永世铭记！"

伊夫迪哈尔先生说，特殊的历史原因让他有幸多次接触了周恩来总理。这是他一生的自豪！他本人非常崇拜周恩来。每次见到周总理,他都无比激动幸福。他说："像周恩来这样伟大的领导人，几个世纪都很难出一个。他的伟大人格让我终生难忘。中国应该为有周恩来这样的领导人而感到幸运和自豪。"

巴外长：杰出的外交家周恩来

巴基斯坦外长古哈尔是我驻站期间采访次数最多的巴领导人。他始终带着慈善和蔼的微笑，对中国有一种深情。1998 年 2 月，为采写系列报道《百年恩来永远活在巴基斯坦人民心中》我又一次采访了他。古哈尔外长说："周恩来总理是世界最杰出的外交家。如果仅仅从中国的范围来衡量他的功绩，那将有损于对这位非凡英才的纪念。"古哈尔外长说："我的父亲（巴前总统阿尤布·汗）经常赞扬周恩来总理。说他分析问题敏锐，处理外交问题果断；说他博学又很谦虚。周恩来总理的影响不仅仅在中国，他的影响还在我们巴基斯坦，也可以说在全世界。"古哈尔外长说："他非常赞赏父亲的观点，因为周恩来代表中国执行的外交政策，是让包括巴基斯坦在内的第三世界国家称赞的真正的符合和平共处五项原则的政策。中国对内走的是独立自主，自力更生的道路，对外从不欺负压榨别的国家。与那

些强权国家相比，中国更能赢得世界人民的心。"他说："周恩来总理在处理国际问题时显示了他是一个优秀的外交家，从他身上又深刻感受到了中国的大国风度。在周恩来等老一辈外交家的培育关心下，巴中关系经历了时间的考验，是令人羡慕的国与国之间关系的典范，中国对巴基斯坦的情谊会像丰碑一样永远牢记在巴基斯坦人民心中的。"古哈尔外长介绍："他对中国人民的友情，有其家族的渊源。他随其父阿尤布·汗总统多次访问中国，每次访问都受到异常热烈的欢迎，同时，他的父亲也多次接待了访巴的中国总理及其他领导人。在父亲的执政期间，中巴关系已经进入了良好的发展时期。1965 年，在巴基斯坦被陈兵压境的危急时刻，中国的正义使巴基斯坦赢得了边境城市拉合尔保卫战的胜利。拉合尔保卫战的胜利让巴中关系进入了蜜月时期。"古哈尔外长说："父亲每当提起拉合尔保卫战都深深地感谢中国。"在总统父亲与毛泽东、周恩来等老一代中国领导人间的深厚友谊的深深影响下，他在学生时期就喜欢收听中国对外的广播，努力获得来自中国的信息。在他成年担任国国民议会议长、外交部长等职时，更是以巴基斯坦政治要人的身份多次访问中国。古哈尔外长说："周恩来作为伟大的外交家，给人的感觉却是那么亲切，平易近人。"他说："第一次吃北京烤鸭的时候，他不知道是用饼卷起来吃。周恩来总理亲自教他吃法。总理先把薄饼摊开，抹上甜面酱，放上鸭肉，葱丝，黄瓜条，亲自递到他的手里，让他心里无比激动。在那么盛大的宴会上，竟让他感到像在家里吃饭那么亲切，那么暖意融融。"说到这里古哈尔外长陷入了深深的回忆，半天没有言语，那沉思的表情表达了他对中国总理的深深哀思。采访结束时古哈尔外长还送给了我几张他与周总理和陈毅外长的合影，并告诉我说："在乡下老家，楼上楼下挂满了我和父亲与中国领导人的合影。这些照片作为历史的见证，将永远挂在我的家里，永远保存在我的记忆里。"

老情报局长的真情感受

在我采访巴基斯坦老情报局长阿克拉姆先生时令我非常感慨、激动、难以忘怀的一件事是：当提到周恩来总理 1964 年访问巴基斯坦，在拉合尔市遇到异常热烈欢迎的情景时老局长阿克拉姆先生说："总统让我一定做好对来自伟大中国政府首脑的安全保卫工作。可是周恩来总理到访的那一天，他乘坐的车子刚从机场驶到街道上，欢迎的人群早已站满街道两旁，有的手里挥舞着彩旗，有的向车队抛撒着玫瑰花瓣。大树上、房顶上、大花车的顶上，总之，凡是能站人的地方全站满了人，凡是能爬上人的地方也全爬满了人。他们热情地高呼周恩来万岁！高呼巴中友谊万岁。如此众多的人群，是我始料不及的。我无法控制涌来的人群，事先预案的安全措施也无法有效实施。周总理的车子仿佛是被数万群众抬着送到国宾馆的。但让人惊奇的是：到达国宾馆时，前排的人还互相挽起臂膀，形成了坚实的人墙，自觉为贵宾留出了通道。这种情形使我对于众多欢迎群众的恐惧变成了心里从未有过的感动。这是巴基斯坦人民发自内心地欢迎中国的总理，什么安全措施呀，人民就是铜墙铁壁。"老情报局长说："那种场面是空前的也是绝后的。在我任情报局长期间从来没见到其他国家的领导人能享受到对中国总理的这种发自民间的友好欢迎。在我卸任情报局长之后，在巴基斯坦也没出现过。什么是发自内心的真情，巴基斯坦人民欢迎中国总理迸发出来的就是人间最美好的真情！什么是奇迹？倾城出动的人群用真情创造了安全的奇迹！"

摄影师的难以忘怀

巴基斯坦的著名摄影师拉吉先生在周恩来总理每次访问巴基斯坦和巴基斯坦领导人访问中国时，他都是负责拍照的首席摄影师。他自豪地告诉我："他是非常幸福的人，他有幸 26 次见到了周恩来总理。"在首都伊斯兰堡 G6 区的他的家里，我看到了挂在墙上的他与周总理的多张合影，以及他拍照的周总理访巴时的照片。他说："周恩来总理第一次访问巴基斯坦的时候，我很年轻，第一次担当这么重要的摄影任务，心里挺忐忑不安的。看到中国总理是那么洒脱、那么的英俊、帅气，气质又很阳刚，对欢迎的群众又是那么和蔼可亲，我真吃惊得有点发呆了，手里的照相机也有点不听使唤了。周总理看出我的紧张，走到我到面前，亲切地握着我的手，问我叫什么名字？多大岁数了？一个大国总理如此亲切地对待一个普通摄影师，使我非常感动。我从未受到过这样的礼遇，那感激之情就通过照相机的咔嚓、咔嚓声表现了出来。"拉吉说："在 1964 年，周恩来总理又一次访问巴基斯坦的时候，我就不紧张了。因为年龄大了些，摄影技术也成熟了很多。当看到周恩来总理走向欢迎的人群，与狂呼的群众握手时，我抓紧抢拍这些珍贵画面。我被人们的狂热包围着，鼓舞着，当时只觉得能为周恩来总理拍照真是太光荣太幸福了。"拉吉说："拍到最后，中国总理还是走近他，与他握手，说辛苦了。他激动地连声说："NO!NO!"

中国总理并未马上离开，还问他结婚了没有，有没有孩子？"拉吉说："再后来，我见到周恩来的次数越来越多。周恩来总理每次见到我，都能喊出我的名字，拉吉，拉吉的叫我。这是我当时政摄影记者给那么多外国领导人拍照从没遇到过的。"拉吉说："一个大国总理竟然能记住一个普通摄影师的名字。这事让我终生难以忘怀。"

周恩来的名字深深地印记在巴基斯坦领导人和普通摄影师的心里。在 2004 年 9 月，巴政府决定把首都伊斯兰堡使馆区的主干道"大学路"更名为"周恩来路"。这是伊斯兰堡第一条以外国领导人名字命名的街道。巴基斯坦政府把道路更名的目的就是让巴基斯坦人民世世代代地记住周恩来，记住他们伟大的朋友。

关注中国问题的巴基斯坦政要们

在巴基斯坦驻站期间我有机会采访了很多巴基斯坦政要，其中前总统法鲁克·莱加利和前新闻广播部长穆沙希德·侯赛因，他们对中国问题的友好关切，对问题分析研究的透彻，回答问题的一针见血给我留下了极为深刻的印象。

关注中国改革开放的莱加利总统

巴基斯坦前总统法鲁克·莱加利虽然已经去世，但他的音容笑貌却深深地印在我的脑海里。我曾四次采访过他，他对中国改革开放的关注及深刻分析，反映了他作为一个国家领导人、一位政治家的睿智，让我记忆犹深。1996 年 11 月 30 日，江泽民主席访问巴基斯坦前夕，巴总统莱加利在总统府接受中国记者的联合采访。作为广播的需要，我必须要用乌尔都语采访他，但也意味着要多花总统的时间。但莱加利总统还是同意在联合采访后单独为我做出安排。

采访那天，莱加利总统在用英语回答了中国几家新闻单位各自提的一个问题后，便用乌尔都语回答了我的专访。对莱加利总统的第一印象，既感觉他气度不凡，有总统威严，但又文质彬彬，像个学者。开始他夸我的乌尔都语好，随意地问我在哪学的乌尔都语，总统的客气让我顿感亲切了几分，所以提问也就更加自然起来。采访中他特别强调："他热切期待与江泽民主席的会面。相信这次会面会促进巴中关系进一步发展。"他说："中国的经济发展已经取得了令人瞩目的成效，这是正确政策带来的结果。苏联的解体更加证实了中国政策的成功。前苏联实行的是激进政策，而中国的发展政策符合自己的国情。所以，也可以说是实事求是的政策。"他说："他期待与中国国家主席交流强国的经验。中国的发展为巴基斯坦等发展中国家提供了宝贵的经验。"第一次采访，莱加利总统的学者风度和回答问题的简练给我留下了深刻的印象。

为了进行"中国改革开放二十年"的系列报道，1998 年 8 月，我第二次采访莱加利。他虽然已辞去总统职务，但在巴基斯坦政坛上仍然有着举足轻重的影响。8月初的一天，我从报上得知他在伊斯兰堡假日饭店举行政党成立会议，急忙赶到会场，找到他的女秘书说了采访意图。第二天，秘书打来电话说："莱加利先生这次来伊斯兰堡要会见的人太多，实在挤不出时间。不过，半个月后他还要再来伊斯兰堡，到时再作安排。"果然在半个月后的一天中午，女秘书通知我说莱加利当天下午要在伊斯兰堡的卡拉奇广场发表演说，演说结束后可以接受采访，她让我下午 3 点以前务必赶到会场。我提早赶到会场，可演说一直持续到傍晚六点多钟，群众还在和莱加利交谈。直到夜幕临临，莱加利才得以离开会场。女秘书让我跟上他们的车队，一直来到郊区莱加利的别墅。可莱加利还没能下车，仍在车里与人谈话。他的夫人热情接待了我。夫人看起来很年轻、漂亮，也很健谈。在我夸她年轻时，她幽默地回答："那是您的眼睛欺骗了您。我的两儿两女全都结婚生子了。"在这位幽默夫人的陪伴下直等到晚上 10 点多钟，莱加利才匆匆走进客厅。他面带歉疚地微笑着坐下便说："你的问题秘书拿给我看了，我非常关注中国的改革开放，关注中国的发展，改革开放 20 年来，中国的发展模式是西方资本主义所没有的，中国人走的是独具自己特色的道路。邓小平先生的"发展是硬道理"是一个伟人用科学的思想做出的"敢于拨乱反正"的具有划时代意义的决策。具有中国特色的 20 年的改革开放让那些总想'绑架'国际政治，总想掠取贫穷国家资源的国家和人无地自容。"

莱加利说："中国对内改革对外开放，形成了互相促进的良好形势。值得注意的是中国的改革是从改革经济体制入手，而经济体制改革又从农村起步。这是非常英明的做法。农民占中国人口的绝大多数。从农村开始经济改革符合中国的国情。只有改革才能解放和发展生产力。而开放又是中国实现现代化的必经之路，开放使中国接受学习了很多新技术，新的管理理念，来促进国内的改革。中国的改革让人民受益，所以保持社会了稳定。社会的稳定又促进了改革开放。中国大力投资基础建设，强调科技兴国，重视培养人才，提高了百姓生活，这一系列改革开放的措施

符合了民意。这是改革开放的重要成果。是值得巴基斯坦学习的。"莱加利说："他
与江泽民主席也做过多次交谈。受益匪浅。"他说："世界银行专家的报告中说，中
国用一代人的时间完成了别国几代人才能完成的事业，这是事实。是令世界瞩目的。"

　　2004年4月24日下午，我采访了参加博鳌亚洲论坛年会的莱加利先生。这是
对他的第三次采访。除了头发稍微斑白了一点，他仍然神采奕奕，学者风度十足。
夫人仍是那么年轻漂亮。他说："每年博鳌论坛年他都会和夫人一起来。他有幸受
中国主席之邀成为博鳌论坛的发起人之一。"他说："博鳌论坛是改革开放逐渐走
向富裕的中国为亚洲国家提供的进行良好合作的平台。中国博鳌论坛使东亚，南
亚的经济合作得到了发展，进而也推动了整个亚洲地区的经济发展。"他认为博鳌
论坛为各国领导人提供了分析亚洲经济、社会、环境等方面的发展状况，设计亚
洲发展蓝图，提出进一步发展合作措施的良好机会。博鳌论坛也为企业家，投资
者们提供了发展合作、扩大投资的机会，巴基斯坦的企业家从中得到了不少机会，
与中国合作的企业增多。有了博鳌论坛这个良好平台，亚洲国家就有了合作发展
的契机，只有相互合作，亚洲国家才能取得共赢。博鳌论坛不仅促进了亚洲国家
间的经济合作，也促进和加深了彼此之间的友谊。"莱加利说："每次在博鳌开完会，
他都到中国的其他城市去看看。从中国的城市发展，从中国人的饮食、衣着和文
化素养都看出了改革开放带来的变化。每次到中国来，都感到进入了一个新世界。"
他说："我作为中国的朋友对中国的发展感到非常骄傲。中国的发展让世界人民都
得到了很大益处，尤其是中国给第三世界国家树立了榜样。"他说："我和江泽民
主席在1996年签署了中国和巴基斯坦建立面向21世纪的全面合作伙伴关系的协
议。巴中已经成为不同制度国家间关系的典范。不断加强巴中合作和友谊是巴基
斯坦历届政府的首要任务，也是巴基斯坦人民的热切希望。"

　　第四次采访他是2008年8月中国改革开放30周年之前。我在录音间把电话
打到了他在伊斯兰堡的家里。他非常真诚地回答了我的问题。他说："30年前，在
邓小平先生带领下中国进行的改革开放，使我感到中国通过一场革命达到了翻天
覆地的变化。中国根据自己本国的情况，凭借自己的文化、自己的资源，自身的
能力来解决自己的问题，而不是模仿。如果模仿某国的文化，某国的发展模式，
中国的改革开放不会得到人民的信任和基本支持。因为，世界上没有一成不变的
发展道路和模式。只有顺应内外形势变化，顺应人民要过富裕生活的愿望，不断

完善自己的发展模式，才能不断发展。中国就是这样走出了自己独特的路子。中国的经验有很大的借鉴意义。"

在谈到改革开放中的问题时莱加利说："中国的中东部发展很快，现在连有众多穆斯林人口的偏远的西部，也开始了快速发展。中国的改革开放政策已惠及全国。中国发展很快，但也出现了问题，那就是贫富差距变大、发展对资源的过度消耗和对环境的污染。温家宝总理的政府工作报告里已关注到了这些问题。他强调民生，增加农民的收入，把农民纳入养老和医疗保险机制等等，这就是中国领导人的英明之处：发展中出现了问题，尽快找出了解决问题的方法。"莱加利说："过度消耗资源和对环境产生污染似乎是各个国家发展中都会出现的问题，但中国政府没有漠然视之，比较及时的采取了节能和资源再生利用等有效措施，做到经济的"可持续发展"和"以人为本"。30 年，在历史的长河中是弹指一挥间的短暂，但中国的发展却不是每个国家在 30 年里都能做到的。"

新闻广播部长铿锵有力的驳斥

1997 年香港回归前夕，巴基斯坦新闻广播部长穆沙希德·侯赛因在一次新闻发布会结束时朝着我们几位中国记者大声说："中华人民共和国的朋友们，祝贺你们，香港就要回归了！"我们和一些友好国家的记者顿时高兴地鼓起了掌。我感到机会来了，急忙挤到正要走出会场的新闻部长面前，问他是否能就香港回归问题接受我的专访。他爽快地答应了我请求，并当即让秘书安排时间。

后来的采访非常顺利。他对问题的精辟分析深深地感动了我。他说："香港问题如后来的克什米尔问题一样，是英国殖民主义者在不得不撤出它的殖民地时惯用的伎俩。其目的就是继续制造地区和国家间的不稳定和不安宁。但是，在不远的将来，在亚洲历史上，将使殖民主义者不得不刮目相看的一个具有重大历史意义的事件就要出现，那就是：香港回归中国。"穆沙希德部长非常精炼地分析说："这一事件具有三方面的意义。首先，这标志着邓小平'一国两制'理论的胜利。'一国两制'构想是对人类发展的重要贡献。中国领导人邓小平的深邃哲学思想和他提出的'一国两制'的理论保证了香港回归能够成功。提出这一理论时，尽管很多人表示怀疑，认为实现这一构想是困难的，但事实证明了邓小平先生的远见卓识和英明决策。值得赞扬的是中国共产党和中国政府将这一构想成功地变成了

现实。其次，作为殖民主义的象征，香港的回归标志着英国殖民主义制度的失败。中国人民的百年耻辱将一洗殆尽，这是一件值得庆贺的大事。第三：香港的和平回归对巩固亚洲和平与稳定有着重要意义。中国政府在坚持自己的原则和立场的同时，通过和平谈判成功解决了这一历史性的问题，对本地区国家和中国的朋友来说都是值得借鉴和学习的。中国的成功说明，任何国家和民族只有坚持自己的原则和立场，用历史和发展的眼光看问题，通过和平谈判，一切问题都会成功解决。"

他还表示："有些人对香港回归后能否保持繁荣表示怀疑·但我对香港回归中国后仍将保持繁荣充满信心。因为我相信中国领导人的能力和信誉，相信中国政府的有效政策。经过百折回归到母亲怀抱的香港一定会更加繁荣发展。"这是在我驻站期间，巴基斯坦政府官员首次主动对香港回归问题所作的公开表态，具有很强的说服力。

他在谈到中国的改革开放时说："综观世界发展史，不少国家在经济发展后实行的是军国主义、扩张主义和霸权主义。而中国共产党领导的中国走的是一条和平发展的道路。有的人说中国的发展给地区和世界和平带来威胁，那是别有用心！中国在别的国家有驻军吗？别国有中国的军事基地吗？有点学识的人都可以作一比较。正是中国的和平发展不仅给世界，更给地区带来了和平稳定。中国的所作所为为世界做出了榜样，也是巴基斯坦要学习和借鉴的。"

采访中令我高兴的是穆沙希德先生还说他是 CRI 的老听众。他说："从中学时代起就收听北京电台（CRI 前身）的广播，还曾写过不少过信，如果你们对听众来信建档登记的话，一定会找到我给你们写的信。1976 年，我随巴基斯坦青年代表团在华访问期间还到你们电台参观，做过客。中国广播让他更直接地了解了中国。后来他到美国留学，还专门阅读和研究了很多有关社会主义理论和中国方面的书籍。"穆沙希德先生担任新闻部长以前是一位资深记者，写了很多介绍中国的文章。我想，正是由于他青年时期起就收听 CRI 的广播，对中国非常关注、研究和了解，所以才能对我的问题回答得那样铿锵有力。我清楚地记得，在采访中，他驳斥西方一些国家对中国政治制度和人权问题的指责时说的那段荡气回肠的话："每个国家和民族都有权利决定自己的政治和经济制度，只要这种制度对他的人民有着广泛的利益，被人民所信任，别人无可指责。英国把香港作为自己的殖民地占据了一百年，从来没有提到或想到过香港人民的人权。当它不得不与中国政府签署协议，1997 年要把香港归还给中国的时候，突然提出人权问题，这不是什么新鲜玩意，克什米尔问题就是英国殖民主义者留下的祸根。帝国主义和殖民主义者在它不得不结束自己的殖民主义统治的时候，总是想留下争端，制造长期的混乱。"

一个对中国事物不了解，对中国没有感情的人是不会说出，也不敢说出这样深刻精辟、坚强有力的话语的。

广播、听众、友谊

中国国际广播电台（CRI）的乌尔都语广播如今已走过了 46 个年头。46 年来，它的影响越来愈大，在阿富汗、孟加拉、印度和巴基斯坦有 800 多个听众俱乐部，而在巴基斯坦就 600 多个。乌尔都语广播这座中巴友好的空中彩桥连接了千千万万的巴基斯坦民众。46 年来，很多听众已经随着乌语广播从青年走到了中年或老年，但又一批批的新生力量在继往开来——中巴友好后继有人。时光荏苒，每每想起我接触过的那些热情听众，想起他们对中国的向往和热爱，我的脑海里就涌现出无数感人的故事，它像一颗颗闪亮的珍珠串起了巴基斯坦人民对中国人民的友好情谊。

为巴中友谊添砖加瓦

巴基斯坦穆扎法尔格尔市 CRI 听众俱乐部主席乔杜里我是从 80 年代他给我的一封信开始与他建立联系的。信中他说喜欢听我主持的《中国旅行》节目，他是从集邮，喜欢中国的邮票到喜欢收听 CRI 的乌尔都语广播的。他说，他的家乡有很多中国工程师在帮助建立火力发电站，中国工程师对他们亲如兄弟。他也知道，在巴基斯坦最困难的时候，总有中国人民的支持。因此，他非常信赖中国。所以，他要毕生为巴中友谊的长城添砖加瓦。

乔杜里是个言而有信的人。他为宣传 CRI 乌语广播和巴中友谊作了大量有益的工作。他利用假期曾数次到农村宣传扩大 CRI 的影响，串亲访友时也谈从 CRI 得到的中国方面的事情。他数次召开本省的俱乐部主席和积极分子参加的座谈会，对 CRI 乌语节目提出建议，关注中国的改革开放。他还在本市举行 "CRI 杯" 体育比赛、与地方传媒联合举办有关中国的知识竞赛、举办 CRI 奖品、宣传品展览等等。为此，

他花费了不少时间和财力。他对我说："我的家人都热爱中国，他们都支持我。"后来为了节省花费，他与其他听众俱乐部主席之间建立了兄弟般的联系，互相提供食宿，互相接待，互相帮忙。不仅节约了食宿费用，还大大加强了俱乐部之间的联系。

乔杜里说："为弘扬巴中友好，花多大精力和钱财，都不吝惜。"我在伊斯兰堡驻站期间，他多次风尘仆仆夜里坐十几个小时的汽车到记者站来看我，谈他的俱乐部要组织什么活动，征求我的意见。有时还带着他的小女儿，带来家乡的芒果。他说："我要永远为巴中友好做事，他的女儿长大后也会继承他的工作。"

穆扎法尔格尔是人口只有二十多万的一个小城，但有大小 60 多个 CRI 听众俱乐部。乔杜里自豪地对我说："我们市的听众俱乐部是巴基斯坦规模最大、成员最多的、活动最丰富的听俱乐部。"他说得一点不假。在 2002 年我随国际台代表团考察时亲身体验到了。

2002 年 12 月 20 日上午，在乔杜里等俱乐部负责人的陪同下，代表团前往《建台 60 周年》有奖知识竞赛颁奖活动会场。加上外地来的有 100 多个听众俱乐部的一千多名听众参加了当天的活动。

通往会场的道路两旁站满了听众，他们挥舞彩旗、抛撒玫瑰花瓣。在会场的侧室，参观了俱乐部联合举办的 CRI 与听众友好联系的展览。展览内容异常丰富。有 CRI 各个时期的纪念章、琳琅满目的纪念品，各个时期的不同杂志、图书、报纸，听众访华和乌尔都语部成员访问听众俱乐部时拍摄的不同时期、不同内容的照片，数次知识竞赛中听众获得的奖杯、奖品、丝巾、T 恤衫、中国钱币、剪纸、邮票以及其它礼品。这个展览充分反映了俱乐部与 CRI 的紧密联系，也反映了中国的发展。这是我访问众多听众俱乐部中，唯一见到的规模如此巨大的展览。同时，颁奖大会也是我从未见到的规模。会场悬挂着旁遮普省十几个地区的一百多个听众俱乐部制作的具有本俱乐部特色的大幅彩色横幅，会场座无虚席。台上台下几十名小听众挥舞着巴中两国国旗和国际台台旗，载歌载舞。会场上"巴中友谊万岁！""中国万岁！"的口号声经常把发言者的讲话打断。颁奖结束后，我和代表团成员被听众团团围住。听众争着、抢着与代表团成员交谈，要求签名留念。有的递个本子，有的拿来一本书，有的拽出衣领，有的干脆把脸颊送到我的面前。还有的拉着我，热情邀请到家里坐坐，哪怕一小会儿……无数次的签字，数不清的拍照，那张张期待的面孔，那真真切切的友情使我热泪盈眶，那份真诚永远让我铭记。

乔杜里说:"别人家没时间就不去了,但女听众阿米娜家一定要去。她明天就要出嫁了。"巴妇女一般不见生人,尤其是男宾客。可待嫁的新娘要见我们,那真是把我们当亲人了。车子飞快地来到阿米娜家。美丽的阿米娜在静静地等候着我们。我献给她一条长披巾和一台数码收音机,表示我们的祝福。阿米娜说:"我是 CRI 的老听众了,在出嫁前能见到你们,就像见到久别的亲人。"我问她婚后还能听我们的广播吗?"她说:"你能想象一个没有鸟的天空是多么空虚寂寞吗?我一定会听的!"

乔杜里说:"因为巴中友好和 CRI 乌语广播在穆扎法尔格尔市非常深入人心,所以,中国朋友来了,就是亲人来了。平时俱乐部的每次活动,都会吸引当地媒体、社会名流等各阶层的人来参加,也总会有新的人加入收听 CRI 乌语广播,来关心中国。"他说:"这里的女听众俱乐部也有几个,阿米娜就是其中一个的领导人。她们是受我妻子和妹妹等人的影响收听 CRI 乌语广播的,再后来影响了更多的妇女,就指导她们组织了自己的俱乐部。"他还说:"受其影响,他朋友所在的国立小学的老师和学生几乎都是 CRI 的听众。"

现在,乔杜里又是 CRI 广播孔子课堂巴方负责人,他又有了为巴中友谊添砖加瓦的新天地。

人生因 CRI 而丰富多彩

2005 年 6 月末,我随 CRI 代表团首次考察信德省听众俱乐部。该地区贫穷落后,又时值炎热夏季,气温高达 40 多度。而在海德拉巴市米门社区礼堂门口,代表团受到了社区负责人和听众俱乐部主席们的热烈欢迎,却比高温还炽热。他们给代表团敬献花环,给男士带上了"信德帽",给女团员披上了扎染花布单,代表团得到了信德省人民欢迎客人的最高礼遇。

礼堂里坐满了来自信德省的 20 多个俱乐部的代表、社区领导、电台、电视台的记者等近 200 人。很多听众都是不惜车马劳顿,从几百公里以外提前赶来的。在他们的发言中,感受到了听众对中国和 CRI 火一般的热情,倾听了他们坦诚的意见和要求,在炎热夏季,心中涌起了一股沁人心脾的清泉。在这里我见到了老听众阿扎姆·阿里·苏姆罗。虽说我们之间联系不断,但见面却是第一次。苏姆罗激动地对我说:"多少年来,我只能在广播里听到你们的声音,在信里表达我的感受,而今能和你们面对面相见,是我多么期待的事。"他还说:"为了按时参加

见面会，我和俱乐部的 4 名听众提前一天到达了海德拉巴，在旅店住了一晚。当我们到达会场时，都已经来了很多人了。听众太盼望你们了！" 在会上，他向代表团递交了约半尺宽，长达百米的长信。信封上贴着国际台台标，信中有他亲自画的巴中两国国旗和美丽的插图，详细介绍了他与 CRI 的友谊渊源，他对中国的热爱，他的俱乐部情况，对节目的意见，想法等等。这封长信是他的真情告白。他说："人的一生中会遇到很多次偶然，有的偶然会像天际滑过的流星，转瞬即逝。但有的偶然，却会给你的人生带来惊喜，使你的人生变得充实，成为生活中不可或缺的一部分。18 年前，一个偶然的机会我从收音机里听到了来自 CRI 的乌尔都语广播。从此 CRI 成了我的挚友。"苏姆罗说："在众多的国际广播电台中，我之所以对 CRI 情有独钟，一方面缘于我对中国的热爱，另一方面是我对 CRI 的信任。CRI 的国际新闻、评论，不带任何偏见，令人置信，不像有的电台煽动性，火药味十足。开始虽说出于偶然，但后来，收听 CRI 成了我生活的一部分。"他说："CRI 丰富了我的知识，丰富了我的生活，扩大了我的生活圈子，我有很多朋友，不仅仅在我的家乡，而是遍布巴基斯坦，我们是因为收听 CRI 而相识。我们会互相邀请对方参加各自俱乐部的活动，来扩大 CRI 的影响，为巴中友谊做贡献。"苏姆罗说："如今虽说互联网，电视的优势不小，但在我的家乡这样还比较落后的地方，广播仍以其独特的优势吸引着大量听众。收听 CRI，我不仅了解了中国，也了解了世界。"他说："人要想不落伍就得学习，正是 CRI 给了我不断学习的动力。CRI 的《电子飞鸿》节目吸引了我，节目的网上播出使我们收听广播更便捷。所以，我下决心学会电脑，跑到镇上报了班。网络使世界变成了地球村，我跟 CRI 的联系也更及时密切了。以前写一封信天上，地下要走半个多月，等到你们回信，真不知道我上封信里说了些什么了。现在好了，我接受知识的渠道更宽了，我的人生也因 CRI 而精彩！"

CRI 是心灵的声音

卡西夫·纳迪姆·乔杜里出生在 1978 年末。大约九岁的时候，他受哥哥的影响开始收听 CRI 的乌尔都语广播。卡西夫说："CRI 是他心灵的声音，从少年时期开始就一直伴随着他成长。每当听到中国朋友说乌尔都语，并能通过广播告诉他各种知识时，心里就无比好奇和激动，特别向往中国。"从此，他对中国的乌尔都语广播产生了深深的热爱，这种爱随着时间的推移越来越深。最初，哥哥嫌他小，不接受他，他只能坐在旁边跟着听。1993 年，在他上九年级的时候，哥哥才同意他加入"短波收听俱乐部"。其哥哥是该俱乐部的主席。从此以后，他成了俱乐部的活跃分子。记得他在给我的信中说："收听中国的广播是他业余生活的一个重要部分，因为，除了看电视或去清真寺几乎没有其他的活动。他感到中国的广播真实、友好、知识性强，让人喜欢。尤其乌尔都语部能及时给他回信，让他大受鼓舞。他把有关中国的情况讲故事般地告诉自己同学和朋友，好多同学和朋友也都参加到俱乐部里来了。"卡西夫说："由于自己的良好表现，两年后，在他上大学预科的时候，他成了俱乐部的财务秘书。他感到特别荣幸。"

卡西夫说："后来他大学毕业工作，也从未放弃收听 CRI。在 2001 年 3 月 24 日，他联合自己的听友、谢乎布拉地区教育执行官古拉姆·拉苏尔·阿扎德教授、谢乎布拉国立学院前校长和谢乎布拉地区前教育执行官穆罕默德·帕尔维兹教授和一些知识分子朋友成立了苏格拉德教育研究院和苏格拉德教育研究院福利协会。他们同时以此名成立了收听 CRI 乌尔都语广播的听众俱乐部。卡西夫在学院任教，同时是福利协会的主席。"卡西夫说："中国建立'希望小学'的报道使他有了学习中国办学的想法。但他年轻能力有限，必须得到地方知名人士的帮助。建立学院和福利协会的目的就是促进发展扶贫教育。还有一个目的就是利用学院和福利协会来促进发展巴中友谊和扩大 CRI 的乌尔都语广播的影响。"

苏格拉德教育研究院是一个非营利性的学校，招收了很多孤儿和贫困儿童。学校的经费主要来自社会的捐助，有时经费紧张，卡西夫一天要打几份工，以便有更多余钱来资助学校。在发展扶贫教育中，为获取赞助，他依靠自己的协会成员，利用各种机会举办了很多活动。号召更多的人学习中国，来赞助或建立巴基斯坦的"希望小学"。活动的增多，协会的名声也大了起来。后来，卡西夫的协会还兼并了附近的两个俱乐部，使自己的协会变得更加兵强马壮，也更有号召力。在巴中两国国庆、乌尔都语开播纪念日等重大日子，协会都会举办活动，都会录像。每次活动后，他都会给乌尔都语部寄来报告，活动的照片、光盘等。

在 2002 年乌尔都语部成立 36 周年时，协会连续举办了 3 天的活动。8 月 1 日晚 6 点在俱乐部的办公室举行了庆祝会。首先播放巴中两国国歌。此后协会主席卡西夫在讲话中详细介绍和回顾了 CRI 乌尔都语广播，并布置了 3 天庆祝活动的安排情况。协会的大多数成员和本地区的 6 个俱乐部的成员参加了会议。会议结束时，大家切了祝贺 CRI 乌尔都语广播开播 36 周年生日蛋糕。

8 月 2 日，协会举办了回顾展览。展览中陈列着 CRI 多年间寄来的礼品、纪念品、《北京周报》、《友谊之声报》等报纸、杂志、钱币、剪纸等等，引起了当地群众的很大兴趣，参观的人络绎不绝。同时协会把自己录制的乌尔都语广播节目剪辑后，在集会中播放，让那些前来参观并从未收听 CRI 乌尔都语广播的人产生好奇感和兴趣，有的人当场就提出参加俱乐部活动。协会还将乌语部寄来的纪念章和协会自己制作的乌语广播节目单，自己俱乐部复印的有关《当代中国》知识竞赛的问卷和有关 CRI 乌尔都语广播介绍等，发给前来参观的人，鼓励他们积极参加 CRI 的有奖知识竞赛，进一步了解中国。

8 月 3 日，协会举办了有关巴基斯坦、中国和 CRI 乌尔都语广播的有奖知识竞赛。给获胜者颁发了 CRI 的纪念章、《北京周报》和 CRI 制作的电子手表。庆祝活动结束时，俱乐部展示了全体成员参加并制作的长达 10 米的有关《当代中国》知识竞赛的答卷。答卷引起了当地人的瞩目，引起了轰动。CRI 的乌尔都语广播的影响得到扩大。一个听众俱乐部举办介绍中国和其广播的活动是很多见的，但连续三天举办丰富的活动的却不多见。

2002 年 12 月 19 日，我随 CRI 代表团访问了卡西夫的家乡谢乎布拉市，对卡西夫协会的活动有了亲身感受。车子穿过几条小街来到一条巷口，协会主席卡西夫率领他的家人和听众们已在列队等候。车刚停下，玫瑰花瓣像雨点般落在身上，爆竹声中，被听众拥触着前行。卡西夫的小弟弟和他的一个侄子站在门口向代表团敬献鲜花。他们一个穿着红色，胸前绣有中国国旗的衣服，另一个穿着绿色，胸前绣有巴基斯坦国旗图案的衣服。两个小家伙带领众人高呼巴中友谊万岁的口号。卡西夫的妻子抱着刚刚会说话的女儿也来迎接我们。卡西夫说："中国客人就是亲人，我的女儿今天一大早就问，中国客人怎么还不到呀？她都等急了。"卡西夫的母亲，妹妹，妻子等家人都是协会的骨干，每逢俱乐部活动，她们都鼎力相助。妹妹和妻子则专门负责妇女事务。卡西夫为了这次欢迎会，一个星期前就开始在自家楼顶的大晒台上搭建彩色帐篷，他的妻子和妹妹也提前几天就开始制作点心，准备用来招待中国客人。卡西夫联络了附近地区 16 家听众俱乐部的代表和当地知名人士共 200 多人参加了欢迎会。与会发言者的共同心愿是：收听 CRI 的乌尔都语广播，巩固巴中友谊。会后，代表团参观了卡西夫的办公室——协会活动室。

活动室里桌子上有台电脑，电脑的桌面上是 CRI 广播大楼的照片。墙边柜子里摆放着 CRI 的各种纪念品，墙上挂着一大张的中国地图。卡西夫指着那些纪念品说："这些东西是我的藏品，是无价之宝。古代有一条丝绸之路，现在没了。但你们知道吗？这条路一直存在这儿。"他用右手按着心脏说："在这里！ CRI 把这条路连到了这里！"他的话让我激动无比，作为一个广播工作者我感到了无比的荣幸和自豪：CRI 这座空中友谊彩桥连结了无数听众的心！

我在乌尔都语部工作了 36 年，退休后一直返聘。我与听众有种割舍不断的情结，我总会时时想起他们。曾一直在信中称我为女儿的年近 80 岁的听众阿吉默尔坚持收听广播几十年，经常写来诗歌赞扬中国，他一直想见我，邀请我去他家做客。但几次到了他的城市，因为忙碌却没能满足他的愿望。伊加兹先生因住在品第离记者站近，他经常接待前来记者站的听众，招待吃住，我称他为 CRI 的"大使"。他说："我虽然没成立俱乐部，但我认识的其他俱乐部的人最多。我愿意做 CRI 的大使。"遗憾的是，两位听众已经离去。乌语部在节目中做了特别的悼念和缅怀。伊加兹的儿子在电话采访中告诉我"他要像父亲一样，继续为巴中友谊做事。"令我热泪盈眶。

在我的工作采访中，还得知巴前外长古哈尔·阿尤布·汗和前新闻广播部长穆沙希德. 侯赛因在年轻时就通过广播了解中国，在美国留学时还有意识地读了很多关于中国的书籍，他们始终为巴中友谊在做贡献。在偏僻北部边境地区斯格尔都地区副专员阿克拉姆家里我看到了那台已经很旧的收音机。他说："这里很贫穷，给你们写信的人会很少。但一个小小收音机就能让几个或十几个人坐一起，来听中国的广播。这里离巴印边境很近，但人人都知道中国帮助了巴基斯坦。"还有那白沙瓦大学的教授阿耶都拉和他的学生们……，我脑子里有无数热爱中国的听众面孔，他们栩栩如生，深深印在我的脑海里。

火一般热情的同行

说起听众的故事真是三天三夜也说不完。十几位听众由于在发展中巴友谊中的突出贡献，他们被先后邀请访华。但令我至今难以释怀并心存无限感激的那些巴基斯坦同行，他们在发展中巴友谊和扩大 CRI 影响中发挥了很大作用。每当想起他们，心里就涌起无限的感激，不写写他们，将会是我心中永远的歉疚和遗憾。

每次考察听众俱乐部或颁奖，都要带很多礼品、奖品。而听众喜欢的收音机，

手表等物品巴海关是有数量限制的。在入关、交通、安全、联系采访等方面，除了巴驻华使馆的帮忙，我们每次还都得到了巴同行的热情接待和帮助，进出海关很顺利。有时同行还亲自去机场接送。在巴基斯坦任何一家电台，同行们都会用抛撒玫瑰花瓣、佩戴花环、用信德省的印染花披巾、旁遮普省的木雕或西北边境省的铜器等热烈欢迎 CRI 代表团。

拉合尔台台长阿斯加尔·哈里德是一个极其热情干练的人，他的工作效率令代表团钦佩。他经常挂在嘴边的一句话是："巴中友谊比山高，比海深。"CRI 的大部分听众在旁遮普省。2001-2005 期间，CRI 代表团三次对拉合尔的访问都得到了他大力支持和热情接待。省会拉合尔是一个繁华的古城，交通十分拥挤。听众见面会和颁奖会有时在省会，有时在周边小城举办。每次到拉合尔，台长都与当地警察局联系为我们安排好路线，前有警车开道，后有电台警卫车压阵，遇到交通拥挤还常鸣警笛，使代表团呼啸而过。这种礼遇让我十分感动，也有点难为情。不明真相的听众疑惑地问我："我们这里安全有那么糟吗？"有时我提出推辞，但台长却说："为了节约你们的时间。"警车为代表团节约了不少时间。但尽管如此，每到一地，总有接待不完的听众，听众总抱怨时间短，我也总觉得心有遗憾。但若没有哈里德台长的帮忙，恐怕与听众见面的时间就会更短了。

2001 年 3 月末。CRI 代表团在拉合尔举办《中国百年知识竞赛》颁奖大会。哈里德台长亲自去机场迎接。由于日程安排得紧，会后，代表团在拉合尔只能待半个小时就得赶往机场。哈里德台长说："你们不能只见听众，也得见同行。给我半小时，我保证不误你们的飞机。"按照以往巴朋友的办事效率，我心里真有点打鼓。盛情难却，代表团来到拉合尔电台。台长的缜密安排让中国同行交口称赞：电台门口，敬献的花环表达了异国同行的热忱，电台主要负责人，播音员以及高级节目制作人已在门前的台阶上列好队鼓掌欢迎，并为代表团成员留出了恰当的位子，不用两分钟，拍照完毕；接着 FM101 节目主持人对团长和我进行直播采访，其他成员与同行边用茶点边交谈。大约 10 分钟后参观电台主要部门，台长亲自介绍，只用了 10 多分钟。最后在文艺部，艺术家演奏了著名的旁遮普乐曲，主人用欢快的乐曲为即将告别的中国同行送行。中国同行无一不称赞哈立德台长的雷厉风行。

2003 年初，CRI 代表团顺访卡拉奇电台的活动令我终生难忘。由于飞机晚点抵达卡拉奇时已凌晨 2 点多钟。默罕默德·纳基台长不仅派了以前 CRI 的老专家、卡拉奇电台的高级节目制作人哈什米夫妇接机，还亲自在电台门前广场架起彩色帐篷，举办了盛大的欢迎晚会！鲜花、美食、佳肴、笑脸，笑声……代表团被浓浓的兄弟情谊所包围；巴艺术家和电台工作人员表演了风格浓郁的信德欢歌劲舞，驱走了代表团的旅途疲劳；兄弟般的情谊让两国同行在东方破晓之时仍意犹未尽，恋恋不舍。我一直感慨:巴同行为欢迎 CRI 代表团彻夜未眠，在中巴友好的历史上，也许不是绝后，但却是空前的。

在伊斯兰堡，巴新闻广播秘书，广播公司总裁和台长都会在百忙中抽出时间亲切会见 CRI 代表团，有时设宴招待。在白沙瓦电台，台长古拉姆·阿巴斯为代表团举办了普什图歌舞音乐会。他在陪同代表团参观开播不久的调频音乐节目时说："该节目每天都有 5 到 10 分钟的中国音乐节目，特别受欢迎。"参观结束时，台长把对代表团的欢迎实况及其采访录音，刻成 CD 送给了代表团。

在木尔坦电台，音乐节目制作人巴希尔对我说："贵台的"欢乐你我"音乐节目真好，我很爱听，名字起得很棒。我把你们节目的名称已借鉴到了我的节目上了。"每到一处，巴电台同行都会参加我们的活动，跟踪报道。海德拉巴电台台长纳瓦兹就亲自率领记者和高级节目制作人等 10 人参加 CRI 与听众的见面活动,并进行现场报道。

代表团的每次活动在巴基斯坦都引起轰动，这和巴同行采访报道有直接关系。FM101 和 FM102 在巴基斯坦是收听率最高的调频台。各电台的报道，产生的影响不可估量。拉合尔台的台长和节目主持人艾哈迈德都曾高兴地对我说过："在 FM101 对代表团的采访，引起了轰动，听众打进了很多热线电话询问代表团的情况。事实确实如此。很多听众也是听了广播后从很远的地方赶来与代表团见面。2001年在卡拉奇的颁奖活动中，信德省内地塔塔地区的一位贫困听众穆萨·戈马尔对我说："我的家乡在沙漠地区，缺水，缺电，但无论如何不能缺了广播。CRI 的乌尔都语广播这一来自友好国家的声音，使我的生活不再枯燥。从 FM101 知道了你们的消息，所以从 100 公里外赶来与你见面。"

2003 年的颁奖活动中，来自旁遮普省偏远地区的听众艾哈迈德·萨迦德坐了一夜的汽车，风尘仆仆地赶到伊斯兰堡与代表团会面，并带来俱乐部的欢迎横幅。他说："从 FM101 里听到了对拉琪娅（笔者播音用名）采访，特别想见到她本人，向学校请了两天假来到这里，我的愿望实现了，可俱乐部的很多人都盼望与你们见面呢。"质朴的脸颊、纯真的话语像一种强大的力量在激励着我：一定努力办好

广播，绝不能辜负听众的期望！在巴基斯坦让我确确实实感到：CRI的乌尔都语广播是连接中巴人民之间友好的桥梁。它播下的友谊种子已发芽生根，并长成了一棵棵枝繁叶茂的参天大树，这参天的大树就是中巴友谊的栋梁。

记者站的邻居们

在巴基斯坦首都伊斯兰堡记者站工作的两年多时间里，我与周围邻居相处融洽，你来我往中结下了难以忘怀的友谊。这友谊的缕缕情丝始终萦绕在我的心怀，不时泛起阵阵的暖流。邻居们的职业不同，年龄不一，性格也各有特点，但都喜欢记者站，喜欢与中国记者来往，对中国的友好感情时常让我激动不已。

帕丹族旅长一家

记者站左斜对面住着帕坦族退役旅长一家。旅长为人耿直，热情，军人风度十足。旅长曾访问过中国，也参加过修建喀喇昆仑公路的工程。他的一对上大学的双胞胎儿子经常到记者站来。一天，旅长让儿子请国际台记者到他家做客，用帕坦族特制的放入包括八角在内的各种香料、作料的粉红色的茶招待我们。他回味深长地提起修建公路的事，他说："那是巴中人民用血汗筑起的友谊之路，条件的艰苦是我从未遇到过的。我有幸参加了，这是我一生中最值得骄傲的事。中国人吃苦耐劳，工作一丝不苟，对巴基斯坦工人视若亲兄弟，这也是我一辈子不能忘记的事。"旅长还诚恳地对我说："你远离家人，需要帮助千万别客气，我家儿子多，打个招呼就行了。"他的两个小儿子在一旁直点头，我顿时感到心里热乎乎的。

旅长一家人对中国的友好表现在方方面面，那种真诚让我从内心感动。1996年12月初，中国国家主席江泽民访问巴基斯坦期间，旅长让双胞胎儿子给记者站送来一筐苹果，说是从俾路支省的外祖父家的果园里摘的，又脆又甜。让记者一定转交给江泽民主席，表达一家祖孙三代人的友好心愿。当我把兄弟二人的话告诉正来接我去使馆帮忙做翻译工作的姜一秘时，他顿时激动地连声说："谢谢，谢谢！一定转达！"姜一秘对我说："一个普通家庭从那么遥远地方带来苹果献给中国领导人，中巴友谊真是深入人心呀！"记者站就"一筐苹果"发了一篇特别报道，通过广播弘扬中巴友谊，让中国和巴基斯坦的听众都知道这感人事情。在巴的中国朋友，凡是听我说了祖孙三代敬献苹果的事也都非常感动，都觉得情意难得。

　　双胞胎兄弟俩对中国的事特感兴趣，他们在假期经常到记者站来，问的问题五花八门。弟弟哈龙来的次数最多。1997年9月下旬，弟弟哈龙又向我索要一面中国国旗，说要在中国国庆节的那天挂上它。我向文化处做了汇报并得到帮助。1997年10月1清晨，哈龙家和记者站一样，庄严地升起了五星红旗。两面五星红旗遥遥相对，在朝阳中迎风飘扬，这事在周围邻居中被传为佳话，有的邻居主动来记者站向我们祝贺国庆。这事正好让来记者站做客的巴电台国际部的记者哈密达女士碰见。她看着在空中飘舞的五星红旗兴奋地说："这是巴中友好最实在的例子。说明旅长一家从内心喜欢你们的记者站，把你们当成了自己的家人，你们的节日就是他们的节日。否则，做不到这一点。"听了这话，我心里顿时有种非常庄严的感觉：小小记者站代表着中国啊。我为记者站感到骄傲，也为作为一名记者感到自豪。因为我经常感受到来自巴基斯坦普通人的发自内心的对中国的友情。

　　一个周末的下午，哈龙把他近八十岁的外公带到记者站，说了缘由让我忍俊不止。原来我出门办事路过他家门口，与站在门口的哈龙父亲打了招呼。来女婿家小住的外公看了很生气，责怪女婿怎么能跟一个外国女人搭话。女婿说："她是中国人呀，是咱们的朋友，哈龙经常到她那去玩，她可热情了。"老爷子一听这话，马上就对哈龙说："那也快带我去见见这位中国朋友。"给江主席送苹果的时候哈龙就介绍过，他的外公是俾路支省的著名水果商，产业很大，有几处大的果园。这位著名水果商老爷子在记者站里却像孩子般的开心，对中国的任何东西都感兴趣，中国的什么东西都好吃，尝了还要带一点回去，说再给其他人尝尝。在外孙的一再催促下，老人才依依不舍地离开记者站，并一再邀请我到他家乡做客，吃他种的苹果。

　　在一个周日的傍晚，哈龙又把新婚不久的嫂子带到记者站，还带来嫂子亲手做的肉饼——格巴布。哈龙说："早就向你们发了请柬，请你们到老家白沙瓦参加我大哥的婚礼。可你们总安排不出时间。他指着嫂子说："我告诉了你们记者站的事，嫂子老催我带她来见您。"他的嫂子很漂亮，有文化，不害羞，爱说话。后来，她趁哈龙在另一房间与我的搭档聊天之机，挺严肃神秘地问我："听说中国的计划生育政策很苛刻，只能生一个，多生了还判刑，是吗？"我笑着解释说："有关中国计划生育的事，我不知回答了多少朋友的提问了。中国是实行一对夫妇只生一个孩子的政策，但包括穆斯林在内的少数民族除外，他们可以生两个。只生女孩的或有困难的家庭政府还给以适当补助。在中国从没有因为多生了孩子而被判刑的。这绝对不是事实。"她看着我的眼睛说："我相信您的话。"我还给她简单分析

了中国的人口和土地的比例，教育的费用和提高人们生活水平等等因素，说明要使国家富强，人们生活富裕，目前中国政府不得不在一段时间内实行计划生育政策。我还说："在土地和人口比例以及教育等方面，中巴两国情况基本上是相同的。巴基斯坦也在宣传提倡计划生育了，报刊杂志以及街上的大广告牌上都有宣传。而且我的巴基斯坦朋友当中有很多人也只生两个孩子。"听了我的话，这位新娘子一直在点头。我开玩笑地说："你将来生几个呀？"她害羞地低下头说："我按真主的旨意。"我想：这个受过高等教育的女孩子可能不会生很多孩子。但在巴基斯坦为数不少的人的观念中，就是真主让你生几个孩子，你就生几个。这是命里注定的事，不能违背真主的旨意。具体点说，也就是按丈夫的旨意。巴基斯坦人口发展快，与经济发展慢，教育落后和观念的改变慢有很大关系。

新娘子还对我说："结婚前，她在一所女子中学教书，婚后就不教书了。是丈夫不让她继续工作的。"新娘的丈夫是一名空军军官，有不菲的收入。但从女孩的话语中，我似乎感到她有些遗憾。但我能理解她。因为，在巴基斯坦，女孩子结婚后，绝大多数都不工作了。尽管受过高等教育也一样要在家相夫教子。我曾与巴教育部的次长穆罕默德·穆赫塔尔先生（该人也在CRI乌尔都语部做过专家）讨论过巴女孩受高等教育后不参加社会工作和嫁妆等问题。他不否认巴基斯坦存在着严重的嫁妆问题。但他说："女孩子接受了教育就具备了一份好的嫁妆。婚后不参加工作也不是妇女不自由不解放，不为社会做贡献。反之，他们在家里照样承担了重要的工作。由于受了高等教育，她们才会更好地承担起家务。理家、接待客人、教育孩子、照顾老人难道不是很重要的工作？"由于我所处的社会环境，受到的教育使我对他的话不是完全赞同，但也觉得不无道理。穆赫塔尔先生还说："像您这样远离丈夫孩子出来工作，您就不惦念家庭？"我只能有点痛苦地开玩笑说："中国丈夫挣钱少呀，妻子就得工作呀。"

在巴基斯坦，妻子一般服从于丈夫，夫妻也是不能长期分开的，丈夫不管到哪工作都要带着家眷，这一点还是很人性化的，这也反映了巴社会在人性关系方面的一种进步。每个国家的社会都有完善的和不完善的地方，这也就形成了社会的差异。但随着社会的进步和经济的发展，社会的不完善都将会逐步完善。

送鲜花的年轻夫妇

在记者站右侧隔一个门住着一对年轻夫妇，丈夫在花旗银行工作，夫人因为生了小宝宝而辞去了教师的工作。这对夫妇平时见面总是彬彬有礼，很有修养。虽说，我们都到对方家做过客，但因为平时工作忙，互相走动不多。可有一件事却令我终生难忘：1997年7月1日香港回归中国时，这对夫妇抱着半岁女儿给记者站送来了精美的贺卡和一束美丽的鲜花。代表他们的父母向我们表示热列祝贺。在香港回归中国的大喜日子里，他们的祝贺，让我内心万分的感激。我赶忙让座，又拿出从中国带来的小礼物送给小宝贝。这对夫妇说："我们来是向您，并通过您向全中国人民祝贺香港回归中国的 。香港回归是中国人民的大喜事，也是中国人民的好朋友——巴基斯坦人民的大喜事。英国殖民主义者统治了香港一百年啊。中国强大了，香港也能回到母亲的怀抱了。巴基斯坦人民就希望自己的朋友——中国强大。中国强大了巴基斯坦人民就高兴。我们也非常希望印控克什米尔有一天能回归到巴基斯坦的怀抱。"他们还表示："等孩子长大一些，一定要到中国看看。"我表示热烈欢迎，立马给他们写下了我在北京的地址和电话。后来，年轻夫妇又指着小女儿说："今天带她来，就是让中巴友好世世代代传承下去！将来去北京，主要让她看，让她记住中国和中国人。"

鲜花和贺卡在客厅里摆放了很久，以至于鲜花变成了干花 我都不舍得把它扔掉。我觉得这束鲜花凝结了难以掂量的巴基斯坦普通百姓对中国人民的真挚炽热的友情。

达尼教授夫妇

记者站正对门住着荣获总统奖和政府奖的巴基斯坦著名历史学家达尼教授一家。七十多岁的达尼教授鹤发童颜，精神矍铄。他除了教学，参加国内外学术活动，就是在家里著书立说。他的著作是巴基斯坦历史界的宝贵财富，也为研究巴基斯坦、南亚、中亚以及西亚等历史的中外学者提供了极其有益的资料。达尼教授多次访问过中国，谈起丝绸之路和敦煌艺术真是滔滔不绝，遇到历史方面的问题只要请教他定会得到满意的回答。达尼教授每年都要组织两次称之为"文化车队"的考古活动，率领各国驻巴使节参观巴基斯坦历史文化古迹。他生动的讲解使参观者对巴基斯坦历史文化的变迁和现代社会状况有了直接的了解。每次组织活动他都正式给记者站发来请柬，这种即免费又有意义的活动令其它中国驻巴机构很是羡慕。有时因为工作去不了，达尼教授就会说："下次还有机会，您想要了解什么尽管问我好了。"达尼教授知识渊博，只要与他交谈，你就会觉得受益匪浅。

达尼夫人虽受过良好的教育，会几国语言，但也在家相夫教子。达尼夫人平时对记者站非常关心，经常提醒我们要注意这个注意那个的，一副古道热肠。一次，她很认真地提醒我："你的听众来的多，首先要在大门外问清身份再放人进去。"想来很对，虽说听众很热情，但毕竟不都认识。从此以后，我就把院子的大门锁上，来访者在大门外弄清身份之后，再接待，真省去了许多麻烦。

达尼夫人常常把做好的巴基斯坦饭菜给我送来，并特意不放辣椒。达尼夫人对中国的饭菜也情有独钟，尤其对中国的素炒青菜特别喜欢。使馆和其它中国单位的朋友经常给我一些自种的青菜，我也就常分给达尼夫人一些。记者站院子里那巴掌大的菜地，达尼夫人是经常光顾的，有时没菜了，夫人就直接来要或直接去采。真像一家人，不分你我。虽然，夫人总抱怨我去她家坐坐的时间少，但关于巴社会里的事，还有她家里婆媳之间的事，没少听她讲。巴基斯坦家庭一般是大家庭制，父母至少要和一个儿子生活一起。达尼夫人与媳妇相敬如宾，她们说话从来都和风细雨。虽然，我能感到婆婆在媳妇面前的权威，但媳妇对婆婆的毕恭毕敬让我很敬佩。

小邻居扎希尔

记者站左侧一墙之隔的邻居是所有邻居中人口最多的一家。男主人是煤气公司的职员，有7个儿女。上小学三年级的小儿子扎希尔与我最熟。每次见了都用跟我学会的汉语问候我："你好！"小家伙经常与哥哥在自家晒台上打球。球也就经常掉到仅在咫尺的记者站院子里。我见到后总是将球再给扔回去。小家伙也经常把家里炸的面点给我送来，说他最喜欢吃妈妈炸的面点，也让我尝尝。我不忍心吃他心爱的东西，又不忍伤他的自尊心，所以就尝一点，说自己身体不好，不能吃油腻的东西。然后，再给他点中国的或别的什么糖果点心，让他一并带回去，他高兴极了。在记者站，他总舍不得吃我给他的糖果点心，总要带回家和哥哥一起吃。小家伙可爱的让人心疼。

一次，正值古尔邦节，扎希尔在阳台上叫我："Aunty！ Aunty！"由于记者站的阳台与他家的阳台紧挨着，我的办公桌又紧靠阳台窗口。听到喊声，我出来问："什么事呀？"他高兴地告诉我考了几个 A 后，又说："古尔邦节家里人都回来了，他们想见见您。"尽管我还有稿子要写，但不愿让一个充满希望的孩子失望。就说："可以呀。"一会儿，扎希尔将他的母亲、姑姑、嫂子、姐姐，一色女眷十多人叫到阳台上，一个一个向我介绍，高兴得像头小鹿蹦来跳去。他的母亲对我说："扎希尔回家总说中国 Aunty 好，这次非让我们与您见面。为感谢您与扎希尔的友谊，请接收我们的一点牛肉。"我赶忙接过来，并表示感谢。我说："你们稍等，我把肉放到冰箱里。"回来时，顺手拿了一包中国朋友送给我的糕点，对扎希尔的母亲，说："古尔邦节，你们也尝尝中国的食品吧。"扎希尔的母亲也欣然接受了我的礼物。

穆斯林的古尔邦节，也叫宰牲节。这天，人们都要宰羊、牛、骆驼等。自己过节吃，也给亲朋好友或穷人分送一些。这一天，家家房舍干净，人人衣冠整洁，沐浴馨香，到清真寺祈祷、做聚礼，走亲访友等等。我看到，有的邻居整只的买羊、宰羊。而扎希尔家人口多，却没有任何动静。让我有点感觉他家的生活可能有点拮据。在异域他乡的古尔邦节，能够接收到一位不太富裕的邻居送来的牛肉让我深切地感受到：表达一份真诚与穷富没关系，要的是种内心的真情。看到小扎希尔的心满意足的灿烂微笑，看到这十几位女性们好奇且友好的目光，我心里也甜蜜蜜的。

不喜欢狗的邻居

记者站右侧一墙之隔的近邻是新搬来的一对无子女的中年夫妇，喜欢清静，也很少见到他们家里来客人。另一位年轻记者从文化处的邻居家要来一只两个月大的小狗。小狗离开母亲，认生，夜间的叫声扰了这家邻居。邻居的女主人先派佣人来告诉我不要让狗在每天早上7点钟以前和周五上午叫，因为影响了她的休息。尽管年轻记者对小狗关爱有加，但无论如何也想不出办法不让小狗叫。第二天就是周日，大约10点多钟，女主人亲自找上门来，说狗的叫声严重影响了她的生活。我一边道歉，一边向她解释说："小狗刚离开母亲，不适应新环境，过几天会好的。周围邻居绝大多数都养狗，大狗夜里也叫呀。再说，确实也想不出办法不让小狗叫。我们已经把狗关在离你处最远的房间里。今天是休息日，年轻记者尽管昨晚写稿子写到深夜，可还是起了大早，特意把狗带了出去，现在还没回来呢。"这位女主人没有丝毫谅解，气哼哼地下了通牒："如果狗夜里再叫，我就把你叫醒。"对她的傲慢态度，心里虽然很生气，但还是再三向她解释："我们养狗的确是为了安全。您可能不知道，一天夜里两三点，还下着雨，警察开着警车要到我们的院子里搜人，说巡夜人看见有人从您家的院子跳到我们的院子里来了。如果有狗，可能情况会好些。狗会适应环境的，麻烦您再等几天。"我的苦口婆心没能使这位在英国使馆工作的高傲夫人满意。半夜，她还真打电话把我叫醒过。第三次把我叫醒时，我忍无可忍地说了一句："在巴基斯坦养狗是不犯法的。狗是不懂事的，我们人应该懂事，是吗？"此后，她没再打电话。也就十来天的时间小狗就适应了环境。可我心

里一直为自己说的那句话后悔，觉得说的太重了，因为，毕竟自家的狗叫打扰了她。

　　过了一段时间，我突然发现夫人家里增加了两名持枪警卫，24小时站岗。通过与其佣人聊天，我才知道：近几天报纸上连篇累牍报道的恶性入室抢劫凶杀案竟然发生在夫人的娘家。她的母亲惨遭杀害，一个佣人也不幸遇难。佣人告诉我："夫人娘家有钱，却没养狗或请警卫。"我通过佣人对她母亲的去世向夫人表示沉痛哀悼。后来佣人告诉我说："夫人说谢谢您。"大概过了四十多天，我终于见到了夫人的踪影，她主动向我打了招呼，这是夜里不给我打电话后夫人第一次向我打招呼。我当时就想：养狗发生在我们之间的阴霾散去了，或许因为我对她的主动问候，或许因为娘家遭了惨案。没几天，她就通过佣人邀请我去她家做客。我带着一件中国工艺品到她家去了。夫妻俩很热情地接待了我。又过了没几天，夫人打电话问我有空没有？她想到记者站来坐坐。来了之后，她问我中国有没有什么特效药可以治不孕之症。我说："中国的中医中药倒是挺好的，但都得对症调理。也不是一天两天能见效的。如果愿意去中国，我可以帮忙。"她说："她做过妇科检查，只是附件发炎。"我说："附件炎很好治，一般不会影响生育的，我就得过。"我告诉了她最简单的物理理疗法，用热水袋热敷小肚子或坐热水盆熏蒸。另外，还告诉她精神上也不能太紧张。我感觉夫人的心情很急切，盼望能快生个小宝宝。再后来，她又到记者站来聊天，并告诉我他们夫妇是近亲结婚，疑惑是否近亲结婚影响了生育。我说："在中国是禁止近亲结婚的，但近亲结婚也不是不能生育后代的。找大夫好好咨询一下，想想办法。"夫人一脸惆怅，看来没有生育对她的压力挺大的。

　　在巴基斯坦近亲结婚的现象很严重，表兄妹，堂兄妹之间都可以结婚，甚至侄女还能嫁给叔叔。受过高等教育的人也接受这种婚姻，其中最大的原因就是关系到家族的财产，所谓肥水不流外人田。在巴基斯坦，近亲结婚的恶果并不鲜见。我的朋友或朋友的子女中近亲结婚的还真不少，他们当中就有的不生育，有的个别子女智力有问题，甚至肢体有残疾。而结了婚的女人不能生育，她会受到来自本身和多方面的压力。尽管这位夫人出身豪门，本身又有很体面的工作，但仍然摆脱不了按照中国人的说法"不孝有三，无后为大"带给她的精神压力。在巴基斯坦，伊斯兰法规定男人可以娶4个老婆，但在我的朋友圈子里，有4个妻子的人没有见到，有两个妻子的人到见过几个。我的娶了两个妻子的朋友，都是因为第一个妻子没有生育或没生男孩才娶了第二个妻子的。两个妻子一般也不住在一起，甚至不在一个城市。夫人的忧虑也可想而知。夫人曾对我说："丈夫对她很好，但她知道丈夫想要孩子，所以老不怀孕心里很难过。"听夫人介绍说，丈夫是独苗，婆家是大地主，在城里还有企业。这样的家庭就更急切盼望传宗接代的人了。在巴基斯坦人的观念中，重男轻女思想比较严重，男孩要继承家业的。一般家庭，男孩子都要先以相应的嫁妆，把自己的姐姐或妹妹嫁出去之后，自己才结婚，这也是做兄长的责任和义务。没结婚之前，女孩子外出要由父亲或哥哥陪同，结婚后则由丈夫陪伴。女孩一般是不单独外出的。男人在各个方面都起着保护女人的作用。

在我要回国的时候，这位夫人还是没有怀孕。她眼睛湿润地表示舍不得我走。她说："你走了，我没人聊天，说心里话了。"夫人的话也让我心里酸酸的。从养狗引起的不快，到依依不舍的朋友。我深深体会到了那首歌里唱的：只要人人都献出一点爱，世界将会变得更美好。

一个记者就是要与各种人打交道的，在打交道当中既要积极宣传解释自己的国家的各种政策，使朋友理解；同时又要积极报道对象国家的大事及趣事等，使国内人民知晓。与邻居的关系是万万不能掉以轻心的。远亲不如近邻，在国外也深深感到邻里间的和睦是种无形的安全。平时一句随意的问候会使邻里间的心灵时空变短，让心与心走的更近；互送一束鲜花，一张贺卡，一点青菜或小吃让邻里间架起了友谊的桥梁，传递了浓浓的情意。在邻居眼里，小小记者站就是中国的缩影，而我，作为记者站的站长，不管做什么事情，都不忘记自己在代表着中国。在我心里，邻居们对记者站的友情正是巴基斯坦人民对中国人民真诚友情的具体体现，对这种亲身经历的友情，我倍感珍贵，永生难忘。

作者简介

孙莲梅，毕业于北京广播学院外语系。毕业后就职于中国国际广播电台乌尔都语广播部，历任乌尔都语广播部副主任、主任等职，先后两次在巴基斯坦旁遮普大学做访问学者，曾任国际台驻巴基斯坦首席记者，多次被评为先进工作者、优秀共产党员和"两会"宣传先进个人、国家广播电影电视总局精神文明先进个人。曾荣获"中国彩虹奖"、首都女记协第四届和第六届好新闻奖及巴基斯坦总统奖。

巴基斯坦见闻录

王　南

人民日报前常驻巴基斯坦记者

中巴合作结硕果

——访巴基斯坦首家原料药厂

　　在巴基斯坦拉合尔市西南约 70 公里处，坐落着一座淡白色的现代化建筑。它是中巴友谊的结晶——中国援建的巴基斯坦陆军福利制药厂。当我来到这里时，看到工厂厂房宽敞，设备先进，工人们有序而繁忙地工作着……

　　这是巴基斯坦投资兴建的首家原料药厂。巴基斯坦朋友说起它时总是自豪地说，这是巴中友好合作所取得的成果。该制药厂项目的中方合作伙伴为中国大千技术进出口公司，其成套设备和生产工艺技术均由中国提供。巴方项目董事巴希尔告诉我，当时曾有七个国家的厂商竞标，竞争激烈。但巴方却选择了中方，这是因为我们相信中方的技术和设备，而且报价适中。

　　中方项目总代表白桦介绍，中方承包这个项目的标价为 1000 万美元，是迄今我国医药行业最大的一个成套设备出口承包工程，涉及的国内分包厂家较多，但大家只有一个心愿：再苦再累也要为巴基斯坦兄弟建成制药厂。赴巴参加项目建设的中方人员最多时达 70 来人，他们不顾水土不服，蚊虫叮咬，冒着高温，经常加班加点，有时甚至连续工作 20-30 个小时。高级工程师吕云升和阎天佑两年前来到工地，抵达后的次日即投入工作，至今未曾回国与家人团聚。

　　为使制药厂发挥最佳生产效能，中方无保留地向巴方提供和传授工艺技术。参与承建该厂制药工艺的成都第二制药厂和南京制药厂，将自己研制的、目前还属保密的工艺技术，运用到制药厂的设计和建设。为了让巴方人员尽快熟悉和掌握设备和技术,中方各级人员总是不厌其烦地讲授和示范,在施工和安装的过程中,中方工程技术人员从严要求,严格把关,确保了项目工程的质量。

1995年9月1日,制药厂进行投料试车,五种原料药产品均为一次投料试车成功。当地提供用于试车的硫化钠质量大大低于应有的标准,中方人员经过实践摸索,终于使制药厂用这批不合格的原料生产出了高质量的产品,且产出率高于合同近17个百分点,原料消耗比合同要求下降27.4%。这些都受到了巴方好评。

目前,制药厂能生产扑热息痛、水杨酸、阿斯匹林、水杨酸钠、水杨酸甲酯五大原料药,填补了巴国内的空白,结束了巴基斯坦不能自己生产原料药的历史,使巴基斯坦的医药制造业和民族工业掀开了新的一页。

作者近照

穆斯林妇女的体育盛会

为期六天的1996国际穆斯林妇女体育运动会,于10月24日在巴基斯坦首都伊斯兰堡降下了帷幕。来自巴基斯坦、乌兹别克斯坦、孟加拉国、波黑、吉尔吉

斯斯坦、塔吉克斯坦、哈萨克斯坦、阿塞拜疆、土库曼斯坦、马来西亚和叙利亚的 11 个穆斯林国家的 330 多名女运动员参加了田径、羽毛球、篮球、曲棍球和乒乓球等五个大项的比赛，并决出 54 块奖牌。

巴基斯坦总理贝·布托出席了运动会开幕式并致词。她说："穆斯林女性必须向世人展示，她们与其他女性一样健康、优雅，富有才干和竞争力。"

这是东道国巴基斯坦首次承办如此规模的国际体育比赛，巴国内各界对此十分重视，仅中央政府就花费了 2000 万卢比的专项资金。巴新闻媒体和广大公众也对运动会表现了充分关注和浓厚兴趣。当地的报纸、广播和电视每天都对赛况等作大量报道，不少人义务参加运动会的组织和服务工作。

这次运动会还受到国际体育界的关心和重视，一些国家和国际体育组织派官员和代表到会，有的还提供人力、物力方面的支援和赞助。国际曲棍球联合会的代表专程飞赴伊斯兰堡。日本和新加坡也派体育官员前来观摩。中国驻巴基斯坦大使张成礼、文化参赞易如成代表中国国家体委，向运动会赠送了一批体育运动器材，三位中国教练还帮助训练参赛国的运动员。

各国运动员奋力拼搏，发挥出色。一人夺得四枚金牌的巴基斯坦著名田径女将莎芭拉，在 100 米、200 米赛跑中两次刷新自己的纪录。

许多运动员在这次运动会中结下了真诚的友谊。闭幕式上，各国运动员难舍难分的场面，更是令人为之动容。她们相约，明年将再聚伊斯兰堡，参加第二届伊斯兰妇女团结运动会。

中巴合作筑新桥

1997 年 11 月 10 日上午，巴基斯坦最大城市卡拉奇秋阳高照，海风吹拂，在中巴合作兴建的真纳立交桥现场，举行了隆重的竣工典礼。庆典会场中央悬挂着中巴两国国旗，四周是欢庆标语和彩旗、彩球，乐队高奏中巴两国乐曲。中华人民共和国特使、中国全国人大常委会副委员长陈慕华和巴基斯坦交通部长阿扎姆·汗·霍蒂先生前往出席，共同为大桥桥碑揭幕。

真纳立交桥坐落在卡拉奇港区，南临港口，东连闹市，北通市郊，地处卡拉奇交通要道。大桥桥梁建筑面积为 4.2 万平方米，道路为 1.5 万平方米，具有高、弯、坡、斜等特点，工程规模不仅创全巴城市立交桥之最，在亚洲大型城市立交桥中亦榜上有名。

据中方项目经理王小江介绍，大桥在设计、工艺、用料和施工等方面，均采用国际先进水平和标准。巴方业主哈德立·米尔先生表示，工程质量完全达到国际标准，他们非常满意。大桥的建成有助于缓解卡拉奇港区及其附近地区交通拥挤的状况，为当地经济和社会发展起到积极作用。

大桥是中巴友好合作的结晶和象征。陈慕华特使在竣工典礼上说道，它是"两国经济合作的又一成果"。承建大桥的北京市政二公司总经理袁民音说，他们是在巴方各有关部门及卡拉奇普通市民的帮助配合下完成项目建设的。巴交通部长霍蒂先生将真纳立交桥誉为"巴中友谊活的纪念碑"。

造型优美、气势恢宏的真纳立交桥，宛若一道壮丽的彩虹横悬天际，并与迷人的卡拉奇港湾交相辉映。它不仅为卡拉奇增添了新的景观，更预示着中巴友好合作的美好前景和未来。

诚信购物见文明

身处异邦工作、生活，免不了与当地小贩商家打交道。我来到巴基斯坦首都伊斯兰堡后，赶集市、逛商场已成为日常之必须。买卖双方讨价还价，购物付账，自然是极为平常的事情，与他邦并无差异，只是这里司空见惯的赊账购物的现象，着实令人称羡。

在伊斯兰堡的集市上，我曾有过数次类似的经历。菜贩摊前捆扎好的鲜蔬，每份才几个卢比，遇到囊中没有零钱或卖主亦无零可找的情况，对方往往先将菜塞到你的篮中，把手一挥，说声"回头再给！"在其他因钱找不开和买方尚短数十个卢比的场合，卖主仍允许你欠着钱先将东西拿走。

不仅金额少的东西可以赊账购买，金额相对大些的商品也可如此。有一次我因事去我驻巴使馆，途经一家药店时猛然记起使馆大夫所托之事，让捎买一种药品。进罢药店，寻得该药，正欲付款时方觉没带钱包，为难之情立现。不待开口解释，店员似乎已有察觉，毫不迟疑地将售价200多卢比的药品递了过来。我忙问是否需要立据画押或证件抵押之类，对方摆了摆手，告"近几天内还钱即可"。

当我与在此的其他中国同胞谈及这类事情时，发现他们大都也有过这样的经历。起初还以为，这或许是当地人对我等这些来自异邦特别是友好邻邦中国的客人，所给予的特殊关照，后来方知"赊账购物"对内客外宾一视同仁。有一回一位巴方朋友顺道搭乘我的车回家，路过一饮料、香烟售货亭时，他急让停车，说要去还欠这家售亭的赊账。

据说，赊账购物的现象在巴其他地方也很平常，几乎没听说有赊账者不还或赖账的事。买卖双方大都并非熟人，他们之间若没有充分的信任和自觉，赊账购物的交易形式是无法持续的。巴基斯坦虽不是一个物质充裕的国家，但人们在某些方面的文明修养并不滞后。

复植乌桕祭英灵
——巴基斯坦友人缅怀刘少奇

11月16日，深秋的伊斯兰堡天高气爽，风和日丽。"复植刘少奇主席访问纪念树"仪式，于这天上午在伊城夏克巴里安山公园举行。仪式庄严、简朴，巴基斯坦政府有关部门官员，以及我驻巴使馆外交官等前往出席。

1966年3月28日，正在巴进行国事访问的中华人民共和国国家主席刘少奇，亲手在被誉为"友谊山"的夏克巴里安山植下了一棵乌桕树。它是继1964年2月周恩来总理之后，中国领导人在此植下的第二棵乌桕树，也是访巴外国领导人在这里最早植下的两棵友谊树之一，因而备受巴基斯坦人民的珍爱。不幸的是，"十年浩劫"非但使当时身为国家主席的刘少奇蒙受劫难，就连他在异国植下的乌桕树亦未能幸免。

1998年是刘少奇诞辰100周年，为了表达对这位已故中国领导人的敬意，缅怀这位巴基斯坦的朋友及其对巴中友谊所做的贡献，巴政府有关部门决定在刘少奇诞辰百年纪念日前夕举行刘少奇主席访问纪念树复植仪式。复植地点仍在原址，树种仍是乌桕树，纪念树碑仍为原样，上面用英文写着：中华人民共和国主席刘少奇所植，1966年3月28日。

"复植纪念树"仪式举行之前，刘少奇之子刘源代表其母王光美，委托我驻巴使馆向巴有关部门转达刘少奇亲属的谢意，并为此赋诗一首：

友谊山上植乌柏，风雨扶摇三十载。

英灵虽在忠魂去，留得青藤绿荫来。

警察义务看车

巴基斯坦首都伊斯兰堡每周有三次"巴扎"日，相当于中国的赶集日，具体日期为星期二、星期五和星期天。

与中国赶集时一样，每逢"巴扎"，一定是人来车往，熙熙攘攘。而此时，在市场内外执勤的警察也增多了，不过，他们不只是维持秩序，还义务为逛"巴扎"的人看车。

市场进出口处皆由数名警察把守，旁边置有铁栏架，每次只能通过一辆车。车往里进时，警察先将查验的车牌号码抄写在盖有"大戳"的车条上，尔后交给开车的人。车往外出时，开车的人须将车条交还警察，待其验明放行。摩托车进出亦"照此办理"。

尽管专司此职的警察似乎在作"无酬之劳"，但他们仍办事认真，一丝不苟，抄写车号一板一眼，核验车条毫不含糊，而且态度和蔼，面带微笑，事毕后还常向对方道谢致意。

有关车辆失窃之类的案件，此处确也偶有所闻，然而，尚未听说赶"巴扎"的车辆丢失过。这自然得归功于那些义务看车的警察们，所以，当地人在谈起他们时大都流露出几分敬意。

巴中友谊新纽带
——喀喇昆仑公路纪行之一

举世闻名的喀喇昆仑公路是中国与巴基斯坦之间最为重要的陆上通道，它穿越中、巴两国毗邻地带的荒漠、高原、河川及崇山峻岭，把两个友好邻邦紧紧连在一起。带着几分好奇和神往，我曾沿喀喇昆仑公路进行过一次旅行。

从喀喇昆仑公路在巴境内的起点——塔戈尔大桥出发，公路的海拔高度由1000米左右逐步升高，最高上升至5100米。边界两侧约有200公里的路段位于"雪

线"（海拔3000米）之上。公路沿河逆上，盘山而绕。沿途崖陡谷深，风光奇秀。气象变幻莫测，一山四季，上下垂分。上百公里无人（长住）地带，终年冰天雪地，茫茫一片，这里天上无飞鸟，地上走兽罕至，只有牦牛、山羊等少数耐高寒动物能在此生存、繁衍。

中、巴两国筑路建设者们从60年代中期起，开始了喀喇昆仑公路的建设，60年代末即完成公路第一期工程，实现公路全线贯通，并于70年代初完成公路第二期工程。他们开山劈岭，凿岩架桥，不畏艰险，奋力拼搏，终于在这被判为"筑路禁区"的地带，建成了具有国际标准等级的公路，创下了世界公路建设史上的奇迹。

"喀喇昆仑公路是一项伟大的工程。它不仅便利了巴、中两国间的陆路交通，还像一条新的纽带，把两国人民紧紧连在一起。"巴基斯坦北部地区首席秘书阿布杜勒·拉迪夫·汗这样说道。自喀喇昆仑公路始建至今，反映中、巴两国友好的事例层出不穷。

途经巴基斯坦北部地区首府吉尔吉特城郊的喀喇昆仑公路旁，有一处青松翠柏、幽静肃穆的陵园，这里是"中国援助巴基斯坦建设公路光荣牺牲同志之墓"。当年牺牲在巴境内的86位中方援建人员便长眠在此。

看护陵园的是一位巴基斯坦老人，名叫阿里·马达，今年60岁，自1978年6月陵园落成后便来到这里。他尽心尽责，始终如一，每天都要认真打扫陵园，时常精心修剪园内的树木花草。考虑到自己年事渐高，老人还把儿子招来一起看护陵园，为的是让他今后接替自己。

多年以来，凡途经此地的中国人，大都要专程到陵园祭奠。前往陵园参观、凭吊的，还有来自巴基斯坦各地的人。他们莫不对这位老人怀有由衷的敬意。而老人的心愿却那样质朴、真诚，他要让这些献身喀喇昆仑公路的中国烈士在此安息。

1996年3月，中国新疆喀什地区的一支由22辆货车、32人组成的运输车队，在喀喇昆仑公路距中、巴界碑约54公里处的巴方一侧，遭遇雪崩，造成两名司机遇难，3名司机受伤，其余人员受困的险情。巴方有关部门闻讯后，立即派出工兵、警察和民工，赶赴出事现场，与前来救援的中方人员一起，开展紧急营救，终于使中方受困人员脱离险境。巴方在这次救援行动中，有4名官兵牺牲，两名士兵身负重伤。他们用生命和鲜血，为喀喇昆仑公路上的中、巴友好佳话增添了新的篇章。

苏斯特车水马龙
——喀喇昆仑公路纪行之二

苏斯特坐落于大山之间的谷地上，是喀喇昆仑公路沿线巴基斯坦最靠近中国的小镇，巴方海关、边检等口岸机构设驻于此。

"苏斯特"在巴基斯坦国语乌尔都语中具有"清闲"的意思。喀喇昆仑公路修筑之前，苏斯特偏僻荒凉，人迹罕至，确实是一块清闲之地。公路修筑之后，苏斯特不再"清闲"，慢慢热闹起来，并发展成一个闻名遐迩的边陲小镇。

当我来到这里时，一派车水马龙、热闹喧哗的场面即刻映入眼帘。进、出两个方向各有一溜长长的车队，正在依次办理进、出关手续。其中有货车也有客车，货车或载集装箱，或载零担散货；客车里的乘客不只是中国人、巴基斯坦人，还有其他国家的人。他们中有些是商人，有些是游客，有些则是赴沙特朝觐的穆斯林。一位新疆维吾尔族中年妇女告诉记者，她在乌鲁木齐工作，刚参加完朝觐，正从这里取道回国。

喀喇昆仑公路正好从长条形的苏斯特镇纵穿而过，成了镇上的主要街道，两边满是店铺、饭馆和旅店。这里的商品除了产自巴基斯坦的外，还有许多舶来品，世界各主要国家的商品在此都能见到。

来自中国的商品在这里到处皆是，从日用百货到五金家电，可以说是品种齐全，应有尽有。付账币种并不局限于巴基斯坦卢比，其他硬通货均可，中国的人民币也行。镇上有些商品竟直接用人民币标价，个别店铺还打起了中文广告，不少店主甚至能用中国话招徕顾客。

镇上靠近海关、边检的地方，有一个面积较大的货场，许多车辆和客商忙进忙出，喧嚣不已。当地人告称，每逢旺季高峰，日均过往苏斯特的车辆可达200至300辆，进出的客商也是成百上千。

正在苏斯特与巴方同行进行定期会晤的中国红其拉甫口岸管委会负责人袁建民告诉记者："1982年中巴边境口岸刚开放时，两国邻近口岸全年进出境人次才300左右，此后逐年递增。1986年5月1日，中、巴边境口岸正式对第三国人员开放，当年过境人员即突破1万人次。近年来，每年进出境人次都在5万上下，进出境

车辆也达万辆以上，进出境货物已超过 4 万吨，而且继续呈上升趋势。"

苏斯特的变迁，以及中、巴边境口岸过境人员、车辆和货物逐年增加的事实表明，喀喇昆仑公路的经济价值与日俱增，它不仅在中、巴之间架设了一座人员往来、经贸交往的桥梁，也为南亚和中亚国家及其周边地区经济发展和社会进步发挥着积极作用。

精忠报国前哨班
——喀喇昆仑公路纪行之三

出了苏斯特，沿喀喇昆仑公路东行约 80 公里，即到地处帕米尔高原的红其拉甫山口。这里是中国与巴基斯坦交界处，过人高的界碑庄严竖立，祖国西大门即呈现眼前。我看到迎风飘扬的五星红旗，雄武英姿的中国边防军官兵，不只是感到亲切和兴奋，更能感受和体验到祖国的伟大和神圣。

"红其拉甫"在塔吉克语里的意思是"红墙"，在维吾尔语里的意思是"血沟"。红墙或血沟似乎带有某种悲怆的意味，昭示着艰难、危险和死亡。"天上无飞鸟，地上不长草，风吹石头跑，氧气吃不饱，六月下大雪，四季穿棉袄。"——这是对红其拉甫山口的真实写照。

这里终年积雪，气候恶劣，海拔高达 5100 米，氧气含量只有平原地区的 48%。在如此严酷、艰苦的地方，驻守着中华人民共和国红其拉甫边防检查站前哨班。营地内垒有一座不高的石碑，上面刻着官兵们的誓言——精忠报国。他们正是以坚定信念、无私奉献甚至流血牺牲来实践誓言，升华人生，在这被称为"生命禁区"的雪域高原，谱写出绚丽多彩的生命华章。

由于氧气含量低，前哨班官兵的嘴唇大都略带紫色，但他们仍然恪尽职守，克己奉公，保持着高昂的士气和高度的责任心。在高原漫长的寒冬，他们经常冒着零下 40 多摄氏度的气温，顶着 7 至 8 级大风，执勤验关，放哨巡逻。他们还与口岸各有关部门一道，粉碎了中外不法分子的一起又一起图谋。

凡到过此地的中外人士，莫不对中国边防官兵的威武军姿、敬业精神、良好素质和文明举止留下极其深刻、难忘的印象。1997 年 8 月 15 日，红其拉甫山口突降暴雪，公路积雪 1 米多厚，3 辆载有 30 名外籍乘客的出境车辆受困于此，进退不得，情况万分危急。前哨班官兵闻讯后立即出动，展开援救，将外籍乘客和中国司机安全转移至前哨班营地，其中10多位年老体弱者都是被官兵背行3公里才脱离险境的，为此有两位战士曾休克累倒在雪地上。官兵们还提供了食宿和医疗服务，使遇险人员感动得热泪盈眶。待到重新上路时，30名外籍乘客禁不住挥泪高呼："中国边防官兵，好样的！"

巴基斯坦前总统齐亚·哈克、前总理贝·布托，以及不少政府高官和外交官等，都曾到红其拉甫山口视察，十分钦佩中国前哨班官兵的超常表现，与他们亲切交谈和合影留念，并称赞他们"不仅为中国人争了光，也给巴基斯坦人许多有益启示"。

开创繁荣的新时期
——巴基斯坦发展公路交通

公路交通在巴基斯坦国民经济和社会生活中发挥着极其重要的作用，全国85%左右的客运和货运都是通过公路进行的。目前，巴公路总长度为20.5万多公里，其中6600公里为国家公路，它们是连接巴国内4省的主干道。尽管国家公路里程数不到全国公路总长度的3%，但它们却承担着全国公路运输总量的60%强。

随着经济建设和社会的发展，巴公路交通现状却显得相对滞后。首先，资金短缺，投入不足，这是影响公路交通发展的一大原因，加之因政局变动造成的政策不稳，又使这一问题显得更加突出。再则，现在公路的80%是在1960年前建成的，这些公路大都长年失修，大大影响了车辆的行驶速度，有的路段甚至已进入"淘汰"阶段。

1998年2月再度执政的谢里夫总理及其政府，把改善和发展公路交通置于优先考虑的地位，在资金、政策等方面予以适当倾斜，出台了不少有利于改善和发展公路交通的举措，意在通过改善和发展公路交通等基础设施，促进经济建设和社会进步。

在资金筹措上，采用多渠道融资方式，出资方包括国家、地方、私人和旅居国外的巴侨，以及国际金融机构和外国公司、财团等。据巴政府去年11月份发布的"新投资政策"，今后3年将筹措约1000亿卢比用于公路兴建、改造和维修等。在产权和经营管理上，允许和鼓励私人和外方介入。在项目承建上，采用国际招

标方式，而且形式灵活多样，如中标公司带资承建等。

兴建新公路，改造旧公路，以及在主要公路干线上拓建复线，是巴政府为发展公路交通实施的几种具体做法。沿印度河西岸纵贯巴基斯坦南北、长达 1200 公里的印度河公路，其各区间的兴建、改造和维修工程已经开始，预计两年后完工。从卡拉奇至白沙瓦、全长 1762 公里的 5 号国家公路的复线工程也已动工，其中 300 多公里路段已经完工。

在全国各主要城市之间兴建高标准的高速公路，是巴政府在发展公路交通方面的重要一着。1997 年 11 月 26 日全线贯通的伊斯兰堡至拉合尔高速公路，全长 333 公里，共有 6 条车道，完全按国际标准建造。它不仅是巴基斯坦第一条高速公路，而且是整个南亚地区第一条高速公路。巴第二条高速公路，即连接伊斯兰堡与白沙瓦的高速公路已经动工兴建；连接卡拉奇与拉合尔的高速公路也在规划和设计之中。使各大城市之间形成一个高速公路网络，是巴政府确立的最终目标。

必须一提的是，巴在大力发展公路交通的同时，也注重铁路、航空和海运以及港口等交通基础产业和基础设施的协调发展，并为此采取相应举措。这必将对货畅其流、客畅其行产生积极效果，进而推动经济发展和社会繁荣。

一条条公路，好似一根根亮泽、艳丽的丝线，正在为巴基斯坦绣织着美好未来的图案。而未来连接巴各大城市的高速公路网，将成为这幅图案中最为亮丽的部分。正如谢里夫总理在巴首条高速公路贯通典礼上说的那样："高速公路将开创巴基斯坦进步繁荣的新时期，这不仅仅是一条公路，而是民族精神的生动象征。巴基斯坦将信心百倍地进入 21 世纪。"

前景广阔的事业
——访巴基斯坦旅游发展公司执行总裁

巴基斯坦旅游发展公司成立于 1970 年 3 月，是个由国家控股的大型职能企业，它在巴旅游事业发展中起着十分重要的作用，因为它不仅经营旅游业务，还协助巴政府管理、协调和指导全国旅游业的发展。

一次，我采访了巴旅游发展公司执行总裁赛义德先生。

地处南亚、和中亚西亚国家毗邻的巴基斯坦，自然风光绚丽多姿，名胜古迹闻名于世，其东北同喜马拉雅山西麓和喀喇昆仑山西段相连，印度河从东北向西南注入阿拉伯海。北部地区有世界著名的大冰川。巴是人类古代文明发祥地之一，历史遗址、古代城堡、寺庙、佛塔等佛教古迹以及清真寺和伊斯兰风格的建筑遍及全国。印度河流域文明代表莫恩焦德罗和哈拉帕遗址被联合国定为"人类遗产"之一；佛教圣地塔克西拉留有中国唐代高僧玄奘的足迹；巴德夏希清真寺是世界上最大的清真寺之一；夏利玛公园被誉为"东方凡尔赛"。

赛义德先生指出，尽管巴旅游资源丰富，但旅游业却起步较晚，始于 50 年代中期，曾经历过一个发展相对缓慢的阶段。70 年代末以后，旅游业逐渐受到重视，发展步伐有所加快，遂成为国民经济中增长较快的一个部门。旅游业已被纳入国家和地区发展计划。巴各级政府还为发展旅游业出台了许多优惠政策，允许赴巴的外国游客 30 天内免签证。

据介绍，巴各旅游部门和机构一直在市场营销和项目开发方面积极努力，效果良好。每年巴基斯坦"独立日"前后，都为旅客提供优惠价格，使不少地方出现旅游"小高潮"。他们利用现有设施和优势，开发了"体育旅游"、"医疗旅游"和"考古旅游"等各具特色的旅游项目，颇受外国游客的青睐。例如，巴各大城市均有一流的高尔夫球场，其消费价格相对国际标准而言却非常低廉，一些外国游客高兴地发现，专程赴巴打高尔夫球的所有开销加起来也比在本国合算。

近年来，每年来巴旅游的外国人都在 30 万 –40 万人次，最多时曾达近 50 万的纪录。1997 年来巴的外国游客近 37．5 万人次，其中 9000 多为中国旅客。1997 年巴旅游创汇近 1．67 亿美元，较上一年增长 19．9%。巴国内游客增幅较大，1997 年已突破 200 万人次，而 10 年前才 130 万人次左右。

目前，全巴共有大小近千家旅游公司。据统计，截至 1997 年底，巴全国有各种宾馆、旅馆和招待所 1100 多家，客房总数 3.2 万多间（套），其中四星、五星级宾馆 20 多家。高山滑雪场已在北部地区建成，全国第二所旅游专科学校正在旅游名城斯瓦特兴建，其他旅游发展项目和规划也在实施之中。所有这些，必将为巴旅游业发展带来新的机遇。因此，赛义德先生满怀信心地说，"巴旅游业发展前景广阔"。

"我们与中国同庆"

——巴中友好周系列活动侧记

连日来，巴基斯坦伊斯兰堡的国家艺术画廊举行《光辉的历程——新中国 50 年成就图片展》，前往参观的人络绎不绝。图片展反映了新中国成立以来发展变化的历程，具有强烈的纪实性和艺术性，令许多参观者为之赞叹。一些参观者在留言簿上写道："我为中国的成就感到由衷高兴。""值此新中国成立 50 周年之际，我们与中国同庆。"

这次图片展仅仅是"巴中友好周"系列活动中的一项。"巴中友好周"系列活动，包括图片展览、邮票发行、人员互访、群众集会等。这些活动得到了巴各级地方政府、全巴中友协等民间友好团体，以及广大民众的热烈响应和积极参与。友好周活动内容丰富，高潮迭起，收到非常好的效果。巴国民议会代议长伊克巴尔说："在巴各地，许多儿童只要听到'中国'这两个字，脸上就会露出笑容。"

友好周活动之一的"中国文化食品节"，9 月 22 日已在伊斯兰堡、卡拉奇和白沙瓦等城市同时拉开帷幕，精美的中华烹饪引起了巴基斯坦朋友的极大兴趣。尝一尝中国菜，品一品中国茶，一时成了"时尚"。来自中国的艺术家为巴各地观众带来了杂技、魔术等精彩节目，并博得他们的交口称赞。

值得一提的是，巴邮政部门特别发行了两套庆祝新中国国庆的邮票，其中一套的图案由中国国徽和开国领袖毛泽东的头像组成；另一套印有北京天安门城楼、欢庆腰鼓队和象征和平的白鸽。两套邮票都配有"热烈庆祝中华人民共和国成立 50 周年"的字样。

友好周期间，应邀访巴的中国新闻代表团、青年代表团等团体受到了巴方高规格接待。巴总统、总理和国民议会代议长等国家领导人先后与之亲切会见，并发表热情洋溢的讲话。中国新闻团负责人表示，他们此次赴巴访问，亲身感受到中巴两国之间的友谊源远流长，诚如巴总统所说的那样，巴中友谊比山高，比海深，比蜜甜。

21 日，伊斯兰堡国家会议中心座无虚席，3000 多人隆重集会，庆祝新中国成立 50 周年。巴总统塔拉尔亲赴会场并致贺。他将中巴友谊比作一棵经过多年精心培植而长成的大树，并祝愿其根深叶茂。

妇女事业关系国家进步

——访巴基斯坦妇女部长道尔塔娜

独立已 50 周年的巴基斯坦，其妇女地位有了多大程度的提高？她们在国家政治、经济和社会生活中发挥着怎样的作用？巴妇女事业的发展前景如何？带着这些问题，我采访了巴基斯坦妇女部长塔赫米娜·道尔塔娜女士。

"妇女进步了，国家才能进步。如果没有国家的发展，那么妇女状况也难以改善。"这是道尔塔娜女士关于"妇女"与"国家"之间关系的见解。因此，她特别强调，巴独立 50 周年来所取得的成就包括妇女事业的进步，凝聚着巴广大妇女的辛勤与贡献。

道尔塔娜女士介绍，自巴独立之后，保护妇女权益的有关条文，早已通过法律形式固定下来。其中包括：职业女性享有与男性同工同酬的权利；妇女分娩前后，可享受 3 个月的带薪产假和公费医疗；残疾妇女、寡妇和孤儿可得到政府和社会福利机构的特别补助，并享受公费医疗。对于那些特困女孩的婚事，则有专门机构帮着操办。

而今，巴基斯坦妇女能依法享有各种劳动权利。政府规定：每个行业的从业人员至少得有 5% 的女性。目前在巴几乎所有职业中，都能见到女性的身影，她们中不仅有职员、医生、教师、技师和飞行员等，而且还有政治家，如本届政府内阁中部长级女性就有两位，局、处级和地方省市政府中的女性官员也有一定数量。

道尔塔娜女士在采访中并没有回避巴妇女现状中的问题和不足。她说，就全国范围来说，女校与男校的比例失衡，目前仅为 1 ∶ 3，这使女性受教育的机会受到影响。在城市中，女性就业率还很低，且多集中在护士、教师和秘书等传统女性就业领域。在个别地方，歧视女性、侵犯妇女权益的事件仍时有发生。所有这些已引起巴各级政府，特别是政府有关职能部门的注意和重视。

为了发展妇女事业，改善妇女状况，巴政府及有关部门已采取措施，制定相应政策。始于 1993 年的《社会行动计划》就有不少涉及妇女事业的内容和要求，该计划第一阶段目标就特别注重对女性的教育投入，在计划增建女校的同时，还鼓励男女同校，以提高女童入学率。在卫生保健方面，通过改善和扩大保健服务网络，加强对保健工作者的业务培训，以及实行免疫接种等预防性保健措施，提高对妇女和儿童的卫生保健服务，其中也包括妇女计划生育方面的内容。该计划第二阶段内容现已开始实施，其中与女性相关的有：准备在今后 5 年内，使女童入学率由第一阶段末的 57% 提高到 93．5%；妇女平均寿命达到 64 岁，比第一阶段已实现的目标再提高 1．1 岁。本届政府非常重视妇女事业的发展和提高。前不久公布的《巴基斯坦 2010 年发展规划》，明确将"提高妇女地位，发挥妇女作用"列为国家的发展目标之一。谢里夫总理也强调："妇女与男性同工同酬。她们将在教育和卫生保健方面与男性享有同等的权利。"

当问及道尔塔娜女士本人对巴妇女事业的贡献时，她十分谦虚地说，巴全国各地像她这样热心妇女事业的人成千上万，她只是其中的一分子，只做了些自己分内的工作而已。她表示相信，通过全国妇女的继续努力，以及政府和社会各界的支持、帮助，巴妇女事业一定会有新的发展和提高。

巴中友谊奠基者
——巴中友协副主席忆周恩来总理

屏风、漆画、陶瓷和红木椅子，这些典型的中国物品，以及悬挂在墙壁上和倚放在台桌上的一帧帧照片，向来客无声地宣示着主人与中国之间所特有的牢固情结。厅堂显赫位置上有一帧被放大的照片格外醒目，那是周恩来总理与主人的合影。这类照片还有一些，它们一直被主人珍藏着，上面记载着周总理与一位异国朋友交往的踪影，也寄托着这位友人对周总理的无限崇敬和怀念。这是我踏进伊夫迪哈先生家门时得到的直观印象。

伊夫迪哈先生今年 65 岁，是一位退役的巴基斯坦陆军准将，现任巴基斯坦 – 中国友好协会副主席。他不仅曾在中国学习、工作多年，而且与周总理有过多次交往，伊夫迪哈先生一直为此引以自豪和骄傲。

当得知我想采访他与周总理交往的那段经历时，伊夫迪哈先生表示非常欢迎，并且认真地答复说："请容我准备几天！"接受采访时，他身着深色西服，系上领带，以示郑重。他将有关重点内容记在纸上，还特意拿出当年的影集和记事本。

"至今我还清楚地记得第一次见到周总理的情形，那是 1956 年在拉合尔国际机场。当时周总理首次访问巴基斯坦，我是欢迎周总理的仪仗队队长。检阅完仪仗队后，他与我亲切交谈，并邀请我访问中国。那时我只是个年轻的上尉。"伊夫迪哈先生说，也就是从那时起，他对中国产生了莫大兴趣，并下决心要学习中文。

60 年代中期，伊夫迪哈先生如愿以偿，被派往北京学习中文。1964 年初的一天，他与几位同学去王府井买东西，看到长安街上聚集了很多人，原来是周总理等领导人在和普通群众一起扫雪。此情此景，令他既感动又兴奋，感动的是身为一国总理竟会与普通人在一起扫雪；兴奋的是又一次见到了周总理。他说，在场的中国群众也肯定怀有与他同样的心情，人们争相涌向周总理。周总理面带笑容地向大家问候、致意，还与不少人亲切握手。于是，他们几位留学生也向那里奔去，想就近看看周总理，更希望能有机会与他握手。无奈人多，未能如愿。

1969 年至 1972 年，伊夫迪哈先生作为巴驻华使馆武官常驻北京，他的军衔已升为陆军上校。他说，这期间，他与周总理见面、打交道的机会大大增多。几乎每次见面，周总理总是老远就向他打招呼，还拉着他的手或拍着他的肩膀问寒问暖。他还说，也正是在这期间，他对周总理及其所代表的中国，为维护包括巴基斯坦在内的发展中国家的权利所坚持的立场和主张，以及所作出的贡献，有了更多和更直接的认识和体验。

伊夫迪哈先生还饱含深情地忆叙了周总理逝世给他带来的震动，以及在巴基斯坦激起的巨大反响。说到动情处，这位有过数十年军旅生涯的硬汉，也禁不住嗓音哽咽，泪水盈眶。当时，早已离任回国的伊夫迪哈正在首都伊斯兰堡以外的一个地方，闻知噩耗，泪如泉涌。他立即赶回首都，前往中国大使馆吊唁。中国大使馆内外挤满了前来哀悼的人群，巴全国也处于极度悲哀之中。一连数日，巴各地群众纷纷自发走上街头，举行各种悼念活动。报纸、广播等新闻媒体也对周总理的生平和功绩进行广泛报道。伊夫迪哈先生强调指出，巴基斯坦人民如此悲哀地悼念一位外国领导人，这在巴历史上是绝无仅有的。

最后，伊夫迪哈先生说道，周总理是巴中友谊的奠基者，是他终生崇敬的一位伟人。

去巴基斯坦——游古堡，爬雪山

前不久，巴基斯坦第十一届国际旅游年会在旁遮普省首府拉合尔召开，来自世界各地近 20 个国家的 400 多名代表前往出席。世界旅游组织派官员到会并做专题发言，与会代表围绕巴基斯坦旅游业及其相关问题进行了热烈、广泛的讨论，许多旅游公司在会上达成了协议或合作意向。

巴基斯坦拥有丰富、独特的旅游资源。东北连着喜马拉雅山西麓和喀喇昆仑山脉西段，印度河从东北向西南汇入阿拉伯海，北部地区具有除南北极之外世界上最大的冰川。全世界 14 座海拔 8000 米以上高峰，有 4 座在巴基斯坦（包括克什米尔巴控区）。文化遗址、古堡、清真寺和伊斯兰风格的建筑遍及全国，以下几处就是杰出代表。

印度河流域文明的代表莫恩焦德罗位于卡拉奇东北方向 400 公里，已被联合国教科文组织定为"人类遗产"之一。佛教圣地塔克西拉，保存着佛庙、佛塔等佛门古迹，我国唐朝高僧玄奘曾到过此地。

历史文化名城拉合尔，城内有建于 1674 年的巴德夏希清真寺，是世界上最大的清真寺之一，可同时容纳 10 万人祈祷。该寺对面是拉合尔古城堡，始建于 16 世纪 60 年代。古堡内有一座用 90 万块镜片镶嵌的"水晶宫"，灯光映照，四壁生辉。位于城东的夏利玛公园，是莫卧尔王朝的御花园，梯状排列的宽阔水道布陈其中，数百个喷嘴喷出的一条条水柱，高低错落，泉涌瀑泻，构成一处光彩夺目的奇妙景致。

海港城市卡拉奇，建筑风格各异。海滩南濒阿拉伯海，几乎终年可供人海浴。巴基斯坦国父穆罕默德·阿里·真纳的陵墓是游人参观、凭吊的重要场所。卡拉奇博物馆内藏有考古学、历史学、民族学等文物、文献，以及不同历史时期的艺术珍品。

边境城镇开伯尔山口，距西北边境省首府白沙瓦不远，它既是巴基斯坦与阿富汗之间的重要通道，又是连接南亚与中亚的门户，在山口附近，还留有当年英国殖民军兵团的遗址。

海拔 7800 米的拉卡波什什雪峰，像一朵含苞欲放的雪莲傲立于克什米尔巴控区吉尔吉特城东。迷人的雪峰景色令人神往，来此登山、野营和观赏雪景的游客每年达数万人。

首都伊斯兰堡是座新兴城市，距市中心不远有个夏克巴利山公园，公园东部开辟有专供来访外国领导人植树纪念的绿地。自 1964 年 2 月周恩来总理在此种下一棵乌桕树，前后共有 7 棵树为中国领导人所植。

近年来，每年来巴旅游的外国人都在 30 万至 40 万人之间，最多时曾创下近50 万的纪录，其中以英国、美国、日本、德国和法国等发达国家的游客居多，去年还有 9000 多名中国游客来到这里。年旅游创汇近 1.46 亿美元。

为扩大客源，巴基斯坦还推出了一些特色旅游项目，如沙漠徒步、冰川探险和登山旅游等，巴基斯坦国际航空公司甚至还开辟了专游巴境内世界级高峰的航线，这对不少游客特别是发达国家的游客颇具吸引力。

巴国的兄弟

初来乍到时，拉希德先生家的小白狗认生，冲着我吠个不停，拉希德先生见状很是不好意思，赶紧过来将小白狗喝开，再道声"对不起"。我忙对他摆摆手，连说"没关系，没关系"。几天下来，拉希德先生就与我成了熟人，每次相遇都会打个招呼，或者聊上几句。不久，那小白狗对我的态度也有了"重大变化"，非但不会龇牙咧嘴，而且还摇头摆尾，以示"友好"和"亲热"。若是见到陌生人进了我的宅院，小白狗也像这人进了它家主人"领地"似的，大声吠叫。我将此告知拉希德先生时，他开怀大笑。

四下街坊邻居多为"大户人家"，每家都有仆役，虽从模样上看，主仆皆为同种同类，但细究各自的装束和神态，还是看得出有"高低贵贱"之分。本人生在新社会，长在红旗下，打小就开始接受"无产阶级意识形态"，本身又是"劳动阶级"成员之一，故不曾将这帮"劳苦大众"视为"下人"，彼此见面问候寒暄；顺路的话也让搭车送上一程；若其偶染微恙，亦酌情给几服国药；平日里相赠些小礼物，自然不在话下。如要搬挪几件重物，他们知道的话定会前来相助；本人开车进出时，他们经常帮着开门关门。若是本人出差在外，他们会自愿帮着照看我站的房子。尽管身处国外，记者亦能感受到这跨越国界和种族的"阶级友情"。

"中国是巴基斯坦的好朋友，我们是兄弟国家。"这是邻居们常说的一番话。可以说"中巴友谊"已在他们的心目中深深扎根。1997 年香港回归那会儿，不少邻居向我表示祝贺，有的还登门道贺，我也将有关"香港问题"的材料分发给他们。1997 年 8 月 14 日前后，时逢巴基斯坦独立 50 周年国庆，我特意买了面巴基斯坦国旗，高悬于住处的阳台上。周围男女老少见后，纷纷露出欣慰的笑容。显然，他们对此友好之举非常满意。

"入乡随俗"本该是件天经地义的事情，我确也打算尽量这样去做。不过，至少在个别情况下，"随俗"对于本人而言，却是件相当不易的事情。例如，巴基斯坦是个以穆斯林居民为主的国家，每逢斋月，这里的大多数居民都要把斋，即恪守白天不吃不喝等戒规。若是"随俗"也像当地人那样把斋，本人实在是吃不消。所以，本人对把斋者所具有的忍耐和坚毅，确实相当钦佩。当一位在此留学的回族同胞告称，他从10岁起就开始把斋时，我对他涌起莫大的敬意。殊不知，这种敬意很快即被邻居家一位小男孩的"壮举"所冲淡。斜对面汗先生家的小孙子名叫阿卜杜拉，那年还不满6岁，这回斋月竟自告奋勇要求把斋，尽管在他这样的年龄完全可以不必如此。家人经过慎重考虑，最后同意让他试试，为此还举行了一个仪式，阿卜杜拉收到了不少礼物。头一两天，小男孩还能坚持，但到了3、4天时，他的确有点"把"不住了，家人告他"没关系"，允许他作适当"休整"。

斋月过后就是开斋节，1998年的开斋节与中国的春节又有一段相互重叠的节日。我在给邻居们回赠礼品时，自然也忘不了那位名叫阿卜杜拉的小男孩。

作者简介

　　王　南，男，1959年7月生于江西南昌，1987年7月毕业于复旦大学国际政治系。1996年9月至1999年10月作为人民日报记者常驻巴基斯坦，曾去过巴基斯坦的许多地方，采访过该国上至总统总理、下到平民百姓的各阶层人士，撰写发表了大量关于巴基斯坦的新闻报道和文章，包括相关图片，其中不少深受中巴两国读者的好评和赞许。他对巴基斯坦怀有非常良好的感情，愿意为中巴友好大厦添砖加瓦。现为中国南亚学会理事。

中巴友谊在北大延伸

唐孟生

一位巴基斯坦总统的北大情缘

在当今国际政坛，能够将政治家的睿智与军人的刚毅结合于一身的人并不多见，巴基斯坦前任总统——佩尔韦兹·穆沙拉夫便是其中之一。我们暂且不论军人统治的是非功过，仅从个体的角度来说，能将这两种气质融为一体的人必定充满魅力。穆沙拉夫——这位毫无军队高层背景的英雄在一次次火线的洗礼中一跃成为巴军方的最高长官——陆军参谋长。1999 年，在被当时的总理谢里夫"劫持"的飞机在伊斯兰堡机场盘旋的几个小时里，他发动了巴历史上的又一次军事政变。从那以后，这个命运多舛的国度进入到了穆沙拉夫时代。穆沙拉夫的执政生涯可谓出生入死，惊涛骇浪，而他又每每逢凶化吉，化险为夷。一面，刚刚站稳国内政坛，却逢"9·11"恐怖事件，在世人的注视下，他力挽狂澜，修缮巴美关系，展示了反恐的强硬姿态和铁血手腕。另一面，国内极端势力兴风作浪，印巴纷争四起，他却能与老对手化干戈为玉帛，变对抗为对话，一时间"板球外交"成为国际政坛的一段佳话。后来，他毅然脱下军装，将巴基斯坦推向民主。执政 10 年，他 6 次险遭暗杀都幸而逃脱，被《时代》杂志评论为从事"世界上最危险工作"的人。真如他的自传书名概括的那样——《In the Line of Fire》，他的人生时刻都在火线上。

你能想象这样的一位传奇人物走在你面前的时候，会给你怎样的感受么？

2003 年 11 月 4 日上午 8 时 45 分，总统的车队抵达北京大学英杰交流中心，一身深色西装的穆沙拉夫步下汽车，笔挺厚实的身板，彰显出军人本色；炯炯有神的双眼，坚毅而逼人；棕色的皮肤透出稳重的气质。他面含微笑地与迎接他的北大师生一一握手。当听到来自他的母语——乌尔都语的问候时还高兴地以母语

回应，并和北大乌尔都语专业的学生聊上几句；当听到有学生希望和总统合影时，他欣然同意，让"孩子们"拥在身边。

上午9时，穆沙拉夫总统开始了他在北京大学的演讲。他首先祝贺我国载人航空飞行的成功，接着追溯了中巴两国源远流长的友谊——从丝绸之路、玄奘西行时代的交流往来，到20世纪60年代的患难之交，虽然文化、体制各异，却凭借信仰与信任在两国善良人民的心中播下友谊的种子。两国相互尊重主权，互不干涉内政，并努力在国际舞台上相互支持。而中巴的青年一代将会把这份友谊延续下去。"这种乐观主义的基础是什么？我们的关系是建立在受欢迎的精神及我们人民的政治精神。巴基斯坦的人民——在巴基斯坦的街道上，山村中，对中国及其英勇、勤劳而友好的人民有着深厚的感情。我在中国看到了相似的感情。"此刻的穆沙拉夫热情洋溢，充满信心。随后，他略有停顿地将话锋一转，毫不逃避地讲到巴基斯坦在国际冲突漩涡中的焦点地位，他反对人们错误、片面地将伊斯兰教与恐怖主义、极端主义联系在一起。恐怖主义、极端主义的根源不在于伊斯兰教本身，"而是无望、无力、绝望、不公正与长期存在的政治冲突的未解决。此外还有贫穷与缺少教育，这些促成了一个爆炸性的结果。"他重申了时代需要"开明温和的战略"，畅谈了未来和平和发展的多边合作的前提。最后，他赞赏了中国在亚洲以及国际社会中发挥的作用，并展望了中巴全面合作的美好未来。

不得不说，作为总统的穆沙拉夫同时是一位出色的演讲家，浑厚的声音透着理智与冷静的思考，铿锵的语调传递着坚定和执着的信念，而对演讲节奏的准确把握则把在座的每一位北大师生的心调动起来。

作为对两国共同文化习俗恭敬的献礼和两国人民友谊与密切合作的象征，总统提出资助在北京大学成立巴基斯坦研究中心，并高兴地授予为提升中巴关系的原创工作而做出杰出贡献的中国学者"巴基斯坦勋章"，还将一套关于巴基斯坦的书籍作为礼物赠送给了北京大学。最后，总统在北大领导和师生们的陪同下，在英杰交流中心门前栽下了一棵象征两国友谊的常青树。

然而，北大与总统的情缘并没有就此结束。2004年夏天，穆沙拉夫总统穿着熟悉的笔挺军装，却给了北大师生不同以往的亲切笑容。

2004年的夏天，北京大学东语系乌尔都语专业的10位学生在教研室主任孔菊兰老师的带领下一起来到了这个从进入北大就让他们魂牵梦绕的国度。第一次离开国门，特别是来到这么神秘的国度，这让这群年轻人特别兴奋。接待他们的是伊斯兰堡教育部门的两位老师，在他们的悉心安排下，北大师生们的行程非常顺利而且有趣。正在巨大好奇和兴奋中的学生们哪里知道，这悉心安排的行程背后还有一个让人无比激动的小故事呢。

也许是因为它与众不同的宗教氛围，也许是因为它作为古老文明的发源地之一，巴基斯坦着实是一个令人无限向往，去过以后又难以忘怀的国度。接下来的十多天，参观学校、观看演出、品味美食、游览名胜、体味风情，学生们就好像刚刚进入世界的孩子，沉醉在巨大的好奇中，赞叹着这个新鲜国度的历史与文化：风格各异的校园文化、热情如火的歌舞表演、欲罢不能的美食享受、美丽如画的自然风情、神秘莫测的宗教文化，学生们又好像是匆匆行走的背包客，在强烈的求知欲望下，用相机和笔记记录着每一个值得回味的点滴。

短短的十多天，北大师生们先后访问了三座城市和十几所学校。风光绮丽的伊斯兰堡绿树流翠、繁花似锦，绿色花园与现代建筑交相辉映；历史深远的拉合尔城中，古建筑与世界文化遗产林立，文明与文化的气息绵绵不尽；边陲城市白沙瓦，更是在苍茫荒凉的山脉中孕育着神秘而古老的风情。十多天，对于大家来说太长，因为置身于一个完全陌生的国度，第一次如此亲密的与自己学习了三年的文化接触、摩擦；大家一点一点地了解着它，适应着它，赞叹着它；十天，对于大家来说又太短，完美的行程即将结束，而大家对这个国度的热爱却与日俱增。行程之中的点点滴滴都被精心的安排着，这让大家受宠若惊，感激无限。

在即将离开巴基斯坦的倒数第三个晚上，一路陪同中国师生们的伊斯兰堡教育部门的老师突然神秘地跟大家说，明天要精心打扮一下，要会见一位特别的人物。那天夜里，同学们兴奋得睡不着觉，聚在一起商讨着第二天如何打扮、穿些什么，揣测着明天要见的是哪位重要人物。

第二天，大家穿着这次旅行买到的巴基斯坦民族服装，匆匆忙忙的踏上了前往会见神秘人物的旅程。当面包车驶入一个神秘的白色大院，当大家受到非常细致的检查时，大家忽然意识到这个神秘人物是谁。大家坐在车上都没有说话，但是脸上却难以抑制那种因为过度兴奋而出现的红晕。是的！是他！是巴基斯坦总统穆沙拉夫！！

在等待总统的时候，陪同的两位巴基斯坦老师告诉学生们，这次行程其实都是总统先生亲自安排的。大家恍然大悟，半年前总统来到北大演讲的一幕幕又重

新浮上脑海。那时，总统看到这群学习乌尔都语的年轻人，显得非常高兴，盛情的允诺将邀请大家赴巴基斯坦访问。当时大家并没有在意。他是总统啊！他日理万机，他掌握着一个国家的命脉，他左右着一个地区局势的稳定，怎么有时间来安排几个普通大学生的旅行呢？大家只是想，也许是因为有了总统的允诺，此次来巴基斯坦做学习访问才会比较容易一些吧。可是万万没有想到，这次的旅行竟然是总统亲自安排的。

总统来了，他穿着与电视、报纸上看到一样的笔挺军装，但是却带着不同以往的亲切的笑容。总统非常和蔼的与师生们围坐一圈，依次询问了大家对巴基斯坦的感受。学生们用乌尔都语兴奋地回答，总统始终微笑着，对大家说到的地方频频点头。从他的眼神里，透视出了那位被媒体称作铁腕将军的政治人物；看到了那位化解重重危机、维护巴基斯坦稳定的国家领导人；而北大师生更是看到和体会到了，那种在总统的新闻发布会上、总统发表演说的时候，媒体和其他人都看不到的，一个国家领导人对下一代的关心和爱护。

巴基斯坦之行，在告别了总统的府第之后带着无限的不舍结束了。对于北大师生们来说，这是一次令人终身难忘的历程。不仅是因为大家来到了这样一个美丽的国度，也不仅是因为大家见到了穆沙拉夫总统，最重要的是，大家感受到了来自这个国度的期望与关怀。

吉拉尼总理的亲切接见

2008年8月8日，举世瞩目的北京第二十九届奥林匹克运动会隆重举行，这是中国人民期盼已久的大喜事，然而北京大学乌尔都语专业的师生显得更为兴奋。因为，他们还接到了一份特别的邀请，前来出席北京奥运会开幕式的新任巴基斯坦总理吉拉尼要在钓鱼台接见他们。

8月9日，北京的天气格外的晴朗，天空格外的蔚蓝，骄阳格外的炙热。同学们有的从奥运会服务现场赶来，有的则从家里回到北京来到钓鱼台国宾馆。

钓鱼台国宾馆是坐落于中国北京海淀区玉渊潭东侧的一处古代皇家园林及现代国宾馆建筑群。金代章宗皇帝完颜璟曾在此筑台垂钓，"钓鱼台"因而得名，迄今已有800余年。至清代，乾隆皇帝敕命疏浚玉渊潭并在此兴建行宫，收为皇家园林。现代的国宾馆园区是由中华人民共和国政府于 1958 年至 1959 年在古钓鱼台风景区基础上扩大修建，用做来访国宾的下榻及会晤、会议场所。北京钓鱼台国宾馆是中国国家领导人进行外事活动的重要场所，更是国家接待各国元首和重要客人的超星级宾馆。

进入会见大厅，同学们显得有点紧张，因为将要见到的毕竟是一位国家领导人。

过了不一会儿，吉拉尼总理和随行人员步入会见厅，他和蔼而又亲切地向同学们打招呼，并示意大家围坐在一个巨大的会议桌前。总理的热情招呼，原本紧张的气氛顿时变得轻松了许多。

左一 巴基斯坦前总理吉拉尼；右一 巴基斯坦外交部前外秘巴希尔；中间为本文作者

会见伊始，我作为接受接见的代表，代表大家表达了对吉拉尼总理的热烈欢迎，并向他介绍了在场的老师和同学们。随后，吉拉尼总理进行了简短的讲话，他说这是他第二次来中国，第一次是陪同人民党前领袖贝娜齐尔·布托对中国进行国事访问。他再次强调了中巴两国的深厚友谊，他高度赞赏中巴互信互利的双边关系，并且深信中巴友谊是坚不可摧、稳固长久的。总理先生看到中国有这么多致力于学习乌尔都语的学生和研究巴基斯坦文化的学者，非常高兴，他殷切希望大家能够为中巴友谊做出贡献。总理同时对 8 月 8 日北京奥运会的开幕式给予高度评价，特别提到当巴基斯坦代表团入场时所有中国人给予的最为热烈的欢呼与掌声，更是让他和所有巴基斯坦人民感动。

与吉拉尼总理同行的还有现任巴基斯坦人民党主席，前总理贝娜齐尔·布托的儿子比拉瓦尔·布托以及两个女儿，巴赫塔瓦·布托和阿西法·布托。比拉瓦尔随后讲话，他说这是他第一次来中国，中国给他留下了美好而深刻的印象，他强烈感受到了中国人民的热情和友好，同时更是称赞北京奥运会的开幕式表演具有中国历史文化特点，精彩绝伦。

随后，吉拉尼总理与中国学生进行了亲切的交流，回答了中国学生感兴趣的话题。当北京大学乌尔都语专业的学生问到对北京的印象时，总理说："中国是个有着悠久历史的国家，中国山美水美，中国人民热情好客。"总理还特别提到了庐山，说那是"一览众山小"的奇山，自己充满了向往与期待 . 一下子拉近了与学生们的距离。

随后，我还借此机会，向总理介绍了北京大学巴基斯坦研究中心。总理看到中国高等学府对于巴基斯坦文化的深入研究十分高兴，还当场询问巴基斯坦外交部秘书萨里曼·巴希尔先生关于中国学生赴巴学习参观的相关事宜，总理承诺，将会继续推进中巴青年之间的学习交流，并承诺会继续提供资金支持。

总理的会见简短而热烈。会见结束后，吉拉尼总理热情邀请大家一起合影，记录下这令人难忘的时刻，大家都不约而同地期待下次见面，愿中巴友谊之树万年常青。

涓涓细流，如海情深

每当谈起中巴关系，我们常用"中巴两国是历经时间考验的、全天候的伙伴，巴中友谊比山还高、比海还深、比蜜还甜、比金子和宝石还珍贵"来描述中巴之间的深厚友谊。中国与巴基斯坦的友谊的确源远流长，自 1951 年 5 月 21 日正式建立外交关系以来，两国在外交、经贸、文化等诸多领域的合作，使两国都得到了长足的发展，也日益加深了两国的兄弟情谊。2006 年 11 月 23 日，胡锦涛主席访问巴基斯坦时，发表机场书面讲话说，中巴是"好邻居、好朋友、好伙伴、好兄弟"。中巴关系除了受到两国政府的高度重视，作为国内长期专注于巴基斯坦语言、文化及历史教学与研究的民间机构，北京大学巴基斯坦研究中心也在中巴关系的发展及有关巴基斯坦的教育与科研领域，做出了自己的贡献。我们的每一项教学或研究成果，每一次进步或发展就像涓涓细流，最终汇入中巴友谊的大海。

北京大学巴基斯坦研究中心，以创建于 1954 年的乌尔都语专业为依托。中心的成立为中巴之间的学术及民间交流提供了很好的平台，在中心酝酿成立初期，2004 年 7 月末至 8 月初，乌尔都语专业师生就应前总统穆沙拉夫的邀请访问了巴基斯坦。首都伊斯兰堡的清新惬意、文化之都拉合尔的厚重历史感、边境之城白沙瓦的气度不凡和港口城市卡拉奇的繁荣景象，让同学们充分领略了巴基斯坦历史的悠久与现代化发展的坚实步伐；而我们受到的热情招待及行程的精心安排，更使我们感受到了巴基斯坦人民对中国人民的深情厚谊。

此后，利用研究中心这一平台，中巴两国学者开展文化交流和互动访问。如，我们接待了多批巴基斯坦外交部青年外交官的来访；邀请来中国访问的巴基斯坦教授来学校讲座，并和乌尔都语专业师生一起座谈；接待了巴基斯坦伊斯兰大学副校长和教务长，一起探讨了两校之间的交流事宜；接待了卡拉奇大学校长、副校长来访以及穆斯林联盟领袖派秘书长、著名新闻人穆贾希德·侯赛因先生的访问和采访。2008 年 8 月 8 日，巴基斯坦总理、人民党领袖吉拉尼来北京，出席第二十九届奥运会开幕式，翌日下午两点在钓鱼台国宾馆亲切会见了乌尔都语专业师生，巴方参见会见的有贝·布托的儿子、人民党现任主席比拉瓦尔和他的两个妹妹、内政部长拉赫曼·马利克、外交秘书萨里曼·巴希尔等。2009 年暑假期间，我们中心还应巴基斯坦政府的邀请，组织乌尔都语专业的师生又一次赴巴基斯坦学习访问；2010 年 3 月 14 日，中心还应巴基斯坦国家文学院和巴基斯坦驻华大使馆邀请，组织国内巴基斯坦研究领域的专家学者赴巴参加"苏非主义与和平"国际学术会议。

为了不断提高教学和科研水平，自上世纪 80 年代起，乌尔都语专业教师赴巴基斯坦进行长期进修学习累计 10 余人次，赴巴长期学习的留学生累计 20 余人，短期的学习访问已形成长效机制。近来也开始有巴基斯坦学生进入我们中心学习，可喜的是 2010 年有巴基斯坦学生进入北大乌尔都语专业攻读博士学位。巴基斯坦有关方面也一直在为我们中心及专业的教学和科研工作提供帮助和支持，先后选派到我们专业任教的专家学者累计 8 人次，为我们专业教学和科研工作的进步与发展做出了积极的贡献。这些交流活动正如涓涓细流，滋养了中巴间如大海般的深情。

目前北京大学巴基斯坦研究中心已成为中巴民间交流的坚实平台，巴基斯坦驻华大使馆一直在这方面为中心提供支持与帮助，两国间的官方及民间互访活动我们都会受邀参加，中心举办的很多活动，如乌尔都语演讲比赛、中巴大学生论坛等大型专业论坛等都会得到巴驻华使馆的积极支持，使馆方面为我们提供的课余翻译工作及观看演出等则为学生提供了良好的实践机会。

在专业研究方面，北京大学乌尔都语专业一直是我国乌尔都语语言教学及南亚次大陆伊斯兰历史文化教学与研究的重要基地。经过几十年的积累与传承，在教学与科研方面均硕果累累，除早期数量可观的专著、译著及论文外，近期又出版了国内唯一一套基础乌尔都语教材（共5册），该教材也是"十一五"国家重点规划教材。此后中心又组织人力编纂《乌尔都语—汉语字典》，为国内首部乌汉字典，目前已进入最后的编辑、校对阶段，不久之后可望面世。

几十年来，我们专业及中心为国家培养了大量乌尔都语专业人才，他们分布在外事翻译、文化交流、教学科研、新闻传媒、广播出版、金融商贸及行政管理等诸多领域，很多人已成为领导骨干或有造诣的专家学者。我们将继续为发展中巴关系而努力，并在专业教学及研究领域做出新的贡献。

作者简介

唐孟生，1950年生，陕西省西安市人，北京大学毕业、博士，现为北京大学外国语学院教授、博士生导师，北京大学东方文学研究中心教授，北京大学巴基斯坦研究中心主任。长期从事教学和科研工作，参与主编和撰写的著作有：《南亚苏非派及其历史作用》、《巴基斯坦文化与社会》、《东方风俗文化辞典》（合作）、《东方神话传说》（合作）、《东方趣事佳话集》（合作）等。译著有：《印度河畔的阿凡提》、《巴基斯坦民间故事》等。发表论文数十篇，主要有：《赛义德运动与南亚文化》、《论齐亚哈克的伊斯兰化》、《关于德里苏丹国时期的穆斯林种姓问题》、《苏非诗歌的神秘主义哲理》、《巴基斯坦与印度政治制度比较》等，涉及南亚历史、宗教、文化和文学等方面内容。2003年获巴基斯坦总统颁发的"贡献之星"勋章，2006年获巴基斯坦总统授予的"伟大领袖之星"勋章。

图书在版编目（CIP）数据

亲历巴基斯坦 / 唐孟生等编. -- 北京：经济日报
出版社，2012.9
　　ISBN 978-7-80257-448-9

　　Ⅰ．①亲… Ⅱ．①唐… Ⅲ．①随笔－作品集－中国－
当代 Ⅳ．① I267.1

中国版本图书馆 CIP 数据核字 (2012) 第 211082 号

编　　者：唐孟生　安启光
责任编辑：赵　妍
责任校对：丁　姝
出版发行：经济日报出版社
社　　址：北京宣武区右安门内大街65号
邮政编码：100054
电　　话：编辑部　63584556　发行部　63538621
网　　址：www.edpbook.com.cn
E－mail：jjrb58@sina.com
经　　销：全国新华书店
印　　刷：三河市华东印刷有限公司

开　　本：710×1000毫米　16开
印　　张：20
字　　数：300千字
版　　次：2012年9月　第1版
印　　次：2012年9月　第1次印刷

书　　号：ISBN 978-7-80257-448-9
定　　价：60.00元